아소무아르 2

L'Assommoir

세계문학전집 442

아소무아르 2

L'Assommoir

에밀 졸라

윤진 옮김

민음사

일러두기

1 이 책은 *L'Assommoir*, in Émile Zola, *Les Rougon-Macquart*, tome 2(Gallimard, Pléiade, 1961)를 저본으로 번역했다.

2 본문의 각주는 모두 옮긴이 주이다.

차례

8장

다음 토요일, 저녁 식사 때까지 돌아오지 않던 쿠포가 10시 쯤 랑티에를 데려왔다. 둘이 같이 몽마르트르의 토마네 식당에서 양다리 고기를 먹었다고 했다.

"투덜거리지 말아요, 사모님. 우리가 뭐 귀찮게 하는 것도 아니잖아?" 쿠포가 말했다. "저 사람하고 같이 있으면 위험할 일이 없어. 올바른 길을 걷게 해 주거든."

그러면서 둘이 로슈슈아르 거리에서 만났다고, 저녁 먹고 나서 '불누아르'[1]에 가서 한잔하자고 했더니 랑티에가 착하고 올바른 여자와 결혼한 사람이 왜 이 술집 저 술집 어슬렁

---

1) '검은 공'이라는 뜻. 19세기 초 몽마르트르에 댄스홀로 세워졌고, 이후에는 콘서트장으로 쓰인다.

거리냐며 거절했다고도 했다. 제르베즈는 옅은 미소를 띠고 남편의 말을 들어 주었다. 어차피 잔소리할 엄두도 나지 않았다. 그녀는 그 자리가 너무 거북했다. 지난 저녁 식사 자리 이후 조만간 랑티에를 또 보게 되리라고 짐작하긴 했지만, 이런 시간에, 그러니까 잠자리에 들 시간에 갑자기 두 남자가 들이닥치자 너무 놀랐다. 그녀는 떨리는 손으로 목 뒷덜미로 늘어진 머리채를 올려 묶었다.

"글쎄 이 사람이 밖에서 술을 안 마시겠다는 거야. 그러니 당신이 한잔 주지 그래? 그 정도는 해 줄 수 있잖아?"

세탁부들은 한참 전에 돌아갔고, 시어머니와 나나는 조금 전 잠자리에 들었다. 제르베즈가 덧문을 닫으려던 찰나 두 남자가 나타난 것이다. 제르베즈는 가게 문을 열어 둔 채로 작업대 모퉁이에 있는 유리잔과 얼마 남지 않은 코냑을 내왔다. 랑티에는 서 있었고, 제르베즈한테 직접 말을 건네지 않았다. 그러다가 제르베즈가 코냑을 따르자 큰 소리로 말했다.

"아주 조금만 주십시오, 부인."

이런 모습에 대해 쿠포의 생각은 단호했다. 둘이 그렇게 바보처럼 굴 거요? 과거는 과거일 뿐이지. 구 년이고 십 년이고 원한을 지니고 산다면 나중에는 얼굴 보고 살 사람이 남아나기나 하겠어? 쿠포는 이러면 자기가 곤란하다고, 좀팽이 취급하지 말라고 했다. 또 무엇보다 자기는 우선 두 사람을 잘 안다고, 좋은 여자와 좋은 남자라고, 그러니까 이제는 좋은 친구가 되어 보라고도 했다. 그러면서 둘 다 올바른 사람이라는 것을 알기 때문에 자기는 하나도 불안하지 않다고 덧붙였다.

"그래요, 그래요." 제르베즈는 고개를 들지 못했다. 스스로 무슨 말을 하고 있는지도 알지 못했다.

"이제 누이동생인 셈이죠. 그냥 누이 말이에요." 이번에는 랑티에가 중얼거렸다.

"자, 빨리 서로 악수합시다!" 쿠포가 목청을 높였다. "부르주아 나리들이 뭐라 떠들건 신경 쓸 거 없지! 우린 배 속에 이것만 들어가면 어차피 백만장자도 안 부러우니까. 난 이 세상에서 우정이 제일 중요한 사람이요. 우정은 그냥 우정일 뿐, 다른 건 생각할 것 없지."

흥분한 쿠포가 주먹으로 자기 배를 세게 두드리는 것을 제르베즈와 랑티에가 간신히 진정시켰다. 세 사람은 말없이 건배하고 잔을 비웠다. 이제야 제르베즈는 랑티에를 제대로 볼 수 있었다. 지난번엔 안개처럼 희미한 빛 속에서 보았을 뿐이다. 그사이 랑티에는 살이 붙어 둥글둥글해졌는데, 키가 작은 탓에 다리와 팔이 굼떠 보였다. 빈둥거리며 사느라 얼굴에 살이 쪘지만 이목구비는 보기 좋았다. 그는 또 늘 수염을 가꾸기 때문에 딱 자기 나이만큼, 그러니까 서른세 살만큼 보였다. 그날 랑티에는 신사처럼 회색 바지와 두툼한 푸른색 웃옷을 입고 둥근 모자를 썼고, 심지어 추억이 담긴 듯한 반지를 체인에 매달아 놓은 회중시계도 지니고 있었다.

"이만 가 보겠습니다. 집이 멀어서요."

이미 밖으로 나선 랑티에를 쿠포가 다시 불러세우더니 앞으로는 가게 앞을 지날 때마다 꼭 들러서 인사를 하겠다는 약속을 받아 냈다. 그러는 사이 소리 없이 사라졌던 제르베즈가 에티엔을 앞세워 다시 나타났다. 잠이 덜 깨 부스스한 얼굴에 셔츠 차림으로 나온 아이는 살짝 웃으면서 눈을 비볐다. 하지만 랑티에를 보더니 불안한 듯 떨면서 초조한 눈길로 어머니와 쿠포를 쳐다보았다.

"누군지 모르겠어?" 쿠포가 물었다.

아이는 말없이 고개를 숙였다. 그러더니 안다는 뜻으로 고개를 살짝 끄덕였다.

"그럼 그렇게 바보같이 굴면 안 되지. 가서 인사해."

랑티에는 근엄한 얼굴로 조용히 기다렸다. 에티엔이 결심한 듯 다가가자 몸을 굽혀 볼을 내밀었고, 자기도 아이의 이마에 입을 맞췄다. 그러자 에티엔은 용기를 내어 아버지를 쳐다보았다. 하지만 갑자기 울음을 터뜨리면서 허둥지둥 방으로 도망가 버렸다. 쿠포는 왜 저렇게 예의가 없느냐면서 큰소리로 야단을 쳤다.

"아이가 놀라서 그래." 제르베즈 역시 창백한 얼굴로 어찌할 바를 몰랐다.

"왜 저래! 원래는 아주 착한 아이인데." 쿠포가 말했다. "내가 아주 씩씩하게 키웠단 말이오. 앞으로 익숙해지겠지. 저 녀석도 세상을 알아야 하니까. 어쨌든 아이 문제만 봐도 우리가 언제까지나 서로 미워할 순 없는 거 아니오? 벌써 오래전에 이렇게 해야 했는데! 아버지가 자기 자식을 볼 수 없게 하느니 차라리 내 목을 베어 버리라지!"

쿠포는 코냑을 마저 다 마시자고 했다. 세 사람은 다시 건배했다. 랑티에는 이 모든 게 하나도 놀랍지 않은지 아주 침착하게 행동했다. 그날 제르베즈의 가게를 떠나기 전에는 쿠포의 친절에 보답하겠다며 꼭 그들과 함께 가게 문을 닫고 싶다고까지 했다. 다 마친 뒤에는 손을 털면서 쿠포 부부에게 잘 자라고 인사를 했다.

"그럼 잘 주무십시오. 난 승합 마차를 타야겠어요. 또 오겠습니다."

그날 이후 랑티에는 구트도르 거리에 자주 모습을 보였다. 쿠포가 있을 때 가게에 찾아와서 문 앞에서 그의 안부를 물었고, 쿠포를 만나러 온 척하면서 안으로 들어왔다. 그런 뒤에는 진열장 옆에 앉아서 교양 있는 사람처럼 예의 바르게 이야기했다. 늘 말쑥하게 면도를 하고 머리를 다듬은 모습으로 옷옷도 차려입었다. 그러는 사이 쿠포 내외는 랑티에가 그동안 어떻게 살았는지 조금씩 알게 되었다. 랑티에의 말로는, 지난 팔년 동안 한때는 모자 공장을 했었다. 왜 그만두었냐고 물었더니 동업자가 나쁜 놈이었다고, 같은 고향 사람인데 여자에 빠져 공장을 날려 버렸다고 대답했다. 어쨌든 공장을 한 적이 있다는 직함 때문에 랑티에는 무언가 지우려 애써도 지워지지 않는 품위 같은 것을 풍겼다. 그는 머지않아 아주 큰 계약을 체결할 거라고, 그 일만 성사되면 모자 가게들과 거래해서 기반을 다지고 돈을 아주 많이 벌 수 있을 거라고 했다. 그리고 그때를 기다리며 그는 아무 일도 하지 않았다. 그저 부르주아 나리들처럼 두 손을 주머니에 넣고 햇볕을 쬐며 돌아다녔다. 때로 그의 푸념을 들은 쿠포가 직공을 구하는 공장이 있다고 알려 주면, 랑티에는 가련하다는 듯 미소를 지으면서 자기는 남 좋은 일 하느라 허리가 휘도록 일하고 굶어 죽을 생각은 없다고 대답했다. 쿠포는 그래도 랑티에가 무일푼은 아닐 거라고 했다. 아주 영리한 사람이라 앞가림은 할 거라고, 뭔가 사업거리를 구상하고 있는 게 분명하다고 했다. 아주 잘나가는 얼굴이잖아. 흰 셔츠에다가 도련님들이나 맬 저런 넥타이를 사자면 돈이 있어야지. 쿠포는 어느 날 아침에 랑티에가 몽마르트르 대로에서 구두닦이에게 구두를 닦는 것도 보았다. 그런데 랑티에는 다른 사람의 일에 대해서는 아주 많은 얘기를 하면서 정작 자기 일에 대해서는 입을 다물고 있거나 거짓말을 했다. 심지어 어디에 묵고 있는지도 알려 주지 않았다. 상황이 좋아질 때까지 멀리 사는 친구네 집에 있다고 말하기는 했지만, 사람들이 찾아가겠다고 하면 자기는 집에 거의 붙어 있지 않는다며 오지 못하게 했다.

"딱 맞는 일을 찾는 게 쉬운 일은 아니지요." 랑티에는 늘 이렇게 말했다. "어차피 시작해 봐야 하루를 못 버틸 곳에는 굳이 들어갈 필요가 없고요. 예를 들어 언젠가 월요일에 몽루주[2]에 있는 샹피옹 밑에서 일을 시작한 적이 있었죠. 그런데 그 샹피옹이라는 인간이 나와 생각이 딴판이었고, 바로 그날 저녁에 정치 문제로 날 열받게 하더군요. 그래서 화요일 아침에 그만두고 나왔죠. 지금 우리가 노예 시대에 사는 것도 아닌데, 고작 하루 7프랑 버느라고 나 자신을 팔 수는 없으니까요."

그때가 11월 초순이었다. 랑티에는 매번 친절하게 제비꽃

---

2) 파리 남서부 교외 지역이다.

다발을 들고 와서 제르베즈와 세탁부들에게 나눠 주었다. 조금씩 가게에 들르는 일이 잦아지더니 이제 거의 매일 찾아왔다. 마치 제르베즈의 세탁소가 있는 건물 전체, 나아가 동네 전체를 자기 것으로 삼으려는 것 같았다. 제일 먼저 클레망스와 퓌투아 부인에게 두 여자의 나이도 아랑곳 않고 온갖 관심과 호의를 베풀어서 환심을 샀고, 결국 두 달 뒤 두 여자 모두 랑티에한테 빠져 버렸다. 랑티에는 관리인 거처에도 일부러 찾아가서 인사하며 보슈 부부의 비위를 맞췄고, 이내 관리인 부부는 랑티에가 아주 예의 바른 사람이라며 입이 마르게 칭찬을 하게 되었다. 로리외 부부의 경우는 저녁 식사 때 왔던 남자가 누구였는지 처음 알았을 때는 옛 남자를 끌어들인 제르베즈를 두고 너무 가증스럽다고 비난하고 혐오스러워했다. 하지만 어느 날 랑티에가 올라가서 자기가 아는 부인에게 줄 금줄이 필요하다며 주문을 하자 그에게 의자를 권했고, 한 시간의 대화 동안 그에게 완전히 매혹되었다. 심지어 어떻게 저렇게 기품 있는 남자가 쩔룩이와 살 수 있었는지 이해할 수 없다고까지 했다. 결국 모자 장수 랑티에가 쿠포의 집에 드나드는 것에 대해 아무도 화내지 않게 되었다. 그냥 자연스러운 일이 되어 버렸다. 랑티에는 그렇게 구트도르 거리 전체의 마음을 얻어 냈다. 오직 구제만 슬퍼 보였다. 그는 제르베즈의 가게에 들어가 있을 때 랑티에가 오면 절대로 얽히고 싶지 않은 듯 곧바로 자리를 뜨곤 했다.

이렇게 모두가 랑티에를 칭송하는 가운데 처음 몇 주 동안 제르베즈는 아주 혼란스러웠다. 전에 비르지니가 모든 이야기를 털어놓았을 때처럼 가슴속에 불덩이 같은 게 느껴졌다. 그것은 바로, 혹시 어느 날 저녁에 혼자 있을 때 랑티에가 불쑥 나타나 자기를 안아 버리기라도 하면, 그런데도 자기가 저항하지 못하면 어쩌나 하는 두려움이었다. 제르베즈는 랑티에 생각을 너무 많이 했다. 머릿속이 랑티에로 가득 차 버렸다. 하지만 정작 랑티에는 아주 점잖았고, 심지어 제르베즈를 정면으로 쳐다보지도 않았다. 보는 사람이 없을 때에도 제르베즈의 몸에 손가락 하나 대지 않았다. 제르베즈는 서서히 긴장이 풀렸다. 더구나 비르지니가 그녀의 속마음을 읽기라도 한 듯 말했다. 왜 떨고 그래요. 아주 점잖던데. 걱정할 거 하나도 없겠어요. 결국 제르베즈는 자기가 랑티에 때문에 신경을 쓰는 게 오히려 나쁜 일이라고 생각하게 되었다. 하루는 비르지니가 분위기를 교묘하게 몰아붙여 랑티에와 제르베즈가 속마음을 얘기하게 만들었다. 랑티에는 진지한 목소리로, 단어를 골라 가면서 대답했다. 자기는 가슴이 죽어 버린 사람이라고, 이제는 오직 아들의 행복만을 위해 살겠다고 했다. 남프랑스에 가 있는 클로드 얘기는 꺼내지도 않았다. 랑티에는 저녁마다 찾아와서 에티엔의 이마에 키스를 했다. 하지만 그런 뒤에 아이가 곧바로 방으로 들어가지 않으면 더 이상 할 말을 찾지 못했다. 심지어 곧 아이의 존재를 잊고 클레망스에게 찬사를 늘어놓았다. 어쨌든 완전히 마음을 놓은 제르베즈는 자기 마음속에 남아 있던 과거가 사라지는 것을 느꼈다. 랑티에의 존재 덕에 오히려 플라상과 봉쾨르 여관에서의 추억이 지워졌다. 차라리 매일 보니까 막연히 그려 보던 것들이 사라진 셈이었다. 심지어 옛 관계를 생각하면 기분이 나빠지기까지 했다. 아! 이제 다 끝났어. 정말 끝난 거야. 제르베즈는 만일 랑티에 가 다시 옛날로 돌아가자고 하면 따귀를 두 대 갈겨 주고 남편한테 말해 버리겠다고 생각했다. 그러고는 아무런 가책 없이, 다시 구제와의 우정을 생각하며 더할 나위 없이 감미로운 감흥에 빠져들었다.

하루는 클레망스가 아침에 가게에 들어서며 어제 11시쯤 랑티에가 어떤 여자와 팔짱을 끼고 가는 걸 보았다고 했다. 클레망스는 심술궂게도 제르베즈의 표정을 확인하려고 일부러 노골적으로 말했다. 정말이에요. 노트르담드로레트 거리를 올라가고 있었어요. 여자는 금발이던데, 왜 길거리에서 서성거리는 볼 장 다 본 여자들 있잖아요. 실크 치마 아래 엉덩짝에는 아무것도 안 걸쳤을걸요. 재미있을 것 같아서 따라가 봤죠. 가게에서 새우랑 햄을 사고 나서 라로슈푸코 거리로 가더니 여자 혼자 집으로 올라가더라고요. 랑티에 씨는 길에서 고개를 들고 계속 쳐다보면서 올라오라고 신호할 때까지 기다렸고요. 하지만 클레망스가 그 어떤 혐오스러운 설명을 덧붙여도 제르베즈는 아무런 내색 없이 흰색 치마를 붙잡고 다림질을 이어 갔다. 얘기를 듣는 도중 입가에 옅은 웃음을 띠기도 했다. 프로방스 남자들은 원래 여자라면 사족을 못 쓰죠. 언제나 여자가 필요하거든요. 쓰레기 더미 속에서도 삽질을 해서 여자를 찾아낼걸요? 저녁에 랑티에가 왔을 때 클레망스가 금발 여자 얘기를 하면서 계속 짓궂게 놀려 대는 걸 보면서도 제르베즈는 함께 재미있어했다. 랑티에는 그런 장면을 들켰다는 것이 오히려 기분 좋은 듯했다. 아닙니다! 원래 알던 여자예요. 요즘도 아무한테 폐가 안 될 만큼 가끔 만나고요. 꽤 멋진 여자랍니다. 집 안에는 온통 자단목 가구를 놓고 살죠. 그러면서 랑티에는 자작, 도자기 상인, 공증인의 아들이 모두 그 여자의 애인이었다고 했다. 랑티에는 그 여자가 향수를 뿌려 준 손수건을 클레망스 코밑에 들이대면서, 자기는 향기 나는 여자들을 좋아한다고 말하기도 했다. 그때 마침 에티엔이 들어왔다. 랑티에는 다시 심각한 표정을 지으며 아이에게 키스를 했다. 그러면서 아무리 즐겁게 놀아 봐도 소용없다고, 이제 자기 심장은 죽어 버렸다고 했다. 다림질감 위로 숙이고 있던 제르베즈는 맞는 말이라고 생각했는지 고개를 끄덕였다. 하지만 클레망스는 짓궂게 장난을 친 벌을 받았다. 랑티에가 아무도 모르게 두세 번 꼬집어 버린 것이다. 클레망스는 랑티에의 매춘부처럼 사향 냄새를 풍길 수 없어서 질투가 났다.

다시 봄이 왔을 때 랑티에는 거의 한집 식구가 되어 있었다. 그는 친구들과 좀 더 가까이 있고 싶어서 아무래도 이 동네로 이사 와야겠다고 했다. 그러면서 깨끗한 집에 가구 딸린 방을 찾았다. 보슈 부인과 제르베즈가 나서서 수소문했고, 가까운 거리를 모두 뒤졌다. 하지만 그런 방은 찾기 너무 힘들었다. 랑티에는 안마당이 넓고 1층이면 좋겠다고 했고, 그 외에도 이런저런 편의를 다 주문했다. 그러더니 이제는 저녁마다 쿠포네 집에 와서는 자기도 이런 집을 얻고 싶다는 듯이 천장 높이를 재 보고 방들의 배치를 살폈다. 오! 이렇게 좋은 집은 찾을 수 없겠어. 차라리 조용하고 따뜻한 곳에다 내가 직접 집을 짓는 게 나을지도 모르겠군. 그러면서 매번 같은 말로 끝맺었다.

"정말, 이 집은 나무랄 데가 없네."

어느 날 저녁 쿠포네서 함께 저녁 식사를 한 랑티에가 후식을 먹으면서 다시 같은 말을 하자 쿠포가 불쑥 얘기를 꺼냈다. 그사이 두 사람은 친하게 말을 놓는 사이가 되었다.

"정 그러면 우리 집에 있어. 어떻게 해 보지, 뭐."

그러면서 빨랫감을 쌓아 두는 방을 잘 치우면 나름 괜찮을 거라고 했다. 에티엔은 가게에서 자라고 하고 바닥에 매트를 바닥에 깔아 주면 된다고, 별로 복잡한 일이 아니라고 했다.

"아니야. 그건 안 되지." 랑티에가 말했다. "그렇게 피해를 줄 수는 없네. 정말 좋은 마음에서 하는 말이라는 건 알지만, 그렇게 지내자면 서로 너무 불편할 거야. 각자 지켜야 할 자유도 있고. 내가 부부가 자는 방을 지나가야 하는데, 그건 정말 말도 안 되는 일 아닌가."

"됐어!" 웃음이 터진 쿠포가 목청을 가다듬으면서 탁자를 두들겼다. "아직도 바보 같은 생각밖에 못 하는 거야? 이봐, 이 멍청한 친구야. 좀 창의적이 되어 봐. 안 그래? 저 방에는 창문이 두 개 있어. 그러니까 말이야, 그중 하나를 바닥까지 끌어내려서 문을 만들면 되잖아. 자, 이제 알아듣겠어? 그럼 마당으로 직접 들락날락할 수 있지. 뭐, 필요하면 사이에 있는 문은 아예 막아 버릴 수도 있고. 자네가 우리 집에 있어도 우린 볼 수도 없고 알 수도 없어. 자넨 자네 방에 있고, 우린 우리 방에 있는 거야."

잠시 침묵이 흘렀다. 랑티에가 더듬거리며 대답했다.

"아! 그래, 그렇다면야……. 아니야, 그래도 안 되겠어. 너무 폐를 끼치는 일이야."

랑티에는 일부러 제르베즈의 눈길을 피했다. 하지만 쿠포의 제안을 받아들일 수 있게 해 줄 제르베즈의 말을 기다리는 게 분명했다. 제르베즈는 남편의 생각이 무척 당황스러웠다. 랑티에가 그들의 집에 살게 된다는 게 속상하거나 걱정되는 게 아니라, 무엇보다 더러운 빨랫감을 어디에 둬야 할지 난감했다. 쿠포는 계속해서 그렇게 하면 좋은 점이 많다고 주장했다. 500프랑씩 내야 하는 집세가 늘 부담이었으니까, 랑티에가 가구 딸린 방을 쓰면서 한 달에 20프랑씩 낼 수 있지 않느냐고, 그러면 그에게도 비싸지 않고 자기들한테도 집세 낼 때 도움이 될 거라고 했다. 빨랫감 문제는, 이 동네 빨래가 다 들어갈 만큼 커다란 상자를 만들어 줄 테니 침대 밑에 놓고 쓰자고 했다. 제르베즈는 머뭇거리면서 시어머니의 눈치를 살폈다. 하지만 쿠포 마나님은 랑티에가 몇 달 전부터 기침에 좋은 약을 가져다주면서 구워삶아 놓은 터였다.

"그래요." 결국 제르베즈가 말했다. "어떻게든 해 보죠."

"아니, 이건 아닙니다." 랑티에가 계속 사양을 했다. "너무 고마운 말이지만 그렇다고 내가 넙죽 받아들일 순 없어요."

그러자 쿠포가 버럭 화를 냈다. 정말 계속 멍청하게 굴 거야? 좋은 마음으로 하는 말이라고 했잖아! 쿠포는 자기들에게도 도움이 되는 일이라는데 왜 자꾸 그러느냐고 랑티에를 몰아세웠다. 그러다가 갑자기 화난 목소리로 고함을 쳤다.

"에티엔, 에티엔!"

식탁에서 잠들어 있던 아이가 소스라치며 깨어났다.

"자, 어서 그렇게 하시라고 해. 그래, 이분한테 말이야. 크게 말해. 그렇게 해 주세요, 이렇게."

"그렇게 해 주세요." 에티엔이 졸려 잘 떨어지지도 않는 입을 벌려 더듬거리며 말했다.

그 모습에 모두 웃음을 터뜨렸다. 이내 랑티에는 심각하고 진지한 표정으로 돌아가서, 식탁 위로 손을 뻗어 쿠포의 손을 잡으며 말했다.

"그렇게 하지……. 자네가 우정을 베풀어 주는 거니까. 그래, 이 아이를 위해서 그렇게 하겠네."

제르베즈는 보슈네 관리실에 한 시간 동안 와 있는 집주인 마레스코 씨를 찾아가서 자신들이 하려는 일을 설명했다. 마레스코 씨는 처음엔 벽 한쪽 면을 전부 부수자는 말을 들은 사람처럼 불안해하면서 안 된다고 화를 냈다. 잠시 후 창문이 있는 곳을 이리저리 살피며 한참을 들여다보고 또 고개를 들어 혹시라도 위층이 흔들리는 일은 없을지 살펴본 뒤에 결국 고쳐도 좋다고 했다. 하지만 비용은 한 푼도 낼 수 없다는 조건이었고, 계약 만기 때는 쿠포 부부가 다시 원상태로 돌려놓겠다고 약속하는 문서에도 서명해야 했다. 그날 저녁 당장 쿠포가 동료들을 데려왔다. 미장이, 목수, 칠장이 등 마음씨 좋은 동료들이 하루 일을 마치고 쿠포를 위해 일해 주러 온 것이다. 그렇게 새 문을 내고 방을 청소하는 데는, 일하는 동안 목을 축일 술값은 제하고도 100프랑이 넘게 들었다. 쿠포는 그 돈을 다음에, 그러니까 이 방에 살 사람한테 첫 월세를 받으면 주겠다고 했다. 가구도 들여놓아야 했다. 제르베즈는 우선 시어머니의 옷장을 넣었고, 자기네가 쓰던 탁자와 의자 두 개도 가져왔다. 마지막으로 세면대와 침대, 그리고 침구 일습이 필요했다. 모두 130프랑을 한 달에 10프랑씩 월부로 샀다. 부부는 첫 일 년 동안 랑티에가 내는 20프랑은 모두 빚을 갚는 데 들어갈 테지만, 그 뒤로는 짭짤한 벌이가 되리라 생각했다.

랑티에가 이사 온 것은 6월 초순이었다. 그 전날 쿠포는 마차 값으로 30수나 쓸 필요가 뭐가 있느냐며 자기가 짐가방을 들어 주러 가겠다고 했다. 하지만 랑티에는 가방이 너무 무거워서 들고 오기 힘들다며 극구 사양했다. 마지막까지도 자기가 사는 곳을 감추려는 것 같았다. 랑티에는 오후 3시경에 왔다. 쿠포는 집에 없었다. 마차에서 내리는 짐가방을 보는 순간 제르베즈의 얼굴이 파랗게 질렸다. 옛날 그 가방이었다. 플라상을 떠나올 때 들었던 가방이 이제 완전히 낡아서 끈으로 묶여 있었다. 그동안 설마설마한 대로 바로 그 가방이 돌아온 것이다. 제르베즈는 마치 갈색 머리 아델이 자기를 조롱하며 타고 가 버린 마차가 돌아와서 가방을 되돌려준 것만 같았다. 보슈가 나와 랑티에에게 악수를 청했다. 제르베즈는 넋이 나간 듯이 말없이 두 남자를 따라갔다. 짐을 방에 들여놓은 다음, 제르베즈는 무슨 말이라도 해야 할 것 같아서 입을 열었다.

"됐죠? 다 된 거죠?"

랑티에는 제르베즈에게는 눈길도 주지 않으며 짐가방의 끈을 풀었다. 제르베즈가 덧붙였다.

"보슈 씨, 한잔 드셔야죠."

제르베즈는 술과 잔을 가지러 갔다. 그때 제복 차림의 푸아송이 거리를 지나고 있었다. 제르베즈가 미소를 지으며 눈짓으로 살짝 신호를 보내자 순경은 바로 알아차렸다. 근무 중인 그에게 그렇게 눈짓하는 것은 포도주 한잔 마시고 가라는 뜻이었다. 푸아송은 제르베즈가 눈짓할 때까지 몇 시간 동안 가게 앞을 서성거리곤 했다. 그러다가 사람들 눈에 띄지 않게 안마당 쪽으로 들어와서 술을 마셨다.

"아! 아! 어서 와요, 바뎅그.[3]" 푸아송이 들어오는 것을 보고 랑티에가 말했다.

랑티에는 황제를 조롱하느라 순경 푸아송을 바뎅그라고 불렀다. 푸아송의 표정이 굳었다. 마음속으로 진짜 화가 났는지는 알 수 없었다. 어쨌든 두 남자는 정치적 신념은 달랐지만 좋은 친구가 되었다.

"황제도 런던에 있을 때는 순경이었다는 거 알아요?" 보슈가 말했다. "진짜예요! 술 취한 여자들을 잡아들였죠."

제르베즈가 식탁에 놓인 세 개의 잔에 술을 채웠다. 자기는 가슴이 너무 울렁거려서 마시지 않기로 했다. 그녀는 랑티에의 짐가방 안에 무엇이 들어 있는지 보고 싶어서 그가 마지막 남은 끈을 푸는 것을 지켜보았다. 오래전 그 안에 들어 있던 양말들, 더러운 셔츠 두 벌, 그리고 낡은 모자가 생각났다. 아

---

3) 바뎅그(Badingue), 바뎅게(Badinguet)는 당시 나폴레옹 3세를 싫어하던 사람들이 그가 루이 필리프 왕정 동안에 감옥에 갇혔다가 바뎅게라는 사람의 신분으로 탈출한 데서 붙인 별명이다.

직도 저 안에 들어 있을까? 랑티에는 짐가방을 열기 전에 잔을 들고 건배를 했다.

"건강을 위하여."

"건강을 위하여." 보슈와 푸아송이 답했다.

제르베즈가 다시 잔을 채웠다. 남자들은 손으로 입술을 닦았다. 드디어 랑티에가 짐가방을 열었다. 신문, 책, 낡은 옷, 뭉쳐 놓은 속옷 등이 뒤죽박죽으로 들어 있었다. 랑티에는 냄비, 장화, 코가 깨진 르드뤼 롤랭⁴⁾의 흉상, 수 장식이 있는 셔츠, 그리고 작업복을 차례로 꺼냈다. 고개를 숙이고 있던 제르베즈는 담배 냄새를 맡았다. 겉만 번지르르하게 차리고 다닐 뿐 사실은 더러운 남자의 냄새였다.

모자는 없었다. 가방 왼쪽 구석에 있던 낡은 모자는 사라졌다. 그 대신 아마도 어느 여자한테 선물로 받았을 낯선 바늘집이 보였다. 제르베즈는 마음이 진정되는 것 같으면서도 왠지 모르게 슬펐다. 그녀는 가방 속 물건들을 자기와 같이 살 때의 것인지 다른 여자들과 살 때의 것인지 생각하며 계속 살폈다.

"이봐요, 바댕그, 이 책 알아요?"

랑티에가 브뤼셀에서 인쇄된 작은 책 한 권을 푸아송의 코앞에 들이밀었다. 삽화가 있는 『나폴레옹 3세의 애정들』이라는 책이었다. 많은 얘기가 있지만, 특히 황제가 요리사의 열세

---

4) 알렉상드르 오귀스트 르드뤼 롤랭(Alexandre Auguste Ledru Rollin, 1807~1874). 19세기 프랑스의 진보파 정치인이다.

살짜리 딸을 유혹하는 얘기가 나온다고, 도망가는 계집애를 쫓아가는 황제가 레지옹 도뇌르[5] 휘장만 걸치고 맨다리를 드러낸 채 뛰어다니는 삽화도 있다고 했다.

"오! 그거 좋은데?" 음흉한 호색이 발동한 보슈가 환호성을 질렀다. "원래 그런 법이지!"

푸아송은 놀라서 꼼짝하지 못했다. 황제를 옹호하고 싶었지만, 책에 실려 있는 내용이라니 부정할 수 없어서 결국 아무 말도 하지 못했다. 랑티에가 계속 빈정거리며 문제의 그림을 코밑에 들이대자 푸아송은 양팔을 크게 벌리며 고함을 지르고 말았다.

"뭐, 어때서! 황제도 사람인데 그럴 수 있지!"

랑티에도 말문이 막혔다. 그는 책과 신문을 장롱 선반에 정리하면서, 작은 책장이라도 하나 있으면 좋았을 거라고 말했다. 제르베즈가 하나 마련해 놓겠다고 했다. 랑티에가 꺼내 놓은 책 중에는 우선 1권이 빠진 루이 블랑[6]의 『십 년사』가 있었다. 사실 랑티에는 처음부터 1권은 가지고 있지 않았다. 또 2수 주고 산 라마르틴[7]의 『지롱드당사(黨史)』, 외젠 쉬의 『파리의 비밀』과 『방랑하는 유대인』, 그리고 전당포에 맡겨 놓고

---

5) 나폴레옹 보나파르트가 집정관 시절에 만든 훈장으로, 초기에는 주로 군인들에게 수여되었다.

6) 루이 장 조제프 샤를 블랑(Louis Jean Joseph Charles Blanc, 1811~1882). 19세기 프랑스의 정치인, 역사가. 1830년부터 1840년의 역사를 다섯 권으로 기록한 『십 년사』를 남겼다.

7) 알퐁스 드 라마르틴(Alphonse de Lamartine, 1790~1869). 19세기 프랑스의 낭만주의 시인으로, 정치가, 외교관으로 활동했다.

안 찾아가는 책을 처분할 때 긁어모은 온갖 철학서와 인도주의 서적들이 있었다. 랑티에는 특히 몇 년 전부터 직접 모으고 있는 신문들을 감격스럽고 존경 어린 눈으로 쳐다보면서, 매번 카페에서 신문을 읽다가 내용이 좋거나 생각이 맞는 기사가 있으면 그 신문을 사서 간직한다고 했다. 그렇게 모은 신문이 한 보따리였고, 날짜와 종류는 뒤죽박죽이었다. 짐가방 바닥에서 신문 더미를 꺼내 놓은 랑티에는 애정이 담긴 손길로 그 위를 두드리면서 보슈와 푸아송에게 말했다.

"어때요? 자, 이건 함부로 건들면 안 됩니다. 이렇게 멋진 걸 가진 사람은 없죠. 이 안에 뭐가 들어 있는지 상상도 못 할 겁니다. 그러니까 이 안에 들어 있는 사상들을 절반만이라도 실천할 수 있다면 사회를 당장 깨끗하게 만들어 버릴 수 있어요. 그렇게 되면 당신네 황제하고 순사님들은 멀건 수프나 먹으며 살아야 하겠죠."

그때 푸아송이 얼굴이 하얗게 질리고 붉은 콧수염과 턱수염을 파르르 떨면서 랑티에의 말을 잘랐다.

"그럼 군대는, 그건 어쩔 거죠?"

이 말에 발끈한 랑티에가 신문을 주먹으로 치면서 고함을 쳤다.

"난 군국주의의 소멸과 인민의 우애를 원합니다. 특권, 귀족 칭호, 독점 같은 건 모두 철폐돼야 합니다. 동등한 임금, 이윤의 재분배, 프롤레타리아의 영광도 주장합니다. 모든 자유 말입니다. 알아들어요? 모든 자유! 이혼의 자유도!"

"맞아, 맞아, 이혼의 자유가 있어야 도덕이 바로 서지." 보슈가 지지했다.

근엄한 표정을 짓고 있던 푸아송이 대답했다.

"난 당신들이 말하는 자유 같은 것 필요 없어요. 그런 자유 없이도 아주 자유로우니까."

"필요 없다고요? 필요 없다고?" 감정이 격해진 랑티에가 목 멘 소리로 더듬거렸다. "그건 자유로운 게 아니죠. 정말 자유가 필요 없다면 전부 카옌[8]의 감옥에 처넣으면 되겠군요. 그래요, 카옌 말입니다. 당신네 그 황제하고 그 일당인 돼지 새끼들까지 전부!"

그들은 만날 때마다 얼굴을 붉히며 싸웠다. 논쟁을 싫어하는 제르베즈가 나서서 매번 중재를 했다. 랑티에의 짐가방을 보면서 악취 나는 옛사랑의 향기에 취해 있던 제르베즈가 정신을 차리고 세 남자에게 술잔을 가리켰다.

"그렇군요." 바로 흥분을 가라앉힌 랑티에가 잔을 들면서 말했다. "자, 건배합시다."

"건배!" 보슈와 푸아송도 대답하면서 술잔을 부딪혔다.

하지만 보슈는 자꾸 불안해하며 푸아송을 힐끗거리더니, 결국 나지막하게 말했다.

"이런 얘긴 다 우리끼리 하는 말입니다. 그렇죠, 푸아송 씨? 여기서 보고 들은 건······."

푸아송이 보슈의 말을 자르며, 모든 게 다 안에 들어 있다

---

8) 남아메리카에 위치한 프랑스령 기아나의 수도로, 19세기에 앞바다의 섬에 세워진 감옥이 프랑스의 유형지로 사용되었다.

는 듯이 자기 가슴에 손을 얹어 보였다. 친구들을 밀고하는 일 따위는 하지 않는다는 뜻 같았다. 그러는 동안 쿠포가 왔고, 다 같이 한 병을 더 비웠다. 안마당을 지나 거리로 나간 푸아송은 꼿꼿하고 엄숙한 자세로 절도 있는 걸음을 옮겼다.

처음 한동안 제르베즈의 집은 몹시 어수선했다. 랑티에의 방을 따로 분리해서 입구와 열쇠도 따로 사용하겠다는 애초 계획과 달리 마지막 순간에 사이의 문을 막지 않기로 하는 바람에 랑티에는 거의 대부분 가게를 통해 들락거렸다. 더러운 빨랫감도 골칫거리였다. 쿠포는 큰 상자를 만들어 주겠다는 약속은 신경도 쓰지 않았다. 결국 아무 구석에나 빨랫감을 쑤셔 넣을 수밖에 없었다. 특히 침대 밑이 제일 만만했고, 그러다 보니 여름날 밤에는 견디기 힘들었다. 더구나 밤마다 가게에 에티엔의 잠자리를 마련해 주는 일도 몹시 번거로웠다. 혹시라도 세탁소 일이 밤늦게까지 이어지면, 아이는 의자에서 자면서 일이 끝나기를 기다려야 했다. 그러던 터라 구제가 옛날 자기가 일한 공장의 주인이었던 어느 기계공이 견습공을 구한다면서 에티엔을 릴에 보내면 어떻겠냐고 물었을 때, 제르베즈는 무척 반가웠다. 더구나 에티엔도 집에서 지내는 것이 편하지 않았기 때문에 독립하고 싶다며 떠나기를 원했다. 제르베즈는 혹시라도 랑티에가 안 된다고 할까 봐 걱정스러웠다. 랑티에가 이사를 온 것은 오직 아들과 가까이 있고 싶어서 인데, 보름 만에 아들이 떠나가겠다고 하면 어떨지 신경이 쓰인 것이다. 하지만 제르베즈가 떨리는 마음으로 얘기를 꺼내자 랑티에는 좋은 생각이라고, 젊은 노동자는 자기가 사는 나라를 돌아볼 필요가 있다고 대답했다. 그는 에티엔이 떠나던 날 아침에 노동자로서 지켜야 할 권리에 대해 일장 연설을 하고 나서 아들을 안아 주며 이렇게 말했다.

"제 손으로 물건을 만들어 내는 자는 노예가 아니라는 걸, 만들지 않는 자들이 무늬말벌[9]임을 명심해라."

이제 집 안은 일상으로 돌아갔다. 새로운 습관 속에 모든 게 자리를 잡으면서 편안해졌다. 제르베즈는 더러운 빨랫감이 굴러다니는 것에 익숙해졌고, 랑티에가 들락거리는 것에도 익숙해졌다. 랑티에는 늘 큰 사업을 준비 중이라고 했다. 이따금 흰색 셔츠를 입고 머리를 단정하게 빗은 모습으로 외출해서 온종일 보이지 않기도 했고, 외박을 하는 날도 있었다. 그런 날은 피곤에 전 모습으로 돌아와서, 마치 이십사 시간 내내 아주 중요한 문제에 대해 토론하기라도 한 듯 머리 아파 죽겠다는 시늉을 했다. 사실 그는 살판났다. 오! 랑티에의 손에 굳은살이 박일 위험은 절대 없었다. 그는 보통 10시쯤 일어났고, 오후에는 햇볕이 마음에 들면 동네를 돌아다니고 비가 오면 가게 안에서 신문을 뒤적거렸다. 제르베즈의 세탁소는 랑티에에게 안성맞춤이었다. 그는 치마들 틈에서 너무 편했고, 여자들 속에 깊숙이 파고들었다. 세탁부들의 천박한 말투가 좋아서, 자기는 계속 예의 바르게 말하면서 일부러 여자들은 그런

---

9) 생산하지 않는, 계급과 생산 계급이 협력하는 새로운 사회를 주장한 프랑스의 사회주의 사상가 클로드 생시몽이 쓴 글에서 일하는 '꿀벌(abeille)'과 일하지 않는 무늬말벌(frelon)을 비교한 데서 나온 표현이다. '무늬말벌'은 스스로 생산하지 않는 사회에 무용한 존재를 가리킨다.

말투로 말하게 만들었다. 랑티에가 세탁부들, 정숙한 척 얌전 빼는 일 따위는 없는 여자들하고 함께 엮이는 것을 좋아하는 이유이기도 했다. 클레망스가 쉬지 않고 지껄이는 동안 랑티에는 가느다란 콧수염을 만지작거리면서 온화한 미소를 지어 보였다. 세탁소 냄새, 땀에 젖은 맨팔을 드러내고 다림질을 하는 여자들, 또 은밀한 규방처럼 동네 여자들의 은밀한 속옷들이 다 까발려 있는 그곳은 바로 랑티에가 꿈꾸던 곳, 오랫동안 찾아 헤맨 나태와 쾌락의 피난처였다.

랑티에는 처음에는 밥때가 되면 푸아소니에 거리 모퉁이에 있는 프랑수아네 식당에 가서 먹었지만, 곧 일주일에 세 번 혹은 네 번 쿠포네와 함께 먹었다. 마침내 그는 그냥 식사까지 제공받는 걸로 하자고, 그러면 매주 토요일 15프랑을 내겠다고 했다. 그렇게 랑티에는 제르베즈네 집의 터줏대감이 되었다. 아침부터 밤까지 셔츠 바람으로 세탁소와 안쪽 방까지 왔다 갔다 했고, 목소리를 높여 이것저것 시키기까지 했다. 심지어 직접 손님들을 상대하기도 하면서 그야말로 주인 행세를 했다. 그는 프랑수아네 포도주가 맘에 들지 않는다며 제르베즈에게 바로 옆 석탄 가게의 비구루한테 포도주를 사라고 했고, 그렇게 포도주를 사는 핑계로 보슈와 함께 찾아가서는 비구루 부인한테 치근거렸다. 그다음엔 쿠드루네 빵이 별로라면서 오귀스틴을 보내 비엔나풍[10] 빵을 파는 포부르푸아소니에르 거리의 메이에네서 사오게 했다. 르웅그르네 식품점도 다

---

10) 비엔나 스타일의 빵은 크루아상처럼 버터가 많이 들어가고 단맛이 난다.

른 곳으로 바꿨다. 포롱소 거리에 있는 뚱보 샤를네 정육점만은 자기와 정치적 견해가 일치한다는 이유로 바꾸지 않았다. 한 달이 지나자 랑티에는 모든 음식에 기름을 넣게 했다. 클레망스가 프로방스 촌사람한테서 기름이 사라질 틈이 없다며 놀려 댔다. 이따금 랑티에가 직접 오믈렛을 해 먹을 때면, 그가 양쪽으로 뒤집어 가면서 구운 오믈렛은 크레이프보다 더 노릇노릇해서 꼭 갈레트 같았다.[11] 랑티에는 음식을 만드는 쿠포 마나님을 감독하면서 비프스테이크를 구두 밑창처럼 단단해질 때까지 굽고 모든 음식에 마늘을 넣게 했다. 샐러드에 넣으려고 허브를 자르는 모습을 보면 그런 나쁜 풀에는 독이 있을 수 있다며 소리를 질렀다. 그가 제일 좋아하는 것은 물에 삶은 국수를 넣고 기름 반 병을 부은 걸쭉한 포타주였다. 그것을 먹을 수 있는 사람은 랑티에와 제르베즈뿐이었다. 다른 사람들, 그러니까 파리 사람들은 어느 날 한번 먹어 봤다가 내장이 다 뒤집힐 뻔했다.

랑티에는 서서히 쿠포 가족 간의 일도 좌지우지했다. 로리외 내외가 쿠포 마나님을 위해 100수를 내는 것에 여전히 불만이 많다는 것을 알고는 계속 그러면 소송하면 된다고 알려 주었다. 그 인간들은 남들이 다 바보인 줄 아나! 한 달에 10프랑은 내야지! 그러면서 직접 10프랑을 받으러 로리외네로 올라갔다. 너무나 당당하고 그러면서도 상냥하게 말하는 랑티에

---

11) 크레이프는 밀가루 반죽을 전처럼 부친 것이고, 갈레트는 둥글고 납작한 과자 같은 케이크이다.

앞에서 로리외는 차마 안 된다고 거절하지 못했다. 이제 르라 부인도 200수씩 내기로 했다. 쿠포 마나님은 랑티에의 손에 입이라도 맞추고 싶은 심정이었다. 랑티에는 심지어 쿠포 마나님과 며느리 사이의 언쟁을 중재하기도 했다. 제르베즈가 짜증을 내며 퉁명스럽게 구는 바람에 시어머니가 침대에 가서 훌쩍거릴 때면, 랑티에가 두 여자를 같이 끌어내 놓고 둘 다 자기 성격이 좋아서 주변 사람들이 좋아하는 줄 아느냐면서 당장 화해하라고 재촉한 것이다. 그는 나나도 마찬가지라고, 자기가 보기엔 아이를 잘못 키운 것 같다고 말했다. 맞는 말이었다. 아버지가 나나를 때리면 어머니가 나서서 아이를 두둔했고, 반대로 어머니가 아이를 야단치면 아버지가 화를 내며 막았다. 부모가 서로 잡아먹을 듯이 싸우는 동안 나나는 신이 났다. 그리고 어차피 혼이 나지 않는다는 걸 알았기에 그야말로 천방지축으로 날뛰었다. 요즈음 나나는 멋대로 맞은편 철공소에 가서 놀았다. 온종일 짐수레 손잡이에 매달려 그네를 타거나, 화덕의 시뻘건 빛이 어른대는 어슴푸레한 안마당 구석에서 동네 개구쟁이들과 함께 숨어 있었다. 그러다가 갑자기 고함을 지르며 뛰어나왔는데, 머리가 헝클어지고 온몸이 흙투성이인 나나 뒤로, 누군가 망치라도 휘둘러 지긋지긋한 아이들을 내쫓기라도 한 듯 개구쟁이들이 떼를 지어 몰려나왔다. 나나를 야단칠 수 있는 사람은 랑티에뿐이었다. 하지만 나나는 랑티에를 다루는 법까지 알고 있었다. 머리에 피도 안 마른 열 살짜리 계집애가 랑티에 앞을 지나갈 때면 여인네처럼 몸을 살살 흔들었고, 이미 음란한 기운이 가득 담긴 눈길로 곁눈질을 했다. 결국 랑티에가 나나의 교육을 맡기로 했다. 랑티에는 나나에게 춤을 가르쳤고, 자기가 쓰는 방언까지 가르쳤다.

그렇게 한 해가 지나갔다. 동네에서는 모두 랑티에가 연금이라도 타고 있는 줄 알았다. 그렇지 않고서는 쿠포네와 잘 지내는 것을 설명할 수 없었기 때문이다. 물론 제르베즈는 일을 계속했다. 하지만 이제 무위도식하는 남자를 둘이나 먹여 살려야 했기 때문에 가게의 수입으로도 충분하지 않았다. 더구나 세탁소도 예전 같지 않았다. 단골손님들이 떠나갔고, 세탁부들도 아침부터 저녁까지 먹고 마시며 흥청거렸다. 게다가 랑티에는 집세도 밥값도 아무것도 내지 않았다. 처음에 몇 달치를 한꺼번에 낸 이후로는, 이제 곧 큰돈을 벌게 될 테니 그때 다시 한꺼번에 내겠다고 했다. 제르베즈는 랑티에한테 단한 푼도 달라는 말을 하지 못했고, 결국 빵과 포도주와 고기까지 전부 외상으로 샀다. 그렇게 곳곳에 외상값이 쌓여 갔다. 매일 3프랑 혹은 4프랑씩 늘었다. 가구점의 외상도 더는 갚지 못했고, 나중에 주겠다고 약속한 쿠포의 세 친구, 그러니까 미장이와 목수와 칠장이한테도 돈을 주지 못했다. 이제 사람들이 불평하기 시작했고, 동네 상인들도 제르베즈에게 전처럼 친절하지 않았다. 제르베즈는 빚의 공포에 마비되어 버린 것 같았다. 돈에 오히려 무감각해졌고, 제일 비싼 것으로만 골랐고, 먹을 것에 탐닉했다. 그런 와중에도 천성이 선한 제르베즈는 만일 자기가 아침부터 저녁까지 수백 프랑을 벌 수만 있다면 그동안 외상을 준 사람들 모두에게 100수짜리 동전을 한 움큼씩 나누어 주고 싶었다. 하지만 어떻게 해야 그 돈을 벌수 있는지는 알지 못했다. 그렇게 제르베즈는 수렁에 점점 깊이 빠졌다. 상황이 나빠질수록 오히려 그녀는 가게를 더 키워야겠다고 말했다. 한여름이 왔을 때 클레망스가 그만두었다. 우선 세탁부 두 명이 필요할 만큼의 일이 없었고, 또 몇 주 동안 급료를 받지 못했기 때문이다. 그렇게 망해 가는 중에도 쿠포와 랑티에는 볼이 통통해지도록 먹었다. 멀쩡한 두 남자가 가게를 다 먹어 치웠고, 제르베즈의 세탁소가 기우는 만큼 두 남자는 살이 쪘다. 그들은 서로 경쟁하며 두 사람 몫씩 먹어 치웠고, 후식이 나오면 빨리 소화되도록 배를 두드리면서, 이래야 배 속의 음식이 더 빨리 내려간다며 낄낄대며 먹었다.

동네 사람들의 입에 가장 자주 오르내린 주제는 바로 랑티에와 제르베즈가 이전의 관계로 되돌아갔느냐 하는 것이었다. 이 문제에 대해서는 의견이 분분했다. 로리외 부부는 쩔룩이가 랑티에를 다시 차지하려고 수단 방법을 가리지 않았지만 랑티에가 원하지 않았다고 주장했다. 그러면서 제르베즈는 이미 너무 늙어 버렸다고, 랑티에는 시내에 제르베즈와 전혀 다른 새파란 여자들이 있다고 했다. 하지만 보슈 생각은 반대였다. 첫날부터 밤이면 제르베즈가 옛 남편의 방으로 들어가는데 얼간이 쿠포는 그것도 모르고 분명 코를 골고 잘 거라고했다. 둘 중 어느 쪽이 맞든 모두 있을 수 없는 일이었다. 하지만 세상에는 어차피 추잡한 일들이 수없이 많고 심지어 더 심한 일도 비일비재하므로, 동네 사람들은 결국 셋의 동거를 자연스럽게 받아들이게 되었다. 심지어 절대 싸우는 법 없이 저

렇게 예의를 지키며 살아갈 수 있다니 참 좋은 사람들이라고
까지 생각했다. 사실 이 동네의 집들만 들여다봐도 더 심한 일
을 얼마든지 볼 수 있었다. 적어도 쿠포네는 착한 아이들 같
았다. 세 사람 모두 이것저것 만들어 먹는 것을 좋아했고, 술
에 취해도 이웃 사람들의 잠을 방해하는 법 없이 조용히 잤
다. 또 동네 사람 모두가 랑티에의 깍듯한 예의에 혹해 있었
다. 랑티에는 감언이설로 사람들을 속였고, 가장 수다스러운
여자들도 그 앞에서는 조용해졌다. 심지어 모두 제르베즈와
랑티에의 관계를 의심하는 중에도, 과일 가게 여자가 아니라
고 부인하자 그 말을 들은 내장 가게 여자가 아쉬워하는 기색
이 역력할 정도였다. 정말로 둘이 그렇고 그런 사이가 아니라
면 쿠포네 일이 그다지 흥미로울 게 없었기 때문이다.
　정작 제르베즈는 주위에서 수군거리든 말든 개의치 않았다.
그런 추잡한 일을 별로 생각하지도 않았다. 오히려 동네 사람
들이 제르베즈를 두고 어떻게 저렇게 목석같은 여자가 있느냐
고 흉볼 정도였다. 가족조차 제르베즈가 왜 랑티에를 싫어하
는지 이해하지 못했다. 애정사라면 어떻게든 끼고 싶어 안달
이 난 르라 부인은 매일 저녁 가게를 찾아와서 랑티에가 참으
로 거부할 수 없는 매력의 소유자라고, 제아무리 잘나가는 귀
부인이라도 그 팔에 안기지 않을 수 없을 거라고 떠들었다. 보
슈 부인은 한술 더 떠서 자기가 열 살만 젊었으면 랑티에한테
넘어가고 말았을 거라고 했다. 그렇게 서서히 소리 없는 공모
가 제르베즈를 압박해 왔다. 마치 주위의 모든 여자들이 제르
베즈한테 연인을 만들어 주고 싶어 안달이 난 것 같았다. 하

지만 정작 제르베즈의 눈에는 랑티에가 전혀 매력적이지 않았다. 그녀는 오히려 주변의 반응이 놀라웠다. 물론 랑티에가 옛날보다 말쑥해지기는 했다. 늘 짧은 모직 외투를 입고 있고, 카페나 정치 모임에서 주워들은 것도 많았다. 하지만 제르베즈는 그를 너무 잘 알았다. 눈빛만 봐도 영혼이 다 보였다. 그 속에 옛날 그대로의 것이 수도 없이 눈에 띄었고, 그럴 때면 제르베즈는 살짝 오싹해졌다. 모두 그렇게 마음에 들면 왜 직접 용기를 내서 다가가 보지 않는 걸까요? 어느 날 그중에서도 제일 열성적인 비르지니에게 제르베즈가 넌지시 묻기까지 했다. 르라 부인과 함께 비르지니는 제르베즈를 화나게 하려고 랑티에와 꺽다리 클레망스의 정사를 떠벌렸다. 정말이예요, 전혀 몰랐죠? 부인이 일 보러 나가면 랑티에가 클레망스를 방으로 끌어들인다니까요. 그러면서 요즈음 둘이 같이 다니는 걸 봤다는 사람들도 있다고, 랑티에가 클레망스의 집에 들락거리는 것 같다고 덧붙였다.

"그래서요?" 제르베즈의 목소리가 살짝 떨렸다. "그게 나와 무슨 상관이죠?"

그러면서 비르지니를 바라보았다. 제르베즈는 상대의 노란 눈에서 마치 고양이 눈처럼 금빛 불꽃이 반짝거리는 것을 보았다. 그녀는 비르지니가 아직 자기한테 원한을 품고 있다고, 일부러 질투를 하게 만들려고 애쓰고 있다는 생각이 들었다. 하지만 비르지니는 아무것도 모른다는 표정으로 대답했다.

"물론 부인하고 상관없는 일이죠. 하지만 그런 애하고 사귀어 봐야 좋을 게 없을 테니까 그만 끝내라고 충고해 줄 수는 있잖아요."

무엇보다 최악은 주위 사람들이 자기 편이라는 것을 안 랑티에가 제르베즈에 대한 태도를 바꾸었다는 것이다. 이제 랑티에는 제르베즈에게 악수를 하면서 한참 동안 손을 놓지 않았다. 또한 계속 눈길을 보내 피곤하게 하기도 했다. 자기를 응시하는 랑티에의 대담한 눈길에서 제르베즈는 그가 무엇을 원하는지 분명하게 읽을 수 있었다. 랑티에는 또 제르베즈의 뒤쪽으로 지나갈 때면 무릎을 그녀의 치마에 밀어 넣었고, 마치 잠재우겠다는 듯 그녀의 목덜미에 대고 입김을 불기도 했다. 물론 아직 거칠게 굴거나 마음을 분명하게 드러내지는 않았다. 하지만 어느 날 저녁 단둘이 있게 되었을 때 랑티에는 말없이 제르베즈를 가게 구석의 벽 쪽으로 밀쳤고, 놀라 떨고 있는 그녀를 꼼짝하지 못하게 하며 키스를 하려 했다. 그런데 바로 그때 구제가 들어왔다. 제르베즈는 몸부림을 치며 랑티에의 손아귀를 벗어났다. 세 사람은 아무 일도 없었던 것처럼 잠시 이야기를 주고받았다. 자기가 두 사람을 방해했다고 생각한 구제는 창백한 얼굴로 눈을 제대로 들지 못했다. 그는 조금 전 제르베즈가 몸부림을 치며 랑티에를 밀친 것은 다른 사람이 보는 앞에서 키스를 받지 않기 위해서라고 생각했다.

다음 날 제르베즈는 절망감으로 발을 동동 굴렀다. 손수건 한 장도 다릴 수가 없었다. 그녀는 구제를 만나서 자기가 왜 랑티에와 함께 벽 앞에 서 있었는지를 해명하고 싶었다. 하지만 에티엔이 릴로 떠난 후로는 철공소에 찾아갈 핑곗거리가 없었다. 음흉한 웃음을 짓는 벡살레가 너무 마음에 걸렸다. 하지만 그날 오후는 더 이상 참을 수가 없었다. 제르베즈는 포르트블랑슈 거리에 사는 고객한테 속치마 세탁할 것을 받으러 간다고 둘러대고는 바구니를 들고 길을 나섰다. 마르카데 거리의 볼트 공장에 이르자 제르베즈는 어쩌면 우연히 구제를 만날 수 있으리라 기대하며 일부러 보폭을 줄여 천천히 걸었다. 그렇게 오 분 정도 걸었을 때, 우연히도 구제가 마치 그 역시 제르베즈를 기다리고 있었던 것처럼 모습을 드러냈다.

"어! 일 보러 나오셨군요." 구제가 희미한 웃음을 지으며 말했다. "집에 들어가시는 길인가요?"

할 말이 없어 그냥 나온 말이었다. 사실 제르베즈는 푸아소니에 거리를 등지고 걷고 있었다. 두 사람은 나란히 서서 몽마르트르 쪽으로 올라갔다. 손은 잡지 않았다. 혹시라도 공장 문 앞에서 만나기로 한 것처럼 보일까 봐 그들은 빨리 철공소에서 멀어져야겠다는 생각밖에 없었다. 제르베즈와 구제는 고개를 숙인 채로, 공장들의 소음을 들으면서, 군데군데 움푹하게 파인 길을 걸어갔다. 200걸음쯤 가서는 마치 잘 아는 길을 걷는 사람들처럼 말없이 왼쪽 공터로 들어섰다. 제재소와 단추 공장 사이, 군데군데 풀이 누렇게 그을린 채로 녹색이 남아 있는 조그만 풀밭이었다. 말뚝에 묶인 염소 한 마리가 메에 울면서 빙글빙글 돌고 있고, 안쪽에는 죽은 나무 한 그루가 내리쬐는 햇볕 아래에서 썩어 가고 있었다.

"아, 정말! 꼭 시골에 와 있는 것 같네요."

두 사람은 고목 아래에 앉았다. 제르베즈는 바구니를 발 옆에 내려 놓았다. 앞쪽에는 몽마르트르 언덕 위로 별로 짙지 않은 녹색의 수목들 사이로 솟은 노란색과 회색의 집들이 보였다. 고개를 젖히자 맑은 하늘이 도시 위로 반짝이듯 넓게 펼쳐져 있고, 북쪽으로 흰 구름 조각이 떠다녔다. 두 사람은 밝은 빛에 부신 눈으로, 지평선을 따라 멀리 허옇게 뻗어 나간 변두리 지역을 바라보았다. 특히 제재소의 가느다란 굴뚝이 연기를 내뱉으며 쏟아내는 굴뚝의 진한 한숨이 잔뜩 짓눌린 두 사람의 마음을 달래 주는 것 같아서 하염없이 지켜보았다.

"그래요. 볼일이 있어서 나왔어요. 나왔다가……." 침묵이 거북해진 제르베즈가 먼저 입을 열었다.

구제에게 해명하고 싶어서 그토록 안달했으면서도 막상 이야기를 꺼낼 엄두가 나지 않았다. 불현듯 수치심에 사로잡힌 것이다. 구제와 제르베즈는 자기들이 바로 그 얘기를 하기 위해 여기까지 왔다는 걸 너무 잘 알고 있었다. 그리고 아직 한마디도 꺼내지 않았지만, 이미 그 일에 대해 얘기하고 있었다. 어제의 일은 진정 무거운 짐처럼 두 사람의 마음을 짓눌렀다.

참기 힘든 슬픔이 밀려오자 제르베즈는 눈물을 흘리면서 비자르 부인의 죽음에 대해 이야기했다. 자기 세탁물을 빨래해 주던 사람인데, 끔찍한 통증에 시달리다가 오늘 아침 숨을 거두었다고 했다.

"남편이 발로 찬 것 때문이래요." 제르베즈가 온화하고 단조로운 목소리로 말했다. "배가 부어올랐고요. 배 속에 뭔가가 터져 버려서요. 세상에! 사흘 동안 얼마나 아파하며 뒹굴었는지. 아! 정말 그보다 덜한 일로도 갤리선에 보내 버리던데

말이에요. 하기야 남편한테 맞아 죽은 여자들까지 챙기기에는 재판소가 너무 바쁘겠죠. 한 번 차이고 안 차이고, 그게 뭐가 중요하겠어요. 어차피 매일 맞고 사는데요. 더구나 그 불쌍한 비자르 부인은 남편이 교수형당할까 봐 자기 혼자 통에 올라갔다가 떨어져서 배가 그 모양이 됐다고 했다네요. 죽기 전날 밤에는 밤새도록 비명을 질렀대요."

구제는 말이 없었다. 주먹을 움켜쥔 채 풀만 뽑고 있었다.

"막내아들 쥘이 젖을 뗀 지 보름도 채 안 됐어요." 제르베즈가 계속 말을 이어 갔다. "그나마 아기가 덜 힘들 테니 다행이라고 해야 할까요? 별수 없죠. 이제 그 어린 랄리가 동생 둘을 돌봐야 해요. 아직 여덟 살도 안 됐는데. 그래도 무척 신중하고 똑똑한 아이예요. 진짜 엄마 같죠. 그런데 그 아버지가 랄리한테도 손찌검을 해요. 아! 정말 이 세상에는 고통받기 위해 태어나는 사람들도 있나 봐요."

그때 구제가 제르베즈 쪽으로 돌아보며 불쑥 내뱉었다. 그의 입술이 파르르 떨렸다.

"어제 제 마음을 아프게 하셨습니다. 그래요, 아주 많이 아팠습니다."

제르베즈는 하얗게 질린 얼굴로 두 손을 움켜쥐었다. 구제는 계속했다.

"알고 있어요. 어쩔 수 없는 일이죠. 하지만 저한텐 미리 얘기해 주셨어야, 어떤 상황인지 말을 해 주셨어야 합니다. 그래야 저 혼자 생각하느라……."

구제는 말을 끝내지 못했다. 제르베즈가 동네 사람들이 자기가 랑티에와 다시 맺어졌다고 떠들고 다니는 것과 똑같이 구제 역시 그렇게 믿고 있음을 깨닫고는 벌떡 일어섰기 때문이다. 그녀는 두 팔을 내밀면서 절규하듯 말했다.

"아니에요, 맹세해요. 정말 아니에요. 랑티에가 날 밀어붙이면서 키스하려고 한 거예요. 정말이에요. 얼굴도 닿지 않았어요. 그리고 그렇게 한 것도 어제가 처음이었어요. 아! 내 목숨을 걸고, 아이들 목숨을 걸고, 내가 가진 가장 성스러운 것을 다 걸고 맹세할 수 있어요."

하지만 구제는 고개를 저었다. 그는 믿지 않았다. 여자들은 늘 아니라고 말하지 않는가. 그러자 제르베즈는 더 진지한 목소리로 천천히 말했다.

"구제 씨는 내가 어떤 사람인지 알잖아요. 거짓말을 하지 않는다는 거……. 그럼 된 거 아닌가요? 정말이에요. 맹세해요! 앞으로도 절대 그런 일 없을 거예요. 내 말 알겠어요? 만일 그런 날이 온다면 그건 정말 내가 인간 말종이 되는 날이죠! 구제 씨 같은 사람의 우정을 받을 자격도 없고요."

말하는 동안 제르베즈의 얼굴은 한 치의 꾸밈도 없이 너무도 아름다웠다. 구제가 제르베즈의 손을 붙잡아 다시 자리에 앉혔다. 그는 비로소 숨을 제대로 쉴 수 있었고, 다시 웃을 수 있었다. 처음으로 제르베즈의 손을 힘주어 잡아 보기도 했다. 두 사람은 말없이 앉아 있었다. 하늘에는 흰 구름이 물 위를 헤엄치는 백조처럼 천천히 흘러갔고, 들판 구석에는 염소가 두 사람을 쳐다보면서 띄엄띄엄 정겹게 울었다. 구제와 제르베즈는 서로 깍지 낀 손가락을 놓지 않고 애정이 가득 담긴 눈으로 하염없이 먼 곳을 바라보았다. 저 멀리 지평선 위로 하늘에 선을 그어 놓은 듯 높은 굴뚝 숲이 솟아 있고, 그 가운데로 흐릿한 몽마르트르 언덕의 오르막이 보였다. 황량하기 이를 데 없는 회백색의 변두리 풍경이었지만, 허름한 식당들 주위에 자라난 수풀들을 보면서 제르베즈와 구제는 가슴이 뭉클해졌다.

"어머님이 절 원망하시죠. 알고 있어요." 제르베즈가 나지막하게 말했다. "아니라고 하실 필요 없어요. 갚을 돈이 너무 많잖아요!"

그 순간 구제가 상당히 거칠게 제르베즈를 가로막았다. 그녀의 손을 세게, 부러질 것처럼 세게 흔든 것이다. 구제는 제르베즈가 돈 얘기를 하는 게 싫었다. 그는 잠시 머뭇거리다가 더듬거리며 말했다.

"저기, 사실은 오래전부터 하고 싶은 얘기가 있었습니다. 부인은 지금 행복하지 못하죠. 어머니 말로는 분명 모든 게 꼬이고 있다고 하더군요."

구제는 약간 숨이 막힌 듯 말을 멈추었다.

"그래요. 우리 같이 떠나요."

제르베즈는 구제를 바라보았다. 그동안 한 번도 사랑 얘기를 꺼낸 적 없는 구제가 갑자기 마음을 털어놓다니, 제르베즈는 너무 놀라서 처음에는 정확히 알아듣지도 못했다.

"뭐라고요?" 제르베즈가 물었다.

"그래요, 갑시다." 구제는 여전히 고개를 숙인 채로 말했다. "어디든 가서 살면 돼요. 벨기에도 좋습니다. 내 고향이나 마찬가지인 곳이죠. 둘이 같이 일하면 곧 자리 잡을 수 있을 겁니다."

제르베즈는 얼굴을 붉혔다. 구제가 키스를 하려고 자기를 끌어안았다 해도 이 정도로 부끄럽지는 않을 것 같았다. 함께 달아날 생각을 하다니, 정말 신기한 사람이다. 그런 것은 소설 속에 등장하고 상류 사회에서나 벌어지는 일이 아닌가. 하기야! 노동자들이 결혼한 여자의 마음을 얻으려고 수작 거는 걸 본 적이 있기는 하지만, 그들은 정작 여자를 생드니까지도 데려가지 않고 그 자리에서 끝장을 보려 했다.

"아! 구제 씨, 구제 씨." 제르베즈는 무슨 말을 해야 할지 몰라 구제의 이름만 계속 나지막하게 불렀다.

"그래요. 우리 둘이서 살아요." 구제는 계속 말을 이었다. "우리를 방해할 사람도 없는 곳에서요. 무슨 말인지 알아요? 난 누군가 한 사람에게 마음을 주면 다른 사람들과 같이 그 사람을 보는 건 못합니다."

제르베즈는 마음을 진정시킨 다음 차분한 목소리로 그럴 수 없다고 했다.

"말도 안 돼요, 구제 씨. 그건 나쁜 일이에요. 전 이미 결혼했잖아요. 아이도 있고요. 절 좋아하는 것 알고 있고 저 때문에 힘든 것도 알아요. 하지만 우리가 그렇게 했다간 분명 후회하게 될 거예요. 아무런 기쁨도 누리지 못하고요. 저도 구제 씨를 좋아해요. 아니 너무 많이 좋아하기 때문에 구제 씨가 그런 어리석은 일을 하도록 내버려 둘 수가 없어요. 그건 정말 바보 같은 일이에요. 그냥 지금처럼 지내는 게 좋아요. 우리는 서로를 존중하고 마음도 잘 맞잖아요. 그거면 됐죠. 이미 여러 번 힘이 되었는걸요. 우리가 올바르게 산다면 큰 보답을 얻게 될 거예요."

구제는 제르베즈의 말을 들으며 고개를 끄덕였다. 제르베즈의 말이 옳았다. 아니라고 반박할 수가 없었다. 그 순간 구제가 갑자기 환한 대낮임에도 제르베즈를 껴안고 으스러질 듯 세게 포옹을 하더니 물어뜯기라도 할 기세로 거칠게 목에 키스를 했다. 그런 뒤에 말없이 제르베즈를 놓아주었고, 더는 사랑 얘기를 꺼내지 않았다. 제르베즈는 온몸이 떨렸다. 하지만 자신들이 이만한 작은 쾌락 정도는 누릴 자격이 있다고 생각했기 때문에 마음은 불편하지 않았다.

하지만 머리끝부터 발끝까지 엄청난 전율을 느낀 구제는 다시 제르베즈를 안고 싶어질까 봐 일부러 떨어져 앉았다. 그러고는 손을 어디 두어야 할지 몰랐고, 결국 무릎을 꿇은 채로 이리저리 옮겨 다니면서 민들레를 따서 제르베즈의 바구니에 던져 넣었다. 풀들이 불에 그을린 자리에 아주 예쁜 노란 민들레가 피어 있었다. 그 덕에 구제는 서서히 평온을 되찾고 기분도 좋아졌다. 망치질로 뻣뻣해진 손가락으로 조심조심 민들레를 뽑아서 하나씩 던졌다. 민들레가 바구니 밖에 떨어질 때면 착한 강아지 같은 그의 눈에 웃음이 번졌다. 고목에 등을 대고 앉은 제르베즈는 기쁘고 편안했다. 두 사람은 제재소의 거친 숨결 때문에 큰 소리로 말해야 했다. 공터를 떠나면서는 릴에서 잘 지내고 있는 에티엔 얘기를 나누면서 나란히 걸었다. 제르베즈는 바구니 가득 민들레를 담아 왔다.

하지만 제르베즈는 사실 구제에게 말한 것과 달리 랑티에 앞에서 그렇게 용감할 자신이 없었다. 물론 손가락 끝도 자기 몸에 대지 못하게 하겠다고 굳게 결심했지만, 혹시라도 그가 자기 몸을 만졌을 때 옛날처럼 마음이 약해지고 무력해질까 봐, 늘 사람들이 원하는 걸 거절하지 못하고 들어주고 말았던 것처럼 다시 그렇게 될까 봐 무서웠다. 랑티에는 그날 이후 다시 제르베즈의 몸에 손을 대지 않았다. 몇 번이나 제르베즈와 단둘이 있었는데도, 그냥 태연했다. 요즈음 그는 마흔다섯 살인데도 나이보다 훨씬 젊어 보이는 내장 가게 여자한테 마음이 있는 것 같았다. 제르베즈는 구제를 안심시키기 위해 일부러 그의 앞에서 그 여자 얘기를 했다. 비르지니와 르라 부인이 랑티에가 좋은 사람이라고 말하면, 어차피 온 동네 여자들이 전부 랑티에한테 연정을 품었으니까 자기까지 칭송할 필요는 없다고 대답했다.

쿠포는 랑티에가 자기 친구라고, 진정한 친구라고 온 동네에 떠들고 다녔다. 사람들이 험담을 늘어놓든 말든 자기도 알 건 다 안다고, 스스로 옳으면 그만이지 사람들 떠들어 대는 것 따위 상관없다고 했다. 심지어 그는 일요일에 세 사람이 함께 외출할 때면 동네 사람들을 비웃어 주기 위해서 억지로 아내와 랑티에가 팔짱을 끼고 앞에 걷게 했다. 쿠포는 누구든 옆에서 빈정거리면 신경 *끄고* 가서 발 닦고 자라고 욕해 줄 준비가 되어 있었다. 물론 쿠포의 눈에도 랑티에가 거만해 보이기는 했다. 쿠포는 그가 싼 술은 무조건 무시한다고 비난했고, 글을 읽을 줄 알고 변호사처럼 말한다고 놀려 대기도 했다. 하지만 그것만 빼면 꽤 괜찮은 친구라고 자신 있게 말했다. 샤펠을 다 뒤져도 저만한 친구는 찾기 어렵지. 그리고 우린 서로를 이해할 수 있거든. 천생연분인 거지. 그러면서 쿠포는 남자들끼리의 우정은 여자와의 사랑보다 더 강하다고 주장했다.

한 가지 더 얘기하자면, 쿠포와 랑티에는 몰려다니면서 진탕 먹어 댔다. 심지어 랑티에는 제르베즈가 돈을 가진 낌새가 보이면 10프랑 혹은 20프랑씩 빌리기까지 했다. 매번 사업을 크게 벌이느라 돈이 필요하다고 했다. 하지만 그런 날이면 랑티에는 볼일이 있으니 같이 가자면서 쿠포를 데리고 나가서, 그를 타락의 길로 이끌었다. 두 남자는 가까운 식당 구석에 마주 앉아 집에서는 먹지 못하는 음식으로 배를 채웠고, 비싼 술도 거나하게 마셨다. 함석공 쿠포는 비싸지 않은 식당에서 마음 놓고 마시는 게 더 좋았지만, 메뉴판을 보고 맛있는 소스를 골라 내는 랑티에의 귀족적 취향에 깊은 감명을 받았다. 어떻게 저렇게 섬세하고 까다로울 수 있을까? 남쪽 지방 사람들은 모두 저런 걸까? 랑티에는 너무 뜨거운 것은 절대 먹지 않았고, 음식이 나오면 몸에 좋은지 아닌지 하나씩 따져 보았고, 고기에 소금이나 후추가 너무 많이 들어간 것 같으면 그냥 내가게 했다. 바람에 관해서는 더 심하게 까다로웠다. 밖에서 바람이 들어오면 얼굴이 새파래졌고, 문이 조금만 열려 있어도 온 식당이 울리도록 크게 고함을 쳤다. 하지만 랑티에는 지독하게 인색해서, 7프랑 혹은 8프랑어치를 먹어 치우면서도 종업원에게 팁은 2수밖에 주지 않았다. 그런데도 종업원들은 랑티에를 어려워했다. 이제 바티뇰에서 벨빌까지 외곽 대로에서 랑티에와 쿠포를 모르는 사람이 없었다. 그들은 작은 불판 위에 얹어 내오는 캉[12]식의 내장 요리를 먹으러 바티뇰 거리에 갔다. 몽마르트르 언덕 밑에서는 근방에서 제일 맛있는 굴을 파는 '빌드바르르뒤크'[13]를 찾아냈다. '물랭드라갈레트'[14]까지 언덕을 올라간 날은 토끼구이를 먹었다. 마르티르 거리에서는 송아지 머리 요리를 잘하는 '릴라'에 갔고, 클리냥쿠르 거리의 '리옹도르'나 '되마로니에'에서는 손가락을 빨아 가며 맛있는 콩팥튀김을 먹었다. 하지만 그들이 가장 자주 간 곳은 왼편, 그러니까 벨빌 쪽이었다. '방당주드부르고뉴', '카드랑블뢰', '카퓌생' 같은 식당에는 아예 그들의 전용 좌석이 마련되었다. 모두 눈감고도 주문할 수 있는 믿을 만한 식당들이었다. 이 모든 것은 은밀히 이루어졌다. 이튿날 아침이면 두 남자는 제르베즈가 차려 놓은 감자를 뒤적거리며 자기들끼리만 알아들을 수 있는 말로 전날 일을 얘기했다. 한번은 물랭드라갈레트의 나무 아래에서 식사를 하는 자리에 랑티에가 여자를 데려오기도 했다. 후식이 나왔을 때 쿠포는 둘이서 시간을 보내라고 자리를 비켜 주었다.

---

12) 프랑스 북서쪽 바스노르망디 지방의 도시이다.
13) 프랑스 동북부 로렌 지방의 도시 이름을 그대로 쓴 식당 이름이다.
14) '갈레트 풍차'라는 뜻으로, 몽마르트르에 있는 무도회장이자 식당이었다. 이어지는 식당 이름들은 릴라는 '라일락', 리옹도르는 '황금 사자', 되마로니에는 '밤나무 두 그루', 방당주드부르고뉴는 '부르고뉴의 포도 수확', 카드랑블뢰는 '푸른 문자판'을 뜻한다.

당연히 신나게 먹고 놀면서 동시에 일할 수는 없는 법이다. 이미 일하기 싫어서 빈둥거리던 쿠포는 랑티에가 부부 사이에 끼어든 이후부터는 아예 연장에 손도 대지 않았다. 놀고먹다가 지루해지면 이따금 일거리를 찾아보기도 했지만, 그럴 때면 랑티에가 일터까지 찾아와서 매듭진 로프에 매달린 쿠포의 모습이 꼭 훈제 햄을 걸어 둔 것 같다고 집요하게 놀려 대며 어서 내려와서 한잔하러 가자고 재촉했다. 결국 함석공은 하던 일을 내동댕이치고 며칠이고 몇 주고 다시 술집들을 누비고 다녔다. 맙소사! 그들은 제대로 축포를 터뜨렸다! 그러니까 동네의 술집을 하나도 빠짐없이 훑고 다니면서, 아침까지 마신 뒤에 점심때 깨고 나서 저녁이 되면 다시 마시기 시작했다. 독주를 연달아 들이켜며, 마치 축제의 초롱불처럼 마지막 촛불이 다 꺼질 때까지 자리가 이어졌다. 하지만 교활한 랑티에는 절대 끝까지 마시는 법이 없었다. 쿠포를 부추겨 달아오르게 만들어 놓고는 정작 취하면 버려둔 채 혼자 환한 미소를 지으며 집으로 돌아왔다. 랑티에는 취해도 겉으로는 웬만해서 표가 나지 않았다. 그를 잘 아는 사람들만이 눈이 더 작아지고 여자들한테 대하는 태도가 좀 더 대담해진 것을 보고 취한 걸 알아차릴 수 있을 정도였다. 반면 쿠포는 흥해졌고, 술을 마실 때마다 더없이 역겹게 굴었다.

결국 11월 초순에 쿠포가 술 때문에 제대로 사고를 쳤고, 자기 자신에게도 다른 사람에게도 아주 고약한 상황을 만들었다. 바로 전날 그는 새 일자리를 구했고, 이번에는 랑티에도 노동은 인간을 고귀하게 만든다며 좋은 생각이라고 지지

했다. 자네는 정말 훌륭한 노동자야. 노동자라는 이름이 부끄럽지 않지. 심지어 랑티에는 날도 새기 전에 일어나서 일터까지 쿠포와 같이 가 주겠다고 따라나섰다. 하지만 잠시 뒤 그는 막 문을 연 프티트시베트로 들어갔다. 훌륭한 행동을 해내겠다고 굳은 결심을 했으니 축하받아야 한다고, 자두주 한 잔, 딱 한 잔만 하고 가자고 했다. 그런데 카운터 맞은편 긴 의자에 비비라그리야드가 벽에 등을 기대고 앉아서 침울한 얼굴로 파이프 담배를 피우고 있었다.

"이런! 비비가 빈둥거리고 있군. 왜, 일하기 싫은 거야?" 쿠포가 물었다.

"그게 아니야." 비비라그리야드가 기지개를 켜며 말했다. "주인 놈들이 마땅찮아서 그래. 어제 때려치웠어. 전부 나쁜 놈들, 도둑놈들이야."

비비라그리야드는 쿠포가 사주는 자두주를 받아먹었다. 틀림없이 누군가 이렇게 술 한잔 사 주기를 기다리고 있었을 것이다. 랑티에는 옆에서 주인들의 입장을 옹호했다. 그들도 나름의 고충이 있다고, 자기는 사업을 해 봐서 좀 안다고 했다. 사실 노동자들은 불한당이나 다름없지! 일에는 관심도 없이 늘 흥청망청 마셔 대기나 하고. 주문이 많아 한창 일이 급할 땐 거들떠보지도 않다가 빈털터리가 되면 다시 돌아오거든. 언젠가 피카르디[15]에서 온 일꾼을 데리고 있었는데, 글쎄 마차를 타고 돌아다니는 재미에 빠져서는 일주일 급료만 손에

---

15) 파리와 노르 지방과 사이에 있는 프랑스 북부 지방이다.

넣으면 며칠이고 승합 마차를 타고 돌아다니더라고. 노동자가 어떻게 그런 취미를 가질 수 있어! 그러더니 랑티에는 이번에는 뜬금없이 고용자들을 공격하기 시작했다. 난 다 알지! 그러니까 양쪽에 다 진실을 말해 줄 수 있어! 그자들은 아주 더러운 족속이야. 노동자들을 착취하면서 부끄러워하지도 않잖아. 사람을 뜯어먹고 사는 놈들! 랑티에는 자기는 노동자들을 늘 친구처럼 대했다고, 나쁜 고용주처럼 돈을 벌어들이려고 한 적이 없으니 양심에 조금도 거리낄 것이 없다고, 그래서 발 뻗고 편히 잘 수 있다고 했다.

"자, 이제 가야지." 랑티에가 쿠포를 보며 말했다. "말썽부리면 안 되잖아. 이러다 늦겠군."

비비라그리야드도 늘어뜨린 팔을 흔들거리며 같이 술집을 나섰다. 막 날이 밝고 있었다. 새 햇살이 거리를 비추긴 했지만, 바닥 진흙에 반사되어 뿌옇게 보였다. 어제 비가 온 뒤 날씨는 제법 따뜻했다. 가스등도 조금 전에야 꺼졌다. 건물들 사이로 띄엄띄엄 어둠이 남아 있는 푸아소니에 거리를 파리로 향하는 노동자들의 둔한 발걸음 소리가 가득 채웠다. 함석공 보따리를 어깨에 멘 쿠포는 오랜만에 멀쩡한 시민답게 거들먹거리며 비비라그리야드에게 물었다.

"이봐, 비비. 너도 일하게 해 줄까? 주인이 친구 하나 데려와도 된다고 했어."

"고맙지만 괜찮아." 비비라그리야드가 말했다. "난 속 좀 비워야겠어. 그 자리 메보트한테 말해 주지 그래? 어제 보니까 일을 찾고 있었거든. 기다려 봐. 아마 여기 어디 있을 거야."

길을 내려가다 보니 콜롱브 영감 가게에 정말로 메보트가 보였다. 덧창을 걷고 가스등을 밝힌 아소무아르는 아침부터 이미 불바다처럼 타오르고 있었다. 입구에서 랑티에가 이제 십 분밖에 안 남았으니 서둘러야 한다고 말했다.

"뭐? 그 짭새 같은 부르고뉴[16] 놈한테 가서 일한다고?" 쿠포의 말을 들은 메보트가 버럭 소리를 질렀다. "날 다시 그리로 끌어넣을 생각 하지 마! 그러느니 차라리 올 한 해 돈 안 벌고 말겠어. 너도 마찬가지야. 내가 장담하는데, 절대 사흘을 못 버틸 거야!"

"정말 그렇게 지독해?" 쿠포의 목소리에 근심이 깔렸다.

"두말하면 잔소리지! 온갖 나쁜 건 다 모아 놓았거든. 그 원숭이 같은 놈이 계속 등 뒤에서 지키면서 꼼짝도 못 하게 해. 거기다가 거드름 피우는 꼴은 또……. 그 여편네는 아예 우릴 주정뱅이 취급하고! 젠장, 침도 못 뱉게 하는 게 말이 돼? 첫날 일 마치고 아예 때려치웠지."

"그래? 미리 알게 돼서 다행이군. 오래 붙어 있기 힘들겠네. 일단 가서 해 보고 정말로 주인 놈이 열받게 하면 끌어다 제 여편네 위에 앉혀 놓겠어. 넙치 새끼들처럼 둘이 납작 붙어 버리게 말이야."

쿠포는 메보트의 손을 잡고 흔들며 귀띔해 줘서 고맙다고 했다. 그러고 일어서려는데 메보트가 짜증 섞인 목소리로 외쳤다. 말도 안 돼! 그 부르고뉴 놈 때문에 우리가 술 한잔 같

---

16) 프랑스 중동부 평원 지대에 디종을 중심 도시로 하는 지방 이름이다.

이 할 수 없단 말이야? 그게 무슨 남자야! 원숭이 같은 그 작자더러 오 분만 기다리라고 해! 랑티에가 옆에서 맞는 말이라며 안쪽으로 들어섰다. 그렇게 네 남자가 카운터 앞에 섰다. 메보트는 꾀죄죄한 검은 작업복 차림에 납작해진 캡 모자를 썼고 뒤축이 찌그러진 구두를 신었지만, 자기가 술집 주인이라도 되는 양 여기저기 둘러보며 큰 소리로 떠들어 댔다. 산풍뎅이를 넣은 샐러드도 먹어 봤고 죽은 고양이도 먹어 본 적이 있다면서, 바로 자기가 이 세상 최고의 술꾼이고 최고의 먹보라고 떠벌리기도 했다.

"이봐요. 이 보르자[17] 영감님." 메보트가 콜롱브 영감한테 소리를 질렀다. "그 노란 것 좀 줘요. 제일 좋은 당나귀 오줌 말이야."

창백한 얼굴에 푸른색 스웨터를 입은 콜롱브 영감이 차분히 잔 네 개를 채워 주자 네 남자는 맛이 날아가 버리기 전에 마셔야 한다며 단숨에 들이켰다.

"술이 들어가니까 좋군." 비비라그리야드가 중얼거렸다.

메보트가 우스운 얘기를 하나 들려주었다. 지난 금요일에 그가 술에 취한 사이에 친구들이 그의 담배 파이프에 횟가루를 한 움큼 집어넣었다는 것이다. 메보트는 다른 사람 같으면 뻗어 버렸을 테지만 자기는 멀쩡히 돌아다닌다고 으스댔다.

"한 잔 더 낼까요?" 콜롱브 영감이 쉰 목소리로 물었다.

---

17) 체사레 보르자(Cesare Borgia, 1475~1507). 이탈리아 르네상스기의 군인이자 정치가. 권모술수가 능한 폭군으로 평가되며, 마키아벨리의 『군주론』의 모델이 된 것으로 유명하다.

"좋죠. 한 잔 더 줘요. 이번엔 내가 내지." 랑티에가 말했다.

대화는 여자 얘기로 넘어갔다. 비비라그리야드는 지난 일요일 마누라를 데리고 몽루즈의 숙모 집에 갔던 얘기를 했다. 쿠포는 콜롱브 영감의 술집 손님들 사이에 잘 알려진 샤요[18]의 세탁부 말데젱드[19]의 소식을 물었다. 그들이 다시 잔을 들려는데, 밖에 구제와 로리외가 지나가는 것을 보고 메보트가 불러 세웠다. 두 사람은 문에까지 왔지만 들어오지는 않았다. 구제는 술을 마시고 싶지 않다고 했다. 로리외는 창백한 얼굴로 찬 기운에 몸을 떨면서 주머니 속에 가져다줘야 하는 금줄을 꽉 쥐고 있었다. 그는 기침을 하면서 자기는 독주 한 잔만 마셔도 뻗어 버린다고 했다.

"더러운 위선자들!" 메보트가 투덜거렸다. "저래 놓고 구석에서 몰래 마실 거면서."

메보트는 잔에 코를 가져다 대 보고는 콜롱브 영감을 붙잡고 말했다.

"뭐야, 이건 엉터리잖아. 딴 술을 따른 거죠? 술 가지고 날 속이려 드는 거야 뭐야?"

어느새 높이 솟은 해가 밝은 빛을 비스듬히 들여보내서 술집 안을 밝혀 주었다. 주인이 가스등을 껐다. 쿠포는 매형의 역성을 들면서 정말이라고, 술을 못 마신다고, 욕먹을 일은 아

---

18) 파리 북서쪽의 마을로 현재는 파리 16구에 속한다.

19) '말(malle)'은 원래 여행용 큰 가방을 말하고, '말데젱드'는 '인도를 오가던 우편선'을 가리켰다. 같은 발음으로 인도의 '고통, 병(mal)', '남자, 수컷(mâle)'의 뜻을 이용한 별명일 수도 있으나 정확히는 알 수 없다.

니잖냐고 했다. 쿠포는 구제도 두둔했고, 술을 먹고 싶은 생각이 아예 안 드는 건 아주 좋은 일이라고 했다. 그러면서 이제 일하러 가야겠다고 일어서려 했다. 하지만 랑티에가 자기가 무슨 대단한 사람이라도 되는 양 거드름을 피우며, 한 사람씩 돌아가면서 사는 중인데 사지도 않고 가면 안 된다고, 아무리 할 일이 있어도 비겁하게 친구들을 버리고 가는 건 말이 안 된다고 설교를 했다.

"정말 계속 일 타령 하면서 짜증 나게 할 거야?"메보트가 고함을 쳤다.

"그럼 이번 잔은 우리 선생이 사는 건가요?"콜롱브 영감이 쿠포에게 물었다.

결국 쿠포가 한 잔씩 샀다. 비비라그리야드는 자기 차례가 되자 고개를 숙이고 콜롱브 영감에게 귓속말을 했다. 상대는 천천히 고개를 저었다. 주인이 거절했음을 눈치챈 메보트가 다시 사기꾼이라며 욕을 퍼부었다. 빌어먹을! 영감이 어떻게 내 친구를 막 대할 수 있어! 외상 안 주는 술집이 어디 있다고! 그는 술집까지 와서 이런 모욕을 당해야 하는 거냐며 목청을 높였다. 하지만 콜롱브 영감은 흥분하지 않았고, 카운터 모서리에 커다란 주먹을 올리고 구부정하게 서서 같은 말만 친절하게 되풀이했다.

"이분한테 돈을 빌려주면 되겠군요. 그게 더 편하죠."

"좋아! 내가 빌려주지!"메보트가 고함치며 말했다. "자! 비비! 이 영감 낯짝에다가 돈을 던져 버려. 파렴치한 인간 같으니!"

흥분한 메보트는 쿠포가 계속 연장 주머니를 어깨에 메고 있는 것을 보고 짜증을 냈다.

"너 지금 무슨 젖먹이 돌보는 거야? 그 애 좀 내려놓지 그래? 꼭 꼽추 같아!"

쿠포는 잠시 머뭇거리더니, 곰곰 생각 끝에 마침내 결심한 듯 차분하게 가방을 내려놓았다.

"어차피 너무 늦었어. 그 부르고뉴 놈한테는 점심시간 지나서 가야겠어. 마나님이 배탈이 났다고 하지, 뭐. 자, 영감님. 내 연장 좀 이 의자 밑에 놓아둘게요. 이따 점심때 가져갈 겁니다."

랑티에가 고개를 끄덕이며 좋은 생각이라고, 당연히 일은 해야 하지만 그래도 친구들과 있을 때는 지켜야 할 예의가 우선이라고 말했다. 결국 네 남자는 술의 유혹 앞에서 무너져 버렸다. 유혹이 살살 간질이듯 조금씩 마음을 사로잡자 모두 맥없이 손을 늘어뜨린 채 눈짓만 주고받았다. 앞으로 다섯 시간 동안 마음껏 빈둥거려도 된다는 생각에 신이 나서 소리도 질렀다. 서로 어깨를 치면서 얼굴에 대고 정겨운 말들을 뱉어 냈고, 특히 쿠포는 마음의 부담이 없어지자 다시 흥이 나서 동료들을 '오랜 벗'이라고 불렀다. 다시 한번 한 잔씩 돌려 목을 축이고, 당구대가 있는 싸구려 작은 술집 '라퓌스키르니플'[20]로 몰려갔다. 그런데 그곳은 별로 깨끗하지 않아서 랑티에는 잠시 인상을 찌푸렸다. 독주가 1리터에 1프랑, 반 리터를

---

20) '콩콩거리는 벼룩'이라는 뜻이다.

두 잔으로 주는 것이 10수였다. 술꾼들이 당구대를 어찌나 지저분하게 썼는지 공이 달라붙어 움직이지 않을 정도였다. 하지만 일단 게임이 시작되자 랑티에는 능수능란하게 큐를 다루었고, 가슴을 쪽 펼쳐 공을 칠 때마다 허리를 움직이면서 평소의 우아한 동작과 즐거운 기분을 되찾았다.

점심때가 되자 쿠포가 좋은 생각이 떠올랐다면서 발을 굴렀다.

"벡살레를 데리러 가자. 어디서 일하는지 알아. 루이 할멈네 가서 풀레트 소스[21] 바른 족발이나 같이 먹지, 뭐."

모두 좋은 생각이라며 환호했다. 그래, 벡살레 그 자식 분명 풀레트 소스 족발이 먹고 싶을 거야. 그렇게 모두 같이 갔다. 누르스름한 빛을 띤 거리에는 빗방울이 떨어지고 있었지만, 다들 속이 달아올랐기 때문에 그 정도 가랑비는 느껴지지도 않았다. 쿠포가 앞장서서 마르카데 거리의 볼트 공장으로 향했다. 오전 일이 삼십 분 정도 남은 시각이었기에, 쿠포는 어린 직공 하나를 붙잡아 2수를 쥐여 주며 안에 들어가 벡살레한테 부인이 아파서 빨리 가 봐야 한다고 전해 달라고 했다. 곧 나타난 벡살레는 놀란 기색이 전혀 없었다. 오히려 신나는 술자리의 냄새를 맡았는지 건들거렸다.

"어이! 이 술고래들!" 문 쪽에 숨어 있는 친구들을 보자마자 벡살레가 말했다. "이 몸이 이미 냄새를 맡았지. 뭘 먹을 건데?"

---

21) 달걀 노른자와 식초를 넣은 독일식 소스이다.

그들은 다 함께 루이 할멈의 가게로 몰려가 족발을 쪽쪽 빨아 가면서 다시 공장주들을 욕하기 시작했다. 부아상수아 프라고도 불리는 벡살레의 공장에는 지금 급한 주문이 들어와 있었다. 괜찮아! 그는 사장이 십오 분 정도는 신경 쓰지 않는다고, 인원 점검할 때 없어도 별로 성질부리지도 않는다고 했다. 그러면서 자기가 다시 가 주기만 하면 다행스러워한다고, 감히 벡살레를 쫓아낼 수 있는 주인은 없다고도 했다. 눈 씻고 찾아봐도 나만 한 기술자를 찾기는 어렵거든. 그들은 족발을 다 먹어 치운 뒤 오믈렛을 먹었다. 술도 한 병씩 비웠다. 루이 할멈은 오베르뉴[22]산 포도주를 가져왔다. 칼에 찔렸을 때 나오는 피 같은 색의 포도주였다. 주흥이 오르기 시작했다.

"그 지독한 사장 놈이 왜 자꾸 나한테 지랄을 하는지 모르겠어." 후식이 나올 때쯤 벡살레가 목청을 높이며 말했다. "공장에 종을 매달아 놓을 생각을 하다니. 우리가 노예야? 어디다 대고 종을 울려? 그래, 맘대로 울리라고 해. 내가 오늘 다시 일하러 가면 성을 간다! 벌써 닷새째 뼈 빠지게 일했으니까 좀 빼먹어도 되는 거 아냐? 또 뭐라고 잔소리하기만 해 봐. 내가 그 인간을 샤요로 보내 버리겠어.[23]"

"난 이제 가 봐야 할 것 같아." 쿠포가 심각한 표정으로 말했다. "일하러 가야 해. 아내한테 맹세했단 말이야. 재미있게

---

22) 프랑스 중부 지방. 클레르몽페랑이 중심 도시이다.

23) 1860년 파리 16구로 편입되기 전까지 샤요는 거의 시골 마을 같았다. 흔히 촌뜨기를 말할 때 '샤요에서 돌아오다'라는 표현을 썼고, 귀찮은 사람들을 '샤요로 보내다'라는 표현도 사용되었다.

놀아. 마음속으로 나도 같이 놀게."

모두 놀려 댔지만 쿠포는 굳게 마음을 먹은 것 같았다. 결국 콜롱브 영감의 술집으로 연장을 가지러 가는 쿠포를 다 같이 따라나섰다. 쿠포는 연장 주머니를 발 앞에 꺼내 놓았고, 그사이 나머지는 한 잔씩 더 마시기 시작했다. 그들은 1시가 되었을 때 좀 더 마시자고 했고, 쿠포는 잠시 쭈뼛대더니 연장을 원래 있던 의자 밑에 다시 밀어 넣었다. 연장 때문에 카운터 쪽으로 가기 힘들었기 때문이다. 그는 부르고뉴에서 왔다는 사장을 내일 만나기로 했다. 쿠포의 친구들은 급료를 두고 한창 떠드는 중이었다. 쿠포가 다리 좀 풀어 주자면서 대로에 나가 한번 돌고 오자고 했을 때, 누구도 놀라지 않았다. 비는 이미 그쳤다. 하지만 가볍게 한 바퀴 돌아보자고 나선 그 길은 팔을 늘어뜨린 채 한 줄로 서서 겨우 200걸음 옮기는 것으로 끝났다. 다들 갑자기 바깥 공기를 쐬니 정신이 하나도 없고, 밖에 나와 있는 것이 편하지 않았다. 아무도 입을 열지 않았다. 마치 팔꿈치를 치며 서로 눈치라도 주고받은 듯, 다 같이 본능적으로 푸아소니에 거리를 다시 올라갔다. 그리고 프랑수아의 가게로 들어가서 포도주 병을 땄다. 바로 이거야. 이제 좀 괜찮군. 밖을 돌아다니는 건 너무 힘들어. 진창이 이렇게 심해서야, 순경이 와도 못 쫓아내겠는걸! 그들은 랑티에가 앞장서 데려온 좁은 구석방에 앉아 있었다. 흐린 유리 칸막이로 분리된 곳에 탁자 한 개만 가져다 놓은 좁은 공간이었다. 난 원래 이렇게 따로 떨어진 방에서 술 마시는 게 좋아. 이게 더 편하지. 어때, 다들 괜찮지? 내 집에 와 있는 것처럼 편하잖

아. 잠이라도 자겠는걸. 랑티에는 신문을 가져다 달라고 해서 넓게 펼쳐 놓고는 미간을 찌푸리며 훑어 나갔다. 쿠포와 메보트는 피케[24] 게임을 시작했다. 탁자 위에 병 두 개와 잔 다섯 개가 아무렇게나 널려 있었다.

"신문에서 뭐라 떠들어 대는데?" 비비라그리야드가 물었다.

랑티에는 잠시 말이 없다가 고개를 숙인 채로 대답했다.

"의회에 대한 글이야. 허접한 공화파 놈들, 정말 빈둥거리기만 하는 좌파들이지. 헛소리나 해 대라고 국민이 뽑아 준 줄 아는 거야 뭐야? 여기 보니까, 신을 믿는다나, 아예 한심한 장관들 비위 맞추려고 작정한 정신 나간 놈도 있군. 만일 내가 선출된다면, 연단에 올라가서 한마디 해 줄 거야. '이 빌어먹을 인간들아!'라고 말이야. 그래, 그 말만 할 거야. 그게 바로 내 의견이지."

"얼마 전 밤중에 바뎅게가 신하들이 다 보는 앞에서 마나님한테 난리를 쳤다는 얘기 들었어?" 부아상수아프라고도 불리는 벡살레가 말했다. "정말이야! 별 대단한 일도 아닌데 난리가 났었다는데? 바뎅게가 완전히 취해 있었대."

"그놈의 빌어먹을 정치 얘기 좀 그만하지?" 쿠포가 고함을 쳤다. "차라리 살인 사건 난 거 있으면 읽어 봐. 그게 더 재미있지."

그러면서 다시 피케 놀이로 돌아간 쿠포는 친구들에게 9까지 세 장이 연달아 있고 퀸이 세 장 있는 패를 보여 주었다.

---

24) 서른두 장의 카드로 서너 명이 하는 게임이다.

"홈통²⁵⁾까지 석 장에 사랑스러운 여인 셋이로군. 이거야 뭐, 치마들이 날 놔주질 않네."

다 같이 잔을 비웠다. 랑티에가 큰 소리로 신문을 읽기 시작했다.

"가용(센에마른)²⁶⁾에서 끔찍한 범죄가 일어나 사람들을 공포로 몰아넣었다. 30수를 훔치기 위해 아들이 아버지를 곡괭이로 찍어 죽였다."

모두 끔찍하다며 소리를 질렀고, 그런 놈의 목을 베는 날은 꼭 보러 갈 거라고 했다. 아니야, 단두대로는 부족해. 아예 토막을 내 버려야지. 이어 그들은 영아 살해를 저지른 한 여자를 두고 다시 분노했다. 하지만 늘 도덕을 따지는 랑티에는 그녀를 유혹한 남자의 잘못이라며 여자를 두둔했다. 그 나쁜 놈이 애를 갖게 만들지 않았으면 여자가 아기를 변소에 던지는 일 따위는 없었지! 그들은 무엇보다 T 후작의 무용담에 열광했다. 새벽 2시에 무도회장에서 돌아오는 길에 앵발리드 대로에서 불한당 세 명에게 습격당했는데, 장갑도 벗지 않은 채로 두 놈은 머리로 들이받아 해치우고 나머지 한 놈은 귀를 잡아끌어서 순경 초소까지 데려갔다고 했다. 맙소사! 정말로 놀라운 힘이로군! 그들은 문제의 인물이 귀족이어서 아쉽다고 했다.

"자 이것도 한번 들어 봐." 랑티에가 계속 읽어 나갔다. "높으신 분들 소식이지. 브레티니 백작 부인께서 맏딸을 폐하의

---

25) '빗물받이 홈통'을 뜻하는 égout는 속어로 숫자 '9'를 가리켰다.
26) 파리 서쪽 센에마른 지역의 소도시이다.

보좌관인 젊은 발랑세 남작한테 시집보내신다는군. 혼수 꾸리는 데 레이스 값만 30만 프랑이라네.”

“그게 우리랑 무슨 상관이야!” 비비라그리야드가 랑티에의 말을 가로막았다. “이러다 우리가 그 여자 속옷 색깔까지 알게 되는 거 아냐? 잘난 아가씨가 레이스 잔뜩 싸 가 봤자지. 구멍에 금테라도 둘렀으면 몰라……”

랑티에가 마저 읽으려 하자 벡살레가 신문을 빼앗아 깔고 앉으며 말했다.

“그만, 이제 지겨워. 얘도 이러고 있는 게 편하고 좋을 거야. 원래 이런 데 쓰라고 있는 거라고.”

옆에서 자기 패를 들여다보던 메보트가 주먹으로 탁자를 치면서 의기양양하게 고함을 쳤다. 93이 나온 것이다.

“혁명이네![27] 소 풀 다섯 장 들어왔으면 20점, 그치? 유리창 석 장 나란히 있으니까 23점, 소 석 장이니까 26점, 종놈 석 장이니까 29점, 애꾸눈이 셋이니까 92점. 마지막으로 공화력 원년 더해 주면 93점!”[28]

“이런! 이 친구 탈탈 털렸네.” 모두 쿠포에게 큰 소리로 말했다.

다시 술을 시켰다. 술잔이 빌 틈이 없었고, 술기운이 달아

---

27) 93을 당시 게임에서 속어로 ‘혁명’이라 불렀다. 프랑스 대혁명 중에 국민 공회가 여러 가지 개혁을 단행할 때 1793년이 혁명력 원년이 되었기 때문이다.

28) 카드를 일컫는 용어들은 모두 당시 노동자들의 속어로 되어 있다. 소 풀은 ‘클로버’, 유리창은 ‘다이아몬드’, 소는 ‘킹’, 종놈은 ‘잭’, 애꾸눈은 잭 카드 중에서 옆모습으로 그려진 에이스 카드를 말한다.

올랐다. 그러다가 5시쯤 되자 슬슬 지겨워지기 시작했고, 랑티에는 빠져나갈 궁리를 하느라 말이 없어졌다. 그는 고함을 질러 대고 포도주를 바닥에 붓기 시작하는 분위기는 좋아하지 않았다. 그때 쿠포가 벌떡 일어서며 술꾼들의 성호를 그었다. 머리 위에 몽페르나스, 오른쪽 어깨에서 메닐몽트, 왼쪽 어깨에서 쿠르티유, 가운데 배에 대고 바뇰레[29]를 찾은 뒤, 명치 언저리에서는 '라팽소테'[30]를 세 번 외웠다. 그사이 랑티에는 소란을 틈타 슬그머니 밖으로 나갔다. 아무도 알아채지 못했다. 랑티에도 꽤 취했지만, 막상 거리로 나서자 정신을 추스를 만했다. 랑티에는 가게로 돌아가 제르베즈에게 쿠포가 친구들과 같이 있다고 말해 주었다.

이틀이 지났다. 쿠포는 돌아오지 않았다. 정확히 알 수는 없지만 동네 어딘가에서 뒹굴고 있을 터였다. 누군가는 바케 할멈네서 쿠포를 봤다고 했고, 또 누군가는 파피용에서 혹은 프티본옴키투스에서 봤다고 했다. 또 어떤 사람은 쿠포가 혼자 있었다고 했고, 비슷하게 술에 취한 일고여덟 명과 함께 있었다는 사람도 있었다. 제르베즈는 체념한 듯 어깨를 으쓱거렸다. 어쩌겠어요, 익숙해져야지. 제르베즈는 쿠포를 찾아다니지 않았다. 지나가다가 술집에 있는 쿠포를 봐도 괜히 화나게 할까 봐 일부러 돌아가곤 했다. 그저 밤이면 남편이 문밖에

29) 몽페르나스는 몽파르나스를, 메닐몽트는 메닐몽탕을 잘못 말한 것이다. 몽파르나스는 파리 남쪽이고, 메닐몽탕과 라쿠르티유는 파리 교외 벨빌의 한 구역이다. 바뇰레는 파리 동쪽 교외이다.
30) 토끼튀김이다.

서 코를 골며 쓰러진 게 아닌지 귀를 기울이며 기다릴 뿐이었다. 쿠포는 쓰레기 더미에서, 벤치에서, 공터에서, 도랑 한가운데서, 그야말로 아무 데서나 잤다. 잠에서 깨어나면 전날의 술기운이 미처 빠지지 않은 채로 다시 술집의 덧문을 두드렸고, 크고 작은 술잔과 술병을 잔뜩 쌓아 두고 미친 듯이 퍼마셨다. 친구들을 만났다 헤어졌다 하면서 끝없이 돌아다녔고, 집에 돌아올 때면 거리가 그의 눈앞에서 마치 춤추듯이 흔들거렸다. 밤이 되고 다시 해가 뜨는 동안 그의 머리는 술 생각으로 가득 차 있고, 어디든 그대로 누워 잠자는 것밖에 아무 생각도 하지 못했다. 그러다가 잠이 들면 잠잠해졌다. 이틀째 되던 날 제르베즈는 쿠포의 소식을 알아보러 콜롱브 영감의 아소무아르에 찾아갔다. 쿠포가 그곳에 다섯 번 정도 들렀다는 것 말고는 다들 아는 게 없었다. 제르베즈는 의자 아래 놓인 연장만 챙겨 왔다.

그날 저녁에 랑티에가 시름에 잠긴 제르베즈에게 카페콩세르[31]에 가서 기분 전환이나 하고 오자고 했다. 제르베즈는 지금 웃고 즐길 때가 아니라며 거절했다. 하지만 랑티에가 조금도 경계할 거리 없이 너무도 진솔하게 말했기 때문에 그런 상황만 아니었으면 제르베즈는 따라나섰을 것이다. 랑티에는 슬픔에 젖은 제르베즈를 딸의 슬픔을 바라보는 아버지같이 대했다. 제르베즈는 손에 다리미를 든 채로 십 분에 한 번씩 자기도 모르게 문가로 가서 거리를 살폈다. 여태껏 쿠포가 이틀

---

31) 식사를 하면서 음악, 쇼를 볼 수 있는 곳이다.

연달아 외박을 한 적은 없었다. 제르베즈는 다리가 바늘로 찌르는 것 같아 도저히 그냥 못 있겠다고 했다. 쿠포가 팔다리 하나가 부러지거나 마차 밑에 깔려 버린 게 아닐까 불안했다. 그러다가 차라리 그랬으면 좋겠다는 생각까지 들었다. 그러면 한심한 인간을 기다리느라 이렇게 전전긍긍하지 않아도 되지 않겠는가. 안절부절못하며 남편을 기다리던 제르베즈의 마음속에 불쑥 분노가 치밀어 올랐다. 거리의 가스등에 불이 들어올 무렵 랑티에가 다시 한번 카페콩세르 얘기를 꺼냈을 때 제르베즈는 결국 좋다고 했다. 남편이라는 인간이 벌써 사흘째 흥청망청 노느라 정신이 없는데 자기라고 즐거움 하나 누리지 못한다는 건 말도 안 되지 않는가. 들어오기 싫으면 관두라고 해. 나도 나가 버리지 뭐. 이놈의 집구석에 불이 나든 말든 난 몰라. 제르베즈는 자기 손으로 이 거지 같은 집에 불을 질러 버리고 싶기까지 했다. 지독하게 구질구질한 삶이 진저리 나게 싫어지기 시작한 것이다.

제르베즈는 서둘러 저녁을 차려 먹었다. 그런 뒤에 시어머니와 나나에게 먼저 자라고 말한 뒤 8시에 랑티에의 팔짱을 끼고 집을 나섰다. 가게 쪽은 닫았고, 안마당 쪽으로 나가면서 보슈 부인에게 열쇠를 맡기며 혹시 쿠포가 술 취해 돌아오거든 자리에 좀 눕혀 달라고 부탁했다. 랑티에는 말쑥하게 차려입고 휘파람을 불며 문가에 서서 기다렸고, 제르베즈는 실크 치마를 입었다. 둘이 바짝 붙어 서서 천천히 거리를 걸어갔다. 상점들에서 새어 나오는 불빛을 받으며 미소 띤 얼굴로 나지막하게 얘기를 나누기도 했다.

카페콩세르는 로슈슈아르 대로에 있었다. 원래 좁은 카페이던 곳을 판자로 담을 세워 안마당까지 넓혀 놓은 곳이었다. 유리공들을 끈에 매달아 걸어놓은 입구가 흡사 환한 주랑 현관 같았다. 나무판에 붙여 놓은 긴 포스터들이 바닥까지 늘어져서 도랑에 닿을락 말락 했다.

"여기네." 랑티에가 말했다. "오늘 저녁은 일류 가수인 아망다 양의 첫 공연이라네."

바로 그때 랑티에가 비비야그리야드를 발견했다. 그는 전날 어디서 얻어맞았는지 한쪽이 시커멓게 멍든 눈으로 포스터를 읽고 있었다.

"이봐, 쿠포는?" 랑티에가 두리번거리면서 물었다. "쿠포는 어디 두고 혼자야?"

"무슨 소리야? 어제부터 못 봤는데? 바케 할멈네서 한바탕 치고받고 나서 나왔거든. 난 그런 거 별로 안 좋아해. 바케 할멈네 종업원하고 우리가 먹지도 않은 한 병 값을 더 내라고 해서 시비가 붙었거든. 난 그냥 도망쳐서 자러 갔어."

비비라그리야드는 열여덟 시간을 내리 잤다면서도 계속 하품을 했다. 술은 다 깼지만 아직 정신이 다 돌아오지 않았는지 멍해 보였고, 옷을 입은 채로 침대에서 잤는지 낡은 웃옷에는 솜털이 잔뜩 묻어 있었다.

"그러니까 우리 남편이 어디 있는지 모르시는 건가요?" 제르베즈가 물었다.

"전혀 모르죠. 바케 할멈네서 5시에 나왔어요. 쿠포는 아마 길을 따라 내려갔을걸요? 어떤 마부하고 파피용에 들어가는 걸

본 것도 같고. 어쩜 그리들 멍청한지! 죽어도 싼 놈들이지 뭐!"

랑티에와 제르베즈는 카페콩세르에서 즐거운 시간을 보냈다. 11시에 문을 닫을 때까지 있다가 느긋하게 걸어서 집으로 돌아왔다. 추위가 제법 매서웠고, 여기저기 사람들이 삼삼오오 짝을 지어 돌아갔다. 아가씨들이 옆에서 장난치는 남자들을 지켜보며 정신없이 웃어 대기도 했다. 랑티에는 아망다 양이 불렀던 "콧구멍이 간지러워요."를 흥얼거렸고, 제르베즈는 마치 어딘가에 취해 넋을 잃은 사람처럼 후렴구를 따라 불렀다. 그녀는 왠지 굉장히 더웠다. 두 잔 마신 술의 기운과 파이프 담배의 연기, 북적대던 사람들 때문에 속이 느글거렸다. 무엇보다 아망다 양의 모습에 충격을 받았다. 자기는 절대 그렇게 벗은 모습으로 사람들 앞에 나설 수 없을 것 같았다. 하지만 질투가 날 정도로 살결이 고왔던 건 분명했다. 제르베즈는 랑티에가 마치 아망다의 갈비뼈 수까지 세어 본 사람처럼 시시콜콜 얘기하는 말을 들으며 묘하게 욕정을 느꼈다.

"다 잠들었나 보네." 세 번 벨을 눌렀는데도 보슈 내외가 끈을 당겨 문을 열어 주지 않자 제르베즈가 말했다.

마침내 문이 열렸다. 하지만 입구가 깜깜했다. 제르베즈가 열쇠를 달라며 관리인 거처의 창문을 두드렸다. 비몽사몽인 보슈 부인이 나와 뭐라고 얘기를 하는데 처음에는 알아들을 수가 없었다. 그러니까 순경인 푸아송이 엉망이 된 쿠포를 데려왔다고, 열쇠는 문에 그대로 꽂혀 있을 거라고 했다.

"제길!" 안으로 들어서던 랑티에가 중얼거렸다. "도대체 무슨 짓을 해 놓은 거야? 냄새가 어떻게 이렇게 지독하지?"

정말로 역겨운 냄새가 진동했다. 성냥을 찾던 제르베즈는 발에 뭔가 축축한 게 밟히는 느낌이 들었다. 촛불을 켜 보니 기가 막힌 광경이 눈에 들어왔다. 쿠포가 사방에 내장을 다 비워 놓은 것이다. 온 집 안이 쿠포가 토해 놓은 것으로 범벅 되어 있었다. 침대에도 토사물이 묻어 있고, 바닥 매트도 마 찬가지였다. 심지어 서랍장에도 튀었다. 푸아송이 데려와서 침 대에 눕혀 주고 갔을 텐데, 쿠포는 오물 범벅이 된 바닥에 누 워 코를 골고 있었다. 토사물 한가운데 돼지 새끼처럼 널브러 진 것이다. 한쪽 볼은 오물 범벅이었고, 숨을 쉴 때마다 입에 서 악취가 쏟아져 나오고 숨결에 날리는 희끗한 머리카락이 주위의 오물을 쓸어 냈다.

"세상에! 개망나니 같으니! 세상에 이런 개망나니가 어디 있어?" 제르베즈는 화가 치밀어 올랐다. "다 더럽혔잖아. 정말 개만도 못해. 개새끼도 저렇게 더럽게 죽진 않을 거야."

제르베즈와 랑티에는 발 디딜 곳을 찾지 못해 어느 쪽으로 도 걸음을 떼지 못했다. 쿠포가 이 정도로 취한 건 처음이었 다. 지금껏 집 안을 이렇게 끔찍하게 더럽힌 적도 없었다. 눈앞 의 광경이 제르베즈의 마음속에 그나마 남아 있던 감정에 치 명타를 날려 버렸다. 사실 제르베즈는 쿠포가 알딸딸해져서 들어오든 아예 취해서 들어오든 늘 상냥하게 맞아 주었다. 절 대 싫어하지 않았다. 하지만 이건 너무 심했다. 속이 메스꺼웠 다. 저 몸뚱이를 집게로 집어서 치우라 해도 싫었다. 저 더러 운 인간의 손길이 자기 몸에 닿는 생각만 해도 마치 고약한 병으로 엉망이 되어 죽은 시체 옆에 누워야 할 때처럼 소름이 끼쳤다.

"그래도 잠은 자야지." 제르베즈가 중얼거렸다. "길거리에 나가 잘 수는 없잖아. 아. 넘어가야겠네."

제르베즈는 바닥에 뻗어 있는 쿠포를 넘어가려 했다. 지저분한 오물에 미끄러지지 않기 위해 서랍장 구석을 잡아야 했다. 그런데 쿠포는 침대 쪽을 그야말로 다 막고 있었다. 그때였다. 오늘 밤 제르베즈가 침대에서 제대로 잘 수 없으리라는 것을 눈치챈 랑티에가 손을 잡더니 나지막하면서도 강렬한 목소리로 말했다.

"제르베즈…… 내 말 들어 봐, 제르베즈……."

제르베즈는 랑티에가 무엇을 원하는지 알아차렸고, 화들짝 놀라 손을 빼면서 이전에 함께 지낼 때 쓰던 어투로 말했다.

"안돼, 그만해. 제발 이러지 마. 오귀스트. 방으로 돌아가. 내일은 내가 알아서 할게. 침대 발치 쪽에 올라가서 자면 돼."

"제르베즈. 바보 같은 소리 하지 마." 다시 랑티에가 말했다. "냄새가 너무 지독하잖아. 여기 있을 순 없어. 이리 와. 뭐가 두려운데? 들리지도 않을 거야."

제르베즈는 세차게 고개를 저으며 저항했다. 얼마나 당황했는지 자기는 이 방에서 자겠다는 의지를 보여 주기 위해 치마를 벗었다. 실크 치마를 의자에 걸쳐 놓은 뒤 미친 듯이 계속 벗었다. 결국 새하얀 슈미즈와 속치마만 남았고 목과 팔의 맨살이 드러났다. 내 침대잖아. 난 내 침대에서 잘 거야. 제르베즈는 깨끗한 곳을 찾아 건너가려고 두 번 시도해 보았다. 하지만 랑티에가 허리를 껴안고 놓아 주지 않았다. 그는 제르베즈의 귀에 대고 흥분시키는 말을 속삭였다. 아! 진정 제르베즈는 옴짝달싹 못 했다. 그냥 자기 이불 속에 들어가서 자고 싶을 뿐인데, 앞에는 아무짝에도 쓸모없는 남편이 가로막고 있고, 뒤에는 이 불행을 이용해서 다시 자기를 가지려고 혈안이 된 더러운 인간이 막고 서 있다니! 랑티에의 목소리가 커지자 제르베즈는 제발 조용히 하라고 했다. 제르베즈는 나나와 쿠포 마나님이 잠들어 있는 작은 방에 귀를 기울였다. 아이와 시어머니는 잠든 것 같았다. 쌔근거리는 숨소리가 들렸다.

"오귀스트, 이러지 마. 다 깨우려고 그래?" 제르베즈가 두 손을 모으고 다시 말했다. "정신 차려. 다음에! 알았지? 여기선 아니야. 딸 앞에서 그럴 순 없어."

랑티에는 아무 말 없이 미소 띤 얼굴로 쳐다보기만 했다. 그러더니 옛날 제르베즈를 놀리고 정신을 빼놓기 위해 하던 것처럼 그녀의 귀에 부드럽게 키스를 했다. 제르베즈는 온몸에 힘이 빠지면서 머릿속이 웅웅거렸다. 엄청난 전율이 온몸을 훑고 지나갔다. 그래도 그녀는 다시 한번 걸음을 옮겨 보았다. 하지만 이내 뒤로 물러섰다. 도저히 갈 수 없었다. 냄새가 너무 심해서 욕지기가 일었다. 자기도 똑같이 이불에 다 토해 버릴 것 같았다. 쿠포는 깃털 위에 눕기라도 한 듯 완전히 곯아떨어진 상태였다. 팔다리가 축 늘어졌고, 얼굴은 일그러졌다. 길거리 지나는 남자들이 다 들어와서 아내를 껴안아도 몸의 털끝 하나 움직이지 못할 상태였다.

"할 수 없어." 제르베즈가 더듬거렸다. "저 인간 잘못이야. 난 어쩔 수가 없다고. 아! 세상에! 세상에! 저 사람이 날 침대에서 내쫓은 거야. 난 잘 곳이 없잖아. 어쩔 수가 없어. 다 저 사람 잘못이야."

제르베즈는 부들부들 떨었고, 랑티에는 그런 제르베즈를 자기 방 쪽으로 밀었다. 그리고 그때 유리 달린 작은 방의 문에 나나의 얼굴이 나타났다. 유리 뒤에 아이가 있었다. 잠에서 깨어난 뒤 살며시 일어나서, 미처 정신이 들지 않아 파리한 얼굴에 속옷 바람으로 유리창 앞에 서 있었다. 아이는 토사물 위에 드러누운 아버지를 보았다. 그리고 유리에 얼굴을 바짝 붙인 채로 어머니의 속치마가 다른 남자의 방으로 사라지는 것을 보았다. 아이의 표정이 무척이나 진지했다. 이미 사악한 쾌락을 엿본 아이의 크게 뜬 두 눈이 색정의 호기심으로 달아올랐다.

9장

그해 겨울에 쿠포 마나님은 호흡 곤란으로 죽을 뻔했다. 사실 전부터도 매해 12월이면 천식 때문에 두세 주 동안 꼼짝없이 누워 있어야 했다. 하물며 더는 열다섯 청춘이 아니고, 앙투안 성자[32] 축일이면 일흔세 살이 될 터였다. 그녀는 풍채는 좋지만 몹시 쇠약해서 조금만 움직여도 숨이 차서 헐떡거렸다. 의사 말로는 아무래도 기침을 하다가 "잘 있어, 잔느통. 촛불이 꺼지네." 하면서 그대로 숨을 거둘 것 같다고 했다.

몸져누운 뒤 쿠포 마나님은 고약해졌다. 무엇보다 나나와 같이 쓰고 있는 뒷방이 불편해서 견디기 힘들었다. 두 침대

---

32) 이집트 출신의 성자로 '사막의 교부들'의 지도자였던 대(大)안토니우스의 프랑스 이름이다. 축일은 1월 17일이다.

사이에 그야말로 의자 두 개 놓을 자리밖에 없었다. 군데군데 찢어진 채 늘어진 색바랜 낡은 잿빛의 벽지도 거슬렸다. 빛이라고 해 봐야 지하실 안처럼 천장 가까이 뚫린 둥그런 천창으로 비스듬히 들어오는 희미한 빛이 전부였다. 쿠포 마나님은 이런 방에 살다 보면 누구라도 폭삭 늙어 버릴 거라고, 자기처럼 숨 쉬는 게 힘든 사람한테는 너무 가혹하다고 불평했다. 밤에는 불면증으로 잠을 이루지 못해도 그나마 잠든 나나의 숨소리를 듣는 게 낙이었다. 하지만 낮에는 달랐다. 아침부터 저녁까지 집 안에서 그 누구도 그녀를 상대해 주지 않았다. 노인네는 늘 훌쩍거리며 푸념을 쏟아 냈다. 몇 시간이고 혼자 누워서 뒤척이면서 혼잣말을 했다.

"맙소사, 내 신세가 어쩌다 이 모양 이 꼴이 된 걸까? 이게 감옥이지 뭐야. 맞아. 날 감옥에 처박아 놓고 죽게 만들려는 거야."

그러다가 비르지니든 보슈 부인이든 안부를 물으러 찾아오면 노인네는 대답보다 먼저 불평을 쏟아 냈다.

"그래! 내가 이 집에서 어떻게 밥 얻어먹고 사는지 한번 들어 볼래요? 남의 집에 살더라도 이렇게 힘들진 않을 텐데……. 세상에, 내가 차 한잔 마시고 싶다고 했더니, 글쎄 아예 주전자째로 가져다주더라니까요. 왜 그렇게 많이 마시느냐고 욕하는 거 아니겠어요? 나나 년도 똑같지. 내가 다 키워 놨더니 이제 아침이면 신발도 안 신고 없어져서는 온종일 코빼기도 안 보이니. 누가 보면 내 몸에서 무슨 고약한 냄새라도 나는 줄 알겠네요. 그래도 밤에 잠자는 모습은 어찌나 예쁜지……. 물론 그래 봐야 잠이 깨서 나한테 어디 불편하냐고 물어보는 적 한 번 없지만요. 그래, 다들 내가 귀찮은 거지. 내가 죽는 날만 눈 빠지게 기다릴 테고……. 아들이라고 있어 봐야 헛거랍니다. 요망한 세탁부 년이 빼앗아 가 버렸으니까. 며느리라는 게 날 패고 싶고 죽여 버리고 싶은 마음이 굴뚝같으면서, 잡혀가는 게 무서워서 참고 있잖아요."

실제로 제르베즈는 이따금 시어머니한테 거칠게 굴었다. 어차피 집 안이 제대로 돌아가지 않으니 모두 독이 올라서 걸핏하면 서로 소리를 질러 댔다. 하루는 쿠포가 지난밤의 숙취 때문에 머리가 지끈거린다고 괴로워하면서 "노친네가 허구한 날 죽겠다면서 죽지는 않아!" 하고 고함을 질렀고, 그 말이 쿠포 마나님의 가슴에 사무쳤다. 쿠포는 심지어 어머니 때문에 돈이 많이 들어간다고, 어머니가 죽으면 많이 절약될 거라는 말까지 했다. 하지만 그렇다고 쿠포 마나님이 올바르게 처신한 것은 아니었다. 그녀는 맏딸인 르라 부인을 만나면 내 신세가 왜 이 꼴인지 모르겠다고 울며 하소연했고, 아들 며느리가 자기 죽으라고 굶긴다고도 했다. 그저 딸한테 20수를 얻어 내서 맛있는 걸 사 먹기 위해서였다. 둘째 딸 내외한테 가서도 말도 안 되는 험담을 늘어놓았다. 너희가 준 10프랑으로 그년이 뭘 했는지 아니? 제멋대로 새 모자를 샀고, 또 과자를 사서 구석에서 혼자 먹었단다. 그리고 또 뭘 샀는지는 차마 내 입으로 말하지도 못하겠구나. 결국 쿠포 마나님 때문에 두 번인가 세 번 자식들이 치고받고 싸울 뻔했다. 노인네는 어떨 땐 이쪽 편을 들고 또 어떨 땐 저쪽 편을 들었다. 그야말로 집 안이 풍비박산 꼴이었다.

쿠포 마나님의 천식 발작이 심해지자 어느 날 오후에 로리외 부인과 르라 부인이 찾아왔다. 침대에 누운 노인네가 눈짓으로 딸들을 가까이 부르더니, 말하는 것도 힘이 들어서 다 죽어 가는 목소리로 헉헉거렸다.

"세상에 이런 일이 어디 또 있을까! 내가 어젯밤에 다 들었잖니. 그래, 맞아, 쩔룩이하고 모자쟁이하고! 둘이 붙어먹더라니까. 쿠포 놈 참 꼴좋게 됐다. 추잡스러워 어디 살겠니?"

중간중간 기침을 하며 숨이 막혀 자꾸 말이 끊기는 중에도 쿠포 마나님은 계속 속삭였다. 그러면서 어제 쿠포가 술이 떡이 돼서 왔는데, 자기가 잠 안 들고 깨어 있다가 쩔룩이가 맨발로 살금살금 걷는 소리, 랑티에가 소곤거리며 쩔룩이를 부르는 소리, 살며시 중간 문이 열리는 소리, 그리고 나머지 소리까지 다 들었다고 했다. 쿠포 마나님은 분명 둘이서 아침까지 내내 그러고 있었을 텐데, 계속 깨어 있으려고 애썼지만 못 버티고 잠이 들어 버리는 바람에 몇 시까지였는지는 모르겠다고 했다.

"더 끔찍한 건, 글쎄, 나나도 다 들었단다." 쿠포 마나님은 얘기를 계속했다. "잠들면 누가 업어가도 모르는 애가 그러고 나더니 밤새 제대로 잠들지 못하더구나. 계속 몸부림치고 뒤척이면서. 꼭 누가 이불 안에 뜨거운 불덩이를 넣어 놓기라도 한 것처럼 말이다."

두 딸은 그다지 놀라워하지 않았다.

"거봐!" 로리외 부인이 중얼거렸다. "분명히 첫날부터 그랬

을 거야. 뭐, 쿠포가 괜찮다면 우리가 이래라저래라 할 거 없
지만 말이야. 아무리 그래도 그렇지! 집안 꼴이 망신스러워서
어떡해!"

"그 꼴을 내가 봤으면 혼쭐을 내줬을 텐데." 르라 부인이 입
술을 깨물며 말했다. "고함을 쳐야지. 아무 말이나 그냥 냅다
소리 지르는 거야. 내가 보고 있어!라든가, 순경이 온다!라든
가. 의사 집에서 일하는 하녀한테 들은 말인데, 의사가 그랬다
는 거야. 그러고 있을 때 소리를 질러 놀라게 하면 여자가 몸
이 그대로 뻣뻣하게 굳어서 죽어 버릴 수도 있다고. 그러면 얼
마나 좋겠어? 죄짓다가 그대로 벌 받는 거잖아."

이내 제르베즈가 매일 밤 랑티에의 방으로 간다는 소문이
온 동네에 퍼졌다. 로리외 부인은 이웃 여자들 앞에서 화를
내며 큰 소리로 떠벌렸다. 자기 동생이 불쌍하다고, 그 멍청한
놈은 오쟁이 진 줄도 모르고 있다고, 자기가 그런 난장판 집
구석에 계속 드나드는 건 끔찍한 상황에서 살아갈 수밖에 없
는 불쌍한 어머니 때문이라고 했다. 결국 온 동네 사람들의 비
난이 제르베즈에게 향했다. 그 여자가 랑티에를 꼬신 게 분명
해. 눈을 보면 알지. 그랬다. 지독한 소문이 도는 중에도 음흉
한 랑티에의 인기는 흔들리지 않았다. 그는 단 한순간도 사람
들에게 정중한 태도를 잃지 않았다. 길을 걸어가면서 신문을
읽었고, 여자들한테는 늘 예의 바르게 대하면서 드롭스나 꽃
을 선사했다. 어쩌겠어! 저 사람은 그냥 수탉처럼 여자가 좋은
거야. 남자들이 다 그렇지, 뭐. 자기 목에 매달리는 여자를 뿌
리칠 남자가 어디 있겠어. 반면 제르베즈에게는 변명거리가 없

었다. 제르베즈는 구트도르 거리의 명예를 더럽힌 여자였다. 로리외 부부는 대부, 대모 자격으로 나나를 집으로 데려가 이것저것 캐물었다. 그들이 이리저리 말을 돌려 가며 무언가를 물어보면 나나는 어리숙한 표정을 지으며, 반짝거리던 눈빛을 길고 힘없는 눈꺼풀로 가리고서 대답했다.

하지만 사람들의 분노 앞에서 정작 제르베즈는 나른하고 혼곤한 상태로 평온한 삶을 이어 갔다. 처음에는 자신이 죄인 같고 더럽게 느껴져서 혐오스럽기까지 했다. 랑티에의 방에서 나오면 손부터 씻었고, 랑티에가 남긴 더러운 흔적을 벗겨 내기라도 하려는 듯 행주를 적셔 피부가 벌게지도록 어깨를 문질렀다. 쿠포가 뭔가 우스갯소리를 하려고 하면 제르베즈는 벌컥 화를 내고는 떨리는 몸으로 가게로 달려가 옷을 입었다. 남편이 자기를 안은 후 또 랑티에가 다가오는 건 더 견디기 힘들었다. 남자가 바뀌면 살갗도 바뀌었으면! 하지만 제르베즈는 점차 익숙해졌다. 매번 씻어 내는 것은 너무 피곤한 일이었다. 그녀는 게으름 때문에 조금씩 나태해졌고, 어떻게든 행복하고 싶었기에 말도 안 되는 상황에서도 가능한 한 행복을 끌어내려 애썼다. 자기 자신과 다른 사람들을 너그럽게 바라보려고 애썼고, 무슨 문제든 불쾌해지는 사람만 없으면 그걸로 만족했다. 그렇잖아? 남편하고 애인이 다 좋다는데, 집 안이 매일매일 탈 없이 굴러가는데, 아침부터 저녁까지 모두 신나는데, 다들 살이 찌고 잘 사는데, 좋은 게 좋은 거라고 소리 없이 지나가는데, 그런데 굳이 불평할 게 뭐 있어? 그녀는 모두가 만족하고 사는데 어떠냐고, 자기가 누구에게 해를 끼친 것도 아니지 않냐고, 만일 이 모든 게 나쁜 짓이라면 벌을 받았지 이대로 괜찮을 리 없다고 믿었다. 그렇게 제르베즈의 방탕한 생활은 습관이 되었다. 먹고 마시는 일처럼 당연한 것이 되어 버린 것이다. 쿠포가 술에 취해 들어올 때마다 제르베즈는 랑티에의 방으로 갔다. 그런데 그런 일이 적어도 매주 월요일, 화요일, 수요일에 일어났다. 제르베즈는 그렇게 밤을 두 남자에게 나누어 주었다. 심지어 나중에는 쿠포가 자면서 코를 크게 골기만 해도 랑티에의 방으로 가서 조용히 잤다. 랑티에한테 정이 남아서가 아니었다. 단지 랑티에의 방이 더 깨끗했기 때문이다. 랑티에의 방에 있으면 목욕을 하는 기분이 들고 좀 더 편안히 쉴 수 있었다. 그러니까 암고양이가 하얗게 빨아 놓은 시트 위에서 자고 싶어 하는 것과 마찬가지였다.

쿠포 마나님은 며느리에게 한 번도 그 일을 제대로 들먹이지 못했다. 그런데 어느 날 다투다가 제르베즈가 자기를 밀치자 화가 난 노인네가 대담해져서 좀 더 노골적이 되었다. 자기는 남자들이란 멍청할 뿐이고 여자들은 하나같이 요사스럽다는 걸 알고 있다면서, 오래전 조끼 만드는 일을 하던 때처럼 거친 단어들을 사용했다. 말없이 시어머니를 응시하던 제르베즈는 잠시 뒤 문제를 노골적으로 언급하기보다는 일반적인 이유들을 내세우면서 자기 입장을 변호했다. 썩은 오물 구덩이 속에서 살아가는 주정뱅이 남편을 둔 여자라면 깨끗한 다른 곳을 찾아가는 걸 이해해 줘야 하지 않을까요? 그녀는 내친김에 랑티에가 자기한테는 쿠포와 마찬가지로 남편이라고, 어쩌면 쿠포보다 더 오랜 남편이라는 뜻으로 말해 버렸다. 열네 살

때 만난 사람이잖아요? 아이도 둘이나 있고요. 그럼 뭐! 그런데 용서하지 못할 게 뭐가 있죠? 아무도 나한테 돌을 던질 수 없어요. 난 그저 자연스러운 일을 하고 있으니까! 그러니 성가시게 하지 마세요. 다른 사람들도 다 그렇고 그런 거 아시잖아요. 한번 말해 볼까요? 구트도르 거리가 뭐 그렇게 깨끗한 동네라도 되나요? 우선 좁쌀만 한 비구루 부인은 아침부터 저녁까지 석탄 더미 위에 드러눕고, 식품점의 르웅그르 부인은 삽으로 퍼 줘도 마다할 굼벵이 같은 시동생하고 자지 않느냐고, 맞은편 시계포 남자도 다르지 않다고, 그 까탈스럽다는 남자도 흉악한 짓을 저질러서 재판소에 갈 뻔했다고, 친딸하고, 그러니까 길거리에서 몸을 굴리는 뻔뻔한 딸년하고 놀아난 걸 모르느냐고 했다. 제르베즈는 내친김에 동네 사람 전부를 끌어들이며, 그 사람들의 지저분한 속내들 다 훑어보려면 한 시간으로도 모자랄 거라고 했다. 아비고 어미고 자식 새끼고 모두 오물 속에 뒹굴면서 아무렇게나 비비고 자는 인간들! 정말 그랬다! 사방에 추잡스러운 일들이 줄줄 흘러나와 온 동네에 독소를 뿜어냈다! 정말 그랬다! 찢어질 듯 가난해서 이렇게 층층이 겹쳐서 살아가야 하는 파리의 구석에서 남자든 여자든 어떻게 깨끗할 수 있겠는가! 다 같이 맷돌에 갈아도 생드니 평원에 있는 버찌 나무들 비료 거리밖에 더 되겠는가!

"하늘에 대고 침 뱉어 봐야 소용없어요. 자기 얼굴로 떨어지니까요." 제르베즈는 더 이상 참을 수 없을 때면 악을 쓰며 대들었다. "각자 자기 삶이 있는 거잖아요. 잘난 사람들은 알아서 살면 되고, 다른 사람들은 자기 마음대로 살게 두라고요. 난 아무 문제 없어요. 하지만 시궁창에 머리를 처박고 돌아다니는 인간들이 나까지 끌어들이는 꼴은 못 봐요!"

어느 날 쿠포 마나님이 더 노골적으로 퍼부어 대자 제르베즈가 이 악물고 되받아쳤다.

"자리 깔고 누워 지내니까 이때다 싶은가 보죠? 내 말 잘 들으세요. 잘못 생각하신 거예요. 지금까지 제가 참 잘해 드렸죠? 어머니가 어떻게 살아왔는지 다 알면서도 한 번도 들먹인 적 없고요. 세상에! 나도 다 안다고요! 쿠포의 아버지가 살아 계실 때도 남자가 둘인가 셋인가 있었다면서! 나오지도 않는 기침 억지로 하지 마시고요. 날 가만 내버려 두기만 하면 더 얘기하지 않을게요. 아셨죠?"

노인네는 숨이 막혀 쓰러질 것 같았다. 이튿날 제르베즈가 없을 때 구제가 자기 어머니가 맡긴 세탁물을 찾으러 오자, 쿠포 마나님이 얘기 좀 하자고 했다. 구제는 노인네의 침대 곁에서 한참 동안 있었다. 쿠포 마나님은 구제가 며느리를 좋아한다는 것을 알고 있었고, 얼마 전 추한 소문이 돌기 시작한 이후 그의 표정이 어두워진 것도 알고 있었다. 노인네는 얘깃거리가 필요하기도 했고 또 전날 싸움에 대한 앙갚음으로 구제에게 모든 것을 얘기했다. 무엇보다도 제르베즈의 나쁜 행실 때문에 상처를 받은 것처럼 눈물을 흘리고 신세 한탄을 하면서, 아주 노골적으로, 전부 다 얘기했다. 밖으로 나선 구제는 벽에 기대섰다. 너무나 슬퍼서 숨이 막힐 것 같았다.

나중에 제르베즈가 집에 돌아왔을 때, 쿠포 마나님은 구제 부인의 연락이 왔다고, 다림질이 끝났든 안 끝났든 무조건

다 가져오라고 했다고 큰 소리로 말했다. 시어머니가 들뜨고 흥분한 것을 보며 제르베즈는 노인네가 자기에 대해 무언가 험담을 했음을 눈치챘다. 그리고 슬픈 장면이, 가슴을 찢는 고통이 자신을 기다리고 있으리라는 예감에 사로잡혔다.

결국 얼굴이 새파랗게 질린 제르베즈가 마치 손발이 잘려 나가는 것 같은 고통을 느끼면서 빨랫감을 바구니에 담아 길을 나섰다. 구제네 줄 돈을 단돈 1수도 갚지 못한 지 이미 몇 년째였다. 다시 말해 480프랑의 빚이 그대로 남아 있었다. 제르베즈는 매번 형편이 곤란하다며 세탁비만 받아 왔다. 그때마다 무척 창피했다. 구제와의 사이를 이용해서 그를 속이는 기분이 들었다. 쿠포는 이제 빚에 거의 신경을 쓰지 않았다. 오히려 농담을 했다. 분명 그 자식이 당신 허리를 꼬집었을 테니까 그걸로 까라고 해. 그러면 제르베즈는, 이미 랑티에와의 관계가 시작되었음에도, 정말 그렇게 되길 원하는 거냐면서 남편에게 화를 냈다. 누군가 제르베즈 앞에서 구제를 흉보면 난리가 났다. 구제에 대한 애정은 제르베즈에게 마지막 남은 고결함 같은 것이었다. 올바르게 살아가는 구제 모자에게 세탁물을 가지고 갈 때마다 제르베즈는 첫 계단을 올라서는 순간부터 가슴이 찢어질 듯한 아픔을 느끼곤 했다.

"아! 드디어 왔네요." 구제 부인이 문을 열어 주며 퉁명스레 말했다. "혹시 저승사자를 부를 일이 있으면 부인을 시키면 좋겠군요."

제르베즈는 당황해서 변명도 못 하고 쭈뼛거리며 안으로 들어섰다. 사실 제르베즈는 요즘 들어 날짜도 시간도 지키지 못했다. 심지어 일주일씩 늦어지기도 했다. 서서히 모든 것이 뒤죽박죽되기 시작한 것이다.

"오겠지 오겠지 하면서 일주일을 기다렸어요." 구제 부인이 말했다. "요즘은 거짓말까지 하더군요. 견습 일꾼을 보내서 말도 안 되는 소리를 전했잖아요. 지금 하는 중이다, 오늘 저녁까지 해 주겠다, 아니면 사고가 생겼다, 빨래가 양동이에 빠졌다 하고 말이에요. 그때마다 결국 오는 건 하나도 없고 신경만 쓰면서 하루를 다 버렸죠. 그래, 당신 좀 이상해진 것 같아요. 어디, 바구니 안에 뭐가 들었는지 봅시다. 다 가져온 거 맞죠? 맡긴 지 한 달 된 시트 두 장하고 지난번 세탁물 올 때 빠졌던 셔츠도 들어 있나요?"

"네, 네." 제르베즈가 웅얼거렸다. "셔츠 가져왔어요. 여기요."

하지만 구제 부인은 소스라치듯 소리를 질렀다. 자기가 맡긴 셔츠가 아니라고, 도로 가져가라고 했다. 세탁물까지 바뀌다니 기막힌 일이라고, 지난주에도 자기가 표시한 흔적이 없는 손수건이 두 장이나 왔다고, 누가 쓰던 건지도 알 수 없는 세탁물이 자기 집에 오는 건 용납할 수 없다고 했다. 구제 부인은 자기 물건에 대한 애착이 무척 강한 사람이었다.

"시트는 어떻게 됐죠?" 구제 부인이 다시 물었다. "아예 없어진 건가요? 세상에! 어쩌려고 이래요? 무슨 일이 있어도 내일 아침까지 가져와요. 알았죠?"

잠시 침묵이 흘렀다. 제르베즈는 당황해서 어쩔 줄을 몰랐다. 설상가상으로 등 뒤로 구제의 방문이 조금 열려 있었다. 구제가 집 안에 있는 것이다. 변명 한마디 못 하고 욕을 먹고 있는데 구제가 다 듣고 있다니, 진정 견디기 어려운 일이었다! 제르베즈는 고개를 숙인 채로 무조건 고분고분히 서둘러 세탁물을 침대 위에 꺼내 놓았다. 하지만 구제 부인이 하나씩 확인하면서 상황이 더 나빠졌다. 구제 부인은 세탁물을 하나씩 집어 들었다가 던지면서 말했다.

"아! 정말 솜씨가 형편없어졌군요. 내가 매일 칭찬하던 그 솜씨가 어디로 간 거죠? 그래요. 요즘 정말 엉망이에요. 아예 다 망쳐 놓았네요. 세상에, 이 셔츠 앞판을 좀 봐요. 눌어붙었잖아요. 주름에다 다리미 자국까지 있네. 단추들은 다 떨어졌고! 도대체 어떻게 한 거죠? 단추가 하나도 안 남아 있잖아요. 세상에! 이 윗옷은 돈 못 내겠어요. 이것 좀 봐요. 때가 그대로 묻어 있네……. 그저 주름만 펴 놓았잖아요. 아주 고마워요. 세탁물이 이렇게 더러우면……."

구제 부인은 세탁물을 세면서 다시 소리를 질렀다.

"세상에! 이게 다라고요? 양말 두 켤레 빠졌고, 수건 여섯 개, 식탁보, 행주들도 다 빠졌는데? 지금 날 놀리는 건가요? 다림질이 됐건 안 됐건 무조건 다 가져오라고 했잖아요. 한 시간 내에 일꾼 편에 나머지 다 보내지 않으면 그냥 있지 않겠어요. 쿠포 부인, 내가 분명히 말했습니다."

구제가 방에서 기침하는 소리가 들렸다. 제르베즈의 온몸에 가벼운 전율이 흘렀다. 이런 모습을 보이다니! 세상에! 제르베즈는 방 한가운데 서서 몸 둘 바를 몰라 하며 구제 부인이 새 세탁물을 내주길 기다렸다. 하지만 구제 부인은 이미 세탁물을 버려두고 창가 자리로 돌아가 다시 레이스 숄을 고치는 중이었다.

"가져갈 건요?" 제르베즈가 조심스레 물었다.

"됐어요. 이번 주엔 맡길 것 없어요." 구제 부인이 대답했다.

제르베즈의 얼굴이 파랗게 질렸다. 이제 일을 맡기지 않겠다는 뜻이었다. 제르베즈는 정신이 멍해지고 다리가 후들거려 의자에 주저앉았다. 그녀는 변명할 말도 찾지 못한 채로 이렇게 물었다.

"구제 씨가 어디 아픈가요?"

그랬다. 구제는 몸이 아파 철공소에 가다 말고 집으로 돌아와서 침대에 누워 있었다. 여느 때와 마찬가지로 파리한 얼굴에 수녀 같은 모자와 검은 옷을 입은 구제 부인이 엄숙한 어조로 말했다. 철공소의 급료가 또 내렸어요. 기계가 모든 일을 맡아서 하는 바람에 9프랑이던 것이 7프랑으로 떨어졌죠. 이제부터 무엇이든 다 절약해야 해요. 빨래도 내가 직접 할 겁니다. 그러면서 구제 부인은 아들이 빌려준 돈을 쿠포네가 갚아주면 훨씬 좋았을 거라고 했고, 어차피 능력이 안 된다는 거아니까 집달리를 보내는 일은 하지 않겠다고 덧붙였다. 구제부인이 빚 얘기를 꺼내자 제르베즈는 고개를 들지 못했다. 그저 그녀가 능숙하게 바늘을 움직이며 코를 하나씩 만들어 나가는 모습을 멍하니 쳐다보고 있었다.

"하지만 말이에요." 구제 부인이 다시 말했다. "조금만 애써 보면 갚을 수 있지 않나요? 매일 아주 잘 차려 먹는다면서요. 돈을 물 쓰듯 쓰면서요. 한 달에 10프랑씩이라도 갚아 주면······."

그녀는 아들이 부르는 소리 때문에 말을 끝맺지 못했다.

"어머니! 어머니!"

아들에게 갔다가 바로 돌아와 앉은 구제 부인은 대화의 주제를 바꾸었다. 분명 아들이 돈 갚으라는 얘기는 절대 하지 말라고 부탁했을 것이다. 하지만 오 분 뒤에 그녀는 자기도 모르게 다시 돈 얘기를 꺼냈다. 아! 이렇게 될 줄 알았어요. 쿠포가 분명 가게를 말아먹고 식구들을 고생시킬 줄 알았는데……. 그녀는 아들이 자기 말만 들었어도 500프랑을 빌려주는 일은 없었을 거라고, 그랬으면 지금쯤 제대로 결혼을 했을 테고, 평생 불행해질 생각에 슬퍼하는 일 따위는 없었을 거라고 했다. 흥분한 구제 부인은 야멸차졌다. 제르베즈도 남편하고 한통속이 되어 순진한 자기 아들을 이용한 거라고, 몇 년이고 착한 척하며 사람을 속여도 결국 말도 안 되는 처신이 드러나게 되어 있다고 했다.

"어머니! 어머니!" 구제의 목소리가 거칠어졌다.

다시 아들 방에 다녀온 구제 부인이 레이스 일감을 잡으며 말했다.

"가 봐요. 아들이 보자고 하네요."

제르베즈는 부들부들 떨면서 안으로 들어갔다. 문은 열어 두었다. 구제 부인 앞에서 그 아들과 자기의 애정을 드러내게 된 상황에 제르베즈는 가슴이 떨렸다. 그녀는 좁은 철제 침대가 있고 벽에 그림을 붙여 놓은 구제의 방, 열다섯 살 남자아이의 방 같은 작고 조용한 방으로 들어섰다. 쿠포 마나님한테 들은 얘기에 충격을 받은 구포는 그 커다란 몸을 침대에 눕힌 채 팔다리를 축 늘어뜨리고 있었다. 눈이 시뻘겋게 충혈되었고 노란색 수염은 아직도 젖어 있었다. 흥분해서 그 거센 주먹으로 베개를 마구 내리치기라도 했는지, 베개가 터지고 깃털이 삐져나와 있었다.

"저기요. 어머니 말은 옳지 않습니다." 구제는 기어드는 소리로 말했다. "당신은 나한테 빚이 없어요. 그 얘기는 하고 싶지 않아요."

그사이 일어나 앉은 구제는 제르베즈를 쳐다보았다. 어느새 눈가에 굵은 눈물이 맺혔다.

"괴로운 거죠? 구제 씨?" 제르베즈가 중얼거렸다. "왜 그러는데? 제발 말해 줘요."

"아니에요, 괜찮아요. 어제 너무 피곤했어요. 잠 좀 자면 돼요."

하지만 구제는 마음이 너무 아파서 더 이상 참지 못하고 외쳤다.

"아! 세상에! 절대로 그러면 안 되는 거잖아요. 나한테 맹세했잖아요. 그런데 이렇게 되다니. 아, 어떻게 그럴 수가! 난 너무 마음이 아파요. 제발 그만 가 줘요."

그러면서 구제는 애원하는 듯한 손길로 제르베즈에게 나가 달라고 했다. 제르베즈는 침대 쪽으로 다가갈 엄두도 내지 못하고 구제의 말대로 방에서 나왔다. 정신이 멍하고, 구제를 달랠 수 있는 말 한마디도 꺼낼 수 없었다. 제르베즈는 바구니를 챙겨 들었다. 그런 다음에도 계속 그 자리에 서서 무슨 말이라도 하고 싶었다. 여전히 고개를 숙이고 레이스를 수선하고 있던 구제 부인이 마침내 입을 열었다.

"됐어요! 가 봐요. 내 세탁물 다 돌려보내 줘요. 나중에 세어 볼 테니까."

"알겠습니다. 안녕히 계세요." 제르베즈가 죽어 가는 소리로 대답했다.

제르베즈는 청결하고 모든 것이 정리된 구제네 집을 마지막으로 한 번 더 바라보면서 천천히 문을 닫았다. 그곳에 자기의 올바른 삶의 한구석을 남겨 두는 기분이었다. 그녀는 자기가 어디로 가는지도 모르는 채로, 마치 우리로 돌아가는 암소처럼 걸어서 가게까지 왔다. 쿠포 마나님은 간만에 침대에서 일어나 난로 곁에 의자를 두고 앉아 있었다. 제르베즈는 한마디 불평도 하지 않았다. 너무 피곤해서 온몸이 두들겨 맞은 것처럼 아팠다. 사는 게 너무 힘들었다. 지금 당장 죽어 버리든가, 그게 안 되면 차라리 자기 심장을 스스로 뜯어내 버리고 싶었다.

이제 제르베즈는 그 어떤 일에도 관심이 없었다. 나른하게 손을 휘저으며 아무도 가까이 오지 말라고 했다. 그녀는 근심거리가 생길 때마다 하루 세 끼 먹는 즐거움에 더 탐닉했다. 가게는 주저앉을 수밖에 없었다. 그녀는 자기가 그 아래 깔리지만 않는다면 기꺼이 맨몸으로 떠날 수 있을 것 같았다. 가게가 정말로 무너져 갔다. 한순간 갑자기 무너진 게 아니라 매일매일 조금씩 주저앉았다. 단골들이 하나씩 화를 내며 가게를 바꾸기 시작해서, 마디니에 씨와 르망주 양, 심지어 보슈네까지 포코니에 부인에게로 돌아갔다. 양말 한 켤레를 빨리 해 달라고 석 주 동안 조르다가 지치고, 힘들게 되찾아 온 셔츠에 지난 일요일의 기름때가 그대로 묻어 있는 것을 보면서 짜증 나지 않을 사람이 어디 있겠는가. 하지만 제르베즈는 오히려 손님들에게 화를 내며 가고 싶으면 가라고, 이제 더러운 빨랫감을 뒤척이지 않아도 되니까 더 좋다고 했다. 맘대로 가 버려! 동네 사람 전부 다 가라고 해! 쓰레기더미를 치워 주면 나야 더 좋지. 할 일도 줄어들고! 결국 돈을 제때 못 내는 사람들, 행실이 나쁜 여자들, 워낙 냄새가 심해서 뇌브 거리의 어떤 세탁소에서도 받아 주지 않는 고드롱 부인 같은 사람들만 남았다. 이제 제르베즈의 세탁소는 완전히 가라앉기 직전이었다. 마지막까지 남아 있던 퓌투아 부인도 내보내야 했고, 견습 일꾼 하나, 그러니까 나이 먹을수록 점점 더 멍청해지는 사팔뜨기 오귀스틴만 남았다. 그나마 둘이 붙어서 할 만한 일감조차 없었다. 오후 내내 의자에 엉덩이를 붙이고 앉아 빈둥거렸다. 한마디로, 완벽한 폭락이었다. 제르베즈의 세탁소에서는 재앙의 냄새가 풍겼다.

나태와 빈곤은 당연히 불결을 끌어들였다. 제르베즈의 자랑이던 하늘을 닮아 아름답던 푸른색 가게는 더 이상 찾아볼 수 없었다. 진열장의 틀과 유리는 아예 닦는 것을 잊어버려서 마차가 지나갈 때 튄 흙탕으로 뒤범벅이었다. 선반 위 놋쇠 걸이에는 맡긴 손님이 병원에서 죽어 버리는 바람에 찾아가지 못한 남루한 회색 옷 세 벌이 걸려 있었다. 가게 안은 더 초라했다. 세탁물을 천장에 걸어 말리느라 습기가 차서 벽지가 너덜거렸고, 퐁파두르 스타일의 면포는 누더기가 되어 먼지가 잔뜩 앉은 거미줄 모습이었다. 다리미 화덕은 부지깽이로 하도 쑤셔서 구멍이 나고 군데군데 깨진 채로 고물상의 고철 더

미처럼 구석에 처박혀 있었다. 작업대는 한 부대가 주둔하며 식탁으로 사용하기라도 한 듯 커피와 포도주, 잼이 덕지덕지 묻어 있었고, 월요일이면 진탕 먹고 마신 흔적으로 기름기가 가득했다. 거기다가 시큼한 녹말풀 냄새가 났고, 곰팡이와 음식 찌꺼기 그리고 쓰레기까지 냄새가 뒤범벅이었다. 하지만 제르베즈는 그 속에 있는 것이 좋았다. 가게가 더러워지고 있다는 것을 단 한 번도 깨닫지 못했다. 벽지가 찢어지고 선반에 기름때가 끼는 것에 익숙해졌다. 찢어진 치마를 아무렇지도 않게 입었고, 귀도 씻지 않았다. 오히려 더러움이 따뜻한 보금자리로 느껴졌다. 그 안에 웅크리고 있는 것이 좋았다. 뭐든 될 대로 되라고 내버려 두는 것, 먼지가 구멍들을 다 틀어막으며 사방에 쌓여 푹신거리든 말든 신경 쓰지 않는 것, 온 집 안이 꼼짝도 안 하면서 무력하게 가라앉은 광경을 멍하니 바라보는 것, 이 모두에서 제르베즈는 야릇한 관능을 느꼈다. 그녀는 당장 편하기만 하면 나머지는 거들떠보지도 않았다. 빚이 점점 늘어 가도 조금도 걱정되지 않았고, 그 어떤 일에도 양심의 가책이 느껴지지 않았다. 돈이 생기면 갚고 없으면 못 갚는 거라 생각했고, 차라리 외면하고 싶었다. 어느 가게에서 외상을 주지 않으면 옆의 다른 가게에서 외상을 얻었다. 이제 제르베즈는 동네 사람들한테 완전히 신용을 잃었다. 열 발짝 지날 때마다 외상이 있을 정도였다. 구트도르 거리에만 해도 석탄 가게, 식품점, 과일 가게, 어느 곳도 마음 편히 그 앞을 지나갈 수 없었다. 세탁장에 갈 때는 푸아소니에 거리로 족히 십 분은 돌아서 갔다. 상인들도 제르베즈를 함부로 대하기 시작했다. 어느 날 저녁, 랑티에의 방에 넣을 가구를 판 상인이 쿠포 네가 계속 돈을 갚지 않으면 제르베즈의 치마를 걷어 올려 본 때를 보여 주겠다고 고함치며 소동을 피우는 바람에 동네 사람이 다 몰려들기도 했다. 제르베즈는 겁에 질려 바들바들 떨었다. 하지만 얻어맞은 개처럼 몸을 한 번 흔들고 나면 끝이었다. 저녁이면 다시 한 상을 차려 먹었다. 한심한 인간들, 왜 난리야! 돈이 없는데 어쩌라고! 나더러 돈을 만들어 내기라도 하라는 거야? 그동안 도둑질해서 벌어 처먹었으면 기다릴 줄도 알아야지. 제르베즈는 언젠가 일어날 수밖에 없는 일을 생각하지 않으려고 애쓰면서 둥지 속에 웅크려 잠이 들었다. 분명 끝이 닥칠 테지만, 일단 그때까지는 편안히 있고 싶었다.

정작 쿠포 마나님은 오히려 상태가 좋아졌다. 가게 역시 근근이 일 년을 이어 갔다. 사실 여름은 시문 벽 밖 큰길을 서성대는 여자들의 흰 치마와 면 원피스를 빨아 대야 하기 때문에 일감이 많은 계절이기도 했다. 제르베즈의 세탁소는 서서히 스러졌다. 한 주 한 주 지날수록 코가 진창 속에 더 깊이 박혔다. 물론 그 와중에도 기복은 있었다. 어떤 날은 찬장이 텅 비어 버리는 바람에 배를 문지르기만 하면서 버텨야 했고, 어떤 날은 배가 터지도록 고기를 먹었다. 집 밖으로 나가는 일도 드물어져서, 쿠포 마나님이 앞치마 속에 보따리를 숨기고 마치 산책 가는 듯한 걸음걸이로 폴롱소 거리의 전당포로 향하는 게 전부였다. 구부정한 등에 단호하고 탐욕스러운 노인네의 모습은 흡사 미사 보러 가는 독실한 신자 같았다. 사실 쿠포 마나님은 그 일이 싫지 않았다. 그런 식으로 돈을 구하는 게 재미있었고, 헌 옷을 사는 사람과 입씨름을 하는 것이 적성에 잘 맞았다. 이제 폴롱소 거리의 전당포에서는 쿠포 마나님을 모르는 사람이 없었고, 버터 덩어리만 한 보따리를 들고 와서 3프랑을 주면 자꾸 4프랑을 달라고 졸랐기 때문에 '4프랑 할멈'이라고 불렸다. 제르베즈는 집을 다 잡혀서라도 돈을 빌리고 싶었다. 워낙 전당포를 애용하다 보니 머리카락이라도 받아만 준다면 다 잘라 버릴 수 있을 것 같았다. 전당포만큼 편리한 곳이 또 있을까? 빵 4리브르를 살 돈이 없는데 전당포에서 돈을 구하지 않으면 도대체 어떻게 버티겠는가. 속옷, 겉옷은 물론이고 연장과 가구까지, 제르베즈의 세간살이 전부가 전당포로 넘어갔다. 처음에는 돈이 좀 벌리면, 설령 다음 주에 다시 맡길지언정, 일단 전에 맡긴 것을 찾아왔다. 하지만 서서히 한번 물건을 맡기고 나면 더 이상 신경조차 쓰지 않게 되었다. 그대로 기한을 넘겼고, 보관증까지 팔아먹었다. 딱 한 번, 20프랑짜리 어음 때문에 집달리가 나오는 바람에 추시계를 맡길 수밖에 없었을 때는 마음이 찢어질 것 같았다. 저 추시계에 손을 대느니 차라리 굶어 죽겠다고 맹세하지 않았는가! 쿠포 마나님이 작은 모자 상자에 시계를 넣어 나갈 때 제르베즈는 의자에 털썩 주저앉았다. 마치 자기 재산을 다 빼앗긴 듯 팔에 힘이 하나도 없고 눈물이 쏟아질 것 같았다. 하지만 시어머니가 25프랑을 들고 돌아오자, 생각보다 5프랑을 더 받았다는 데서 위로를 얻었다. 제르베즈는 100수가 생긴 것을 축하해야 한다며 당장 시어머니에게 4수짜리 술 한 잔을 받아오게 했다. 요즈음에는 두 여자가 죽이 맞을 때가 많아서,

작업대 구석에 같이 앉아 독주와 카시스주를 섞어 홀짝거렸다. 쿠포 마나님은 정말 요령이 좋아서 술이 가득 찬 잔을 앞치마 주머니에 넣고서도 한 방울도 흘리지 않고 가져왔다. 이웃들이 알 필요는 없지 않니? 하지만 이웃들은 이미 알고 있었다. 과일 가게 여자, 내장 가게 여자, 식품점 급사들이 "어! 노인네 전당포 가네!" 혹은 "어! 노인네 주머니에 술잔 들어 있네!"라고 했고, 그 때문에 제르베즈에 대한 적개심은 더 커졌다. 정말 다 먹어 치우네. 조만간 가게를 완전히 날려 버리고 말겠어. 그랬다. 사람들은 제르베즈가 앞으로 서너 번만 더 술을 삼키면 깡그리 다 끝장날 거라고 수근거렸다.

이렇게 모든 것이 무너져 가는 와중에도 쿠포는 아주 잘 나갔다. 지독한 주정뱅이인데도 마법에라도 걸렸는지 기운이 왕성했다. 싸구려 포도주와 독주를 마실수록 오히려 살이 붙었고, 먹기도 많이 먹었다. 비쩍 마른 로리외가 술은 인간을 죽인다고 말하면, 쿠포는 옆에서 대답 대신 잔뜩 기름 낀 배를 북처럼 두드려 댔다. 심지어 음악을 연주할 수도 있다면서, 대식가들의 저녁 기도라는 둥, 이 뽑는 사람들[33]이 돈 벌려고 커다란 통을 굴리며 두드리는 소리라는 둥 농담을 했다. 배가 나오지 않은 로리외는 짜증을 내며 그건 몸에 해로운 누런 기름 덩이라고 응수했다. 쿠포는 옆에서 뭐라 하든 건강을 위해서라며 술을 계속 마셔 댔다. 이미 희끗희끗해진 머리카락은

---

33) 현대식 외과, 치과가 성립되기 이전에는 돌아다니면서 이를 뽑아 주던 사람이 있었다.

늘 봉두난발이 되어 있어서 바람이라도 불면 꼭 화주가 타오르는 모습 같았다. 턱뼈가 원숭이를 닮은 그의 얼굴은 포도주처럼 푸르스름했다. 그래도 쿠포는 여전히 어린애처럼 명랑했다. 아내가 뭔가 곤란한 얘기를 꺼내려 하면 그만하라고 고함쳤다. 남자들이 그런 귀찮은 일에까지 신경을 써야 해? 집 안에 빵 한 조각 없어도 난 관심 없어. 그래도 아침저녁으로 먹을 건, 그게 어디서 나는지는 신경 쓸 생각은 없지만, 아무튼 꼭 있어야지! 몇 주 동안이고 일을 하지 않을 때면 쿠포는 평소보다 더 까다롭게 굴었다. 하지만 그는 랑티에한테만은 늘 정겹게 대하며 어깨를 툭툭 치곤 했다. 아내가 무슨 짓을 하고 있는지 모르는 게 분명했다. 적어도 사람들은, 그러니까 보슈네도 푸아송네도 만일 쿠포가 사실을 알게 된다면 엄청난 난리가 날 거라고 생각했다. 그들은 지금은 모르고 있는 게 분명하다고 주장했지만, 쿠포의 누이인 르라 부인은 고개를 저으며 아내의 부정을 알고도 화내지 않는 남편들도 있다고 했다. 언젠가 밤에 랑티에의 방에서 나오던 제르베즈가 어두운 데서 뭔가로 엉덩이를 맞은 느낌에 새파랗게 질려 얼어붙었다. 하지만 잠시 후 침대에 부딪혔나 보다 생각하며 마음을 놓았다. 남편이 이 일을 알게 된다면 정말로 끔찍한 일이 아닌가. 제르베즈는 그런 상황에서 남편이 자기한테 장난을 치고 있을 리는 없다고 생각했다.

랑티에 역시 여전히 원기가 좋았다. 자기 몸을 극진히 챙겼고, 바지 허리띠로 배의 치수를 재 보면서 버클을 조여야겠다느니 늘려야겠다느니 계속 신경을 썼다. 그는 지금의 자기 상태가 만족스러웠기 때문에 여자들에게 계속 잘 보이기 위해 살이 더 찌지도 빠지지도 않도록 노력했다. 그래서 음식에 대해 아주 까다롭게 굴었다. 체중에 변화가 오지 않도록 하나하나 골라 먹으며, 집에 돈 한 푼 없어도 달걀과 돼지갈비를, 그러니까 영양은 많으면서 기름지지 않은 것을 먹어야 했다. 랑티에는 한 여자를 그 남편과 함께 갖게 된 이후로 집 안의 모든 것을 나누어 가진 듯 행세했다. 20수가 눈에 띄면 멋대로 가져갔다. 또 손가락을 움직이고 눈짓을 해서 제르베즈를 불러 잔소리하고 소리를 질렀다. 그는 쿠포의 집이 아니라 자기 집에 있는 것처럼 행세했다. 결국 제르베즈의 집은 남자가 둘 있는 집안이 되었다. 두 남자 중 부정한 관계의 남자가 좀 더 영악해서 이불을 자기 쪽으로 끌어당겼고, 여자와 음식을 포함해서 모든 것을 더 좋은 것으로 차지했다. 한마디로 랑티에가 쿠포네의 단물을 제대로 빨아먹은 것이다. 이제 그는 사람들이 보는 앞에서도 개의치 않았다. 하지만 나나만은 여전히 예뻐했다. 랑티에는 자기가 원래 착한 여자애들을 좋아한다고 했다. 정작 에티엔에 대해서는 점차 무신경해져서, 사내아이들은 스스로 자기 길을 헤쳐 가야 한다고 주장했다. 누군가 쿠포를 찾아오면 늘 랑티에가 가게 뒷방에서 셔츠 바람으로 슬리퍼를 끌며 나왔다. 마치 자기가 이 집의 주인인데 왜 방해를 하느냐고 투덜대는 듯한 기색이었다. 랑티에는 어차피 마찬가지라면서 쿠포를 대신해서 자기가 대답을 하기도 했다.

두 남자 사이에 낀 제르베즈는 하루하루가 고달팠다. 그나마 몸이 아파 신경 쓰이는 일이 없어서 다행이었다. 그녀 또한 살이 많이 쪘다. 하지만 두 남자를 짊어지고 뒷바라지하면서 만족시켜 주는 일은 힘에 부쳤다. 아! 세상에! 남편이 하나만 있어도 진이 다 빠지는데! 더구나 최악의 일이 있었으니, 그 두 남편이, 악당 같은 두 인간이 서로 사이가 좋았다! 그들은 다투는 법이 없었고, 저녁에 밥을 먹고 나면 식탁 끝에 팔꿈치를 괴고 마주 앉아 시시덕거렸다. 고양이 둘이 서로 살을 비비며 쾌락을 구하듯이, 온종일 서로 맞장구를 치며 붙어 다녔다. 어쩌다 잔뜩 화가 난 상태로 집에 들어오는 날은 제르베즈에게 불똥이 튀었다. 이봐! 저 멍청한 여자 좀 때려 줘! 제르베즈는 묵묵히 감내했다. 랑티에와 쿠포는 같이 고함을 질러 대면서 사이가 더 좋아졌고, 그럴 때는 대꾸할 생각을 안 하는 편이 나았다. 처음 제르베즈는 둘 중 하나가 소리를 지르면 다른 하나가 역성을 들어 주길 기다리며 애원하는 눈길을 보냈다. 하지만 매번 허사였다. 그래서 최근에는 어깨를 움츠리고 조용히 자리를 비키고 말았다. 결국 제르베즈는 두 남자가 자기를 이리저리 못살게 굴면서 즐기고 있음을 깨달았다. 그녀는 굴러다니는 공처럼 살이 많이 쪘다. 입이 험한 쿠포는 그런 아내에게 더없이 추잡한 말들을 퍼부어 댔고, 랑티에는 사람들이 잘 쓰지 않지만 제르베즈에게 큰 상처를 주는 욕들을 기가 막히게 골라 냈다. 다행히 이런 생활에 다 같이 익숙해져 갔다. 나중에는 두 남자가 하는 욕, 부당한 말들이 마치 방수 식탁보 위의 물방울처럼 제르베즈의 부드러운 피부 위를 굴러가 버렸다. 심지어 그녀는 두 남자가 화가 나 있을 때가 더 편하게 느껴지기 시작했다. 기분이 좋아 봐야 괜히 따라다니면서 보닛 하나 편안히 다릴 수 없게 했기 때문이다. 그게 아니면 출출하니까 먹을 것을 내놓으라고 졸랐고, 소금을 넣으랬다가 넣지 말랬다가 변덕을 부렸다. 제르베즈는 이 얘기 저 얘기 하면서 비위를 맞춰야 했고, 하나씩 차례로 달래서 편안히 재워 주어야 했다. 그렇게 주말이 오면 머리가 깨질 듯이 아팠고 팔다리가 쑤셔서 꼼짝할 수 없었다. 눈은 꼭 미친 여자처럼 변했다. 이런 직업은 그야말로 여자의 기운을 소진시키는 법이다.

그랬다. 쿠포와 랑티에는 제르베즈의 기운을 전부 소진시켰다. 그것이 정확한 표현이었다. 양초가 타듯이, 제르베즈는 양쪽 끝에서 타 들어갔다. 쿠포는 배운 게 없는 사람이었고, 랑티에는 아는 게 너무 많은 사람, 아니 정확히 말하자면 때가 덕지덕지한 더러운 살 위에 흰 셔츠를 걸친 사람이었다. 어느 날 밤 제르베즈는 구덩이 앞에 서 있는 꿈을 꾸었다. 쿠포가 주먹을 휘두르며 자기를 밀고 있고, 랑티에는 빨리 빠지라며 허리를 간지럽혔다. 그랬다! 정말 제르베즈의 삶이 그랬다. 아! 진정 옴짝달싹할 수 없었다! 이런 상태에서 삶이 엉망진창이 되는 건 너무도 당연한 일이 아닌가! 동네 사람들은 그녀를 비난하지만 사실은 틀렸다! 제르베즈의 불행은 그녀 때문에 일어난 게 아니다! 이런저런 생각을 하다 보면 제르베즈는 아직 끝이 아니라는, 더 나빠지리라는 예감에 사로잡혔다. 그럴 때면 온몸에 소름이 돋았다. 그래도 두 팔을 잃는 것보다는 차라리 남편이 둘인 게 낫잖아. 이런 일이야 세상에 아주 흔한 거고, 이상할 것도 없지. 그러면서 제르베즈는 무언가 작은 행복이라도 찾아보려고 노력했다. 모든 것을 문젯거리 없는 지극히 일상적인 일로 받아들였다. 그래서 그녀는 쿠포도 랑티에도 미워하지 않았다. 게테[34]에서 공연한 연극에서 남편을 증오한 여자가 애인을 위해 남편을 독살한다는 얘기를 듣고 제르베즈는 화를 냈다. 그녀는 그럴 마음이 눈곱만큼도 없었다! 그냥 셋이 사이좋게 사는 게 낫지! 어쩌자고 그런 짓을 할까? 그런 어리석은 일을 하면 안 되지! 어차피 좋을 것 하나도 없는 인생을 더 엉망으로 만들려고? 제르베즈는 아무리 빚에 쪼들리고 가난에 시달린다 해도 쿠포와 랑티에가 지금처럼 자기를 많이 괴롭히고 욕하지만 않는다면 마음 편히 살 수 있을 것 같았다.

불행히도 가을이 오면서 상황은 더 나빠졌다. 랑티에는 자기가 살이 빠진다고 투덜대며 불평이 늘어 갔다. 사사건건 트집을 잡았고, 감자 포테[35]를 끓이고 있으면 옆에서 코를 찡그리며 형편없는 음식 때문에 배탈이 나겠다고 투덜댔다. 사소한 말다툼도 이제는 치고받는 싸움으로 번졌다. 이 모양 이 꼴이 된 건 서로 상대의 탓이라며 몰아붙였다. 물론 매번 저녁에 잠을 청하기 전에는 다시 풀리곤 했다. 원래 당나귀들도 먹을 밀기울이 다 떨어지고 나면 싸움을 해 대는 법이다! 랑티에는 몰락의 냄새를 맡았다. 그는 이미 거덜 난 집의 냄새를 맡으며 화가 치밀었다. 이제 모자를 쓰고 이 집을 떠나서 먹

---

34) 탕플 대로에 세워진 극장. 주로 대중적인 멜로드라마들을 공연했다.
35) 돼지고기와 야채를 함께 끓인 스튜이다.

고 잘 다른 곳을 찾아야 했다. 여기선 모든 사람이 그를 좋아해 주고, 여러 가지 일들이 이미 일상이 되었고, 그렇게 포근한 둥지에 익숙해졌는데! 랑티에는 별천지 같은 이곳의 즐거움을 결코 되찾을 수 없을 것 같아 아쉬웠다. 어쩌겠는가! 머리끝까지 다 차도록 챙겨 먹고 나서 접시에 음식이 남아 있기를 바랄 수는 없었다. 랑티에는 화가 치밀어 올랐지만, 그렇게 만든 것, 이 집을 먹어 치운 것은 바로 그의 배였다. 물론 정작 본인은 그렇게 생각하지 않았다. 그는 쿠포와 제르베즈를 원망했다. 어떻게 겨우 이 년 만에 살림을 거덜 낼 수 있단 말인가. 사실 맞는 말이기도 했다. 쿠포 부부는 정신을 차리지 못했다. 랑티에는 제르베즈가 살림을 헤프게 해서 벌어진 일이라며 고함을 쳤다. 빌어먹을! 이게 도대체 무슨 꼴이야? 랑티에는 끝내주는 일이 막 성사되려고 하는데 친구라면서 도무지 도움을 주지 않는다며 화를 냈다. 자기가 공장에 가서 6000프랑씩 벌게 되면 이 집 식구들까지 떵떵거리고 살 수 있을 텐데 이렇게 됐다고도 했다.

12월이 되자 무 한 쪽도 먹을 게 없어서 저녁을 굶는 날이 생겼다. 랑티에는 침울한 표정으로 일찌감치 밖으로 나가서는 음식 냄새를 맡으며 얼굴을 펼 수 있게 해 줄 다른 집을 찾아 발에 불이 나도록 돌아다녔다. 어느 날 그가 몇 시간이고 화덕 옆에 앉아 골똘히 생각에 빠져 있다가 별안간 푸아송 부부를 찾아가서 한껏 친한 척을 했다. 더 이상 순경 푸아송을 바뎅그라고 부르지 않았고, 생각해 보니 황제는 꽤 좋은 사람인 것 같다는 말까지 했다. 특히 비르지니에게 머리가 참 좋고 살림을 잘하는 여자라며 존경스럽다고 치켜세웠다. 노골적으로 비위를 맞추는 게 눈에 보였다. 푸아송의 집에서 먹고 자려고 저러나 싶을 정도였다. 하지만 랑티에는 머리가 훨씬 복잡한 인간, 당해 내기 힘든 잔꾀를 부리는 인간이었다. 그는 이미 비르지니한테 장사를 시작해 보고 싶다는 말을 들은 터라, 일부러 그녀 앞에 얼쩡거리면서 문제의 계획에 대해 큰 소리로 말하곤 했다. 비르지니가 장사를 정말 잘할 거라고, 키 크고 상냥하고 활동적인 사람이지 않냐고, 큰돈을 벌게 될 거라고 했다. 숙모님의 유산을 받았으니 돈은 이미 다 준비된 거로군요. 계절마다 얼마 되지도 않는 옷 수선은 그만두고 이제 제대로 일을 시작해도 되겠네요. 그러면서 랑티에는 길모퉁이 과일 가게 여자, 작지만 외곽 대로에서 사기 그릇 가게를 낸 여자 등 장사에 성공해서 돈을 번 여자들 얘기를 했다. 요즘이 아주 좋은 때라고, 아무거나 쓸어 내서 팔아도 다 팔릴 거라고 했다. 하지만 비르지니는 여전히 망설였다. 가게를 찾고는 있어요. 그런데 이 동네를 떠나고 싶지 않아요. 그러자 랑티에는 비르지니를 구석으로 데려갔다. 두 사람은 십 분 동안 소곤거리며 얘기를 나누었다. 랑티에가 무언가를 강하게 밀어붙이고, 처음엔 머뭇거리던 비르지니가 마음을 바꾸어 랑티에게 추진해 보라고 말하는 것 같았다. 재빠르게 말을 주고받고 눈짓을 교환하면서 두 사람 사이에 비밀이 태어났고, 악수하는 손길 속에 소리 없는 음모가 드러났다. 그날 이후 랑티에는 마른 빵을 뜯어 먹으며 은밀하게 쿠포와 제르베즈를 살폈다. 그는 다시 말이 많아졌고, 쉬지 않고 죽는소리를 했다. 제르베즈는 온종일 랑티에가 친절하게도 조목조목 늘어놓은 가난 속을 걸어 다녔다. 맙소사! 이게 뭐 날 위해서 하는 말인 줄 알아? 난 내 친구들과 함께 얼마든지 굶어 죽을 수 있어. 그저 좀 신중하게 생각해 보자는 거지. 우리가 어떤 상황에 처했는지 정확히 알아보자는 뜻이라고. 빵 가게, 석탄 가게, 식품점, 그리고 다른 가게들까지 다 하면 최소한 동네에 500프랑의 빚이 있지. 게다가 집세가 두 번 밀렸으니 250프랑이고. 1월 1일까지 내지 않으면 마레스코 씨가 우릴 쫓아내겠다고 했잖아. 그나마 돈이 되는 건 다 전당포에 가 있고, 이젠 가서 3프랑 구해 올 데도 없어. 온 집 안에 남은 게 없지. 그래, 벽에 박힌 못들이 남았네. 다 뽑아서 가져다주면 2리브르는 될 테니까 3수는 받겠군.

랑티에의 말은 제르베즈를 꼼짝 못 하게 만들었다. 랑티에가 계산하는 것을 들으며 그녀는 팔다리에 힘이 다 빠져나가는 것 같았다. 너무 속상해서 주먹으로 탁자를 두드리기도 했고 짐승처럼 울부짖기도 했다. 어느 날 저녁 제르베즈가 절규하듯 말했다.

"난 내일 떠날 거야. 무슨 일이 생길까 봐 쩔쩔매며 사느니 차라리 이 집을 버리고 길바닥에 나가서 잘 거야."

"차라리 마땅한 사람을 찾아서 계약을 넘기는 게 나을 텐데……." 랑티에가 음흉하게 말했다. "두 사람 다 가게를 그만둘 준비만 된다면……."

제르베즈가 거칠게 랑티에의 말을 끊으며 외쳤다.

"지금 당장이라도! 정말 당장이라도 좋아……. 아! 그러면

다 해결될 텐데!"

그러자 랑티에는 아주 구체적인 얘기들을 꺼냈다. 우선 가게를 넘기면 새로 들어오는 사람이 두 번 밀린 집세를 대신 내줄 수 있을 거라고 했다. 그러고는 조심스레 푸아송네 얘기를 꺼내면서 비르지니가 가게를 찾고 있는데 아무래도 이 가게가 맞을 것 같다고, 언젠가 비르지니가 하는 말을 들었는데 조건이 아주 비슷했다고 덧붙였다. 하지만 비르지니의 이름을 듣는 순간 제르베즈는 바로 냉담해지며 좀 더 두고 보겠다고, 화가 나면 당장에라도 다 포기하고 싶지만 막상 생각해 보면 그렇게 쉽게 정할 수 있는 일은 아니라고 했다.

그날 이후 랑티에는 계속해서 불평을 늘어놓으면서 몰아붙였다. 이미 바닥에 굴러떨어졌어. 내야 할 돈에 짓눌려서, 다시 말에 올라탈 수 있는 희망은 사라졌다고. 하지만 제르베즈는 랑티에가 내세우는 그럴싸한 이유들에 끝까지 맞섰다. 이보다 더 심한 일도 있었지만 모두 헤쳐 나왔어. 가게마저 없어지면 도대체 어떻게 할 건데? 뭐 먹고 살라고? 차라리 다시 일꾼들을 구하고 새 고객을 찾아내는 게 나아. 랑티에는 어리석게도 다시 비르지니의 이름을 들먹였고, 그러자 제르베즈는 버럭 화를 내며 계속 고집을 부렸다. 싫다고! 싫다니까! 제르베즈는 여전히 비르지니를 믿지 못했다. 비르지니가 정말로 이 가게를 얻으려 하는 거라면 자기를 욕보이려는 수작이 분명했다. 길거리 지나가는 여자 아무나 들어와서 가게를 달라고 해도 내줄 수 있지만, 몇 년 동안 자기가 망하기를 기다리고 있는 그 여자만큼은 절대 안 된다! 그래! 이제야 알겠네. 그동안 그년의 고양이 같은 눈에서 왜 그렇게 노란 불꽃이 튀었는지 말이야. 그래. 그년이 옛날 세탁장에서 얻어맞은 것 때문에 아직 앙심을 품고 있는 거야. 속으로 계속 독을 품고 있는 거지. 맘대로 하라고 해! 한 번 더 얻어맞고 싶지 않으면 그 마음 꼭꼭 싸매고서 아주 조심해야 할걸? 어차피 머지않았으니까 엉덩이 준비하고 있으라고 해. 랑티에는 처음에는 제르베즈가 거친 욕을 퍼붓는 것을 가만히 쳐다보다가 이내 고함을 치며 욕을 했다. 돌대가리라는 둥 허풍쟁이라는 둥 까탈스럽게 군다는 둥 소리를 질러 댔다. 쿠포한테도 여편네가 자기 친구한테 함부로 하는데 보고만 있는 촌놈이라며 화를 냈다. 하지만 랑티에는 곧 자기가 자꾸 화를 내면 오히려 일을 그르칠 수 있음을 깨달았다. 좋아. 도와주려고 해 봐야 어차피 아무도 알아주지도 않는데 어쩌겠어. 맹세코 앞으로는 절대 남의 일에 신경 쓰지 않겠어. 그날 이후 랑티에는 정말로 가게 문제에 신경을 쓰지 않는 것 같았다. 하지만 사실은 제르베즈가 결심을 하게 만들기 위해 호시탐탐 가게 얘기를 꺼낼 기회를 엿보는 중이었다.

1월이 왔다. 습기 차고 추운, 정말 고약한 날씨였다. 12월 내내 기침을 하며 숨쉬기 힘들어하던 쿠포 마나님은 공현 축일 이후로는 아예 침대에서 일어나지 못했다. 마치 연금을 받듯이 겨울마다 반복되는 연례 행사이기는 했다. 하지만 이번 겨울은 정말 심해서 모두 쿠포 마나님이 다시 저 방에서 나올 때는 분명 드러누운 채로 발부터 나오게 될 거라고 했다. 노인네는 몸은 여전히 피둥피둥했지만 정작 한쪽 눈은 이미 죽은 사람 같았고 얼굴도 반쪽이 일그러져 있었다. 숨을 헐떡거릴 때면 전나무 자르는[36] 소리가 났다. 자식들은 차마 어머니를 죽이지 못할 뿐, 마음속으로는 너무 오랫동안 짐이 되어 온 어머니가 그만 죽었으면 했다. 모두의 짐을 더는 길이지. 어머니도 그게 더 행복할 거야. 살 만큼 산 거니까. 안 그래? 그렇게 살고 나면 아쉬울 것도 없는 법이지. 그래도 의사를 한 번 부르기는 했다. 다시 불렀을 땐 의사가 오려 하지 않았다. 탕약도 한 번 먹였지만, 아무것도 안 하고 있기엔 마음이 편치 않아 어쩔 수 없이 한 일이었다. 아직 살아 있는지 확인하기 위해 수시로 들락거리는 게 전부였다. 노인네는 이제 너무 숨이 차서 말도 하지 못했다. 하지만 아직 살아 있는 눈, 여전히 볼 수 있는 나머지 한쪽 눈으로 사람들을 쳐다보았다. 그 눈에는 진정 많은 것이, 가 버린 젊음에 대한 회한, 자기를 치워 버리려고 조급한 가족을 보는 슬픔, 밤이면 이제 서슴지 않고 속옷 바람으로 안쪽 문의 유리에 서서 엿보는 비뚤어진 나나에 대한 분노가 들어 있었다.

월요일 밤에 쿠포는 취해서 들어왔다. 어머니가 위독해진 이후 쿠포는 마음이 무척 약해진 것 같았다. 남편이 주먹을 꽉 쥐고 코를 골며 곯아떨어진 이후에도 제르베즈는 한동안 집 안을 돌아다녔다. 시어머니 곁에 좀 앉아 있기도 했다. 착하게도 나나는 계속 할머니하고 잤다. 만일 할머니가 죽으면 자기가 알려 주겠다고도 했다. 그때 랑티에가 자기 방에 와

---

36) 전나무는 관을 만들 때 쓰이던 나무이다.

서 좀 쉬라면서 제르베즈를 불렀다. 나나도 잠이 들었고 노인네도 편안히 잠든 터라 제르베즈는 결국 랑티에의 방으로 들어갔다. 그들은 옷장 뒤쪽 바닥에 촛불 하나를 켜 놓고 누웠다. 새벽 3시쯤 제르베즈는 갑자기 찬 기운이 몸 위를 지나가는 느낌에 소스라치듯 일어났다. 몸이 바들바들 떨렸다. 이미 초는 다 타 버렸다. 제르베즈는 어둠 속에서 속치마를 주워 입었다. 넋이 나간 사람같이 정신이 멍하고 손이 뜨거웠다. 방에서 나가면서 가구에 부딪혔고, 시어머니가 누워 있는 뒷방에 가서야 등잔에 불을 켤 수 있었다. 사방이 어둡고 숨 막힐 듯이 고요한 가운데 쿠포가 코 고는 소리가 두 가지 음조로 울려 퍼지고 있었다. 반듯이 누운 나나는 부어오른 입술 사이로 새근거리며 숨을 내쉬었다. 제르베즈는 등잔을 내렸다. 커다란 그림자가 춤추듯 흔들거리면서 쿠포 마나님의 얼굴을 비췄다. 백지장처럼 하얀 얼굴이 눈을 그대로 뜬 채로 한쪽 어깨 위로 처져 있었다. 숨을 거둔 것이다.

제르베즈는 소리를 지르지 않았다. 온몸에 소름이 끼쳤지만 차분하고 조심스럽게 랑티에의 방으로 돌아갔다. 랑티에는 다시 잠들어 있었다. 제르베즈는 고개를 숙이고 나지막하게 말했다.

"아, 끝났어. 어머니가 돌아가셨어."

랑티에는 처음에는 잠이 제대로 깨지 않아 졸음이 가득한 목소리로 투덜댔다.

"날 좀 내버려 둬. 빨리 자. 노인네가 죽었다고 우리가 뭐 어떻게 할 수 있는 것도 아니잖아."

그러더니 이내 팔꿈치를 짚고 일어서며 물었다.

"몇 시야?"

"3시."

"3시밖에 안 됐다고? 그럼 다시 자. 감기 들고 싶어? 아침 되면 그때 움직여도 돼."

하지만 제르베즈는 랑티에의 말을 듣지 않았다. 곧바로 옷을 챙겨 입었다. 그러자 랑티에는 여자들이란 정말 고집불통이라면서 이불을 뒤집어쓰고 벽 쪽으로 돌아누웠다. 집 안에 초상이 났다고 사람들한테 알리는 게 뭐가 저렇게 급하단 말인가. 랑티에는 한밤중에 그런 소식 들어 봐야 즐거울 게 뭐가 있다고 고집을 부리냐며 못마땅했고, 무엇보다도 이런 우울한 생각 때문에 잠을 망쳐서 화가 났다. 제르베즈는 자기 물건들을 챙겨서 머리핀까지 모두 방에 가져다 놓은 다음, 그렇게 더 이상 랑티에의 방에 있던 걸 들킬 위험이 없어진 뒤 마음 놓고 울기 시작했다. 그녀는 마음 깊은 곳에서 사실 쿠포 마나님을 사랑했다. 처음에는 겁이 났고 또 왜 하필 이런 시각에 죽었는지 원망스러웠지만, 엄청난 슬픔이 밀려왔다. 제르베즈는 정적 속에 앉아서 혼자 울었다. 쿠포는 여전히 코를 골았다. 아무리 부르고 흔들어도 꿈짝하지 않았다. 어차피 일어나 봐야 번거롭기만 할 것 같아서 깨우지 않기로 했다. 시신을 보러 가니 잠이 깬 나나가 눈을 비비며 앉아 있었다. 상황을 눈치챈 아이는 사악한 계집아이의 호기심이 발동했는지 고개를 빼고 할머니를 바라보았다. 나나는 말이 없었다. 아이는 조금 떨긴 했지만 이 상황이 놀랍기도 하고 흥미롭기도 했다. 사실 이틀 전부터 나나는 아이들이 보지 못하도록 어른들이 가려 버리는 것을, 뭔가 아이들에게는 금지된 나쁜 것을 기다리는 심정으로 할머니의 죽음을 기다렸다. 마지막 숨을 거두는 순간까지도 살기 위해 진을 빼느라 파리해진 할머니의 얼굴을 보면서 나나는 어린 암고양이 같은 눈동자를 크게 떴다. 안쪽의 유리창에 서서 어린애들이 봐서는 안 되는 것을 엿볼 때처럼 등골이 짜릿했다.

"자, 일어나. 여기 있으면 안 돼." 제르베즈가 나지막하게 말했다. 나나는 마지못해 침대에서 내려오면서 고개를 돌려 계속 시신을 바라보았다. 제르베즈는 나나를 어디로 보내야 할지 몰라서 당혹스러웠다. 일단 옷을 입히려는데 랑티에가 왔다. 바지를 입고 실내화를 신고 있었다. 누워 있다 보니 문득 자기 행동이 창피해졌고 다시 잠이 오지 않은 것이다. 그렇게 문제가 해결됐다.

"내 침대에서 자라고 해." 랑티에가 중얼거렸다. "그러면 되잖아."

나나는 고개를 들어 설날 초콜릿 드롭스를 선물로 받았을 때처럼 어리숙한 표정으로, 그 맑고 큼직한 눈으로 엄마와 랑티에를 쳐다보았다. 빨리 가라고 밀어낼 필요도 없었다. 속치마 바람의 나나는 맨발이 미처 바닥에 닿지도 않을 정도로 재빨리 달려갔다. 그리고 아직 온기가 남아 있는 랑티에의 침대 속으로 뱀처럼 깊숙이 미끄러져 들어가서 몸을 뉘었다. 몸이 하도 자그마해서 이불이 부풀어 오르지도 않았다. 나나는 잠이 오지 않았지만 움직이지도 않았다. 그저 제르베즈가 들어올 때마다 속내를 알 수 없는 표정으로 쳐다볼 뿐이었다. 얼굴이 빨갛게 달아오른 채로, 무언가를 골똘히 생각하는 것 같았다.

그동안 랑티에는 제르베즈를 도와 쿠포 마나님의 옷을 입혔다. 시신이 워낙 무거워서 혼자서는 할 수 없었다. 노인네가 정말 이렇게 뚱뚱하고 또 이렇게 피부가 하얄 줄은 몰랐다. 둘이서 시신에 양말을 신기고 흰 치마와 웃옷을 입히고 보닛을 씌웠다. 쿠포는 여전히 곯아떨어져 있었다. 굵은 소리로 올라갔다가 건조한 소리로 내려오는 코 고는 소리가 흡사 성금요일[37] 미사의 음악 같았다. 옷 입히는 일이 다 끝나고 시신을 침대에 반듯이 눕히고 난 뒤 랑티에는 메스꺼움을 달래기 위해 포도주를 한잔 마셨다. 제르베즈는 플라상에서 올 때 가져온 자그마한 구리 십자가를 찾느라 서랍장을 뒤졌다. 하지만 이내 죽은 시어머니가 들고 나가 팔았다는 게 생각났다. 제르베즈와 랑티에는 난로에 불을 피우고 의자에 앉아 졸다 깨다 하면서, 남은 포도주를 다 마시며, 마치 이 죽음이 자기들 탓이기라도 한 것처럼 곤혹스럽고 불만스러운 얼굴로 밤을 새웠다.

동트기 전 7시쯤 드디어 쿠포가 일어났다. 처음에 그는 랑티에와 제르베즈가 자기한테 장난을 치는 줄 알았다. 눈물도 나지 않고 그냥 더듬거리기만 했다. 그러더니 허겁지겁 침대에서 내려와 어머니에게 달려가서 시신을 껴안고 목 놓아 울었다. 너무 많이 울어서 볼을 닦은 시트가 축축해질 정도였다.

---

37) 부활절 직전의 금요일로, 예수의 십자가 고난을 기리는 주간이다.

제르베즈는 남편이 슬퍼하는 모습이 너무 마음 아파서, 남편과 한마음이 되어 다시 또 울었다. 그러면서 자기가 생각한 것보다 쿠포가 마음이 고운 사람이라고 되뇌었다. 쿠포는 마음이 찢어질 듯 아팠고, 숙취로 머리가 깨질 것도 같았다. 그는 손가락으로 머리카락을 쥐어뜯었다. 열 시간이나 자고 나서도 술이 다 깨지 않아 입속이 끈적거렸다. 그는 주먹을 움켜쥐고 한탄을 했다. 세상에! 불쌍한 어머니! 내가 얼마나 사랑했는데 이렇게 가 버리다니! 미치겠어! 머리가 빠개지는 것 같아! 나도 죽어 버릴 거야! 머리에 숯불 가발을 뒤집어쓴 것 같아! 도대체 이놈의 운명은 왜 이렇게 나만 못살게 구는 거야!

"이봐, 힘내." 랑티에가 쿠포를 일으키며 말했다. "정신 차려야지."

그러면서 포도주를 한잔 따라 주었다. 쿠포는 마시지 않겠다고 했다.

"도대체 왜 이러는 거지? 배 속에 구리 조각이 들어 있는 것 같아. 그래, 엄마야. 엄마를 보니까 구리 냄새가 났어. 맞아, 엄마가 분명해. 엄마, 엄마."

쿠포는 다시 어린애처럼 울기 시작했다. 그는 랑티에가 준 술을 마셨다. 가슴속에 불덩이가 타고 있는 것 같아서 그 불을 꺼야 했기 때문이다. 랑티에는 이내 밖으로 나갔다. 가족한테도 알려야 하고 사청에 가서 신고도 하고 오겠다고 했다. 사실 랑티에는 바깥 공기가 쐬고 싶었다. 그는 당연히 서두르지 않았다. 담배를 입에 물고 차가운 아침 공기를 맛보았다. 르라 부인의 집에 들렀다 나오는 길에는 바티뇰의 간이식당에 들러

따뜻한 커피도 한잔 마시면서 한참 동안 앉아서 깊은 생각에
빠졌다.

그러는 동안 9시가 되었고 식구들이 모두 가게에 모였다. 가
게의 덧문은 그대로 닫아 두었다. 로리외는 울지 않았다. 잠시
억지 표정으로 앉아 있더니, 급히 마무리해야 할 일이 있다면
서 바로 올라가 버렸다. 로리외 부인과 르라 부인은 눈물을 글
썽이며 쿠포 내외를 안고 인사를 했고, 살며시 눈물을 훔치기
도 했다. 하지만 재빨리 시신 주위를 돌아보던 로리외 부인이
시신 옆에 등잔불을 켜 놓는 법이 어디 있느냐며 목소리를 높
였다. 촛불이 필요하다면서, 나나에게 큰 걸로 초 한 통을 사
오라고 시켰다. 세상에! 이놈의 쩔룩이 집은 죽은 사람을 아
주 이상한 꼴로 만드네! 시신을 어떻게 해야 하는지도 모르
는 멍청이 같으니! 살면서 지금까지 장례도 한번 안 치러 본
거야? 르라 부인은 십자가를 빌리느라 다른 집으로 올라갔다
가, 검은색 나무 위에 마분지로 된 예수가 못 박힌 십자가를
가져왔다. 너무 커서 쿠포 마나님의 가슴을 다 덮어 버린 십
자가는 또 너무 무거워서 밑에 있는 마나님의 몸이 짓눌릴 것
같았다. 르라 부인은 이어 성수를 찾았다. 아무도 가진 사람
이 없었다. 결국 다시 한번 나나한테 성당에 가서 받아 오라
고 했다. 그렇게만 손을 대도 방의 모습은 확 달라졌다. 작은
탁자 위에 한 잔 가득 성수를 담아 회양목 가지를 꽂아 놓고,
옆에 촛불을 밝혔다. 이젠 누가 찾아와도 그런대로 면목은 설
만했다. 식구들은 손님을 맞기 위해 가게에 의자들을 둥글게
놓았다.

랑티에는 11시가 되어서야 돌아왔다. 장의사한테 가서 절차를 문의하고 왔다고 했다.

"관은 12프랑이랍니다." 랑티에가 말했다. "미사를 올리려면 10프랑을 더 내야 하고요. 마지막으로 영구차가 필요한데, 어떤 장식을 하느냐에 따라 비용이 다르다는군요."

"오! 다 소용없어요!" 놀란 로리외 부인이 고개를 들며 불안한 얼굴로 중얼거렸다. "그렇다고 엄마가 살아오는 것도 아닌데. 안 그래? 우리 형편에 맞게 해야지."

"저도 같은 생각입니다." 랑티에가 말했다. "그냥 참고하라고 물어본 거죠. 어떻게 하는 게 좋을지 말해 줘요. 점심 먹고 가서 주문할 테니까요."

덧문 틈새로 햇빛이 스며들어 가게 안은 희끄무레했다. 다 같이 나지막한 목소리로 이것저것 의논을 했다. 시신이 놓인 방은 문을 활짝 열어 놓았다. 방에서 죽음의 정적이 흘러나왔다. 안마당에서 아이들 웃음소리가 들렸다. 파리한 겨울 햇빛 아래에서 계집아이들이 원을 그리며 돌고 있었다. 그런데 갑자기 나나의 목소리가 들렸다. 보슈네로 보내 놓은 나나가 밖에 나와 놀고 있었던 것이다. 나나는 카랑카랑한 목소리로 아이들에게 이것저것 시켰다. 신발 뒤축이 바닥 돌 위를 구르는 소리와 함께 아이들이 부르는 노래가 새들이 지저귀는 소리처럼 시끄럽게 울려 퍼졌다.

나귀야, 우리 나귀야
발이 아프구나.

마나님이 만들어 주셨네,

예쁜 발싸개하고

백합 빛깔 신발을

백합 빛깔 신발을.

이번엔 제르베즈가 입을 열었다.

"그래요, 우린 부자가 아니에요. 하지만 마지막인데 할 건 해야죠. 어머니가 우리한테 아무것도 남겨 주지 못했다고 우리도 개처럼 내다 버릴 수는 없잖아요. 그건 아니죠. 미사도 보고, 영구차도 괜찮은 걸로 해요."

"돈은 누가 낼 건데?" 로리외 부인이 사나운 얼굴로 물었다. "우린 못 내. 지난주에 손해를 봤단 말이야. 그렇다고 이 집에서 낼 것도 아니잖아? 빈털터리 주제에. 허구한 날 그렇게 번드르르한 것만 찾더니 꼴 좋다."

쿠포에게 생각을 묻자 그는 아무 생각 없다는 듯 더듬거리다가 이내 의자에 앉은 채로 잠들어 버렸다. 르라 부인은 제르베즈와 마찬가지로 경우에 맞게 필요한 것은 해야 한다고 생각했고, 자기 몫은 내겠다고 했다. 두 여자가 종잇조각에 대고 계산을 했다. 한참 얘기 끝에 좁은 장식 천을 드리운 영구차를 골랐더니, 전부 다 해서 90프랑 정도가 필요했다.

"세 집이니까 한 집에 30프랑씩 내면 돼요." 제르베즈가 말했다. "그 돈 쓴다고 망하진 않아요."

로리외 부인이 버럭 화를 냈다.

"맘대로 해. 난 못 내니까. 30프랑이 아까워서 이러는 거 아니야. 돈을 써서 엄마가 다시 살아나기만 하면 10만 프랑이라도 낼 수 있어. 난 정말 잘난 척하는 인간들이 싫어. 이 집이야 가게를 하니까 동네 사람들한테 잘난 척하고 싶겠지. 하지만 우린 아니야. 우리 형편 이상으로 남들한테 보이는 거 싫어. 원한다면 영구차에 깃털 장식까지 달든지 맘대로 해."

"싫으시면 안 내도 돼요." 결국 제르베즈가 말했다. "난 나중에 몸을 팔게 되더라도 두고두고 후회할 일은 하지 않겠어요. 어차피 형님 도움 없이도 지금껏 어머니를 돌봐 왔어요. 이제 도움 받지 않고 묻어 드리는 것까지 할게요. 지난번에 얘기했죠? 난 길거리 헤매는 고양이도 거두어요. 그래서 어머니를 그냥 버려둘 수 없었고요."

로리외 부인이 울음을 터뜨렸다. 그대로 가 버리려는 것을 랑티에가 붙잡았다. 싸움이 시끄러워지자 르라 부인이 여러 번 단호하게 쉿! 쉿! 거렸다. 그녀는 마치 어머니가 옆에서 싸우는 소리를 듣고 깨어날까 봐 두렵기라도 한 듯 시신이 누워 있는 방으로 살짝 다가가 초조하고 불안한 눈으로 살펴보았다. 바로 그때 꼬마 아이들이 안마당을 돌면서 다시 노래를 부르기 시작했다. 카랑카랑한 나나의 목소리가 제일 크게 들렸다.

나귀야, 나귀야
배가 아프구나.
마나님이 만들어 주셨네,
예쁜 발싸개하고
백합 빛깔 신발을

백합 빛깔 신발을.

"제기랄! 애새끼들이 왜 저렇게 시끄럽게 노래를 부르고 난리야?" 랑티에가 제르베즈에게 너무 속이 상하고 슬퍼서 당장이라도 울음을 터뜨릴 것 같은 얼굴로 벌컥 짜증을 냈다. "좀 조용히 시켜 보지? 발로 차든지 해서 나나를 보슈네로 좀 들여보내라고!"

르라 부인과 로리외 부인은 다시 오겠다며 점심을 먹으러 갔다. 쿠포네 역시 별로 배가 고프지도 않고 포크를 움직일 기분도 나지 않았지만 식탁에 앉아 차가운 햄을 먹었다. 불쌍한 노인네가 모두의 어깨를 짓누르고 집 안을 가득 채워 버렸다. 모두 슬픔에 젖었고 정신이 멍했다. 삶이 엉망진창이 되어 버렸다. 처음에는 물건이 어디 있는지 찾지 못해 허둥거렸고, 흥청망청 논 다음 날처럼 녹초가 된 상태로 뒤숭숭하게 시간을 보냈다. 랑티에는 르라 부인이 낸 30프랑과 제르베즈가 모자도 쓰지 않고 미친 여자처럼 구제에게 달려가 빌려 온 60프랑을 받아 들고는 곧바로 밖으로 나갔다. 오후에 몇 명이 문상을 왔다. 호기심에 이끌린 이웃 여자들이었다. 모두 한숨을 쉬면서 눈물 젖은 눈을 이리저리 굴렸다. 여자들은 뒷방으로 들어가 망자의 얼굴을 응시하면서 성호를 긋고 성수를 적신 회양목 가지를 흔든 뒤에, 가게에 앉아 쿠포 마나님 얘기를 늘어놓았다. 그야말로 잠시도 쉬지 않고 몇 시간 동안 같은 얘기를 하고 또 했다. 르망주 양은 시신이 오른쪽 눈을 뜨고 있었다고 했고, 고드롱 부인은 노인네가 나이에 비해 혈색이 좋았다는 말을 되풀이했다. 포코니에 부인은 사흘 전에도 커피를 드시는 것을 봤다면서 믿을 수 없다고 했다. 정말이에요. 순식간에 가시네요. 늘 떠날 준비를 하고 있어야 하나 봐요. 저녁이 되자 식구들은 그 모든 이야기가 지겨워졌다. 시체를 이렇게 오랫동안 집에 둬야 하다니, 정말 가족한테 못 할 짓이네. 정부에서 나서서 무슨 법이라도 만들어야 하는 거 아니야? 그들은 저녁, 밤, 아침까지 계속 그러고 있어야 한다는 사실이 참기 어려웠다. 도대체 언제까지 기다리란 말인가. 눈물도 더 이상 나오지 않았다. 슬픔이 지나가자 분노가 찾아왔다. 당연히 제대로 처신하기 힘들었다. 좁아터진 뒷방에서 말없이 굳어 버린 쿠포 마나님이 온 집 안으로 조금씩 퍼져 나가 사람들을 짓누르는 짐이 되었다. 산 사람들은 곧 평상시의 생활로 돌아갔고, 망자에 대한 경의도 버려졌다.

"오셔서 같이 드세요." 르라 부인이 돌아오자 제르베즈가 말했다. "쓸쓸해서 견딜 수가 없어요. 이제 가시지 말고 여기 계세요."

작업대 위에 식탁을 차렸다. 접시를 바라보며 바로 이 작업대 위에서 신나게 먹던 제르베즈의 생일날을 떠올렸다. 랑티에가 들어왔다. 로리외도 내려왔다. 제르베즈가 음식을 만들 여유가 없었기 때문에, 빵 장수가 투르트[38]를 가져왔다. 막 식탁에 앉으려는데 보슈가 들어와서 집주인이 왔다고 했다. 마레스코 씨는 프록코트 차림에 커다란 훈장을 달고 근엄한 표정

---

38) 일종의 파이로, 따뜻하게 데워 식사 전에 먹는다.

으로 들어섰고, 조용히 인사를 한 다음 바로 뒷방으로 가서
무릎을 꿇었다.

그는 신앙이 깊은 사람이었다. 명상하는 사제처럼 기도를
한 뒤 회양목 가지를 들고 공중에서 성호를 그으며 시신에 성
수를 뿌렸다. 식탁에서 일어서서 지켜보던 사람들은 모두 깊
은 감명을 받았다. 경건한 동작들을 다 마친 마레스코 씨는
가게로 오더니 쿠포 내외에게 말했다.

"두 번 밀린 집세를 받으러 왔습니다. 지금 낼 수 있나요?"

"아니요. 그게……" 로리외네 앞에서 이런 말을 듣게 되자
제르베즈는 당황해서 더듬거렸다. "지금 너무 슬픈 일이 닥쳐
서……."

"그렇겠죠. 하지만 아픔은 누구나 겪게 마련이지요." 노동자
였던 마레스코 씨가 커다란 손가락을 벌리면서 대답했다. "난
지금 상당히 화가 납니다. 더 이상 기다릴 수가 없어요. 모레
아침까지 내지 않으면 쫓아낼 수밖에 없으니 그리 아시죠."

제르베즈는 두 손을 모으고 말없이 눈물을 글썽이며 사정
을 했다. 하지만 마레스코 씨는 뼈대가 굵은 큰 머리를 세차게
흔들면서 사정해도 소용없다고 했다. 죽은 사람을 눕혀 놓은
채로 말다툼을 할 상황도 아니었다. 마레스코 씨는 뒷걸음질
로 조용히 물러섰다.

"방해해서 미안합니다." 그가 나지막하게 말했다. "모레 아
침! 잊지 말아요."

이어 그는 밖으로 나가기 전 다시 한번 뒷방 앞을 지나면서
활짝 열어 놓은 문 앞에서 무릎을 꿇고 망자에게 마지막으로

인사를 했다.

모두 처음에는 빨리 먹고 치우려고 애썼다. 혹시라도 남들 눈에 띄면 이런 날까지 먹어 대고 있는 것처럼 보일까 봐 신경이 쓰였기 때문이다. 하지만 후식을 먹을 때쯤에는 다들 좀 편하고 싶어졌고, 먹는 속도가 떨어지기 시작했다. 중간중간 제르베즈나 쿠포의 누이 중 하나가 냅킨을 손에 들고 입안 가득 음식을 넣은 채로 일어서서 뒷방을 살피기는 했다. 서 있던 사람이 음식을 삼키면서 다시 자리에 앉을 때면, 나머지 사람들은 그 표정을 살펴 아무 문제가 없는지 확인했다. 여자들이 일어서는 일이 점점 뜸해졌고, 쿠포 마나님은 잊혔다. 밤새 깨어 있기 위해서 커피가 한가득 준비되어 있었다. 푸아송 내외는 8시에 왔다. 커피 한잔 마시라고 권했다. 제르베즈의 안색을 살피던 랑티에는 드디어 아침부터 기다리던 기회를 잡았다고 생각했다. 어떻게 초상 난 집에 와서 돈 얘기를 할 수 있는지 너도나도 집주인을 욕하자 랑티에가 불쑥 끼어들었다.

"음흉한 위선자 같으니, 주제에 무슨 미사 올리는 흉내를 내고 난리야! 나 같으면 저 인간한테 이놈의 가게 가져가라고 던져 버렸을 텐데!"

지쳐 기진맥진하고 녹초가 된 제르베즈가 짜증을 내면서 될 대로 되라는 듯이 응수했다.

"맞아. 집달리를 기다리고 있진 않을래. 아! 이제 못 견디겠어. 더 이상 못 견디겠어."

쩔룩이의 가게가 없어진다는 생각에 신이 난 로리외 내외가 옆에서 맞는 말이라고 맞장구를 쳤다. 이 가게가 얼마 나갈

지 알 수 없지만, 어쨌든 다른 사람의 가게에 가서 일하게 되면 물론 3프랑밖에 못 벌어도 나가는 비용이 없으니 크게 손해 볼 일도 없을 거라고 했다. 다들 쿠포에게 이 논리를 되새기게 하며 밀어붙였다. 쿠포는 계속 술을 마시면서 슬픔에 젖어 식탁에서도 눈물을 흘렸다. 제르베즈가 마음이 흔들리는 것 같자 랑티에가 푸아송네를 쳐다보며 눈을 찡긋했다. 그러자 비르지니가 아주 상냥하게 말을 꺼냈다.

"그래요, 어디 한번 터놓고 얘기해 봐요. 내가 이 계약을 넘겨받을게요. 밀린 집세도 알아서 처리하고요. 그러면 해결되잖아요."

"아니에요. 괜찮아요." 제르베즈가 갑자기 한기가 든 사람처럼 몸을 떨면서 단호하게 대답했다. "내가 돈 구할 수 있어요. 일을 하면 돼요. 다행히도 두 팔이 멀쩡하니까 이 정도 문제쯤은 헤쳐 나갈 수 있어요."

"나중에 얘기하는 게 낫겠네요." 랑티에가 급히 화제를 돌렸다. "오늘 같은 날 할 얘기는 아닌 것 같네요. 나중에, 내일 저녁에 다시 얘기하죠."

그때 뒷방으로 간 르라 부인이 비명을 질렀다. 촛불이 끝까지 다 타서 꺼져 버린 것을 발견하고는 더럭 겁이 난 것이다. 다 같이 부산스럽게 새 초를 찾아 불을 밝혔다. 망자 곁에 밝혀 놓은 불이 꺼지다니 좋지 않은 징조라며 모두 고개를 내저었다.

밤샘이 시작되었다. 쿠포는 드러누웠다. 자려는 게 아니라 생각하는 거라고 우겼지만, 오 분이 지나자 코를 골기 시작했다. 좋아하는 랑티에의 커다란 침대에서 따뜻하게 잘 생각에 아침부터 신이 나 있던 나나는 보슈네 가서 자라는 말을 듣자 울먹였다. 푸아송 내외는 자정까지 남아 있었다. 여자들은 커피를 많이 마셨더니 신경이 날카로워진다며 샐러드 그릇에 포도주를 따라 설탕을 타서 마셨다. 대화는 허심탄회한 속내 얘기로 넘어갔다. 비르지니는 시골 얘기를 했다. 난 죽으면 숲 한 구석에 묻히고 싶어요. 무덤가에 들꽃들도 피어나면 좋겠고요. 르라 부인은 자기는 이미 옷장 안에 수의를 마련해 놓았다고, 죽어 땅에 묻힌 다음에 늘 좋은 향기를 맡고 싶어서 수의에 향기가 밸 수 있게 항상 라벤더 꽃다발을 가져다 놓는다고 했다. 그러자 순경 푸아송이 오늘 아침 아주 예쁜 여자 하나가 식품점에서 도둑질하다가 잡혔는데, 초소로 데려가 옷을 벗겨 보니 몸 앞뒤로 소시지를 열 개나 매달고 있었다고 했다. 로리외 부인이 얼굴을 찌푸리며 자기 같으면 그런 소시지는 줘도 못 먹겠다고 하자 모두 조용히 웃었다. 이렇게 서로 예의를 지키며 즐겁게 밤샘을 했다. 그런데 포도주를 다 마셨을 때쯤 시신이 있는 방에서 마치 물이 흐르는 듯한 이상한 소리가 희미하게 들려왔다. 모두 고개를 들어 눈길을 주고받았다.

"별일 아닙니다." 랑티에가 차분한 목소리로 나지막하게 말했다. "속을 비우고 계시는 거죠." 이 설명에 다들 안심이 됐는지 고개를 끄덕거리면서 탁자 위에 잔을 내려놓았다.

푸아송네가 돌아갔다. 랑티에도 친구 집에 다녀올 테니까 세 여자가 번갈아 한 시간씩이라도 자기 침대에서 쉬라면서 함께 나갔다. 로리외는 결혼 후 이런 일은 처음이라고 투덜대며 혼자 자러 올라갔다. 제르베즈와 두 시누이는 잠든 쿠포와 함께 난롯가에 둘러앉았다. 커피는 식지 않도록 난로 위에 얹어 놓았다. 온 동네가 적막하리만큼 고요한 시각에 세 여자는 두 손을 앞치마 아래 밀어넣은 채 코가 난로에 거의 닿을 만큼 허리를 앞으로 숙이고 나지막하게 얘기를 나누었다. 로리외 부인은 계속 투덜댔다. 검은색 옷이 없어. 그렇다고 새로 살 수도 없고. 요즘 형편이 정말 안 좋거든. 쪼들려 죽겠어. 그러면서 제르베즈에게 어머니의 검은 치마가 있지 않느냐고, 지난번 생일 때 자식들이 마련해 준 치마 얘기를 꺼냈다. 제르베즈가 가서 찾아왔고, 허리를 접으면 입을 수 있을 것 같았다. 로리외 부인은 속옷들도 달라고 했고, 침대와 장, 의자 두 개까지 눈독을 들이며 나누어 가질 유품들을 살폈다. 그러다 싸움이 날 뻔했다. 르라 부인이 말렸다. 그녀는 로리외 부인보다 공정했다. 지금껏 이 집에서 어머니를 모셨으니 대단치도 않은 그런 물건들은 이 집에서 가져가지 않는 게 옳다고 했다. 세 여자는 다시 난롯가에 웅크리고 앉아 지극히 단조로운 목소리로 웅얼거렸다. 밤이 정말 길었다. 여자들은 몸을 흔들기도 하고 커피를 마시기도 하고 고개를 빼고 뒷방을 살피기도 했다. 무엇보다 방에 밝혀 놓은 촛불이 꺼지지 않도록 해야 했다. 시커먼 심지에서 처량한 붉은색 불꽃이 점점 크게 타올랐다. 날이 밝을 때쯤에는 뜨거운 난로에도 불구하고 몸이 으스스 떨렸다. 마음이 불안하고 또 얘기를 너무 많이 하느라 피곤해서 다들 혀가 마르고 눈이 퀭했다. 숨 쉬기도 힘들었다. 르라 부인은 랑티에의 침대로 달려가서 남자처럼 코를 골았다. 남은 두 여자는 불 앞에서 졸다가 고개를 무릎까지 떨구기도 했다. 그러다가 해가 뜰 무렵에 갑자기 한기가 들어 잠에서 깼다. 뒷방의 촛불이 또 꺼져 있었고, 어둠 속에서 물 흐르는 것 같은 소리가 다시 들려왔다. 로리외 부인이 마치 스스로를 달래듯 큰 소리로 말했다.

"속을 비우는 거야." 그러면서 그녀는 새 초에 불을 붙였다.

장례식은 10시 30분에 하기로 했다. 이미 전날 온종일을 보냈고 밤도 새웠는데 또다시 아침 내내 매달려 있어야 한다니! 제르베즈는 수중에 단 1수도 없었지만 누가 세 시간 일찍 와서 시신을 내어가 준다면 100프랑이라도 줄 수 있을 것 같았다. 그렇다. 누군가를 아무리 좋아해 봐야 말짱 헛일이다. 죽고 나면 너무 무거울 뿐이다. 심지어 많이 사랑했던 사람일수록 더 빨리 떨쳐 버리고 싶어지는 법이다.

다행히도 장례를 치르는 아침에는 준비할 게 너무 많아서 지루할 틈이 없었다. 우선 아침부터 먹었다. 잠시 후 7층에 사는 장의사 일꾼 바주즈 영감이 관과 톱밥 자루를 가져왔다. 늘 술에 취해 있는 영감은 아침 8시에도 전날 마신 술이 다 깨지 않았는지 모습이 엉망이었다.

"여기 맞죠?" 바주즈 영감이 물었다.

그러면서 관을 내려놓는데, 새로 짠 관이 삐걱거렸다.

바주즈 영감은 톱밥 자루를 내려놓다가 제르베즈를 보고는 눈을 크게 뜨고 입을 벌린 채 멍하니 서 있었다.

"어, 죄송해라. 잘못 왔나 보네요." 그가 더듬거리며 말했다. "이 집이라고 들었는데."

영감은 어느새 자루를 챙겨 들고 있었다. 그 모습을 본 제르베즈가 큰 소리로 말했다.

"그냥 두세요. 여기 맞아요."

"이런, 세상에! 그런 거구먼!" 바주즈 영감이 자기 허벅지를 치면서 말했다. "이제 알겠어. 그러니까 늙은 마나님이 죽었네."

제르베즈의 얼굴이 하얗게 질렸다. 바주즈 영감은 제르베즈의 관을 들고 온 것이다. 영감은 미안했는지 비위를 맞추려 애쓰며 말했다.

"그렇잖소? 이 집에 누가 죽었다고 하길래, 그냥 생각에……. 알겠지만 이 직업이라는 게…… 자꾸만 뭐든 한쪽 귀로 듣고 한쪽 귀로 흘리게 돼서……. 뭐 어쨌든 축하할 일이네. 사는 게 뭐 그리 좋을 건 없어도 어쨌든 죽음은 늦게 찾아올수록 좋은 법이니까."

불현듯 제르베즈는 바주즈 영감이 크고 더러운 손으로 자기를 붙잡아 관 속에 밀어 넣을까 봐 덜컥 겁이 났다. 그녀는 자기도 모르게 뒷걸음질을 쳤다. 오래전 결혼식 날에 이미 영감이 자기가 데려다주러 가면 고마워하는 여자들이 많다고 했던 말이 떠올랐다. 아직은 때가 아니지 않은가! 제르베즈는 등골이 오싹해졌다. 그녀의 삶은 엉망진창이 되었지만, 그래도 아직은 떠나고 싶지 않았다. 그렇다. 몇 년 동안 굶으며 죽어갈지언정 순식간에 죽음을 맞고 싶지는 않았다.

"저 영감이 취했나 봐." 제르베즈는 두려움과 혐오감이 섞인 얼굴로 중얼거렸다. "저런 주정뱅이를 보내면 어떡해? 돈이 얼만데."

그러자 주정뱅이 바주즈 영감이 마치 제르베즈를 놀리듯 무례하게 말했다.

"알았어요. 그러니까 부인은 다음번이로군요. 언제든 준비하고 있을 테니 그저 연락만 하십쇼. 나로 말하자면 부인네들을 위로해 주는 사람이니까. 이 바주즈 영감한테 침 뱉으면 안 되지. 당신보다 더 멋진 여자들도 안아 봤는걸. 어둠 속에서 잠드는 게 좋아서 군말 없이 다 나한테 맡겼지."

"그만해요, 영감님!" 바주즈 영감의 목소리를 듣고 달려온 로리외가 차가운 목소리로 말했다. "왜 그런 농담을 합니까? 우리가 항의해서 영감님 쫓겨나게 할 수도 있어요. 자, 빨리 돌아가요. 영감님은 도대체 원칙을 지킬 줄 몰라서 안 되겠어."

주정뱅이 영감은 밖으로 나간 뒤에도 계속 더듬거리며 혼잣말을 했다.

"어쩌라고? 원칙? 원칙 같은 소리 하고 있네……. 원칙이 어딨다고……. 정직하면 그만이지……."

그사이 10시가 되었다. 영구차가 늦어졌다. 가게에는 이미 가족과 이웃이 전부 모였다. 마디니에 씨, 메보트, 고드롱 부인, 르망주 양도 왔다. 닫힌 덧문 사이로, 열린 문틈으로, 남자 혹은 여자가 얼굴을 들이밀고 영구차가 오는지 살폈다. 뒷방에 모인 가족은 찾아온 사람들과 악수를 했다. 잠시 조용해졌다가 이내 숙덕거리는 소리가 났고, 기다리는 동안 모두가 신경이 곤두서며 짜증이 났다. 로리외 부인은 손수건을 놓고 왔다고 했고, 르라 부인은 기도서를 빌릴 데가 없는지 찾았다. 오는 사람마다 뒷방으로 가서 침대 앞에 열어 놓은 관을 보았고, 뚱뚱한 마나님이 과연 저 안에 들어갈 수 있을지 의아해하며 힐끗거렸다. 물론 생각만 할 뿐 말로 꺼내지는 않고 서로 눈빛으로 생각을 교환했다. 그때 길 쪽으로 난 문 앞에서 웅성이는 소리가 들리자, 마디니에 씨가 두 팔을 앞으로 둥글게 뻗으면서 진지하고 차분한 목소리로 말했다.

"왔군요!"

하지만 영구차는 아직 오지 않았다. 장의사 일꾼 네 명이 한 줄로 서서 바쁜 걸음으로 안으로 들어왔다. 모두 얼굴이 불그레하고, 무거운 것을 옮기는 인부들답게 손이 두툼했다. 색 바랜 검은 옷은 관에 쓸려 허옇게 헐어 있었다. 바주즈 영감은 술에 취했어도 제일 앞에 서서 똑바로 걸어 왔다. 원래 영감은 일단 일을 시작하면 늘 꼿꼿이 서 있었다. 인부들은 말없이 고개를 살짝 숙이고는 눈대중으로 시신의 무게를 가늠했다. 그러더니 순식간에, 정말 눈 깜빡할 시간에 시신을 관에 넣었다. 그러니까 우선 키가 제일 작은 사팔뜨기 남자가 자루에 든 톱밥을 관 안에 쏟아붓고 나서 빵 만들 때처럼 버무려 바닥에 펼쳤다. 이어 키가 크고 마른 체격에 짓궂게 생긴 남자가 그 위에 시트를 깐 뒤, 네 명이 둘은 시신의 다리를, 둘은 시신의 머리를 잡았다. 그러고는 하나, 둘, 자! 하면서 들어 올렸다. 정말로 크레이프도 그렇게 빨리 뒤집기는 힘들 것 같았다. 목을 빼고 쳐다보던 사람들 눈에는 마치 쿠포 마나님이 혼자서, 흡사 자기 집을 찾아가듯 관 속으로 들어간 것 같았다. 세상에! 딱 맞네! 아주 딱 맞아! 새 나무에 옷자락이 스치는 소리가 들릴 정도였다. 쿠포 마나님은 마치 액자에 넣은 그림처럼 사방에 꽉 끼게 들어갔다. 하지만 놀랍게도 무사히 들어갔다. 아마도 밤사이 몸이 줄어들었을 것이다. 인부들은 일어서서 기다리고 있었다. 키 작은 사팔뜨기 남자가 관 뚜껑을 들고서 가족에게 마지막 인사를 하라고 했다. 바주즈는 못을 입에 물고 망치를 들고 서 있었다. 쿠포와 두 누이, 제르베즈, 그리고 다른 사람들까지 모두 무릎을 꿇고서 마지막 떠나는 쿠포 마나님에게 키스를 했다. 모두 눈물을 쏟느라, 얼음처럼 차갑게 굳은 시신의 얼굴 위로 따뜻한 눈물방울이 떨어졌다. 흐느낌이 길게 이어졌다. 관 뚜껑이 닫혔고, 바주즈 영감이 장의사 인부의 능숙한 솜씨로 못을 박았다. 못 하나에 두 번 망치질을 했다. 마치 가구를 수리하는 것처럼 시끄러운 소리가 울음소리를 덮어 버렸다. 준비가 끝났다. 관이 떠날 차례였다.

"제 처지가 있지 어떻게 저런 허세를 부릴 수 있어?" 문 앞에 와 있는 영구차를 보더니 로리외 부인이 남편에게 말했다.

안 그래도 영구차 때문에 동네가 발칵 뒤집혔다. 내장 가게 주인이 식품점의 점원들을 불렀고, 키가 작은 시계포 남자도 나왔고, 이웃들이 창문에서 내려다보았다. 꼭대기에 흰 무명 술이 장식된 띠를 두른 영구차를 보며 모두 숙덕거렸다. 맙소사! 저럴 돈이 있으면 빚부터 갚아야지! 로리외 부부는 잘난 척에 목숨을 건 인간들은 절대로 으스댈 기회를 그냥 보내지 못하는 법이라고 흉을 보았다.

하지만 바로 그때 제르베즈는 로리외 내외에 대해 이렇게 말했다. "세상에 창피해라! 저 구두쇠들은 자기 어머니한테 바칠 제비꽃 한 다발도 가져오지 않았네!"

정말로 로리외 내외는 빈손이었다. 르라 부인은 조화로 만든 화관 하나를 가져왔다. 관 위에는 쿠포네가 사 온 국화꽃 화환과 꽃다발을 얹었다. 인부들이 온 힘을 다해 관을 들어메고 영구차에 실었다. 그런 다음 장례 행렬을 갖추는 데 시간이 한참 걸렸다. 프록코트 차림의 쿠포와 로리외가 모자를 손에 들고 제일 앞에 섰다. 특히 아침에 마신 백포도주 두 잔의 기운으로 여전히 슬픔에 젖은 쿠포는 다리가 후들거리고 머리가 쑤셔서 매형의 팔을 붙잡고 걸음을 옮겨야 했다. 나머지 남자들이 그 뒤를 따라왔다. 검은 옷을 입은 근엄한 표정의 마디니에 씨, 작업복 위에 외투를 걸친 메보트, 눈길을 끄는 노란색 바지를 입은 보슈, 그리고 랑티에, 고드롱, 비비라그리야드, 푸아송, 그리고 다른 남자들이 왔다. 그 뒤로 여자들이 걸었다. 제일 앞줄에 로리외 부인이 죽은 어머니가 입던 것을 손본 치마를 질질 끌면서 걸었고, 르라 부인은 상복으로 급조한 라일락 무늬의 웃옷을 숄로 가리고 있었다. 그 뒤로 비르지니, 고드롱 부인, 포코니에 부인, 르망주 양이 따라왔다. 흔들대는 영구차가 구트도르 거리를 내려갈 때 사람들이 모자를 벗고 성호를 그으며 인사를 했다. 네 명의 인부가, 둘은 앞에 나머지 둘은 오른쪽과 왼쪽에 한 명씩 붙어서 앞장섰다. 제르베즈는 남아서 가게 문을 닫았다. 그러고는 나나를 보슈 부인에게 맡긴 뒤 행렬에 합류하기 위해 뛰어갔다. 보슈 부인이 붙잡고 있는 어린 나나는 현관 아래 서서 잔뜩 호기심 어린 눈길로 할머니가 아름다운 영구차를 타고 사라지는 모습을 지켜보았다.

제르베즈가 숨을 헐떡거리며 행렬을 따라잡았을 때 마침 구제가 왔다. 구제는 남자들 틈에 끼어들었고, 뒤를 돌아보며 고갯짓으로 제르베즈에게 인사를 했다. 그 눈길이 너무도 다정해서 제르베즈는 울컥해지며 자기 연민에 사로잡혀 눈물이 북받쳐 올랐다. 이제 그녀가 흘리는 눈물은 시어머니의 죽음 때문만이 아니었다. 뭐라고 말할 수는 없지만 아무튼 자기를 짓누르고 있는 끔찍한 무언가 때문에 눈물이 났다. 제르베즈는 걷는 내내 손수건을 눈에 대고 있었다. 눈물 자국 없이 볼이 발갛게 상기된 로리외 부인이 옆에서 왜 저렇게 유난을 떠느냐고 비난하는 눈길로 제르베즈를 힐끗거렸다.

성당의 장례식은 건성으로 진행되었다. 하지만 신부가 너무 늦어서 미사가 조금 지체되었다. 메보트와 비비라그리야드는 헌금을 내지 않으려고 아예 들어오지 않고 밖에서 기다렸다. 신부들을 자세히 살펴보던 마디니에 씨가 관찰 결과를 랑티에에게 얘기했다. 저 광대들은 계속 라틴어로 떠들지만 정작 무슨 말인지도 모르는 게 분명합니다. 세례식 때나 결혼식 때나 장례식 때나 전부 다 똑같은 말을 하거든요. 그러면서 마디니에 씨는 어차피 저 신부는 아무런 느낌도 없을 거라고 했다. 그는 또 잔뜩 번거롭기만 한 전례들도 비난했다. 왜 저렇게 불을 밝혀 놓고 저런 침울한 목소리로 가족 앞에서 거들먹거리는 걸까요? 결국 죽은 이를 집에서 한 번, 성당에 와서 다시 한번, 두 번 잃게 만드는 셈이죠. 모두 옳은 말이라고 맞장구쳤다. 미사 뒤에도 모두 기도를 읊조리면서 시신에 성수를 뿌리며 지나가야 하는 힘든 절차가 더 남아 있었기 때문이다.

다행스럽게도 묘지는 그다지 멀지 않았다. 마르카데 거리 쪽으로 난 공원 끝에 있는 샤펠의 작은 묘지였다. 묘지까지 가는 동안 행렬이 흐트러졌고, 모두 시끄럽게 발소리를 내면서 각자 자기 얘기를 떠들어 대느라 여념이 없었다. 땅이 굳어서 발소리가 울렸다. 일부러라도 발로 쿵쿵거려 보고 싶을 정도였다. 입을 벌린 구덩이 옆에 관이 놓였다. 이미 흙이 얼어붙은 구덩이는 석회암 채석장처럼 색이 흐리고 자갈이 많았다. 수북하게 쌓인 흙무더기 주위에 나란히 선 일행은 이렇게 추운 날씨에 계속 기다리고 있어야 한다는 게 짜증이 났고, 구덩이를 쳐다보는 것도 기분이 나빴다. 마침내 조그만 사무실에서 흰옷을 입은 신부가 나왔다. 그가 추위에 떨며 "데프로푼디스"³⁹⁾를 되뇔 때마다 입에서 흰 입김이 나왔다. 마지막으로 성호를 긋자마자, 신부는 지겨워하는 기색이 역력한 얼굴로 재빨리 사무실 안으로 들어가 버렸다. 무덤 파는 인부들이 삽을 들었다. 얼어붙은 흙은 큰 덩어리로만 떨어져 나왔고, 흙덩이가 구덩이 속으로 떨어지는 순간 아주 큰 음악이 울려 퍼졌다. 관 위에 폭탄이 터지는 것 같고, 대포에 맞아 나무가 갈라지는 것 같았다. 아무리 이기적인 사람이라도 이런 음악을 들으면 가슴이 찢어질 수밖에 없었다. 모두 다시 눈물을 흘렸다. 일행이 묘지 밖으로 나온 뒤에도 흙이 떨어지는 소리가 들려왔다. 메보트가 손가락에 입김을 불면서 큰 소리로 말했다.

---

39) '깊은 심연 속에서'라는 뜻의 라틴어로, 라틴어 성서 「시편」에 나오는 구절이다. 가톨릭 장례의 기도문으로 쓰인다.

아! 정말 지독하군! 우리 불쌍한 쿠포 마나님, 따뜻하게 지내시긴 글렀네!

"저기 여러분." 쿠포가 길에 서 있는 일행에게 말했다. "저희가 뭣 좀 대접할게요."

쿠포는 묘지에서 내려가는 길에 마르카데 거리의 술집 '아라데상트뒤심티에르'[40]로 일행을 안내했다. 제르베즈는 구제가 들어가지 않고 한 번 더 고개 숙여 인사한 뒤 그냥 가려하자 그를 붙잡았다. 왜 같이 안 드세요? 그러자 구제는 좀 바쁘다고, 공장에 다시 가 봐야 한다고 했다 두 사람은 한동안 말없이 서로를 바라보았다.

"60프랑은 정말 미안해요." 제르베즈가 입을 열었다. "제정신이 아니었어요. 그냥 구제 씨만 떠올랐어요."

"아! 그건 괜찮아요. 걱정하실 필요 없습니다." 구제가 말했다. "아시잖아요. 힘든 일이 생기면 언제든 도와드렸을 거라는 걸……. 그래도 어머니한테는 얘기하지 마세요. 어머니는 저와 생각이 다르니까요. 괜히 어머니 마음 상하게 해 드리고 싶지는 않아요."

제르베즈는 한동안 구제를 바라보았다. 노란 수염이 덥수룩하고 너무도 선한 사람이 슬픔에 젖은 모습을 보면서 문득 그녀는 이전에 그가 말한 대로 어디든 둘이 함께 떠나서 행복하게 살고 싶다고 말할 뻔했다. 하지만 이내 또다시 나쁜 생각이 떠올랐다. 그러니까 무슨 수를 쓰든 구제에게 밀린 집세 낼 돈

---

40) '묘지에서 내려가는 길에'라는 뜻이다.

을 빌려야겠다고 생각한 것이다. 몸이 덜덜 떨렸다. 제르베즈는 다정한 목소리로 물었다.

"우리 싸운 거 아니죠? 그렇죠?"

구제가 고개를 끄덕이며 대답했다.

"물론 아닙니다. 우리는 절대 싸우지 않죠. 다만, 그냥, 다 끝났을 뿐입니다."

그러면서 구제는 멍하게 서 있는 제르베즈를 두고 성큼성큼 걸음을 옮겼다. 구제의 마지막 말이 제르베즈의 귓속에서 종소리처럼 울려 퍼졌다. 술집에 들어설 때도 가슴 깊숙한 곳에서 말소리가 들려왔다. 다 끝났을 뿐입니다. 그래. 다 끝났어. 이제 다 끝났으니 할 수 있는 일도 없어. 제르베즈는 자리에 앉아 빵과 치즈를 삼켰고, 가득 채워 앞에 놓여 있는 잔을 비웠다.

낮은 천장이 길게 이어진 1층의 술집에 커다란 탁자 두 개가 있었다. 술병들, 넷으로 자른 빵, 접시 세 개에 담긴 큼직한 세모 모양의 브리 치즈가 길게 놓여 있었다. 식탁보도 깔리지 않고 식기도 제대로 갖추어져 있지 않았지만, 다들 허겁지겁 먹었다. 요란스럽게 타고 있는 난로 곁에서는 장의사 인부 네 사람의 식사가 막 끝나 갔다.

"어쩌겠어요. 누구나 차례가 오면 가는 거죠." 마디니에 씨가 말했다. "늙은이들이 젊은이들한테 자리를 비켜 줘야죠. 집에 돌아가면 온 집이 텅 빈 것 같겠군요."

"어차피 집을 비워야 하는데요, 뭐. 가게가 망했잖아요." 이렇게 말하는 로리외 부인의 목소리에 생기가 돌았다.

이미 여럿이 쿠포를 구슬리는 중이었다. 권리를 양도하는 게 낫다고 계속 부추겼고, 르라 부인마저도 겁먹은 표정으로 파산이니 감옥이니 하는 얘기를 꺼냈다. 사실 그녀는 얼마 전부터 랑티에, 비르지니와 아주 사이가 좋았다. 그 둘이 서로 좋아하는 눈치를 채고 잔뜩 호기심이 발동한 상태였다. 마침내 쿠포가 버럭 화를 내며 제르베즈에게 소리를 질렀다. 애틋하던 슬픔이 너무 많이 마신 술기운 때문에 갑자기 분노로 바뀐 것이다. "내 말 좀 들어!" 그는 아내의 코앞에 대고 소리를 질렀다. "잘 들으라고! 당신은 언제나 당신 고집대로만 하잖아. 하지만 이번엔 내 뜻대로 하고 말겠어. 잘 들어 둬!"

"정말이야!" 옆에서 랑티에가 거들었다. "도무지 좋은 말로 해서는 듣지를 않아! 망치로 두들겨 박아 머릿속에 넣어 줘야 한다니까."

두 남자가 그렇게 제르베즈를 공격했다. 물론 그 와중에도 턱들은 여전히 움직였다. 브리 치즈가 사라졌고 술이 샘물처럼 흘러넘쳤다. 두 남자가 퍼부어 대는 욕을 들으며 울적해진 제르베즈는 아무 대답도 하지 않았다. 허기진 사람처럼 입안 가득 먹을 것을 넣고서도 계속 꾸역꾸역 먹어 댔다. 두 남자가 떠들어 대다 지쳤을 때쯤 제르베즈가 고개를 조금 들었다.

"됐으니까 그만해요. 가게 따윈 상관없어요. 이제 더 필요 없어요. 알아들어요? 난 다 상관없어요. 이제 다 끝났어요!"

다시 치즈와 빵을 주문하고 본격적인 얘기가 시작되었다. 푸아송네가 계약을 양도받고 두 번 밀린 집세도 책임지겠다고 했다. 보슈가 거들먹거리며 집주인을 대신해서 일을 처리

하겠다고 나섰다. 심지어 7층에 로리외네와 같은 복도에 빈 방이 있다면서 쿠포네가 옮겨 갈 집까지 즉석에서 구해 주었다. 랑티에 문제가 남았다. 그런데 진정 기가 막힌 일이 일어났다! 랑티에가 푸아송네만 괜찮다면 자기 방을 그대로 쓰고 싶다고 한 것이다. 푸아송이 고개를 숙이며 말했다. 문제 될 것 없죠. 정치적 입장이 달라도 친구 사이는 늘 마음이 맞는 법이니까요. 이후 랑티에는 더 이상 이 문제에 끼어들지 않았다. 그는 작은 일 하나를 드디어 끝냈다는 듯 몸을 뒤로 살짝 젖혀 기댄 채로 큼지막한 빵에 브리 치즈를 얹어서 열심히 먹기만 했다. 음험한 기쁨에 몸이 달아올라 온몸에 피가 끓는 기분으로 그는 가늘게 눈을 뜨고서 제르베즈와 비르지니를 한 번씩 몰래 쳐다보았다.

"이봐요! 영감님!" 쿠포가 바주즈 영감을 불렀다. "와서 한 잔 드세요. 우린 점잔 빼는 사람들 아니에요. 어차피 다 같이 노동자인데요, 뭘."

밖으로 나가려던 인부들이 다시 돌아와서 일행과 건배를 했다. 그들은 욕하려는 게 아니고, 정말 조금 전 시신은 너무 무거웠다고, 한잔 얻어먹을 만하고 했다. 바주즈 영감은 자꾸 제르베즈에게 눈길을 보냈다. 그래도 이번에는 쓸데없는 이상한 말을 하지는 않았다. 제르베즈는 어색하고 왠지 불편해서 술기운이 돌기 시작하는 남자들한테서 먼 쪽으로 갔다. 취한 쿠포가 또 엉엉 울기 시작했다. 그는 슬퍼서 울고 있다고 우겼다.

저녁에 집으로 돌아온 제르베즈는 넋이 나간 사람처럼 의자에 멍하니 앉아 있었다. 집이 텅 빈 것 같고 엄청나게 넓어 보였다. 그랬다. 드디어 귀찮은 짐을 벗어 던졌다. 하지만 제르베즈는 마르카데 거리의 작은 공원 구덩이 속에 쿠포 마나님만 묻고 온 것이 아니었다. 너무나 많은 것이 사라져 버렸다. 삶의 한 조각이, 가게가, 그리고 가게 주인으로서의 자부심이 사라졌다. 다른 감정들도 모두 묻어 버렸다. 그랬다. 장식 하나 없이 헐벗은 벽이 눈에 들어오자 제르베즈는 마치 자기 마음을 보고 있는 것 같았다. 이사 가려고 짐을 다 들어내 버린 집 안에 있는 것 같고, 깊은 구덩이 바닥으로 굴러떨어진 것 같았다. 너무 지쳐서 맥이 다 빠졌다. 그녀는 나중에 기운을 차리고 추슬러야겠다고 생각했다.

나나는 10시에 옷을 벗으며, 발을 동동 굴러 가며 울었다. 할머니 침대에서 자겠다고 우겼다. 제르베즈가 겁을 주려 해 보았지만, 아이는 이미 너무 조숙했다. 죽은 사람 얘기를 들어도 호기심만 커질 뿐이었다. 결국 아이의 고집을 꺾지 못하고 할머니 자리에 눕게 했다. 어린 계집애는 커다란 침대를 좋아했다. 팔다리를 쫙 뻗고 이리저리 뒤척이며 뒹굴었다. 그날 밤 나나는 깃털 침대의 따뜻한 온기와 간질이듯 부드러운 촉감 속에서 아주 잘 잤다.

10장

쿠포네 집은 계단 B로 들어가서 7층이었다. 르망주 양의 방을 지나 왼쪽으로 복도를 따라가다 한 번 더 꺾으면 우선 비자르의 문이, 이어 맞은편 지붕으로 올라가는 작은 계단 아래 바람 한 점 들지 않는 허름한 브뤼 영감의 문이 나왔다. 거기서 다시 두 집을 지나면 바주즈 영감 집이고, 그 옆이 바로 쿠포네 집이었다. 방이 하나이고, 안마당 쪽으로 창문이 난 쪽방 하나가 딸려 있었다. 그곳에서 두 집 더 지나면 복도 끝에 로리외네 집이었다.

방 하나와 쪽방 하나가 전부였다. 이제 쿠포 가족은 이 높은 곳에서 살아야 했다. 방은 손바닥만 했다. 거기서 먹고 자고 모든 것을 해결해야 했다. 쪽방에는 나나의 침대가 겨우 들어갔다. 나나는 부모가 보는 앞에서 옷을 벗었고, 쪽방의 문은 안에서 숨쉬기 힘들까 봐 밤에도 열어 놓아야 했다. 집이 너무 좁아서 들여놓지 못한 세간은 가게와 함께 푸아송 부부에게 넘겼다. 7층의 집은 테이블과 의자 네 개만으로도 꽉 찼다. 하지만 제르베즈는 서랍장만큼은 가슴이 찢어질 것 같아서 도저히 버릴 수가 없었다. 결국 창문 쪽에 간신히 끼워 넣었고, 그 바람에 창문 절반이 가려졌다. 아예 한쪽 창문은 열 수도 없어서 빛이 더 안 들고 우중충했다. 몸이 불어 뚱뚱해진 제르베즈는 안마당을 보고 싶어도 팔꿈치를 기댈 곳이 없어서 몸을 비스듬히 숙인 채로 목을 비틀고서 내려다보아야 했다.

처음 며칠 동안 제르베즈는 앉아서 울기만 했다. 넓은 집에 살다가 이제 마음 놓고 움직일 자리도 없다는 사실이 도저히 받아들여지지 않고 숨이 막힐 것 같았다. 몇 시간이고 창가의 벽과 서랍장 사이에 서서 목을 꼬아 가며 밖을 바라보았다. 그곳이 그녀가 숨을 쉴 수 있는 유일한 공간이었다. 하지만 막상 안마당을 보고 있어도 떠오르는 것은 서글픈 생각들뿐이었다. 맞은편 햇볕 드는 쪽으로 옛날 자기가 살고 싶다고 꿈꾸었던 집, 봄이면 늘 창가에 스페인 콩이 놓여 있고 그 가는 줄기가 끈으로 만든 지지대를 감고 올라가는 6층의 집이 보였다. 제르베즈의 집은 볕이 들지 않는 쪽이었다. 물푸레나무 화분을 가져다 놓아도 일주일을 버티지 못했다. 아! 정말 인생이 왜 이렇게 꼬이기만 할까! 절대 이런 걸 바란 게 아닌데! 나이를 먹으면서 꽃밭에 살기는커녕 시궁창 속을 뒹굴게 되다니! 어느 날 제르베즈는 몸을 숙이고 밖을 보다가 문득 야릇한 기분에 빠졌다. 자기가 저 아래 안마당에 서 있던 때가 생생하게 떠올랐다. 이곳에 처음 왔던 그날 관리인 거처 옆에서 고개를 들고 건물을 쳐다보지 않았는가! 십삼 년이라는 세월을 훌쩍 돌아가 보니 갑자기 마음이 설렜다. 지금 안마당의 모습은 장식 없는 건물 앞면이 좀 더 시커멓고 더러워졌을 뿐 그때와 똑같았다. 녹슨 배수구에서 악취가 올라오고 창문에 줄을 매달아 속옷과 오줌에 쩐 기저귀를 널어 놓은 것도 여전했다. 바닥에는 군데군데 깨진 포석 위로 열쇠장이네서 나오는 석탄재와 목공소의 대팻밥이 지저분하게 널려 있었다. 급수전이 있는 습한 곳도 염색장에서 흘러나온 물이 고여 있고, 심지어 색깔도 옛날과 마찬가지로 고운 파란색이었다. 그런데 왜 그녀만 이렇게 많이 변하고 초라해진 걸까? 저 밑에서 씩씩하게 고개를 들고 뿌듯해하며 멋진 집을 갖고 싶어 하던 제르베즈는 어디로 갔을까? 어쩌다 가난이 흐르는 지붕 밑 방에, 햇볕 한 줄기 들어오지 않는 곳에 와 있는 걸까? 눈물이 날 수밖에 없었다. 이런 운명이 기쁠 수는 없지 않은가.

그런데 옮겨 온 집에서의 생활이 조금 익숙해지니 그렇게 나쁘지만은 않았다. 겨울이 거의 끝나가기도 했고, 비르지니한테 살림살이를 넘기고 받은 돈이 많지는 않아도 제법 도움이 되었다. 게다가 날씨가 풀리면서 다행히 쿠포가 일자리를 구해 에탕프[41]로 떠나게 되었다. 그는 공기 좋은 시골에서 지내는 석 달 동안 술에 취하지 않았다. 사람들은 잘 모르지만,

41) 파리 남서쪽 교외의 도시이다.

아무리 술꾼이라도 화주와 포도주의 기운이 골목 구석구석까지 퍼져 있는 파리의 공기를 벗어나는 것만으로도 술 생각을 떨칠 수 있게 된다. 파리로 돌아온 쿠포는 싱싱한 장미꽃 같았다. 심지어 400프랑을 벌어 온 덕에, 가게를 처분할 때 푸아송이 보증을 서고 아직 갚지 못한 두 번의 집세를 해결할 수 있었다. 동네 외상도 독촉이 심한 곳들부터 갚았고, 덕분에 그동안 얼씬거리지도 못하던 몇몇 길을 지나갈 수 있게 되었다. 제르베즈는 날품으로 다림질을 시작했다. 비위만 맞춰 주면 더없이 마음씨 좋은 포코니에 부인이 제르베즈를 다시 써 준 것이다. 심지어 세탁소 주인이었던 것을 고려하여 일급 세탁부에게 주는 3프랑을 주기로 했다. 그럭저럭 다시 살 수 있을 것 같았다. 이렇게 계속 일하고 저축을 하면 언젠가 빚을 다 갚고 제대로 살아가는 날이 오리라는 기대도 품어 보았다. 하지만 그런 생각은 쿠포가 벌어 온 큰돈에 흥분해서 들떠 있던 그때뿐이었다. 흥분이 가라앉은 뒤 제르베즈는 좋은 일은 오래갈 수 없는 법이라고 생각하게 되었고, 다시 되는 대로 살기 시작했다.

그 무렵 쿠포네에게 가장 힘든 것은 바로 자기네 가게를 차지한 푸아송네를 보는 것이었다. 부부 모두 시샘이 많은 성격이 아니었지만, 주위에서 계속 약을 올려 대는 게 문제였다. 너도나도 일부러 쿠포네에게 푸아송네 가게가 너무 예쁘다고 감탄을 늘어놓았다. 보슈네가 그랬고, 특히 로리외네는 입이 마르도록 떠들어 댔다. 세상에, 그렇게 멋지게 꾸며 놓은 가게는 지금껏 본 적이 없다니까! 처음엔 너무 더러워서 청소하는

데만도 30프랑이 들었대! 비르지니는 긴 망설임 끝에 사탕, 초콜릿, 커피, 차 같은 것을 파는 고급 식품점을 열었다. 단 과자를 파는 게 돈을 많이 벌 수 있다며 랑티에가 적극적으로 권하기도 했다. 그녀는 눈에 띄게 대비되는 두 가지 색을 골라 가게를 검은 바탕에 노란 줄무늬로 칠했다. 목수 세 명이 일주일 동안 일해서 칸막이 장, 유리 진열장, 병들을 놓을 선반이 달린 사탕 가게 카운터를 만들었다. 푸아송이 가지고 있던 많지 않은 유산이 꽤 축났을 것이다. 그래도 비르지니는 신이 났다. 로리외 부부는 보슈네와 합세하여 선반과 유리 진열장, 그리고 그 안에 놓인 병들에 대해서 제르베즈에게 상세하게 설명했고, 그럴 때마다 제르베즈의 안색이 바뀌는 것을 보며 즐거워했다. 제르베즈는 질투하지 않으려고 애썼지만 어쩔 수 없었다. 누가 자기 신을 빼앗아 신고 더구나 그 발로 자기를 짓누른다면 어떻게 화가 안 날 수 있겠는가.

거기다 남자 문제도 있었다. 다들 자신 있게 랑티에가 제르베즈를 버렸다고 했다. 동네 사람 모두가 그렇게 말했다. 문란했던 동네의 풍기가 조금은 나아진 셈이었다. 결별의 영예는 교활한 랑티에가 다 차지했다. 동네 사람들은 마음껏 떠벌렸다. 제르베즈가 악착같이 붙어 있으려고 하자 랑티에가 뺨을 갈겨 입을 다물게 만들었다고도 했다. 진짜 진실을 말하는 사람은 아무도 없었다. 막상 진실을 알게 되면 너무 간단하고 재미가 없었기 때문이다. 물론 랑티에는 더는 전처럼 제르베즈를 온종일 부려 먹을 수 없었고, 그 점에서 제르베즈와 헤어졌다는 말이 맞을 수도 있었다. 하지만 여전히 그는 욕정이 일 때면 제르베즈를 찾아 7층으로 올라갔다. 랑티에가 이상한 시각에 쿠포네 집에서 나오다가 르망주 양에게 들킨 적도 있었다. 제르베즈와 랑티에의 관계는 말하자면 좀 들쑥날쑥하고 제멋대로였지만, 어쨌든 끊어지지는 않았다. 두 사람 모두 특별히 큰 쾌락을 얻는다기보다는 그저 습관이 남아 서로 거부하지 않았다. 단지 한 가지 문제가 상황을 복잡하게 만들었다. 이제 랑티에와 비르지니가 같이 잔다는 소문이 돌기 시작한 것이다. 이번에도 동네 사람들은 무척 성급했다. 랑티에가 껑다리 비르지니를 달아오르게 하지 않았겠어? 뻔하잖아. 집도 똑같고, 다 그대로니까. 제르베즈만 비르지니로 바뀐 거지. 농담처럼 도는 얘기에 의하면, 어느 날 밤 랑티에가 옆방 침대로 가서 제르베즈라고 데려왔는데, 워낙 어두워서 그게 비르지니인 줄 모르고 밤새 같이 있다가 새벽에야 알았다는 것이다. 이런 얘기는 모두를 즐겁게 했지만, 실제로는 둘의 관계가 그렇게까지 진전되지는 않았다. 기껏해야 랑티에가 비르지니의 허리를 꼬집는 정도였다. 로리외 부부는 제르베즈의 질투심을 자극하기 위해 일부러 안타깝다는 듯이 새로운 염문을 들려주었다. 보슈 부부 역시 랑티에와 비르지니가 아주 잘 어울린다는 투로 말했다. 이상한 것은, 이번 삼각 관계에 대해서는 구트도르 거리의 사람들이 그다지 불쾌해하지 않았다는 것이다. 그랬다. 제르베즈에게는 그토록 가혹했던 도덕이 비르지니에게는 훨씬 부드러웠다. 아마도 남편이 순경이라는 사실과 관련이 있을 것이다.

사실 제르베즈는 그다지 질투심이 많지 않았고, 그래서 그동안 랑티에가 다른 여자들을 만나도 별로 속상하지 않았다. 그녀의 마음속에서 이미 랑티에와의 관계는 중요한 문제가 아니었다. 물론 굳이 알려고 애쓰지 않아도 온갖 추잡한 이야기들이 들려왔다. 랑티에는 별의별 여자들과, 그러니까 치마만 둘렀으면 아무하고나 잤다. 심지어 거리를 배회하는 추잡한 여자들도 마다하지 않았다. 그래도 제르베즈는 화내지 않았고, 랑티에와 관계를 끊어야겠다는 생각을 한 적도 없었다. 그냥 개의치 않고 그를 잘 대해 줬다. 하지만 그런 제르베즈도 이번 새 애인만은 받아들일 수가 없었다. 상대가 비르지니라면 얘기가 달랐다. 두 인간이 자기를 약 올리려고 작정한 것 아닌가. 둘이 같이 자든 말든 상관없는 일이었지만, 자기를 대놓고 무시하는 처사에는 화가 났다. 로리외 부인이나 심술궂은 누군가가 제르베즈 앞에서 이제 오쟁이 진 푸아송이 어떻게 생드니 시문을 지나다닐 수 있겠냐고 말하면, 제르베즈는 얼굴이 창백해지면서 가슴이 터지고 속에서 불이 나는 것 같았다. 하지만 자기가 화를 내면 사람들이 더 신나 한다는 것을 알았기에 입술을 깨물며 분노를 삭였다. 어느 날인가, 오후에 르망주 양이 제르베즈의 집에서 따귀 때리는 소리 같은 게 났다고 했다. 제르베즈와 랑티에가 싸운 것이다. 랑티에는 두 주 동안 제르베즈에게 말을 안 했다. 하지만 결국 다시 찾아왔고, 마치 아무 일도 없었던 듯이 다시 이전과 똑같은 생활이 시작되었다. 제르베즈는 그냥 받아들였다. 머리채를 쥐어뜯고 싸울 수는 없는 일 아닌가. 생활을 더 망치고 싶지는 않았다. 어쩌겠는가! 이제 더 이상 스무 살도 아닌데! 그녀는 이제 한 사람을 두고 싸움을 벌이거나 입장이 곤란해지는 것을 감수할 만큼 남자가 좋지는 않았다. 제르베즈에게 남자는 생활 속의 다른 것들과 똑같은 그저 한 가지 문제에 지나지 않았다.

쿠포는 재미있어했다. 정작 자기 아내가 바람이 났을 때는 애써 외면했으면서, 푸아송이 오쟁이 진 것에 대해서는 우스워 죽겠다고 했다. 자기 집에선 별일 아니었던 일이 다른 부부 사이에서 벌어지니 우스꽝스러워 보인 것이다. 심지어 쿠포는 동네 여자 중 누군가가 바람난 낌새가 보이면 다른 남자와 자는 현장을 잡으려고 이리저리 살피기도 했다. 병신이네, 그 푸아송이란 놈! 허리에 칼 차고 다니면 뭐 해? 그 주제에 길거리에서 사람들을 밀치고 다닌다고? 쿠포는 신이 나서 제르베즈를 놀리기까지 했다. 저런! 애인이 당신을 버렸네! 당신은 정말 운이 없어. 대장장이하고도 안 이루어지더니 모자 장수한테도 딱지를 맞았네. 그러니까 왜 그렇게 시원찮은 놈들만 상대해? 다음엔 미장이를 한번 골라 보지 그래? 회반죽을 단단히 이기는 게 습관이 됐을 테니까 제대로 찰싹 붙어 있지 않겠어? 쿠포는 물론 농담으로 하는 말이었지만, 제르베즈는 얼굴이 파랗게 질렸다. 쿠포의 작은 잿빛 눈이 던지는 눈길이 송곳이 되어, 그녀의 살갗 위에 지저분한 말들을 쑤셔 박을 구멍을 뚫는 것 같았다. 쿠포가 그렇게 아무 말이나 떠벌릴 때면 제르베즈는 농담인지 진심인지 도저히 알 수가 없었다. 사실 일 년 내내 술에 취해 있는 사람이 제정신일 수 없었다. 실제로 스무 살 때는 아주 질투가 많다가 술을 마시고 서른 살이 되면 부부간 정조 문제에 지극히 너그러워지는 남자들도 있었다.

쿠포가 구트도르 거리에서 우쭐거리고 다니는 모습은 그야
말로 가관이었다. 그는 푸아송을 오쟁이 진 놈이라고 불렀다.
동네의 수다스러운 여자들마저 그의 모습을 보며 할 말을 잃
을 정도였다. 이제 오쟁이 진 남편은 내가 아니야. 나도 알 건
다 알았다고. 그냥 못 들은 척한 거지. 괜히 시끄러워질까 봐
말이야. 자기 집에서 무슨 일이 일어나는지 모르는 사람이 어
디 있겠어? 가려우면 긁겠지만, 난 간지럽지 않았을 뿐이야.
사람들 좋아하라고 일부러 긁을 순 없는 거잖아? 그런데 그
순경 놈은 알고는 있는 거야? 정말인데! 둘이 붙어 있는 걸 내
가 봤다니까! 이유 없이 험담이 도는 게 아니다. 그러면서 쿠
포는 화를 냈다. 남자가, 더구나 나라 녹을 먹는 공무원이 어
떻게 집안을 이 따위로 이끌어서 추잡한 말이 돌게 할 수 있
지? 우리 순경 나리께선 다른 사람들이 먹다 남긴 걸 좋아하
나? 이런 중에도 쿠포는 저녁이 되어 지붕 밑 동굴 같은 집 안
에 아내와 둘이 있기 지겨워지면, 친구가 옮겨 가 버리니까 집
안이 너무 썰렁하다면서 입술을 깨물었다. 랑티에와 제르베즈
가 서로 냉랭한 것 같으면 자기가 나서서 화해시키기도 했다.
싸울 필요가 뭐가 있느냐고, 사람들이 왜 남이야 뭘 하든 그
냥 내버려 두지 않는지 모르겠다고, 그냥 맘대로 즐기면 그만
이지 무슨 상관이냐고 했다. 쿠포는 계속 킥킥거렸다. 술에 절
어 희미해진 그의 눈 안에는 아주 너그러운 생각들이 번득였
다. 인생을 즐길 수만 있다면 뭐든 랑티에와 나누겠다는 욕구
가 번득였다. 그런 날이면 제르베즈는 쿠포가 농담을 하는지
진심으로 말하는지 짐작조차 할 수 없었다.

이런 상황에서도 랑티에는 여전히 거드름을 피웠다. 위엄을 갖춘 아버지처럼 굴었고, 쿠포네와 푸아송네의 싸움을 이미 세 차례나 말렸다. 그는 두 부부가 사이좋게 지내는 것을 보면 기분이 좋다면서, 늘 다정하면서도 단호한 눈길로 제르베즈와 비르지니를 살폈다. 결국 두 여자는 친한 척했다. 랑티에는 튀르키예의 제왕처럼 아무렇지도 않게 금발의 제르베즈와 갈색 머리 비르지니 둘 모두에게 군림하면서 점점 살이 올랐다. 그는 사냥개처럼 지키고 서서 이미 먹어 치운 쿠포네를 소화시키면서 또 푸아송네를 먹었다. 조금도 거리낄 것이 없었다. 그는 가게 하나를 삼킨 다음 다시 다른 가게에 손을 댔다. 원래 행운은 늘 이런 부류의 인간들이 차지하는 법이다.

그해 6월에 나나가 첫영성체를 했다. 열세 살이 다 된 나나는 이미 아스파라거스 줄기처럼 껑충하니 키가 크고 아주 당돌해 보였다. 작년에는 품행이 좋지 않아 교리 문답을 받지 못했다. 신부가 이번에 받아 주기로 한 것은 혹시라도 나나가 교회의 품을 아예 떠나 버릴지 모른다는 걱정 때문이었다. 신앙 없는 여자 하나를 거리에 더 풀어놓을 수는 없지 않은가! 대부, 대모가 드레스를 사 주겠다고 약속하자 나나는 하얀 드레스를 입을 생각에 뛸 듯이 기뻤다. 물론 로리외 부부는 나나의 선물 얘기를 온 동네에 떠들어 댔다. 르라 부인은 베일과 보닛을, 비르지니가 지갑을, 랑티에가 기도서를 선물하기로 했다. 쿠포 내외는 별걱정 없이 첫영성체 날을 기다릴 수 있었다. 집들이를 생각하던 푸아송네도 같은 날을 잡았다. 아마도 랑티에가 권했을 것이다. 쿠포네, 그리고 역시 딸이 이날 첫영성체를 받는 보슈네도 함께 초대되었다. 저녁에 푸아송네 집에서 양다리 고기와 다른 음식들을 차려 놓고 먹기로 했다.

영성체 바로 전날 저녁이었다. 나나는 서랍장 위에 늘어놓은 선물들을 황홀한 눈으로 쳐다보고 있었다. 그때 쿠포가 고주망태가 되어 들어왔다. 파리의 공기가 다시 그를 삼켜 버린 것이다. 술에 취한 쿠포는 아내와 딸에게 그럴 때 절대 해서는 안 되는 추잡한 얘기들을 쏟아 냈다. 나나는 늘 그런 지저분한 말들을 듣고 자란 탓에 엄마와 싸우면서 병신 같다느니 뚱보년이라느니 욕을 할 정도로 입이 험했다.

"빵 줘!" 쿠포가 소리를 질렀다. "수프 내놓으란 말이야. 이거지 같은 년들! 계집년들이 아주 쓸데없는 것만 보고 있어! 먹을 거 안 내오면 내가 거기 퍼질러 앉아 버릴 거야."

"술만 취하면 왜 꼭 귀찮게 난리야." 제르베즈가 짜증스레 중얼거렸다.

그리고 그녀는 쿠포를 바라보며 말했다.

"데우고 있잖아. 난리 치지 마."

나나는 얌전히 있었다. 그편이 낫다고 생각한 것이다. 그냥 고개를 숙인 채로 아버지가 떠들어 대는 천박한 말들을 못 알아듣는 척하면서 서랍장 위에 놓인 선물들을 바라보고 있었다. 하지만 쿠포는 술에 취한 날은 아주 끈질기게 사람을 괴롭히는 버릇이 있었다. 그는 딸의 목에 대고 소리를 질렀다.

"네년 흰 드레스 따위 내가 알 게 뭐야? 지난번 일요일처럼 또 가슴에다 종이를 집어쳐넣고 젖통을 만들 셈이냐? 그래, 그래, 조금만 있으면 엉덩이를 배배 꼬고 돌아다니겠지. 쓰레기 같은 년도 예쁜 옷이 맘에 쏙 드는 거야? 아주 우쭐하지? 당장 저리 안 꺼져? 더러운 년! 빨리 그 손 치우고, 저거 다 서랍에 처넣어. 안 그러면 네년 낯짝에다 문질러 버릴 테니까!"

나나는 여전히 아무 대답 없이 고개를 숙이고 있었다. 명주 망사 모자를 손에 들고 얼마짜리인지 엄마에게 묻는데, 쿠포가 뺏으려고 손을 뻗었다. 제르베즈가 소리를 지르며 쿠포를 밀쳐 냈다.

"애 좀 가만둬. 착하게 잘 있는 애를 왜 그래? 애가 무슨 짓을 했다고?"

그러자 쿠포는 제대로 욕을 퍼붓기 시작했다.

"이런 나쁜 년들! 에미년이나 딸년이나 아주 똑같네. 그래, 사내놈들한테 꼬리나 치고 다니는 주제에 교회에 가서 뭐 하게? 아니면 아니라고 해 봐. 이 더러운 년. 네년한테 아예 포대 자루를 입혀 버려야 해. 어디 그걸 입고도 몸이 근질거리는지 한번 보자. 그래. 포대 자루를 입혀 놔야 정신을 차리지. 너나 그놈의 신부들이나 다 말이야. 내가 뭣 땜에 그놈들이 나쁜 걸 가르치는 꼴을 봐야 하지? 젠장. 둘 다 정말 내 말 안 들을 거야?"

나나가 화난 눈길로 고개를 돌렸다. 쿠포는 옷을 찢어 버리겠다고 난리를 쳤고, 제르베즈는 옷을 지키느라 팔을 뻗었다. 아이는 뚫어져라 아버지를 응시했다. 그러더니 고해 신부가 가르쳐 준 공손한 태도를 잊고 이를 악물며 말했다.

"돼지 새끼!"

쿠포는 수프를 먹고 나자마자 코를 골았다. 이튿날 깨어났을 때는 말 잘 듣는 아이가 되어 있었다. 지난밤의 취기가 남아 있었지만, 기분이 나쁜 정도는 아니었다. 쿠포는 나나가 단장하는 모습을 지켜보았다. 하얀 드레스가 너무 예뻐서 가슴이 뭉클했고, 저렇게 조금만 꾸며도 숙녀가 되는구나 싶었다. 자기 입으로도 말했지만, 이런 날 딸이 자랑스럽지 않은 아버지가 어디 있겠는가. 껑충하게 짧은 드레스 차림에 새 신부처럼 수줍은 미소를 띤 나나는 정말 예뻤다. 안마당으로 내려가니 관리인 거처의 문 앞에 폴린도 똑같은 차림으로 나와 있었다. 나나가 보기에 폴린은 꼭 포대 자루를 걸친 것처럼 차림새가 미웠다. 나나는 고분고분 말을 잘 들었다. 두 집 식구가 함께 성당으로 갔다. 앞장선 나나와 폴린은 바람에 날려 부풀어 오르는 베일을 붙잡아 눌러 가며 기도서를 들고 걸었다. 두 아이는 말이 없었고, 사람들이 가게 밖으로 나와 자기들을 바라보는 게 너무 좋았다. 옆에서 누군가가 참 예쁜 애들이라고 말하는 소리가 들리면 신앙심 깊은 아가씨라도 된 듯이 새침한 표정을 지었다. 보슈 부인과 로리외 부인은 뒤에 처져서 제르베즈 얘기를 했다. 쩔룩이가 흥청망청 다 말아먹어 버렸잖아요. 그래도 성사를 아무렇게나 할 수는 없으니, 결국 친척들이 나서서 다 준비했죠. 새 속치마까지 전부 다 말이에요. 우리가 그냥 있었으면 딸 영성체도 못 시켰을걸요? 로리외 부인은 특히 자기가 선물한 드레스에 신경을 썼다. 나나가 길을 가다가 가게에 너무 가까이 다가가서 치마로 먼지를 쓸게 될 때마다 "왜 그렇게 지저분하게 굴어!"라고 소리를 질렀다.

성당 안에서 쿠포는 내내 울었다. 바보 같은 짓인 줄 알면서도 참을 수가 없었다. 사제가 두 팔을 크게 벌리고 서 있고 천사 같은 계집애들이 두 손을 모으고 한 줄로 걸어 나오는 광경을 보는 순간 가슴이 뭉클했다. 오르간 소리를 들으니 배 속이 이상했고, 향에서 좋은 냄새가 풍기는 게 꼭 누가 자기 코에 꽃다발을 들이댄 것만 같아서 자기도 모르게 자꾸 킁킁거렸다. 쿠포는 이유는 알 수 없었지만 어쨌든 가슴이 벅차올랐다. 특히 아이들이 성체를 받아먹는 동안 흘러나오는 부드러운 찬송가 안에는 그의 목 안으로 흘러들어 등줄기를 따라 전율이 흐르게 만드는 무언가 감미로운 것이 들어 있었다. 감성이 풍부한 사람들은 이미 손수건으로 눈가를 닦기 시작했다. 그랬다. 정말 아름다운, 쿠포의 인생에서 가장 아름다운 날이었다. 그런데 잠시 뒤 성당을 나와 사람들과 한잔하러 간 자리에서 눈가에 눈물 흔적 하나 없는 로리외가 놀려 댔다. 쿠포는 까마귀같이 시커먼 옷을 걸친 자들이 악마의 풀을 태워서 사람 마음을 약하게 한다며 화를 냈다. 그러니까 그는 자기가 울었다는 사실을 부인하지 않았다. 그건 마음이 돌처럼 굳지는 않았다는 증거이기도 했다. 쿠포는 곧바로 한 잔씩 더 시켰다.

그날 저녁 푸아송네 집들이는 무척 즐거웠다. 식사 내내 그림자 한 점 없는 우정이 흘러넘쳤다. 나쁜 일이 있으면 좋은 일도 생기는 법이니, 서로 미워하던 사람들이 좋아하게 될 수도 있지 않은가. 랑티에 왼편에는 제르베즈, 오른편에는 비르지니가 앉았다. 랑티에는 두 여자 모두에게 상냥했다. 마치 자기가 대장으로 군림하는 닭장 안이 평화롭기를 바라는 수탉처럼, 두 여자 모두에게 다정했다. 푸아송은 무슨 생각을 하는지 알 수 없는, 순경답게 조용하고 근엄한 표정으로 맞은편에 앉아 있었다. 사실 그는 거리에서 순찰을 돌 때도 늘 저렇게 무표정한 얼굴로 눈빛이 게슴츠레했다. 그날의 주인공은 나나와 폴린이었다. 영성체 드레스를 계속 입고 있어도 좋다는 허락을 받은 두 계집아이는 흰 드레스가 더러워질까 봐 잔뜩 긴장한 표정이었다. 아이들이 한 입 먹을 때마다 주위에서 턱을 좀 세우고 깨끗하게 먹으라고 소리쳤다. 어쩔 줄 몰라 하던 나나가 결국 가슴팍에 포도주를 쏟고 말았다. 한바탕 야단법석이 일었고, 허겁지겁 옷을 벗겨 컵의 물로 얼룩을 닦아 내야 했다.

디저트를 먹는 동안 아이들 장래에 대해 심각한 얘기가 오갔다. 보슈 부인은 이미 선택했다고 했다. 폴린을 금은 세공 공장에 넣기로 했다고, 그러면 하루 5프랑이나 6프랑을 벌 수 있을 거라고 했다. 제르베즈는 아직 별다른 생각이 없었다. 나나가 뭘 좋아하는지 알지 못했다. 그랬다! 나나가 좋아하는 건 바로 쏘다니는 것이었다. 그 외에는 제대로 할 줄 아는 게 아무것도 없었다.

"나라면 조화공을 시키겠어." 르라 부인이 말했다. "깨끗하고 힘들지 않은 일이야."

"조화공은 전부 매춘부인데." 로리외가 중얼거리듯 말했다.

"뭐라고요? 그럼 난 뭐죠?" 키 큰 과부 르라 부인이 입술을 깨물며 말했다. "난 함부로 사는 여자가 아니에요. 옆에서 누가 추근대면 곧바로 가랑이를 벌려 허우적거리는 그런 년이 아니라고요."

모두 나서서 르라 부인을 막았다.

"르라 부인! 세상에! 르라 부인!"

다들 두 아이 쪽으로 눈을 힐끗거리며 첫영성체를 받은 여자애들이 같이 있다는 사실을 환기시켰다. 아이들은 웃음을 참느라 얼굴을 거의 컵 속에 들이박고 있었다. 그때까지 남자들도 체면을 차리느라 고상한 말을 골라서 하고 있었다. 하지만 르라 부인은 지적을 받아들이지 않았다. 조금 전 자기가 한 말을 상류 사회 사람들이 하는 걸 들은 적이 있다고 우겼다. 심지어 그런 말들을 알고 있다는 사실에 대해 의기양양했다. 자기는 아이들 앞에서까지 절대 추잡스러운 느낌 없이 무엇에 대해서든 다 말할 줄 안다는 칭찬을 많이 들었다고 했다.

"조화공 중에도 제대로 된 여자들이 많아요. 정말이에요!" 르라 부인이 큰 소리로 말했다. "다른 여자들하고 똑같아요. 그래요, 아무나하고 어울리지 않죠. 어쩔 수 없이 옳지 않은 일을 저지르게 될 때도 아주 까다롭게 고르고요. 그래요, 전부 꽃 때문이에요. 나도 지금까지 그나마 꽃 때문에 살아왔는데……."

"그럼요! 저도 절대 꽃을 안 싫어해요. 그냥 나나 맘에 들어야 한다는 거죠. 그뿐이에요. 아무리 아이라도 무슨 일을 할지 강요할 수는 없잖아요. 그래, 나나. 바보같이 굴지 말고 대답해 보렴. 너도 꽃이 좋으니?"

접시 위로 고개를 숙인 나나는 젖은 손가락으로 케이크 조각을 모은 다음 손가락을 빨았다. 아이는 조금도 서둘지 않았다. 그리고 늘 그러듯이 사악한 미소를 지으며 대답했다.

"좋아, 엄마. 나도 좋아."

모든 것이 순식간에 해결되었다. 쿠포는 누이에게 당장 내일부터 나나를 르케르 거리의 조화 공장에 데려가 달라고 했다. 그런 뒤에는 심각한 이야기가 이어져서, 너도나도 삶의 의무들에 대해 이야기를 이어 갔다. 보슈는 나나와 폴린이 이제 영성체를 했으니 다 큰 여자라고 했다. 푸아송은 이제 음식을 만들고 양말을 꿰매고 집안 살림도 할 줄 알아야 한다고 거들었다. 결혼도 하고 또 아이를 낳아 길러야 한다는 얘기까지 나왔다. 어른들의 말을 들으면서 두 아이는 모르는 척 장난치며 웃었다. 하얀 드레스를 입고서 진짜 여자가 되었다는 생각에 가슴이 벅차오르면서 창피하기도 하고 당혹스럽기도 해서 서로 몸을 만졌다. 하지만 무엇보다도 아이들을 자지러지게 한 것은 랑티에가 농담을 하면서 혹시 마음에 둔 짝이 있느냐고 물었을 때였다. 결국 나나는 엄마가 일하는 세탁소집 아들인 빅토르 포코니에를 좋아한다고 고백하고 말았다.

"아주 볼만하네요!" 집에 가는 길에 로리외 부인이 보슈 내외에게 말했다. "우리가 대부, 대모이지만, 정말 부모 뜻이 조화공을 만드는 거라면, 우린 다시 저 아이 얘기도 듣지 않을 거예요. 거리에 매춘부 하나 더 늘어나겠네. 두고 봐요. 반년도 못 가서 나나 때문에 망신살이 뻗칠 거니까."

집으로 올라가면서 쿠포 부부는 일을 무사히 치렀다고, 푸아송 부부가 나쁜 사람은 아니라고 생각했다. 심지어 제르베즈는 가게가 아주 깨끗하게 정리되어 있었다는 말까지 했다.

내 집이었던 곳에, 하지만 지금은 다른 사람이 떵떵거리며 사는 곳에 가서 저녁을 먹다 보면 속이 상할 것 같았는데, 막상 가 보니 놀랍게도 전혀 그렇지 않았다. 나나는 옷을 벗고 지난달 결혼한 3층 여자가 입은 드레스도 자기 것처럼 모슬린 드레스였는지 물었다.

하지만 그날이 쿠포 부부가 보낸 마지막 아름다운 날이었다. 이후 두 해 동안 그들의 삶은 구렁텅이 속으로 점점 더 깊이 빠져들었다. 무엇보다 겨울을 나느라 빈털터리가 되었다. 그나마 날씨가 좋을 때는 끼니를 때울 수 있었지만 비와 추위가 닥치면서 굶주림이 시작되었다. 시베리아 같은 방 안에서 식량 한 톨 없이 머릿속으로 먹을 것을 그려야 했다. 야속할 정도로 지독한 12월이 온갖 불행을 싣고 문틈으로 스며들었다. 공장에 일거리가 없기도 했고, 어차피 추위 때문에 몸이 오그라들어 꼼짝도 하기 싫었다. 습한 날씨 때문에 더욱 암울했다. 그나마 첫 겨울에는 가끔 불을 지필 수 있었고, 먹는 것보다 따듯한 게 낫다고 마음을 달래며 난롯가에 웅크리고 지내기도 했다. 하지만 두 번째 겨울에는 난로마저 버려져 녹이 슬었고, 난로 가장자리 주물의 흉측한 모습 때문에 방이 더 얼어붙는 것 같았다. 그중에서도 가장 힘든, 미치도록 힘든 것은, 바로 집세를 내는 일이었다. 아! 1월은 돈을 내는 달이었다! 집 안에 무 한 쪽 먹을 게 없는데, 보슈는 거들먹거리며 고지서를 내밀었다. 차가운 북풍이 휘몰아치는 것 같았다. 그다음 토요일에는 고급 외투를 걸치고 커다란 손에 털장갑을 낀 마레스코 씨가 찾아왔다. 집주인이 강제 퇴거를 들먹이는 동안, 밖에서는 쿠포 부부를 위해 길 위에 하얀 시트 깔린 잠자리를 마련하기라도 하듯 눈이 내렸다. 제르베즈는 집세만 낼 수 있다면 자기 살이라도 팔 수 있을 것 같았다. 결국 집세를 위해서 식기장과 난로를 팔았다. 사실 건물 전체에서 슬픈 한탄의 소리가 올라오고 있었다. 층층이 모두 울고 있었고, 불행의 노래가 층계와 복도를 따라 웅웅거렸다. 집집이 줄초상이 난다 한들 오르간이 이렇게 끔찍스런 음악을 연주하지는 않으리라. 최후의 심판이, 종말 중의 종말이 다가오는 것 같았다. 더 이상 살아갈 수 없는 날, 가난한 사람들이 전부 짓눌려 죽어 버리는 날이 가까워지고 있었다. 4층의 여자는 벨옴 거리에 나가 몸을 팔았고, 6층에 사는 석공은 공장 주인의 집에 들어가 도둑질을 했다.

사실 쿠포네는 남 탓을 할 게 없었다. 아무리 삶이 힘들다 해도 살려고 노력하고 절약하면서 헤쳐 나올 길을 찾아야 하는 것 아닌가. 비쩍 마른 거미처럼 지겹도록 일만 하는 로리외 부부가 지저분한 종잇조각에 돌돌 만 돈으로 꼬박꼬박 집세를 내는 것이 그 증거였다. 나나는 조화 공장에 나갔지만 아직 돈을 벌어 오지는 못했고, 오히려 치장하느라 꽤 많은 돈을 썼다. 제르베즈 역시 포코니에 부인의 세탁소에서 신용을 잃었다. 솜씨가 점점 무뎌져서 해 놓은 일이 엉망이었다. 결국 포코니에 부인은 제르베즈의 일당을 초보 세탁부들에게 주는 40수로 깎았다. 제르베즈는 그래도 당당했고 걸핏하면 화를 냈다. 누구한테든 자기가 이전에 번듯한 가게를 갖고 있던 사람이라는 걸 들먹였다. 아예 일을 빼먹는 날도 있었고, 도중에 발끈해서 화를 내며 가 버리기도 했다. 그러던 중 포코니에 부인이 퓌투아 부인을 고용하자 제르베즈는 자기가 부리던 사람과 나란히 서서 일을 하는 게 짜증난다며 보름 동안이나 일하러 가지 않았다. 그 난리를 피운 다음에도 포코니에 부인은 제르베즈가 불쌍하다고 다시 불렀고, 제르베즈는 다시 가면서 마음이 더 쓰라렸다. 일주일 후 받은 돈은 당연히 얼마 되지 않았다. 제르베즈가 쓸쓸하게 말했듯이, 토요일에 포코니에 부인한테 받는 돈보다 갚아야 할 돈이 더 많다. 쿠포는 분명 일을 하는 중일 테지만, 버는 족족 나라에 갖다 바치기라도 하는 걸까? 에탕프에서 벌어 온 돈 뒤로 제르베즈는 단 한 푼도 구경하지 못했다. 이제 제르베즈는 쿠포가 임금을 받는 날에도 집에 들어서는 남편의 손을 확인하지 않았다. 축 늘어뜨린 팔을 흔들며 들어서는 쿠포는 심지어 손수건이 없을 때조차 있었다. 세상에! 손수건을 잃어버리다니. 아니면 사기꾼 같은 친구 누군가가 가져갔을 것이다. 처음에는 쿠포도 이리저리 돈을 끼워 맞추려 애쓰며 거짓말을 지어냈다. 무슨 신청을 하는 데 10프랑을 썼다고 했고, 주머니에 구멍이 난 것을 보여 주며 이것 때문에 20프랑이 새 나가 버렸다고 했고, 있지도 않은 빚을 만들어 내서 그걸 갚느라 50프랑을 썼다고도 했다. 그러다가 언제부턴가 별로 신경도 쓰지 않았다. 돈이 저절로 날아가 버렸네! 하면 다였다. 돈은 그의 주머니가 아니라 배 속에 들어 있었다. 그것이 바로 쿠포가 집에 돈을 벌어 오는 나름의 방법이었다. 제르베즈는 보슈 부인의 귀띔을 받고 공장 앞에서 남편이 나오는 걸 지키고 있다가 쿠포가 받은 갓

낳은 달걀 같은 급료를 빼앗으려 해 보았다. 하지만 별 소용이 없었다. 동료들에게 미리 전해 들은 쿠포는 돈을 신발 안에 숨겼고, 때로는 그보다 더 지저분한 곳에 숨겼다. 보슈 부인은 이런 쪽으로 워낙 눈치가 빨랐다. 보슈가 친한 여자들한테 토끼 요리를 한턱 내려고 10프랑짜리를 몇 개 숨겼을 때 그녀는 남편의 옷 구석구석을 다 뒤져서 모자의 가죽과 헝겊 사이에 꿰매 놓은 돈을 찾아내고야 말았다. 아! 하지만 쿠포는 그렇게 소중한 것을 옷가지에 꿰매지 않았다. 바로 자기 배 속에 집어넣었다. 가위를 들고 배를 가를 수는 없지 않은가!

그렇다. 계절이 한 번 바뀔 때마다 쿠포 부부가 점점 더 깊은 수렁에 빠진 것은 바로 자기들 잘못 때문이었다. 하지만 원래 당사자들은 자신들이 늘 운이 없다고, 신이 자기들을 미워한다고 주장하는 법이다. 특히 비참한 가난 속에 허우적대는 인간들은 늘 그렇다. 집 안은 그야말로 난장판이었다. 부부는 온종일 으르렁거렸다. 아직 치고받지는 않고, 말다툼이 격해지면 몇 번 따귀를 날리는 정도였다. 가장 슬픈 일은 이미 애정의 새장에 문이 열려 버렸다는 것이었다. 새장 안에 있어야 할 감정들이 카나리아처럼 새장 밖으로 날아가 버렸다. 좁은 집 안에 포개져서 서로 살을 맞대고 살아가는데도 아버지와 어머니, 그리고 자식 사이에 따뜻한 마음은 찾아볼 수 없었다. 각자 자기 구석에 웅크린 채 바들바들 떨었다. 쿠포와 제르베즈, 그리고 나나 셋 모두 상대가 건드리기만 하면 화를 냈고, 사소한 말 한마디에도 증오가 가득한 눈으로 잡아먹을 듯이 덤볐다. 무언가가 끊어져 버린 것 같았다. 가족을 지탱하는 태엽이, 행복하게 살아가는 가족의 심장을 함께 뛰게 해 주는 장치가 고장 나 버렸다. 아! 제르베즈는 이제 쿠포가 12미터, 15미터 높이의 지붕에 올라가 빗물받이 홈통 옆에 서 있는 모습을 봐도 떨리지 않았다. 차마 내 손으로 떠밀 수는 없으니, 저 인간이 알아서 떨어져 버렸으면! 세상에 아무짝에 쓸모없는 인간 하나 치워 주면 얼마나 좋아. 그러다 싸울 때면 제르베즈는 왜 저런 인간이 들것에 실려 오지 않느냐며 소리를 질렀다. 얼마나 좋아! 당신 같은 주정뱅이는 어차피 아무 쓸모가 없잖아. 날 울리기만 하고, 내 거 다 먹어 치우고, 날 불행하게 만들기만 해. 정말이야! 쓸모없는 남자들은 죄다 모아서 구덩이에 처박아 버려야 해! 그런 뒤에 신나게 폴카를 춰야지. 제르베즈가 "죽여!"라고 하면 옆에서 나나가 "때려죽여!"라고 했다. 나나는 신문에 난 사고 소식을 들을 때마다 자기 아버지가 술에 취한 채로 승합마차에 치여 버리기를 기대했다. 저 인간은 도대체 언제 사라진단 말인가.

제르베즈는 가난에 찌들어 엉망진창으로 사는 와중에도 주변 사람들이 굶주림에 신음하는 모습을 보면 무척 마음이 아팠다. 같은 건물 안에도 특히 제르베즈가 사는 쪽은 지독한 가난뱅이들이 모여 살았다. 서너 집이 서로 의논이라도 한 듯 이미 똑같이 끼니를 거르고 있었다. 문이 열려 있어도 음식 냄새가 전혀 나지 않았다. 복도에는 죽음의 침묵이 깔려 있고 벽은 텅 빈 배 속처럼 공허하게 울렸다. 때로 사람이 살아 있는 기척이 나기는 했지만, 그것은 여자들의 한탄, 굶주린 아이들의 울음, 텅 빈 위장의 고통을 잊기 위해 식구들이 서로 뜯어먹는 소리였다. 목구멍이 오그라드는 것 같았고, 입이 헤벌어졌다. 먹을 게 없어 작은 파리 새끼 한 마리도 살 수 없을 것 같은 공기를 들이마실 때마다 가슴이 파이는 것 같았다. 특히 제르베즈는 작은 계단 아랫방에 사는 브뤼 영감 때문에 지독히 마음이 아팠다. 영감은 조금이라도 온기를 빼앗기지 않기 위해 쥐새끼처럼 웅크리고 지냈다. 짚 더미 위에 앉아 며칠이고 꼼짝하지 않았고, 아무리 배가 고파도 밖으로 나오지 않았다. 어차피 불러 주는 사람도 없는데 나가 봐야 배만 더 고플 터였다. 사나흘 계속 영감의 모습이 보이지 않으면 이웃들이 문을 열어 보며 죽은 게 아닌지 살폈다. 아니다. 영감은 살아 있었다. 제대로 살아 있는 건 아니고, 죽지 않아서 살아 있었다. 오직 눈 하나가 살아 있었다. 죽음마저 영감을 데려가길 잊은 걸까? 제르베즈는 빵이 생기면 껍질을 가져다주었다. 남편 때문에 성미가 고약해지고 사람들을 미워하게 되어 버렸지만, 그녀는 여전히 동물들을 사랑했다. 저 가난한 노인네, 이제 더 이상 연장을 쥘 수 없기 때문에 외면당한 채로 굶어 죽어 가는 브뤼 영감은 제르베즈에게 한 마리 강아지였다. 그는 쓸모없는 짐승, 죽은 짐승을 처리하는 사람마저 가죽도 기름도 사려 하지 않는 그런 짐승이었다. 제르베즈는 하늘에 버림받고 인간들에게까지 버려진 브뤼 영감이, 아무도 먹여 주는 사람이 없어서 몸이 마치 벽난로 위에서 말라 쪼그라든 오렌지처럼 어린애만 해진 채로 복도 끝에 있다는 생각 때문에 늘 마음이 무거웠다.

옆에 사는 장의사 일꾼 바주즈 영감도 제르베즈를 힘들게 했다. 두 방 사이에는 아주 얇은 판자 하나밖에 없어서 저쪽에서 뭘 먹으면 그 소리가 다 들렸다. 저녁이 되어 영감이 집에 돌아오는 소리가 나면 제르베즈는 자기도 모르게 귀를 기울였다. 영감이 서랍장 위에 가죽 모자를 얹는 소리는 마치 삽으로 흙은 떠서 놓는 소리 같았고, 검은 외투를 걸어 둘 때 벽을 스치는 소리는 밤새가 날갯짓하는 소리 같았다. 낡은 검정색 옷을 아무렇게나 내팽개치고 나면 방 전체에 죽음의 기운이 퍼지는 소리도 들렸다. 제르베즈는 바주즈 영감이 걸음을 옮길 때마다 귀를 기울였고, 그가 조금만 움직여도 신경이 곤두섰다. 가구에 부딪히거나 그릇을 달그락거리는 소리에 소스라치게 놀라기도 했다. 제르베즈의 머릿속엔 온통 지긋지긋한 바주즈 영감뿐이었다. 그가 뭘 하는지 알고 싶은 마음과 알 수 없는 두려움이 뒤섞여 있었다. 싱거운 농담을 좋아하는 바주즈 영감은 늘 술에 취해서 제정신이 아니었다. 기침하고 침을 뱉고 「고디숑 어멈」 노래를 부르고 상스러운 말을 내뱉었다. 그리고 이 벽 저 벽 부딪히면서 침대로 갔다. 제르베즈는 얼굴이 파랗게 질려서 영감이 도대체 방에서 무얼 하는 걸까 궁금해하다가 불현듯 끔찍한 생각이 들었다. 영감이 시체를 들고 와서 침대 밑에 넣어 두는 게 아닐까? 맞아! 장의사 일꾼 하나가 어린애의 관을 자기 집에 가져다 놓았다는 얘기가 신문에 난 적이 있었다. 자꾸 옮기기 귀찮아서 묘지까지 한 번에 가져가려고 그랬다는 것이다. 분명 바주즈 영감이 들어섰을 때 죽음의 냄새가 칸막이벽을 넘어오지 않았는가. 제르베즈는 문득 자기가 무덤들 사이에, 페르라셰즈 묘지에 와 있는 것만 같았다. 영감이 자기 직업이 좋아 죽겠기라도 한 듯 짐승처럼 혼자 웃어 대면 제르베즈는 겁에 질렸다. 게다가 그는 방에 들어와 한바탕 시끄럽게 굴고 나면 눕기 무섭게 코를 골았는데, 어찌나 이상하게 고는지 벽 너머에 있는 제르베즈까지 숨을 쉴 수 없을 정도였다. 몇 시간이고 귀를 기울이고 있다 보면, 마치 바로 옆에서 장례 행렬이 지나가는 것 같았다.

최악은 제르베즈가 겁을 내면서도 옆방 소리를 조금이라도 잘 듣기 위해 벽에 귀를 대곤 했다는 것이다. 정숙한 여자들이 멋진 남자를 보며 느끼는 것을, 그러니까 한번 더듬어 만져 보고 싶지만 몸에 밴 교양 때문에 엄두를 내지 못하는 마음을 제르베즈는 바주즈 영감에게서 느낀 것이다. 정말 그랬다! 두려움이 가로막지만 않았더라면 죽음에 손을 대 보고, 죽음이 어떻게 생겼는지 보러 갔을 것이다. 바주즈가 움직일 때마다 무슨 비밀이라도 알아내려는 것처럼 숨죽여 귀를 기울이는 아내의 이상한 행동을 본 쿠포는 혹시 옆집 장의사 일꾼한테 반한 거냐며 놀렸다. 그러면 제르베즈는 화를 내면서 당장 다른 데로 이사 가자고 했다. 그녀는 정말로 바주즈 영감이 싫었다. 하지만 그러면서도 영감이 무덤의 냄새를 풍기며 집으로 돌아올 때면 자기도 모르게 다시 공상에 빠져들었고, 혼인 서약을 뒤엎을 부정을 꿈꾸는 여자처럼 달아오르면서 신경이 곤두섰다. 저 영감이 벌써 두 번이나 날 어디론가 데려가 주겠다고 했잖아? 잠이 너무나 즐거워서 그 어떤 비참함도 다 잊을 수 있는 그런 잠자리로? 그곳은 무척 근사하리라. 그곳을 맛보고 싶은 유혹이 제르베즈의 마음속에서 점차 커 갔다. 보

름 동안, 아니 한 달 동안만 가 보고 싶었다. 그래! 한 달 동안
만 자는 거야. 그러니까 겨울에, 집세 내야 할 때, 이놈의 자질
구레한 살림살이가 지긋지긋할 때! 하지만 그것은 불가능한
일이었다. 한 시간 자기 시작하면 영원히 자야 했다. 생각이
거기에 이르면 제르베즈는 오싹한 기분에 휩싸였다. 대지와의
애정이 일단 시작되면 절대 빠져나올 수 없다는 생각을 하는
순간, 죽음을 동경하던 마음은 곧바로 사라져 버렸다.

하지만 1월의 어느 날 저녁에 제르베즈는 두 주먹으로 칸막
이를 두드리고 말았다. 돈 한 푼 없이 모두에게 시달리면서 진
정으로 끔찍한 일주일을 보낸 뒤에, 정말로 그 어떤 것도 할
용기가 나지 않을 때였다. 그날 저녁은 몸 상태도 좋지 않았
다. 열이 나면서 오한이 들었고, 눈앞에 불꽃이 일렁였다. 창문
으로라도 뛰어내리고 싶었다. 제르베즈는 장의사 일꾼을 부르
며 칸막이를 두드렸다.

"영감님! 바주즈 영감님!"

바주즈는 "예쁜 아가씨 셋이 있었다네." 노래를 부르며 신발
을 벗는 중이었다. 일진이 좋았는지 평소보다 많이 취한 상태
였다.

"영감님! 바주즈 영감님!" 제르베즈가 목소리를 높였다.

안 들리는 걸까? 지금 당장 날 데려갈 수 있을 텐데……. 내
목을 붙잡고 다른 여자들을 데려간 그곳으로 데려가면 되는
데……. 예쁜 아가씨 셋이 있었다네. 제르베즈는 영감이 부르
는 노래가 꼭 애인이 많은 남자가 뻐기는 것 같아서 싫었다.

"뭐야, 뭐야?" 바주즈 영감이 더듬거렸다. "누가 아픈 거야?

자, 어디 어디. 우리 아주머니?"

하지만 영감의 목쉰 소리를 듣는 순간 제르베즈는 악몽에서 깨어나듯 정신을 차렸다. 내가 무슨 짓을 한 거야? 그녀는 자기가 칸막이벽을 두드렸음을 깨달았다. 그러자 방망이로 허리를 두들겨 맞은 것 같았다. 겁에 질려 움츠러들었다. 당장이라도 영감의 커다란 두 손이 벽을 뚫고 뻗어 나와 자기 머리칼을 움켜쥘 것만 같았다. 아니야, 아니야, 싫어. 아직 준비가 안 됐어. 조금 전에 벽을 친 건 맞지만, 뒤로 물러서다 나도 모르게 팔꿈치가 부딪쳤을 뿐이야. 접시처럼 하얀 얼굴에 뻣뻣한 몸으로 영감 손에 끌려 나가는 자기 모습이 떠오르자 제르베즈는 머리부터 발끝까지 공포에 휩싸여 버렸다.

"뭐야? 아무도 없는 거야?" 적막 속에서 바주즈 영감이 소리를 질렀다. "기다리쇼. 부인들한텐 친절하게 해 줘야지."

"아니에요. 아무 일도 없어요." 제르베즈는 숨 막힌 목소리로 대답했다. "아무것도 아니에요. 괜찮아요."

바주즈 영감이 잠이 들어 코를 고는 내내 제르베즈는 불안에 떨었다. 혹시라도 영감이 자기가 또 벽을 두드리는 줄 알까 봐 겁이 나서 움직이지도 못했다. 이제는 조심해야겠다고 다짐했다. 숨이 넘어가는 한이 있더라도 절대 바주즈 영감에게 도움을 청하지는 않으리라. 일부러 되뇌면서 마음을 다잡았다. 하지만 그녀는 분명 공포 속에서도 여전히 마음이 끌렸다.

비참한 가난 속에서 온갖 근심을, 다른 사람들의 근심까지 짊어지고 살아가는 동안 제르베즈는 비자르네 집에서 용기의 표본을 보았다. 어린 윌랄리, 겨우 버터 2수어치의 무게밖

에 안 되는 여덟 살짜리 계집애가 어른처럼 살림을 꾸려 나가
고 있었다. 너무도 고된 일이었다. 어린 랄리는 세 살, 다섯 살
난 코흘리개 동생 둘을, 그러니까 남동생 쥘과 여동생 앙리에
트를 돌보았다. 랄리는 온종일 동생들을 살폈고, 비질을 하고
설거지를 했다. 비자르가 배에 발길질을 해서 아내를 죽게 만
든 이후, 랄리가 이 집의 어린 엄마가 된 것이다. 아무런 말도
없었지만 아이는 알아서 죽은 엄마의 자리를 맡았다. 짐승 같
은 아버지가 이전에 엄마를 때렸듯이 이제는 딸을 때리는 것
까지, 그야말로 엄마의 자리를 그대로 대신했다. 비자르는 취
해서 돌아오는 날이면 여자를 때려야만 속이 풀렸다. 랄리가
아직 어리다는 사실은 안중에 없었다. 그는 딸이 어른이었더
라도 견디기 힘들 정도로 세게 때렸다. 따귀를 때리는 손이 아
이의 얼굴을 다 가릴 만큼 컸고, 아직 여린 살갗 위에는 다섯
개의 손가락 자국이 남아 이틀 동안 지워지지 않았다. 이유도
없이 무조건 때렸다. 그렇다고 해도 때렸고, 아니라고 해도 때
렸다. 마치 성난 늑대가 자그마한 고양이를 덮치는 것 같았다.
겁 많고 정 많은, 보기만 해도 눈물이 날 정도로 비쩍 마른 고
양이는 그 예쁜 눈에 체념을 가득 담고서 그냥 맞기만 할 뿐
울지도 않았다. 그랬다. 절대 대들지도 않았다. 얼굴을 가리느
라 고개만 조금 숙였다. 괜히 다른 집까지 시끄러워지지 않도
록 소리도 내지 않았다. 랄리는 이리저리 발길질을 하던 아버
지가 지칠 때쯤이면 간신히 기운을 차려 몸을 일으켰다. 그러
고는 다시 일을 시작했다. 동생들 얼굴을 닦아 주고, 수프를
만들고, 가구 위에 먼지 하나 없도록 청소를 했다. 매 맞는 것

은 랄리의 일과 중 하나가 되었다.

제르베즈는 랄리에게 정이 갔다. 자기와 똑같은 여자, 인생 경험이 있는 어른 여자를 대하듯 했다. 랄리는 얼굴이 창백하고 표정이 진지한 게 꼭 노처녀 같았다. 얘기를 나누다 보면 서른 살은 먹은 여자와 말하는 느낌을 받았다. 아이는 물건을 제대로 살 줄 알았고, 옷도 잘 꿰맸고, 살림도 잘했다. 동생들에 대해 얘기할 때면 자식을 두셋은 낳아 본 여자 같았다. 제르베즈는 여덟 살짜리가 하는 말을 들으며 처음에는 미소를 짓다가 이내 목이 메었고, 결국 울음을 참느라 자리를 떠야 했다. 그녀는 틈만 나면 랄리를 데려와서 먹을 것이든 헌 옷이든 뭐든 주려고 했다. 그런데 어느 날, 나나가 입던 윗옷을 랄리에게 입혀 보다가 제르베즈는 아이의 등줄기가 퍼렇게 멍들어 있고 팔꿈치 살갗이 벗겨져 피가 나는 것을 보고 숨이 막힐 뻔했다. 죄 없는 아이는 온몸이 상처투성이였고, 그나마도 뼈밖에 없었다. 세상에! 바주즈 영감이 이 아이 관을 준비해야겠네. 제르베즈가 보기에 오래 견딜 수 있을 것 같지 않았다. 하지만 랄리는 제발 아무 말도 하지 말아 달라고 부탁했다. 자기 때문에 사람들이 아버지한테 뭐라고 할까 봐 겁이 난 것이다. 술만 안 마시면 잘해 준다며 아버지 역성을 들었다. 제정신이 아니었어요. 깨고 나면 기억도 못 해요. 그래요! 용서할 수 있어요. 제정신이 아닌 사람들은 다 용서해 줘야 하는 거잖아요.

그날 이후 제르베즈는 비자르가 계단을 올라오는 소리가 들리면 귀를 기울이고 있다가 가서 말리곤 했다. 그러다 보면 꼭 몇 대씩 따귀를 얻어맞았다. 때로 낮에 들어가 보면 랄리가 철제 침대 다리에 묶여 있기도 했다. 열쇠장이답게 나가면서 아이의 다리와 배를 커다란 노끈으로 묶어 놓은 것이다. 왜 그런 짓을 했는지는 알 수 없었다. 술 때문에 머리가 돌아버려서 자기가 없을 때도 딸을 계속 학대하고 싶었던 것일까. 그렇게 묶인 채로 뻣뻣이 서 있자면 얼마나 발이 저리겠는가. 아버지가 외박이라도 하면 아이는 밤새 그렇게 있어야 했다. 화가 난 제르베즈가 풀어 주려고 하면 줄에 손대면 안 된다고 애원했다. 원래대로 있지 않으면 아버지가 화를 낼 거예요. 정말이에요. 괜찮아요. 쉬는 건데요, 뭘. 미소 지으면서 말했지만 어린 천사의 두 발은 잔뜩 부어올라 이미 죽어 버린 것 같았다. 그런데도 정작 랄리는 집안이 엉망인데 이렇게 침대에 묶여 있느라 일을 할 수 없는 것 때문에 속상해하면서, 아버지가 차라리 다른 방법으로 벌을 주면 좋겠다고 생각했다. 그런 상태에서도 동생들에게서 눈을 떼지 않았다. 앙리에트와 쥘을 가까이 오라고 해서 코를 풀어 주었다. 그렇게 시간을 다 허비하지 않기 위해서, 아버지가 풀어 줄 때를 기다리며 자유롭게 쓸 수 있는 손으로 뜨개질을 했다. 정작 풀려날 때가 더 괴로웠다. 피가 잘 돌지 않아 서 있을 수가 없었기 때문에 족히 십오 분은 기어다녀야 했다.

열쇠장이는 또 다른 수를 생각해 냈다. 동전을 난로 속에 집어넣어 달군 다음에 그것을 벽난로 구석에 얹어 놓은 것이다. 그러고는 랄리를 불러 빵 1킬로그램을 사 오라고 시켰다. 아무것도 모르고 동전을 움켜쥔 아이는 비명을 지르며 동전을 내팽개치고는 불에 덴 손을 마구 흔들었다. 그러자 비자르가 화를 냈다. 도대체 내가 어디서 저런 년을 데려왔지? 이젠 아예 돈을 패대기쳐? 그러면서 당장 돈을 줍지 않으면 아예 엉덩이를 까 버리겠다고 윽박질렀다. 아이가 우물쭈물하자 비자르는 스물여섯 개의 초가 한 번에 켜지는 것처럼 눈에서 불이 번쩍 나도록 세게 랄리의 뺨을 후려쳤다. 아이는 말없이 눈물을 떨구면서 동전들을 집어 들었고, 동전이 식도록 손바닥 안에서 이리저리 퉁겨 가면서 밖으로 나갔다.

정말이다. 주정뱅이의 머릿속에서 도대체 얼마나 미친 짓이 일어날 수 있는지 사람들은 알지 못한다. 어느 날 오후 랄리는 집 안 정리를 끝내고 동생들과 놀고 있었다. 창문이 열려 있고 바람이 불었다. 복도 쪽에서 바람이 들어오면서 문이 가볍게 흔들렸다.

"아르디 씨가 오셨네." 랄리가 말했다. "들어오세요, 아르디 씨. 어서어서 들어오세요."

그러면서 문 앞에서 무릎을 굽히며 바람에게 인사를 했다. 뒤에 선 앙리에트와 쥘도 이 놀이가 재미있는지 신이 나 인사를 하면서 마치 바람이 간질이기라도 하는 듯 몸을 꼬면서 까르르 웃었다. 동생들이 좋아하는 모습을 보며 랄리의 얼굴이 불그스레해졌다. 자기도 재미있었다. 해가 서쪽에서 뜰 정도로 드문 일이었다.

"안녕하세요, 아르디 씨. 어떻게 지내셨나요, 아르디 씨?"

그때 거친 손이 문을 밀치더니 비자르 영감이 들어섰다. 그 순간 분위기가 얼어붙었고, 앙리에트와 쥘은 벽 쪽으로 넘어지며 엉덩방아를 찧었다. 겁에 질린 랄리는 무릎을 굽히며 인사를 하던 자세 그대로 굳어 버렸다. 열쇠장이는 마부용 채찍을 들고 있었다. 손잡이는 흰색 나무로 되어 있고 긴 가죽띠의 제일 끝에 가는 끈이 달린 새것이었다. 그는 채찍을 침대 구석에 내려놓고, 옆에서 랄리가 허리를 내밀며 맞을 준비를 하는데도 평소와 달리 발길질을 하지 않았다. 시커먼 치아 사이로 히죽거리기만 했다. 아주 기분이 좋아 보였고, 많이 취해 있었다. 좀 장난을 쳐 보려는지 그 흉측스러운 얼굴이 벌겋게 상기되었다.

"그래, 돼먹지 못한 년 같으니, 아예 갈보 짓을 하고 있구나." 비자르가 말했다 "네년 춤추는 소리가 밑에까지 들리더구나. 이리 와. 가까이! 이쪽으로, 와서 앞으로 서. 네년 똥구멍 냄새를 맡고 싶진 않으니까. 손도 안 대는데 왜 그렇게 발발 떨지? 와서 신발이나 벗겨!"

아버지가 매질을 하지 않아 오히려 겁에 질린 랄리가 창백한 얼굴로 신발을 벗겼다. 침대 끝에 앉아 있던 비자르는 입고 있던 옷 그대로 자리에 누워서는 눈을 뜨고 랄리의 움직임을 지켜보았다. 아이는 아버지의 눈길이 너무 무서웠다. 겁에 질려 점점 팔다리가 저려 왔고, 결국 잔을 하나 깨뜨리고 말았다. 그러자 비자르는 누운 그대로 채찍을 주워 들고 아이에게 보여 주며 말했다.

"그래, 이 송아지 같은 년, 이것 좀 볼래? 네년한테 줄 선물이지. 그래. 또 50수를 잡아먹겠다 이거지? 이 장난감이 있으면 이젠 네년 잡으러 구석까지 돌아다닐 필요도 없지. 한번 맛 좀 볼래? 그래, 잠을 깬단 말이지? 좋아, 시작해! 춤춰 봐! 아르디 씬지 뭔지한테 인사하란 말이야!"

그러면서 비자르는 그대로 누운 채로, 머리를 베개에 파묻은 그대로, 말을 모는 마부처럼 소리를 지르며 커다란 채찍을 허공에 휘두르고는 팔을 힘차게 아래쪽으로 내려 랄리의 몸 한가운데를 후려쳤다. 채찍은 팽이치기를 할 때처럼 랄리의 몸에 감겼다 풀렸다. 그대로 쓰러진 랄리는 네발로 기어 도망치려고 했다. 하지만 비자르는 다시 한번 채찍을 후려쳐 랄리를 일으켜 세웠다.

"자, 자." 비자르가 악을 써 댔다. "당나귀 시합시키는 것 같군. 어때, 아주 근사하지? 겨울 아침에 안성맞춤이야. 그냥 누워서 해도 되고, 감기 걸릴 일도 없고, 추워서 얼어붙은 손발 비벼 댈 필요도 없잖아. 멀리서도 그냥 네년을 잡을 수 있으니까. 요쪽에 있군. 잡았다, 이년! 이번엔 저쪽, 또 맞았다! 또 요쪽이냐, 맞았다! 좋아, 침대 밑에 숨으면 손잡이로 갈기면 되지. 워! 워! 이랴! 이랴!"

비자르는 입술에 약간 거품을 물고 있었고, 누리끼리한 두 눈이 시커먼 눈구멍에서 튀어나올 것 같았다. 이미 제정신이 아닌 아이는 비명을 지르며 방의 구석구석을 뛰어다녔고, 바닥에 구르기도 하고 벽에 달라붙기도 했다. 하지만 어느 쪽으로 가도 채찍의 가느다란 끝이 따라왔다. 귓전에 폭죽 터지는 소리가 들렸고, 살갗은 불에 덴 것 같았다. 마치 곡예사가 짐승을 조련하는 광경 같았고, 가련한 새끼 고양이가 왈츠를 추는 것도 같았다. 랄리는 마치 "더 빨리!"라고 소리치며 줄넘기를 하는 계집아이들처럼 팔짝팔짝 공중으로 뛰어올랐다. 숨이 턱까지 차올랐고, 고무공처럼 몸이 저절로 튀어 올랐다. 앞도 보이지 않고, 더는 피할 곳을 찾을 기운도 없어서 매질에 몸을 내맡겼다. 늑대 같은 아비는 의기양양해서 갈보 년이라고 악을 썼다. 이제 알겠냐고, 나한테서 벗어나겠다는 꿈 따위는 버려야 한다는 걸 깨쳤냐고!

바로 그때 랄리의 비명 소리를 들은 제르베즈가 들이닥쳤다. 눈앞의 광경에 제르베즈는 도저히 말로 표현할 수 없는 분노를 느꼈다.

"이런 나쁜 인간!" 제르베즈가 소리를 질렀다. "악당 같으니. 애 좀 내버려 둘 수 없어요? 정말 순경을 부를 거예요."

비자르는 뭔가에 앞이 막혀 화가 난 동물처럼 으르렁댔다.

"당신, 뭐야. 절름발이 년 같으니! 남의 일에 왜 끼어드는데? 내가 저년 손봐 주는데 사정 봐 가며 해야겠어? 난 그냥 조심하라고 일러 주는 거야. 보면 알잖아. 내 팔이 길다는 걸 보여 주려는 것뿐이라고."

그러면서 다시 마지막 채찍질을 했고, 채찍은 랄리의 얼굴에 맞았다. 윗입술이 터지면서 피가 흘렀다. 제르베즈가 들고 있던 의자를 비자르에게 던지려고 했다. 하지만 랄리가 애원하듯 손을 내밀면서 괜찮다고, 다 끝났다고 했다. 아이는 앞치마 자락으로 피를 닦았고, 마치 자기들이 채찍을 맞은 것처럼 울어 대는 동생들을 달랬다.

랄리를 생각하면 제르베즈는 더 이상 자기 처지를 불평할 수 없었다. 계단 이쪽에 사는 여자들의 고생을 모두 모아 놓아도 저 여덟 살짜리 계집애와는 비교할 수 없었다. 제르베즈는 랄리의 용기가 부러웠다. 아이가 마른 빵으로 석 달을 버티는 것을, 빵 껍질조차 먹지 못한 채 굶주리는 것도 보았다. 그야말로 비쩍 말라 쇠약해진 아이는 걸을 때도 벽을 붙잡고 움직여야 했다. 제르베즈가 남은 고기를 몰래 가져다주면 아이는 말없이 굵은 눈물을 쏟으며 조금씩 베어 물었다. 너무 오래 굶어 식도가 쪼그라들었기 때문에 음식물이 잘 넘어가지 않았다. 그 모습을 보면서 제르베즈는 가슴이 찢어질 것 같았다. 나이에 맞지 않게 철이 든 아이는 이런 상황에서도 늘 다정하고 헌신적으로 어린 엄마의 의무를 다했다. 여리기 이를 데 없는 순진한 어린 계집애의 마음속에 모성애가 너무 일찍 깨어났고, 그 바람에 목숨을 잃은 것이다. 제르베즈는 힘겨워도 참아 내며 용서하는 랄리에게서 고통을 말없이 참는 법을 배우려고 했다. 랄리의 눈빛에서는 그 어떤 감정도 읽을 수 없었다. 체념이 담긴 커다란 검은 눈 깊은 곳에 극도의 고통과 비참함이 엿보일 뿐이었다. 오직 크게 뜬 그 검은 눈밖에 없었다. 아이는 단 한마디도 하지 않았다.

그즈음 쿠포에게도 아소무아르의 독주가 파괴의 위력을 드러내기 시작했다. 제르베즈는 남편이 비자르처럼 채찍을 들고 자기를 춤추게 할 날이 다가오고 있음을 느꼈다. 자기에게 불행이 닥치고 있었기 때문에 랄리의 불행을 보며 마음이 더 아팠다. 그랬다. 쿠포는 점점 엉망이 되어 갔다. 술을 마시면 오히려 얼굴에 혈색이 돌던 시절은 끝났다. 배를 두드리면서 지독한 놈을 마셨더니 이렇게 살이 쪘다며 허풍을 떠는 것도 더 이상 할 수 없었다. 몸속의 싸구려 누런 기름은 이미 다 녹아내렸고, 이제 그는 비쩍 마르고 창백한 얼굴로 마치 늪 속에서 썩어 가는 시체처럼 푸르딩딩했다. 식욕도 잃었다. 쿠포는 점차 빵을 입에 대지 않았고, 마침내는 스튜도 질색을 했다. 라타투이[42]를 제대로 만들어 줘도 그의 위장은 열리지 않았다. 이도 흔들려서 아무것도 씹을 수가 없었다. 그나마 몸을 지탱하기 위해서는 매일 반 리터의 독주가 필요했다. 그것이 바로 쿠포가 섭취하는 하루치 식량이자, 삼킬 수 있는 유일한 식량이었다. 쿠포는 아침이면 뛰듯이 침대에서 내려와 십오 분 정도 몸을 구부리고 머리를 움켜쥔 채로 온몸이 들썩거릴 정도로 기침을 했고, 목에서 올라오는 알로에즙처럼 씁쓸한 점액을 뱉었다. 아침마다 반복됐기 때문에 아예 실내용 변기를 가져다 놓았다. 쿠포는 속을 달래 줄 술 한잔을 마시기 전에는 제대로 일어서지도 못했다. 술이 약이 되어 불길로 내장을 태웠다. 그러다 낮이 되면 기운이 돌아왔고, 손발의 피부가 콕콕 찌르듯 간지럽기 시작했다. 그럴 때면 쿠포는 누가 자기를 간질이고 있다고, 마누라가 이불 속에 깔끄러운 털을 넣어 놓은 것 같다고 장난을 쳤다. 그러다가 다리가 다시 무거워지면서, 간질이는 느낌은 마치 살을 바이스에 넣고 죄는 것 같은 끔찍한 경련으로 바뀌었다. 그러면 더 이상 장난을 칠 수 없고, 웃을 수도 없었다. 귀가 웅웅거리고 눈앞에 불똥이 튀어서 길을 걷다가도 멈춰 서야 했다. 사방이 노래지고 건물들이

---

42) 야채를 섞어 삶은 요리이다.

춤추듯 흔들렸다. 그렇게 몇 초 동안 휘청거리다 보면 쿠포는 이러다 완전히 바닥에 뻗어 버릴지도 모른다는 생각에 겁이 나기도 했다. 어떤 때는 대낮의 태양이 등줄기로 내리쬐고 있는데도 갑자기 어깨에서 엉덩이로 찬물이 쏟아지는 것 같은 느낌이 들었다. 그중에서도 가장 성가신 것은 손 떨림이었다. 특히 오른손은 뭔가 아주 잘못되었는지 그야말로 악몽이었다. 제기랄! 이제 난 남자가 아니라 할망구야! 쿠포는 성질을 부리면서 근육에 힘을 주어 잔을 움켜쥐고, 대리석 손처럼 꼼짝 않고 잡고 있겠다고 큰소리쳤다. 하지만 아무리 애를 써도 잔은 춤추듯 왼쪽 오른쪽 규칙적으로 떨렸다. 쿠포는 다시 화를 내면서 술을 털어 넣었다. 난 열두 잔은 마셔야 기별이 가거든. 이제 손가락 하나 까딱 않고 드럼통을 들어 보이겠어. 제르베즈가 옆에서 그렇게 떨고 싶지 않거든 그만 마시라고 하면, 쿠포는 아랑곳하지 않고 계속 들이켜면서 다시 해 보겠다고 우겼다. 그는 미친 듯이 화를 내면서 밖에 지나가는 승합마차 때문에 흔들리는 거라고 소리를 질렀다.

3월이 되었을 때 어느 날 쿠포가 잔뜩 취해서 돌아왔다. 메보트와 함께 몽루주에서 장어 수프를 실컷 먹고 돌아오다가 푸르노 시문에서 푸아소니에르 시문까지 이어지는, 길기로 유명한 그 거리에서 소나기를 만났다고 했다. 밤이 되자 쿠포는 열이 펄펄 끓었고 찌그러진 풀무처럼 비실대며 심하게 기침을 했다. 아침에 보슈네의 의사가 진찰을 왔다. 등에 청진기를 대고 소리를 듣고 난 의사는 고개를 저었다. 그는 제르베즈를 따로 불러 환자를 빨리 병원에 데려가라고 했다. 폐렴이었다.

제르베즈는 별로 속상하지 않았다. 옛날 같으면 몸이 가루가 되는 한이 있어도 병원의 형편없는 의사들한테 남편을 맡기지 않았을 것이다. 오래전 나시옹 거리에서 사고가 났을 때 그녀는 남편을 간호하기 위해 저축했던 돈을 다 털었다. 하지만 방탕에 빠진 남자하고 사는 사이에 그런 아름다운 감정은 이미 다 사라졌다. 아니야, 절대 안 돼. 이젠 그런 고생은 안 할 거야. 신고 가서 다시 돌아오지 않아도 돼. 차라리 고맙지. 하지만 막상 들것이 와서 마치 가구를 옮기듯 쿠포를 실어 내가자 제르베즈는 파랗게 질려 입술을 깨물었다. 투덜거리면서 아주 꼴좋다고 생각했지만, 마음속 깊은 곳에서는 속상했다. 서랍장 안에 단돈 10프랑만 있어도 저렇게 보내지는 않을 것 같았다. 제르베즈는 라리부아지에르까지 따라가서 간호부들이 커다란 방 끝에 쿠포를 눕히는 것을 지켜보았다. 줄지어 누워 있던 다른 환자들이 새 동료가 들어오자 몸을 일으켜 쳐다보았는데, 얼굴이 하나같이 시체의 형상이었다. 그곳은 죽음의 자리였다. 숨을 쉴 수 없게 만드는 역한 냄새가 진동했고, 폐병 환자들에게서 나오는 소리는 듣는 사람이 자기 폐 속에 든 것을 다 뱉어 내고 싶게 만들었다. 양쪽으로 흰색 침대가 늘어선 모습이 꼭 무덤들 같았다. 아예 페르라셰즈 묘지를 축소해서 옮겨다 놓은 듯했다. 쿠포는 베개를 베고 누워 꼼짝하지 않았다. 제르베즈는 할 말도 없고 또 어차피 주머니 속에 남편을 달래 줄 돈 한 푼 없었기에 슬그머니 빠져나왔다. 밖으로 나온 뒤 병원 앞에 서서 뒤를 돌아보며 건물을 훑어보았다. 지난날이 생각났다. 저 높은 곳에 올라간 쿠포가 햇빛 아래 빗물받이 홈통 가장자리에 서서 노래를 부르며 함석을 깔던 시절도 있었다. 쿠포는 그때 술을 마시지 않았고, 피부가 여자처럼 뽀얬다. 제르베즈는 봉쾨르 여관 창가에 서서 쿠포를 찾아보곤 했었다. 하늘 한가운데 그가 있었다. 두 사람은 서로 손수건을 흔들었고, 손짓하며 장난을 쳤다. 그랬다. 그때 저 위에서 일하던 쿠포는 자기 자신을 위해 일한다는 생각조차 없이 그저 열심히 일했다. 하지만 참새처럼 흥겹고 농담 잘하던 쿠포는 지붕 위 자기 자리를 떠났다. 그는 병원에 둥지를 틀었다. 엉망이 된 몸으로 죽으러 간 것이다. 아, 사랑했던 그 날들이 왜 이리 멀게만 느껴지는가.

제르베즈는 이틀 뒤에 다시 쿠포를 보러 갔다. 하지만 그의 침대가 비어 있었다. 간호 수녀의 설명에 따르면, 전날 밤 쿠포가 갑자기 다른 환자를 때리는 바람에 생탄 요양소[43]로 보냈다는 것이다. 세상에! 완전히 정신이 나간 것 같았어요! 왜 그렇게 머리를 벽에 박아 대는지. 거기다 또 소리를 어찌나 많이 지르는지 다른 환자들이 잠을 잘 수도 없었죠. 술 때문인 것 같아요. 몸 안에 잠복해 있던 알코올 기운이 폐렴으로 몸이 약해진 틈을 타서 공격을 시작하고 신경을 혼란시킨 거죠. 제르베즈는 혼비백산해 돌아왔다. 이제 남편은 미쳤다! 쿠포가 집으로 돌아오게 되면 정말 모든 게 엉망진창이 되고 말리라. 나나는 아빠가 절대 병원에서 나오지 못하게 하라고 소리질렀다. 집에 왔다간 자기와 엄마를 모두 죽일 거라고 악을 써

---

43) 파리 남쪽에 있는 병원으로, 정신 질환과 약물 중독 환자들을 치료했다.

댔다.

제르베즈는 일요일이 되어서야 생탄에 갈 수 있었다. 정말 먼 길이었다. 다행히 로슈슈아르 대로에서 글라시에르까지 가는 승합마차가 요양소 가까이로 지나갔다. 상태 거리에 내린 제르베즈는 빈손으로 들어가기 뭐해서 오렌지 두 개를 샀다. 요양소 또한 굉장히 큰 건물로, 회색 안마당들이 있고 복도가 끝없이 이어져 있었다. 시큼하니 오래된 약 냄새가 조금 불쾌했다. 하지만 제르베즈가 안내를 받아 병실로 들어섰을 때, 놀랍게도 쿠포는 좋아 보였다. 마침 그는 변기에 앉아 있었다. 전혀 냄새가 나지 않는 깨끗한 변기였다. 하필 엉덩이를 드러내고 용변 중일 때 제르베즈가 들어선 것이다. 두 사람은 웃음을 터뜨렸다. 환자잖아. 이럴 수도 있지. 쿠포는 교황처럼 걸터앉아 다시 신나게 지껄였다. 아! 다시 저러는 걸 보니 상태가 좋아진 것이다.

"폐렴은?" 제르베즈가 물었다.

"날려 버렸지!" 쿠포가 대답했다. "여기서 꽉 움켜쥐고 끌어내 줬어. 아직 기침은 좀 하지만, 그래도 굴뚝 청소가 끝나가고 있어."

쿠포는 변기에서 일어서서 침대로 돌아가 누우면서 장난을 쳤다.

"당신은 코가 실하니까, 똥 냄새쯤 괜찮지?"

둘 다 기분이 좀 나아졌다. 아니 즐거웠다. 이런 농담을 하는 것도 굳이 말하지 않고서도 기분이 좋다는 것을 보여 주기 위해서였다. 아프던 사람이 회복되어 뭐든 할 수 있게 되면 보는 사람이 얼마나 기쁜지 실제 겪어 보지 않고는 알기 어렵다.

침대에 누운 뒤 제르베즈가 건네주는 오렌지 두 개를 받은 쿠포는 가슴이 뭉클했다. 탕약을 마시게 된 이후, 술집 카운터를 더 이상 그리워하지 않게 된 이후, 쿠포는 다시 친절해졌다. 제르베즈는 남편이 옛날처럼 조리 있게 말하는 게 놀라웠다. 그녀는 용기를 내서 어제 정신이 나갔던 때의 얘기를 꺼냈다.

"아, 그거?" 쿠포는 자기도 우습다는 듯이 말했다. "벌써 몇 번 얘기했는데! 알아? 쥐들이 보이더라고. 내가 꼬리에다 소금을 뿌려 주려고 막 기어서 따라갔지. 그런데 당신이 날 부르는 거야. 사람들이 당신을 해치려 하고. 그래, 다 말도 안 되지. 대낮에 유령이 나타나다니 말이야. 아! 다 생각나. 아직 기억력은 멀쩡하니까. 이제 다 끝났어. 하기야 아직도 잠을 자면 꿈을 꾸기는 하지만. 악몽을 말이야. 뭐, 누구나 악몽을 꿀 수 있는 거잖아."

제르베즈는 저녁까지 남편 곁에 붙어 있었다. 6시 회진 시간에 의사가 와서 쿠포에게 손을 내밀어 보라고 했다. 손은 거의 떨리지 않았고, 손가락 끝만 가볍게 흔들렸다. 하지만 어두워지기 시작하자 쿠포는 조금씩 초조해지기 시작했다. 두 번이나 일어나 앉아 병실 바닥을 바라보았고 어두운 구석구석을 살폈다. 그러더니 마치 짐승을 벽에 대고 짓누르려는 듯이 팔을 뻗었다.

"왜 그래?" 겁에 질린 제르베즈가 물었다.

"쥐야. 쥐들이 나왔어." 쿠포가 중얼거렸다.

그런 다음 한동안 조용해지면서 잠이 드는 것 같더니, 다시 띄엄띄엄 말을 내뱉으며 몸을 비틀었다.

"제기랄! 살갗을 파먹고 있어. 아! 이 더러운 놈들! 조심해! 치마 잘 붙잡아! 뒤에 저놈 조심! 이런 빌어먹을. 아예 재주를 부리는군. 키득거리고 있잖아. 저것들이 떼거리로 오네. 불한당 같은 놈들! 날강도 같은 놈들!"

쿠포는 허공에 대고 손을 휘둘렀고, 수염 난 남자들이 자기를 해치려 한다며 이불을 잡아당겨 말아 가슴을 가렸다. 결국 조수 하나가 달려왔다. 제르베즈는 믿기 어려운 광경에 얼이 빠진 듯 뒷걸음질 쳤다. 하지만 며칠 후 그녀가 다시 찾아갔을 때 쿠포는 다 나아 있었다. 더 이상 악몽도 꾸지 않는다고 했다. 그는 어린애처럼 팔다리를 꼼짝하지 않고 열 시간 동안 잠을 잤다. 이제 집으로 데려가도 좋다고 했다. 퇴원할 때 의사는 늘 얘기하던 주의 사항을 다시 일러 주면서 꼭 기억해야 한다고 했다. 다시 술을 마시면 병이 재발할 테고, 그때는 살기 어려울 겁니다. 그래요! 이제 모든 게 환자분한테 달렸습니다. 술만 안 마시면 얼마나 즐겁고 상냥한 사람이 될 수 있는지 직접 보셨잖습니까. 맞아요. 집에 간 뒤에도 생탄에서처럼 지내야 합니다. 의사는 쿠포에게 방문이 잠겨 있어서 못 나간다고, 술집이란 건 다 없어졌다고 생각하라고 했다.

"의사 말이 맞아." 제르베즈가 구트도르로 돌아가는 마차 안에서 말했다.

"그래, 아마 그럴 거야." 쿠포가 대답했다.

하지만 잠시 생각하고 나더니 이렇게 덧붙였다.

"뭐! 알잖아. 가끔 아주 조금씩 마시는 것쯤이야. 그렇다고 죽진 않으니까. 차라리 소화가 잘되지."

쿠포는 바로 그날 저녁 소화를 시킨다며 작은 잔으로 독주 한 잔을 마셨다. 그리고 그 첫 주 동안은 나름 분별 있게 행동했다. 원래 겁이 많기도 했고, 비세트르[44]에서 죽고 싶은 마음은 절대 없었기 때문이다. 하지만 술을 좋아하는 마음이 더 커서, 결국 첫 번째 잔은 두 번째 잔을 부르고 그렇게 세 번째, 네 번째 잔으로 이어졌다. 두 주쯤 지나자 다시 평상시의 주량으로 돌아가서 쿠포는 하루에 싸구려 독주 반 리터씩 마셨다. 화가 난 제르베즈는 남편을 사정없이 갈겨 버리고 싶었다. 요양소에서 멀쩡한 모습 한번 봤다고 멍청하게도 저 남자와 제대로 살 수 있을 거라고 생각하다니! 그래, 잠시 좋았던 거고, 다 끝나 버린 거야. 이번엔 끝이야. 저 사람은 이제 어쩔 수 없어. 죽을지 모른다는데도 겁나지 않은 거잖아. 난 이제 신경도 안 쓸 거야. 집안 살림이 어떻게 되든 몰라. 이젠 나도 신나게 즐길래. 그렇게 해서 지옥 같은 삶이, 좀 더 나아질 거라는 기대라고는 눈을 비비고도 찾을 수 없이 점점 더 깊이 진창 속으로 빠져드는 삶이 다시 시작되었다. 아버지가 뺨을 때리면 나나는 늙은이가 병원에 그냥 있지 왜 나왔느냐면서 소리를 질렀다. 내가 돈 벌면 술 사 올게. 그거 마시고 빨리 죽어 버려! 어느 날 제르베즈도 벌컥 화를 내며 소리를 질렀다. 쿠포가 괜히 결혼했다는 말을 꺼냈기 때문이다. 그렇잖아. 다른 놈들 먹다 버린 찌꺼기가 나한테 온 거야. 숫처녀 같은 낯짝으로

---

44) 파리 남쪽 교외의 병원으로 말기 정신과 환자들을 수용하던 곳이다.

날 꼬시는 바람에 결국 길에서 주워 왔다고. 제르베즈도 지지 않았다. 그게 무슨 헛소리야? 어떻게 그런 뻔뻔스러운 말을 떠들어 대? 그저 입만 열면 다 거짓말이네. 내가 분명 싫다고 했잖아. 안 그래? 내가 안 된다고 잘 생각해 보라고 하니까, 제발 다시 생각해 달라면서 내 발에 매달린 게 누군데? 다시 그때가 오면 난 절대 안 해! 차라리 팔 한쪽을 자르고 말지! 제르베즈는 자기가 그때 처녀가 아니었던 건 맞지만, 남자 경험이 있는 여자도 부지런하기만 하다면 놀고먹는 남자보다, 매일 술집만 돌아다니고, 자기 혼자 망하는 게 아니라 식구들 이름에도 다 먹칠하고 다니는 남자보다 훨씬 낫다고 했다. 그날 처음으로 쿠포네 집에서 제대로 치고받는 싸움이 일어났다. 어찌나 세게 두들겼는지 낡은 우산과 빗자루가 부서져 버렸다.

제르베즈는 다짐을 지켰다. 생활은 더 엉망이 되었다. 일을 빼먹는 날도 더 많아졌고, 며칠이고 수다만 떨다가 맥이 빠지면 아예 일을 하려 하지도 않았다. 손에 들고 있던 물건이 떨어져도 바로 몸을 숙여 줍지 않고 그냥 버려 두었다. 그녀는 정말로 지독한 게으름뱅이가 되었다. 일이 조금만 힘들어도 하려 하지 않았다. 편한 것만 찾았다. 쓰레기가 발에 걸려 넘어질 정도가 되어야 비로소 비질을 했다. 로리외네는 제르베즈의 방 앞을 지나갈 때면 코를 막는 시늉을 하면서 더러워 죽겠다고 했다. 그들 내외는 복도 제일 끝 방에서 그야말로 소리 없이 살아갔다. 이 건물 구석에서 낮은 소리로 통곡하고 있는 가난을 외면했고, 혹시 나갔다가 괜히 20수라도 빌려 달라는 이웃한테 붙잡힐까 봐 집 안에 틀어박혀 있었다. 아! 세상 어디에 저리도 선하고 친절한 이웃이 또 있을까? 그랬다. 고양이와 다름없었다! 누구든 로리외네 문을 두드리고 불을 좀 빌려 달라고 했다가는, 혹은 소금 한 움큼만, 물 한 병만 빌려 달라고 했다가는, 그야말로 욕만 잔뜩 먹고 눈앞에서 문이 닫히는 걸 보게 될 터였다. 로리외 내외는 주위에 도움이 필요한 사람이 있어도 자기네는 남의 일에 아무 관심 없다고 악을 썼다. 하지만 다른 사람을 욕할 일이 있을 때는 그야말로 아침부터 밤까지 이를 허옇게 드러내며 달려들었다. 그들은 늘 금줄에 달라붙어서, 빗장을 걸고 열쇠 구멍 사이로 빛이 새 나가지 못하도록 담요를 걸쳐 놓은 채로 신나게 먹었다. 무엇보다도 쩔룩이의 몰락이 신이 나서 쓰다듬어 주면 가르랑거리는 고양이처럼 온종일 그 얘기를 떠들었다. 굉장해. 폭삭 망해 버렸어. 아주 꼴좋아! 그들은 제르베즈가 장을 보러 가는 것을 엿보았고, 겨우 빵 한 조각 구해서 앞치마 아래 들고 오는 것을 보면서 신나게 비웃었다. 그나마도 구하지 못해서 굶고 지낼 때면 며칠째인지 꼽아 가며 지켜보았다. 제르베즈의 집이 먼지에 절어 있고 더러운 접시들이 그대로 뒹굴고 있다는 것도 알았다. 지독한 가난과 게으름 때문에 모든 게 망가지고 있다는 것까지, 전부 알았다. 저 꼬락서니 좀 봐. 아예 누더기를 걸쳤네. 넝마주이도 안 가져가겠는걸? 어쩌나! 아름다운 금발 여인께서 제대로 되는 일이 없나 보네. 옛날엔 파랗게 칠한 멋진 가게 안에서 갈보처럼 엉덩이를 흔들어 대더니! 먹을 것 밝히고 진탕 먹고 놀아 대더니 결국 저 꼴이 됐지. 제르베즈는 두 사람이 자기 욕을 하고 있을 것 같아서 신발을 벗고

문에 귀를 대 보았다. 하지만 담요 때문에 소리가 들리지 않았다. 언젠가 제대로 먹지 못해 피부가 늘어진 상태에서도 가슴은 큰 그녀를 "젖통 큰 년"이라고 부르는 것만 알아들었다. 어쨌든 로리외 부부와 마주치지 않을 수는 없었다. 그럴 때면 제르베즈는 괜히 주위에서 이러쿵저러쿵 말이 나지 않도록 아무렇지도 않은 척하며 이야기를 주고받았다. 비열한 인간들한테서 돌아오는 건 모욕적인 말들뿐이었지만, 뭐라고 되받아치거나 욕을 퍼부어 줄 기운도 없었다. 뭐 어때! 편한 게 최고지. 제르베즈는 그냥 편하게 손가락만 돌리고 있다가 좋은 게 생기면 그때 움직이면 된다고 생각했다. 그러면 됐지 무얼 더 바라겠는가.

한번은 쿠포가 토요일에 서커스를 보러 같이 가자고, 여자들이 말을 타고 달리다가 둥근 종이를 뚫고 지나간다니까 좀 번거롭긴 해도 가서 볼 만할 거라고 했다. 그러면서 보름치 급료를 받을 테니 40수는 구할 수 있다고 했다. 더구나 나나는 공장에 급한 주문이 밀려서 밤샘 작업을 해야 했기에, 쿠포 내외는 저녁도 밖에서 먹기로 했다. 하지만 7시가 되어도 쿠포는 나타나지 않았다. 심지어 8시까지 코빼기도 보이지 않자 제르베즈는 화가 치밀어 올랐다. 주정뱅이가 동네 술집들을 돌아다니며 보름치 급료를 친구들과 다 써 버리려는 게 분명했다. 자기는 이미 보닛도 빨아 두고, 남 보기 흉할까 봐 아침부터 부지런히 움직여 낡고 구멍 난 드레스도 손질해 두었는데 말이다. 9시가 되자 배가 고파 속이 쓰렸다. 제르베즈는 쿠포를 찾으러 나섰다.

"남편 찾으러 가요?" 제르베즈의 표정이 나쁜 걸 보더니 보슈 부인이 물었다. "콜롱브 영감 가게에 있어요. 좀 전에 우리 남편이 같이 버찌 술 마셨답디다."

제르베즈는 고맙다고 인사를 했다. 빨리 가서 쿠포한테 달려들 작정으로 급히 길을 건넜다. 빗방울이 떨어졌다. 그래서 가는 길이 더 짜증스러웠다. 하지만 정작 아소무아르 앞에 섰을 때는 남편한테 싫은 소리 했다가 괜히 얻어맞을지도 모른다는 생각에 멈칫했다. 흥분이 가라앉으면서 신중해졌다. 가스등을 밝힌 술집 안은 마치 불길이 타오르는 것 같았다. 흰 유리창이 햇빛처럼 반짝거렸고, 늘어선 색색의 술병 때문에 벽이 알록달록했다. 제르베즈는 잔뜩 긴장한 상태로 눈을 유리에 가져다 대고, 유리창 너머에 진열된 병들 사이로 가게 안을 살폈다. 쿠포는 친구들과 함께 조그만 함석 테이블 앞에 앉아 있었다. 자욱한 파이프 담배 연기 때문에 전부 흐릿하고 푸르스름했다. 다들 열심히 떠들고 있기는 하지만 소리는 하나도 들리지 않으니, 남자들이 턱을 앞으로 내밀고 눈이 튀어나올 듯한 얼굴로 흥분해서 떠드는 모습을 보면서 제르베즈는 기분이 이상해졌다. 도대체 왜 아내와 집을 내팽개치고 저렇게 숨 막히는 굴에 틀어박혀 있을까? 빗물이 목덜미로 흘러내렸다. 제르베즈는 몸을 다시 세웠지만, 안으로 들어갈 엄두가 나지 않아 이런저런 궁리를 하며 외곽 도로 쪽으로 걸음을 옮겼다. 쿠포는 자기를 찾으러 다니는 걸 좋아하지 않으니 괜히 눈에 띄면 난리가 날 것이다! 그렇기도 하고 아소무아르는 제대로 된 여자가 들어갈 만한 장소는 아닌 것 같았다. 비에 젖은 나무 밑에 서 있던 제르베즈는 갑자기 몸에 한기를 느꼈다. 여전히 마음을 정하지 못했고, 아무래도 어딘가 병이 날 것만 같았다. 그녀는 두 번이나 더 유리에 얼굴을 대고 안을 살폈다. 정작 주정뱅이들은 안에서 비도 안 맞고 저렇게 떠들면서 마셔 대는데! 제르베즈는 갑자기 울컥했다. 아소무아르에서 나온 불빛이 비추는 물웅덩이로 빗물이 떨어지며 작은 물방울이 튀어 올랐다. 그때 술집 문 구리 장식이 덜컥하는 소리를 내며 열렸다 닫혔다. 제르베즈는 깜짝 놀라 뒤로 물러서다가 그만 웅덩이에 빠지고 말았다. 이건 너무 바보짓이야! 그녀는 결국 문을 밀고 들어가 단숨에 쿠포의 테이블까지 갔다. 뭐 어때? 안 그래? 남편 찾으러 온 건데. 오늘 저녁 서커스에 데려가겠다고 약속했으니까 이렇게 해도 괜찮은 거 아냐? 할 수 없었다. 계속 밖에 서서 물에 젖은 비누 조각처럼 녹아 버릴 수는 없었다.

"어라, 우리 집 할멈이잖아." 쿠포가 큰 소리로 말했다. 장난스레 키득거리느라 목소리가 잘 나오지 않았다. "이 여자 아주 웃기네. 안 그래? 아주 웃겨!"

메보트, 비비라그리야드, 부아상수아프라고도 불리는 벡살레가 다 같이 웃음을 터뜨렸다. 그래, 아주 웃기네. 그러면서 왜 웃기는지는 말하지 않았다. 제르베즈는 약간 당황스러웠지만 그대로 서 있었다. 생각보다 쿠포가 화를 내지 않는 것을 보며 용기를 냈다.

"뭐 해? 나랑 약속했잖아. 빨리 가야 해. 지금 가면 좀 볼 수 있을 거야."

"못 일어나. 들러붙어 버렸거든. 정말이야." 쿠포가 장난스럽게 대답했다. "궁금하면 와서 한번 일으켜 봐. 힘껏 내 팔을 당겨 보라고. 뭐야, 시시하게! 좀 더 세게! 자, 일어나라! 거봐. 저 짭새 콜롱브 영감이 나사못으로 날 의자에 박아 버렸다니까."

제르베즈가 쿠포의 말대로 그를 잡아끌었다. 그러다 손을 놓자 옆에 있던 친구들이 아주 재미있는 장난이라며 자기들끼리 덥석 껴안았다. 왁자지껄 웃으며, 마치 나귀 털을 빗기듯 서로 어깨를 부볐다. 쿠포는 목젖이 보일 정도로 크게 웃었다.

"바보 같긴!" 쿠포가 다시 말했다. "와서 잠시 앉아 봐. 밖에서 철벅거리는 것보다 낫지 뭘 그래? 그래. 일이 좀 있어서 못 들어갔어. 그렇게 뾰로통하게 있어 봐야 소용없잖아. 이봐, 너희들 다 비켜 봐."

"부인께선 제 무릎에 앉으시면 더 푹신할 겁니다." 메보트가 정중하게 말했다.

제르베즈는 사람들의 이목을 끌지 않으려고 의자를 옮겨 세 걸음쯤 떨어져 앉았다. 그리고 남자들이 마시는 것을 바라보았다. 잔 안에 든 독주가 황금처럼 반짝였다. 테이블 위에도 술이 조금 흘렀다. 벡살레는 계속 떠들어 대면서 손가락에 술을 적셨고, 테이블 위에 대문자로 '월랄리'라는 여자 이름을 썼다. 비비라그리야드는 살이 너무 많이 빠져서 뼈와 가죽만 남아 있었고, 메보트는 코에 난 붉은 반점 때문에 꼭 푸른 부르고뉴 달리아 같았다. 네 남자 모두 지저분했고, 덥수룩한 수염은 침실용 변기를 닦는 솔처럼 뻣뻣하고 누리끼리했다. 작업복은 누더기 같고, 손을 내밀 때 보니 손톱은 꾀죄죄하기

이를 데 없었다. 하지만 아직은 같이 앉아 있을 만했다. 6시에 마시기 시작해서 이제 막 취기가 돌기 시작했으니 몸을 가누지 못할 정도는 아니었다. 카운터 앞에서 마시는 두 남자는 이미 인사불성이 되었고, 술이 턱 밑으로 흘러내려 셔츠가 젖어 버렸다. 뚱뚱한 콜롱브 영감은 이 술집 최대의 무기인 커다란 팔을 뻗어서 조용히 술을 따랐다. 무척 더웠고, 눈부신 가스등 불빛 속에 먼지처럼 피어오른 파이프 담배 연기가 점점 짙게 사람들 주위로 퍼져 갔다. 그 구름 사이로 왁자지껄 알아들을 수 없는 소리들이, 갈라진 목소리, 잔 부딪히는 소리, 욕설, 그리고 주먹질하는 소리가 뒤엉켜 마치 폭탄이 터지는 것 쏟아져 나왔다. 제르베즈는 얼굴을 찌푸렸다. 여자들에게 그다지 유쾌하지 않은 광경이었고, 특히 그녀로서는 처음이라서 더 견디기 힘들었다. 숨이 막힐 것 같고 뭐가 타고 있는 것처럼 눈이 따가웠다. 방 전체에서 풍겨 나오는 알코올 냄새 때문에 머리도 지끈거렸다. 그때였다. 갑자기 등 뒤에서 뭔가 이상한 기운이 느껴지며 불안이 엄습했다. 고개를 돌린 제르베즈의 눈앞에 증류기가 모습을 드러냈다. 사람들을 취하게 만드는 기계는 안마당 안에 유리로 덮인 곳에서 지옥 성찬의 전율을 퍼뜨리고 있었다. 밤이라서 둥근 옆부분에 커다란 별 모양 등불이 켜졌고, 증류기의 구리가 더 음침해 보였다. 안쪽 벽에 흡사 꼬리 달린 괴물이 이 세상을 집어삼키려고 아가리를 벌리고 있는 것 같은 기괴한 모습의 그림자가 만들어졌다.

"이봐, 우리 먹보 여사, 그렇게 인상 쓰지 좀 마." 쿠포가 말했다. "분위기 망치는 인간들은 다 샤요로 꺼지라고 할 거야!

뭐 마실래?"

"안 마셔. 난 아직 저녁도 못 먹었어." 제르베즈가 말했다.

"그래, 더 잘됐네. 술 한 모금 마시면 제대로 기운이 나거든."

제르베즈가 계속 망설이자 메보트가 다시 한번 정중하게
말했다.

"부인은 달콤한 걸 좋아하죠?"

"전 취하지 않은 남자를 좋아해요." 제르베즈가 화를 내며
대꾸했다. "그래요. 돈을 받으면 집으로 가져다주면 좋겠어요.
약속까지 했을 땐 더 그렇죠."

"아! 그래서 그렇게 죽상인 거야?" 쿠포는 여전히 장난스럽
게 말했다. "몫을 내놓으라는 거지. 그래, 이 멍청한 여자야. 그
래 놓고 왜 술 마시는 건 싫은데? 빨리 마셔. 특별히 주는 거
니까."

남편을 쳐다보는 제르베즈의 표정은 진지했다. 이마에 검은
주름이 잡혔다. 그녀는 천천히 대답했다.

"그래, 당신 말이 맞아. 좋은 생각이야. 그 돈으로 나도 같이
마시는 게 낫겠어."

비비라그리야드가 일어서서 아니스 술 한 잔을 가져왔다.
제르베즈는 의자를 앞으로 당겨 테이블로 다가갔다. 아니스
술을 한 모금 삼키는 순간 지난 일이 떠올랐다. 옛날 쿠포가
자기의 마음을 얻으려고 애쓰던 시절에 저기 입구 쪽에서 둘
이 같이 자두주를 마셨더랬다. 그때는 자두만 먹고 술은 그
대로 남겼는데……. 그런데, 아! 이제 이렇게 술을 마시고 있
다니! 세상에! 그녀는, 물론 알고 있었지만, 자산이 왜 이토

록 의지력이 없는지 자책했다. 등 한번 떠밀렸을 뿐인데 어느새 술을 마시고 있지 않은가. 심지어 술이 맛있다니! 술은 조금 매스꺼웠지만 또 조금은 달콤했다. 제르베즈는 훌쩍거리면서 벡살레가 뚱뚱한 월랄리와의 관계를 떠벌리는 것을 들었다. 생선 행상을 하는 여잔데, 수레를 끌고 돌아다니면서도 내가 술집에 있는 걸 금방 알아낸다니까. 친구들이 귀띔해 주고 숨겨 줄 때도 있는데, 그래 봤자 소용없어. 아주 귀신같이 찾아내거든. 어제는 내가 일하러 안 갔다고 얼굴에다 넙치를 던지더라니까. 야, 그거 정말 웃기는걸. 비비라그리야드와 메보트는 제르베즈의 어깨를 치면서 허리가 끊어질 듯 웃어 젖혔다. 제르베즈도 누가 옆에서 간질일 때처럼 신나게 웃었다. 남자들은 제르베즈에게 월랄리처럼 하라고, 다리미를 들고 와서 여기 함석 테이블에 대고 쿠포의 귀를 다려 버리라고 했다.

"그래, 다들 고마워." 제르베즈가 비운 아니스 술잔을 뒤집으면서 쿠포가 말했다. "잘 마시는데? 어때, 다들 잘 보고 있지? 이 사람 빼지도 않고 잘 먹지?"

"한 잔 더 할래요?" 벡살레가 물었다.

제르베즈는 아니라고, 이제 됐다고 대답하면서 조금 머뭇거렸다. 아니스 술 때문에 가슴이 울렁거렸다. 차라리 좀 독한 것을 마시면 속이 훨씬 편할 것 같았다. 제르베즈는 뒤쪽의 증류기를 힐끗거렸다. 가마솥처럼 생긴 기계는 마치 땜장이 마누라의 뚱뚱한 배에 길고 구불구불한 코를 붙여 놓은 것 같았다. 보고 있노라니 어깨에 전율이, 욕망이 뒤섞인 공포 같은 것이 일었다. 그랬다. 그것은 꼭 덩치 큰 매춘부, 창자에서 한 방울 한 방울 불길을 뽑아내는 마녀 배 속의 금속 장기(臟器) 같았다. 진정 독물이 흘러나오는 샘이었다. 저런 건 지하실에 묻어 버려야 하는데! 너무도 뻔뻔하고 가증스럽지 않은가! 그런데도 제르베즈는 자꾸만 코를 담그고 냄새를 맡고 싶었고, 설령 혀를 데이더라도, 오렌지 껍질처럼 벗겨지더라도 저 더러운 것을 맛보고 싶었다.

"그거 뭐 마시는 거죠?" 제르베즈가 속내를 알 수 없는 눈길로 남자들의 잔을 바라보며 물었다. 그녀의 눈동자가 액체의 아름다운 황금빛을 받아 타오르는 듯했다.

"이거?" 쿠포가 물었다. "콜롱브 영감네 장뇌 술이야. 이젠 얌전히 굴 거지? 맛보게 해 줄 테니까."

독주 한 잔이 왔고, 제르베즈는 입으로 가져갔다. 첫 모금을 마시는 순간 턱이 쥐어드는 것 같았다. 쿠포가 자기 엉덩이를 두드리며 말했다.

"어때, 목구멍을 긁어 내는 것 같지? 단숨에 들이켜 버려. 한 번 마실 때마다 의사 주머니에서 6프랑짜리 은화를 끄집어내는 거야."

두 번째 술잔을 삼키자 더 이상 배고픔이 느껴지지 않았다. 이제 그녀는 쿠포와 화해했다. 약속을 지키지 않았다고 원망하지도 않았다. 서커스 구경은 다음에 가면 되지. 곡예사들이 말 타고 재주 부리는 광경이 뭐 그리 대수이겠는가. 술집 안에서는 비를 맞지도 않았다. 술값이 술독에 빠져 녹아 버린다지만, 어쨌든 마시는 사람의 배 속에도, 더구나 아름다운 금이 액체가 되어 투명하게 빛나는 상태로 들어가는 것 아닌가! 아! 다들 꺼져 버리라지! 살면서 이만큼 즐거웠던 적이 있었나? 하물며 돈을 다 써 버리는 일에 자기도 절반은 낀다고 생각하니까 위안도 됐다. 이렇게 좋은데 뭣 때문에 일어서겠는가. 이제 어디에서 대포가 터져도 꿈쩍하지 않기로 했다. 배 속이 따뜻해졌고, 실내는 더없이 편안했다. 웃옷이 등에 달라붙고, 팔다리가 점차 나른해졌다. 멍한 눈길로 팔꿈치를 테이블에 괴고 있던 제르베즈는 옆자리의 손님들 모습이 재미있어서 혼자 키득거렸다. 하나는 몸집이 육중하고 또 하나는 난쟁이처럼 작은 두 남자가 이미 인사불성이 되어 서로 마구 껴안고 있었다. 그랬다. 제르베즈는 다 좋았다. 아소무아르를 보고 웃었고, 달덩이 같은, 꼭 돼지 방광처럼 생긴 콜롱브 영감을 보고 웃었으며, 짧은 파이프를 입에 문 채로 소리를 지르고 침을 뱉는 손님들과 술병의 유리를 반짝거리게 하는 가스등의 커다란 불꽃을 보고 웃었다. 이제 냄새도 싫지 않았다. 오히려 코끝을 간지럽히는 게 기분 좋았다. 눈을 지그시 감고서, 별로 가쁘지 않은데도 헐떡거리면서, 서서히 잠에 빠지는 듯한 쾌감을 즐겼다. 이어 세 번째 잔을 들이켠 후에는 턱을 숙여 두 손으로 받치고 있었다. 이제 제르베즈의 눈에는 쿠포와 그 친구들 말고는 아무도 보이지 않았다. 그녀는 남자들과 이마를 맞대고 가까이 붙어 앉았다. 남자들이 내뱉은 숨결 때문에 볼이 달아올랐다. 남자들의 지저분한 수염을 한 올 한 올 세어 보려는 듯 쳐다보았다. 이제 다 같이 취했다. 입에 파이프 담배를 문 메보트는 말없이 근엄한 모습이었고, 비비라그리야드는 비비라그리야드는 자기가 어떻게 술 한 병을 단숨에 비울 수 있는지 알려 주겠다면서 병바닥이 보이게 거꾸로 들고 입을 벌린 채 들이부으면 된다고 떠벌였다. 그 사이 부아상수아프라고도 불리는 벡살레는 카운터에서 회전 놀이판을 가져와서 쿠포와 술 내기를 하고 있었다.

"200점이네! 너 아주 부자 됐어! 맨날 큰 것만 나오는군."

원판의 깃털 침이 긁히는 소리와 함께 유리 덮개 아래 운명의 여신이 빙글빙글 돌아갔다. 판 위에 빨간색으로 크게 그려진 운명의 여신이 마치 둥근 포도주 얼룩처럼 보였다.

"350점이야! 이 얌체 같은 놈. 너 때문에 다 잡쳤어! 빌어먹을! 난 안 해!"

제르베즈는 원판 놀이가 재미있어 보였다. 제대로 취기가 오른 그녀는 메보트를 "꼬마"라고 불렀다. 등 뒤에서는 술 기계가 여전히 웅웅거리며 땅 밑을 흐르는 개천 같은 소리를 냈다. 저 기계를 멈출 수 없고, 저 안에 든 걸 다 마셔 버릴 수 없다는 생각이 들자 불현듯 절망이 밀려왔다. 왠지 모르게 화가 치밀어오르면서 짐승한테 달려들듯 저 커다란 증류기를 발로 차고 배를 터뜨려 버리고 싶었다. 사방이 희미해졌다. 제르베즈는 기계가 구리로 된 발을 뻗어 자기 몸을 휘감는 것 같았고, 자기 몸 안에 개울이 흐르는 것 같았다.

이어 가스등이 별똥별처럼 흘러가면서 실내가 춤추기 시작했다. 제르베즈는 완전히 취해 버렸다. 잠시 뒤 벡살레와 콜롱브 영감이 심하게 다투는 소리가 들렸다. 마구잡이로 바가지

나 씌우는 도둑놈 같으니! 봉디 숲[45]이 따로 없잖아! 결국 와
당탕 밀치는 소리, 고함치는 소리, 테이블이 뒤집히는 소리와
함께 콜롱브 영감이 쿠포 일행을 야멸차게 쫓아내 버렸다. 그
들은 문 앞에 서서 고래고래 소리를 질렀고, 사기꾼이라고 욕
을 해 댔다. 밖에는 여전히 비가 내리고 찬바람이 불었다. 제
르베즈가 걸음을 옮기는 동안 쿠포는 안 보였다가 다시 나타
났고 그러다 또 없어지곤 했다. 제르베즈는 이제 집에 가고 싶
었다. 가게들을 더듬어 가며 길을 확인했다. 갑자기 캄캄한 곳
이 나오는 바람에 당황하기도 했다. 그녀는 푸아소니에 거리
의 모퉁이에서 잠시 도랑에 주저앉았다. 꼭 세탁장에 와 있는
느낌이었다. 흐르는 물소리 때문에 머리가 빙글빙글 돌았고
몸이 아팠다. 마침내 집을 찾았다. 관리인 거처의 문 앞을 지
나는데 안에 로리외 부부와 푸아송 부부가 둘러앉아 있었다.
그들은 제르베즈가 엉망이 된 것을 보더니 역겨운 듯이 얼굴
을 찌푸렸다.

어떻게 7층까지 올라왔는지도 알 수 없었다. 다 올라와서
복도로 접어드는데 발소리를 들은 어린 랄리가 왔다. 아이는
제르베즈를 껴안으려는 듯이 팔을 벌리고 있었다.

"제르베즈 부인, 아빠는 아직 안 오셨어요. 들어와서 애들
자는 것 좀 보세요. 너무 귀여워요."

하지만 얼이 빠져 버린 듯한 제르베즈의 얼굴을 본 랄리는
그 순간 떨면서 뒷걸음질 쳤다. 독주 냄새를 풍기는 숨결, 흐

---

45) 파리 북동쪽의 마을인 봉디의 숲에는 옛날 도적들의 소굴이 있었다.

리멍덩한 눈, 일그러진 입, 모두 아이가 익히 아는 것이었다.
제르베즈는 말없이 비틀거리며 지나갔고, 문간에 선 랄리는
조용하고 심각한 어두운 눈길로 그 모습을 지켜보았다.

11장

나나는 자라났고, 어린 아가씨가 되었다. 열다섯 살에 벌써 피부가 뽀얗고 살집이 풍만한 송아지 같았으며, 실 꾸러미처럼 포동포동했다. 그랬다. 열다섯 살이니까 자랄 건 다 자라고 아직 코르셋은 안 입는 나이였다. 우유에 담갔다 꺼낸 것처럼 뽀얀 얼굴이 도발적이고, 피부는 복숭아처럼 보드랍고, 야릇하게 생긴 코와 장밋빛 입술이 돋보였다. 반짝이는 두 눈은 남자들이 가서 담뱃불을 붙이고 싶어질 정도였다. 머리는 성성한 귀리 색 금발이고, 주근깨는 마치 관자놀이에 황금빛 가루를 뿌려 놓은 황금 왕관 같았다. 로리외 부부의 말대로, 나나는 인형처럼 예뻤다. 아직 코흘리개이면서 또 이미 어깨가 풍만한 곡선을 그리는 다 자란 여자의 성숙한 냄새를 풍겼다.

이제는 가슴에 종이 뭉치를 넣을 필요도 없었다. 새틴처럼 하얗고 싱싱한 가슴이 부풀어 올랐기 때문이다. 나나는 그런 자기 가슴이 좋았다. 가슴이 커지길 바랐고, 유모 같은 젖을 갖고 싶었다. 청춘이란 원래 탐욕스럽고 무분별한 법이다. 하얀 치아 사이로 혀끝을 날름 내미는 고약한 버릇도 눈길을 끌었다. 아마도 거울을 들여다보면서 그렇게 하면 자기가 예뻐 보인다는 것을 깨달았는지, 예뻐 보이기 위해 온종일 그렇게 혀를 내밀었다.

"그 혀 좀 안 집어넣어?" 어머니가 소리를 질렀다.

아버지까지 합세할 때가 많았다. 쿠포는 주먹을 휘두르면서 욕을 해 댔다.

"그 시뻘건 혓바닥 좀 집어넣으라고!"

나나는 무척 요염하게 태를 부렸다. 발을 늘 씻지도 못 하면서 꽉 끼는 신발을 신고 크레펭 성자[46]가 감옥에서 겪은 것 같은 고초를 치렀다. 그러느라 얼굴이 파랗게 질려 있는 나나에게 무슨 일이냐고 물으면, 아이는 멋 내느라 참고 있다는 사실을 감추기 위해서 배가 아프다고 둘러댔다. 사실 먹을 것도 없는 집에서 치장을 하는 것은 쉬운 일이 아니었다. 하지만 나나는 기적처럼 해 냈다. 작업장에서 가져온 리본으로 매듭과 장식용 술을 만들어 더러운 치마를 꾸미기도 했다. 특히 여름은 나나가 활개를 치는 계절이었다. 금발의 아름다운 나나는 6프랑짜리 퍼케일[47] 원피스 하나로 일요일을 나면서도 구

---

46) 3세기 로마에서 순교한 가톨릭의 성자 '크리스피누스'의 프랑스 이름이다. 구두공들의 수호 성자이다.
47) 올이 곱고 촘촘한 면직물이다.

트도르의 모든 사람 마음을 사로잡았다. 그랬다. 외곽 대로에서 요새까지, 클리냥쿠르 거리에서 샤펠 대로까지, 나나를 모르는 사람이 없었다. 어린 암탉처럼 보들보들한 피부와 싱그러운 모습 때문에 모두 나나를 '귀여운 암탉'이라고 불렀다.

나나에게 더없이 잘 어울리는 드레스가 한 벌 있었다. 장식 없이 단순한, 흰색 바탕의 분홍색 물방울무늬 드레스였다. 길이가 조금 짧아서 발이 보였고, 넓게 늘어진 소매 아래로 팔꿈치가 드러났다. 나나는 아버지한테 얻어맞을까 봐 늘 계단 아래 어두운 곳에 숨어서 핀을 꽂아 가며 목둘레를 하트 모양으로 벌렸고, 그렇게 하면 눈처럼 하얀 목과 황금빛으로 그늘진 가슴골이 드러났다. 머리카락은 분홍색 리본으로 둘러 리본 끝이 목덜미 위로 나부끼게 한 게 전부였지만, 그것만으로도 나나는 싱그러운 꽃다발 같았다. 나나는 청춘의 향기를 물씬 풍겼다. 어린애가 옷을 벗고 있는 것 같기도 했고 성숙한 여자가 벗고 있는 것 같기도 했다.

나나에게 일요일은 사람들을 많이 만날 수 있는 날, 길에서 추파를 던지는 남자들과 어울릴 수 있는 날이었다. 나나는 일주일 내내 은근한 욕망에 들썩이고 숨이 차서 헐떡이며 기다렸다. 빨리 바깥 공기를 만끽하고 싶었고, 햇빛 아래에서 잘 차려입은 사람들 사이를 마음껏 돌아다니고 싶었다. 일요일 아침이면 서랍장 위에 걸어 놓은 작은 거울 앞에 몇 시간이고 속치마 바람으로 서서 치장을 했다. 제르베즈가 창문으로 동네 사람들이 다 보겠다고 화를 내면서 그 꼴로 돌아다니지 좀 말라고 야단쳤다. 하지만 머리가 헝클어지고 속치마 어깨끈이 흘러내리고 맨다리가 드러난 나나는 들은 척도 안 했다. 설탕 물로 애교머리를 이마에 붙였고, 신발에 단추를 달았고, 옷을 꿰맸다. 오! 꼴이 아주 대단하군! 쿠포가 빈정대며 키득거렸 다. 진짜 막달라 마리아야! 야만인 여자 역 맡아서 2수 받고 무대 오르면 딱 맞겠는걸? 그러다가 악을 썼다. 그 고깃덩이 좀 못 가려? 밥을 먹을 수가 없잖아! 풍성하게 흘러내린 금발 의 머리카락과 희고 가녀린 자태가 기막히게 고운 나나는 아 버지의 말에 화가 나서 온몸이 벌겋게 달아올랐다. 하지만 말 대꾸할 엄두는 내지 못했다. 나나가 바느질하던 실을 거칠고 퉁명스럽게 이로 끊을 때 아름다운 아가씨의 벗은 몸이 전율 하듯 가볍게 흔들렸다.

점심을 먹고 나면 나나는 곧바로 집을 빠져나가 안마당으로 내려갔다. 건물 전체가 후덥지근한 일요일 기운에 젖어 조용히 잠들어 있었고, 1층 작업장들도 모두 닫혀 있었다. 집마다 창을 열어 놓고 하품을 했고, 저녁을 미리 차려 놓고 식욕을 돋울 겸 요새로 산책 나간 부부를 기다리는 식탁도 보였다. 4층에서는 여자 하나가 몇 시간째 한 가지 노래를 구슬프게 부르면서, 침구를 걷어 내고 가구를 이리저리 옮기며 대청소를 하고 있었다. 작업장들이 모두 문을 닫아 텅 빈 안마당에는 나나와 폴린, 그리고 다른 계집아이들이 모여서 배드민턴 치는 소리가 울려 퍼졌다. 어릴 때부터 같이 놀며 자라 온 대여섯 명이 이제 각자 그곳 건물의 여왕이 되어 사이좋게 남자들의 눈길을 나누어 가졌다. 혹시라도 남자가 들어와 안마당을 지나갈 때면 낭랑한 웃음소리가 터졌고, 풀 먹인 치맛자락이 스치는 소리는 살랑거리는 바람 소리 같았다. 아이들의 머리 위에서는 나들이 나온 사람들이 일으킨 먼지로 나른한 나태에 젖은 휴일의 공기가 뜨겁고 무겁게 타오르고 있었다.

사실 배드민턴 놀이는 집 밖으로 나오기 위한 핑계일 뿐이었다. 어느 순간 온 건물이 조용해지면, 아이들은 슬며시 밖으로 나가 외곽 대로로 사라졌다. 여섯 명의 계집아이가 팔짱을 낀 채 길을 막고 걸었다. 모두 밝은색 옷을 입고, 모자 없이 머리카락을 리본으로 묶었다. 아이들은 실눈을 뜨고 재빨리 주위를 돌아보며 모든 걸 살폈고, 목을 뒤로 젖혀 통통한 턱을 드러내며 웃음을 터뜨리기도 했다. 곱사등이가 지나가거나 길 끝에서 강아지를 기다리는 할머니가 보이면 신나서 어쩔 줄 몰랐고, 그러느라 줄이 흐트러지기도 했다. 누군가 뒤처지면 나머지가 빨리 오라고 앞에서 야단법석이었다. 계집아이들은 엉덩이를 흔들며 걸었고, 동그랗게 모이기도 하고 요란한 몸짓을 하기도 했다. 이 모든 것은 당연히 주위의 이목을 끌었다. 그렇게 움직이는 동안 막 피어오르는 가슴을 가린 매무새가 흐트러졌다. 이 거리는 바로 그 아이들의 것이었다. 모두 이곳 상점들 앞에서 치맛자락을 들쳐 올리면서 자라난 아이들 아닌가. 너도나도 여전히 치마를 허벅지까지 걷어 올린 채로 스타킹 밴드를 다시 묶었다. 아이들은 로슈슈아르 시문에서 생드니 시문까지를, 희미하게 느릿느릿 움직이는 사람들의 물결 속을, 길게 뻗은 거리의 가로수 사이를 몰려다녔다. 이리저리 사람들을 밀치며 지나갔고, 모여 있는 사람들 사이를 지그재그로 옮겨 다녔으며, 뒤를 돌아보면서 자지러지게 웃었다.

아이들이 치맛자락을 펄럭이며 지나간 곳에는 당돌한 젊음의 향기가 남았다. 모두 눈부신 햇살을 받으며 거침없이 스스로를 드러내는 모습이 불량스러운 계집애들 같기도 했지만, 그러면서도 목덜미가 젖은 채로 막 욕탕에서 나오는 순결한 여인들처럼 탐스럽고 사랑스러웠다.

햇빛 아래 분홍색 드레스를 입은 나나가 빛을 발하며 가운데 섰다. 나나의 손을 잡은 폴린이 입은 흰색 바탕에 노란 꽃무늬가 그려진 드레스 역시 작은 불꽃이 타오르는 것처럼 환하게 빛났다. 제일 크고 제일 성숙하고 제일 대담한 나나와 폴린이 온갖 시선과 찬사를 받으며 의기양양하게 무리를 이끌었다. 양쪽으로 아직 어린 다른 계집애들이 자기들도 봐 달라는 듯 가슴을 내밀며 걸었다. 나나와 폴린은 남자들의 눈길을 끌기 위해 제법 복잡한 계획을 짰다. 그러니까 우선 숨이 차도록 뛰어 하얀 스타킹이 드러나고 머리에 묶은 리본이 바람에 나부끼게 한다. 그러다가 멈추면서 숨이 넘어갈 듯이 가슴을 헐떡거리고 목을 젖힌다. 분명 아는 사람이, 동네 남자아이가 있는 것이다. 그럴 땐 지쳤다는 듯 느릿느릿 걸음을 옮기고, 바닥을 바라보면서 자기들끼리 속닥거리며 웃는다. 한마디로, 남자아이들을 우연히 마주치기 위해서 혼잡한 거리로 나온 것이다. 도랑가에서 역시 일요일이라고 둥근 모자에 재킷을 차려입은 사내아이들이 다가와 장난을 치면서 허리를 꼬집으려 했다. 회색 작업복을 입고 팔짱을 낀 스무 살짜리 노동자들이 말을 걸면서 파이프 담배 연기를 얼굴에 내뿜기도 했다. 물론 그래 봐야 별다른 일이 일어나지는 않았다. 사내아이들도 계집애들과 똑같이 이 거리에서 자라난 아이들이었기 때문이다. 물론 폴린과 나나는 이미 골라 놓고 있었다. 폴린은 늘 목수 일을 하는 고드롱 부인의 열일곱 살짜리 아들을 만나 사과를 얻어먹곤 했다. 나나는 길 끝에 서 있던 세탁소집 아들 빅토르 포코니에와 어두운 구석으로 가서 키스를 했다. 하지만 그뿐이었다. 아무것도 모르고 멍청한 짓을 저지르기에는 모두 영악한 아이들이었다. 사람들이 괜히 외설스러운 말을 떠들어 댈 뿐이었다.

그러다가 해가 저물면 걸음을 멈추고 곡예사들을 쳐다보는 것이 말괄량이들의 큰 즐거움이었다. 요술쟁이와 차력사가 모여서 거리에 낡은 카펫을 깔았다. 구경꾼들이 둥글게 둘러서고, 그러면 몸에 딱 붙는 색 바랜 낡은 옷을 입은 어릿광대가 가운데로 나와 이쪽저쪽 근육을 씰룩거려 보였다. 나나와 폴린은 제일 안까지 파고들어 몇 시간이고 넋을 놓고 바라보았다. 두 아이의 산뜻하고 아름다운 드레스가 남자들의 웃옷과 더러운 작업복 틈에서 사정없이 뭉개졌고, 맨살이 드러난 팔과 목, 모자도 쓰지 않은 머리카락은 남자들이 뱉어 내는 입 냄새, 포도주 냄새, 땀 냄새 속에서 달아올랐다. 하지만 두 아이는 개의치 않았다. 오히려 물 만난 물고기처럼 신이 났다. 거친 말, 노골적인 욕, 술 취한 남자들의 헛소리가 난무했지만, 어차피 하도 많이 들어서 다 알고 있는 것들이었다. 아이들은 창피한 기색 없이 뒤를 돌아보았고, 새틴처럼 매끄럽고 하얀 얼굴 위로 미소가 번졌다.

단 한 가지, 아버지와 마주치지 말아야 했다. 특히 술을 마신 아버지는 더 그랬다. 나나와 폴린은 늘 주위를 살피며 서로에게 귀띔해 주었다.

"야, 나나!" 별안간 폴린이 소리를 질렀다. "저기, 네 아빠!"

"뭐야! 완전히 취했잖아!" 나나가 짜증을 냈다. "얘들아, 나그만 갈래. 괜히 얻어맞기 싫어. 어! 완전 거꾸로 처박았잖아. 얼굴이 아예 뭉개지면 좋겠네!"

때로 미처 도망갈 틈 없이 쿠포가 가까워지면 나나는 그대로 주저앉아 친구들에게 속삭였다.

"얘들아, 좀 숨겨 줘. 날 찾고 있는 거야. 또 얼쩡거리고 있는 거 눈에 띄면 엉덩이를 갈길 거라고 했단 말이야."

나나는 술 취한 아버지가 지나가고 나면 다시 일어났다. 그러면 아이들은 까르르 웃어 젖히고는 뒤를 따라갔다. 들킬까? 안 들킬까? 술래잡기를 하는 것 같았다. 하지만 어떤 날은 보슈가 와서 폴린의 양쪽 귀를 잡아당겨 끌고 갔고, 쿠포가 나나의 엉덩이를 걷어차며 끌고 간 적도 있었다.

해가 지기 시작하면 아이들은 마지막으로 한 바퀴 더 돌고나서, 어스름한 석양 속에서 피로에 절어 걸음을 옮기는 사람들 틈에서 집으로 돌아갔다. 이때쯤이면 공기 중에 떠다니는 먼지가 더 짙어져서 잔뜩 내려앉은 무거운 하늘이 더 흐릿했다. 아낙네들이 문 앞에 나와 서 있고, 마차 한 대 지나가지 않고, 포근한 정적 사이로 이따금 누군가의 목소리만 들려오는 구트도르 거리는 꼭 시골 마을 같았다. 아이들은 밖에서 돌아다니다 온 티를 내지 않으려고 안마당에서 다시 라켓을 들고 잠시 배드민턴을 쳤다. 그런 다음 둘러댈 말을 준비해 집으로 올라갔지만, 정작 써먹을 일은 없었다. 어차피 부모들은 수프가 싱겁다느니 덜 익었다느니 싸우느라 정신이 없었기 때문이다.

나나도 일을 시작했다. 르케르 거리의 티트르빌네서 견습공으로 일하면서 40수를 벌었다. 쿠포 부부는 나나가 다른 작업장으로 옮기지 못하게 했다. 티트르빌네서 십 년 동안 일한 뒤에 일급공이 된 르라 부인이 계속 나나를 감시하기로 했기 때문이다. 아침이면 제르베즈가 뻐꾸기시계를 보며 시간을 챙겼고, 나나는 품도 작고 길이도 짧아진 낡은 검은 드레스를 입고 얌전하게 집을 나섰다. 르라 부인이 나나가 도착하는 시간을 확인해서 제르베즈에게 알려 주기로 되어 있었다. 구트도르 거리에서 르케르 거리까지 이십 분이면 돼. 충분하지. 저 때야 뭐 다리가 꼭 사슴 같으니까. 나나는 도중에 딴짓을 하다가 숨이 턱까지 차고 벌겋게 상기된 얼굴로 시간에 딱 맞추어 뛰어 들어오기 일쑤였고, 칠팔 분 정도 늦을 때도 많았다. 그런 날이면 저녁까지 고모를 간절한 눈길로 쳐다보며, 엄마한테 이르지 못하도록 아양을 떨었다. 젊음을 이해하는 르라 부인은 쿠포 부부에게 거짓말을 했다. 그리고 나나한테는 책임감에 대해서, 계집애 혼자 파리 거리를 돌아다니는 게 얼마나 위험한지에 대해서 쉼 없이 긴 설교를 늘어놓았다. 아! 그래! 나도 그랬었지. 어찌나 많이들 따라오던지. 르라 부인은 음란한 생각들로 번들거리는 눈으로 조카를 바라보기도 했다. 앞으로 어린 고양이의 순진함을 지켜 주면서 조심스럽게 요리할 수 있다는 생각으로 흥분하며 달아오른 것이다.

"알겠지? 나한테 다 얘기해야 한다. 내가 널 얼마나 생각하는지 알지? 혹시라도 너한테 나쁜 일이 생기면 난 센강에 빠져 죽고 말 거야. 귀여운 것. 알겠지? 혹시 남자들이 말을 걸어오거든 한마디도 빼놓지 말고 나한테 다 얘기해야 한다. 알았지? 아직 그런 일 없었지? 맹세할 수 있지?"

그러면 나나는 입을 야릇하게 비틀면서 웃었다. 그럼요. 그런 일 없어요. 남자들이 말 걸기는요. 제가 얼마나 빨리 걷는데요. 그리고 저한테 할 말이 뭐가 있겠어요. 전 그 사람들하고 얽히기 싫어요! 그러면서 나나는 멍청한 얼굴로 자기가 왜 늦었는지 설명했다. 그림 붙은 거 구경하느라 그랬다고도 했고, 폴린이 해 줄 얘기가 있다길래 같이 있다 왔다고도 했다. 못 믿겠으면 따라와 보세요. 왼쪽 길을 한 번도 안 벗어났어요. 게다가 제가 얼마나 빨리 걷는데요. 마차처럼 빨라서 다른 애들을 앞질러 가요. 하지만 어느 날 르라 부인은 나나가 프티카로 거리에서 창가에서 수염을 깎는 남자를 쳐다보며 다른 여공 셋과 함께 웃고 있는 것을 보았다. 나나는 절대 아니라고, 모퉁이 빵집에 1수짜리 빵을 사러 가는 길이었다고 우겼다.

"내가 잘 지켜보고 있으니까 걱정하지 마." 르라 부인이 쿠포 부부에게 말했다. "내 일이다 생각하고 책임질게. 어떤 나쁜 놈이 손끝 하나라도 대면 내가 몸으로라도 막아 낼 거야."

티트르빌의 작업장은 중이층의 커다란 방이었다. 받침대에 올린 넓은 작업대가 한가운데 있고, 장식 없는 네 벽에는 누런색이 도는 회색의 벽지가 군데군데 찢어져서 회벽이 드러났다. 벽을 따라 선반이 있고, 그 위에 낡은 종이 상자와 꾸러미, 조잡한 조화 디자인들이 먼지를 두껍게 뒤집어쓰고 있었다. 천장은 가스등 불빛에 그을려 거무스름했다. 창문이 두 개 있는데, 여공들이 작업대 앞에서 일을 하면서도 맞은편 길에 사람이 지나가는 것을 볼 수 있을 정도로 컸다.

르라 부인은 모범을 보이기 위해 항상 제일 먼저 출근했다. 이후 십오 분 동안 문이 계속 열리고 닫히면서 어린 조화공들이 정신없이 들이닥쳤다. 모두 땀을 흘리고 머리도 엉망이었다. 7월의 어느 날 나나가 평소와 다름없이 제일 마지막에 들어섰다.

"아이 정말! 마차나 한 대 있으면 얼마나 좋을까!"

나나는 모자도 벗기 전에 창가로 다가갔다. 나나가 '챙모자'라고 부르는 검은 모자는 하도 많이 수선을 해서 더 손댈 수 없을 정도로 낡은 상태였다. 나나는 몸을 숙여 창밖을 살폈다.

"뭘 보는 거니?" 수상한 낌새를 눈치챈 르라 부인이 물었다. "아버지가 따라온 거야?"

"아니에요." 나나가 태연스레 대답했다. "아무것도 아니에요. 그냥 너무 더워서 그래요. 정말이에요. 뛰었더니 힘들어 죽겠어요."

아침부터 푹푹 찌는 날씨였다. 여공들은 창문의 수평 미늘판 사이로 거리를 살폈다. 르라 부인이 작업대 제일 안쪽 끝에 자리 잡고 여공들이 양쪽으로 줄지어 앉아 일을 시작했다. 조화공은 전부 여덟 명으로, 자리마다 풀 단지, 핀셋, 여러 가지 연장, 입체 무늬 새기는 기구 등이 놓여 있었다. 작업대 위에는 철사 꾸러미, 실패, 솜, 녹색과 밤색의 종이, 비단이나 새틴

혹은 벨벳을 오려 만든 잎사귀와 꽃잎 등이 있고, 작업대 한 가운데 놓인 커다란 물병 안에는 여공 중 하나가 자기 가슴팍에서 시들어 가던 자그마한 싸구려 꽃다발을 꽂아 두었다.

"너희 그거 모르지?" 고개를 숙여 장미꽃잎에 무늬를 찍고 있던 갈색 머리 레오니가 말했다. "카롤린은 저녁마다 기다리는 남자 때문에 죽을 지경이래."

초록색 종이로 가는 띠를 오리던 나나가 큰 소리로 말했다.

"나도 알아! 맨날 딴 여자랑 붙어먹는 그 남자 말이지?"

아이들이 은근히 들뜨기 시작했다. 르라 부인이 엄격해져야 할 때가 된 것이다. 그녀는 찡그린 얼굴로 나지막하게 말했다.

"잘하는 짓이다! 고운 말을 아주 잘 골라 쓰고 있어. 네 아버지한테 알려야겠구나. 좋아하는지 어디 두고 보자."

나나는 웃음을 참으려 애쓰는지 볼이 부풀어 올랐다. 쳇, 우리 아버지야 뭐! 자기도 그런 말 얼마나 많이 쓰는데! 그때 레오니가 재빨리 나지막한 목소리로 속삭였다.

"쉿! 주인 아줌마 와요!"

정말로 키가 크고 마른 티트르빌 부인이 들어왔다. 보통은 아래층 가게에 내려가 있는 그녀는 농담을 하는 법이 없어서 여공들이 모두 무서워했다. 다들 작업대 위로 고개를 숙인 채 말없이 열심히 손을 움직였다. 티트르빌 부인은 천천히 작업대를 둘러보다가 한 여공에게 솜씨가 왜 그 모양이냐고 야단을 치며 데이지꽃을 다시 만들라고 했다. 그런 다음 올 때와 마찬가지로 굳은 표정으로 나갔다.

"흥! 웬 난리야!" 나나가 내뱉었고, 다른 여공들도 저마다 불평을 늘어놓았다.

"애들아, 정말, 애들아!" 르라 부인이 다시 엄격한 표정을 지으려 애쓰며 말했다. "너희 자꾸 이러면 정말 가만 안 있을 거야……."

하지만 여공들은 르라 부인의 말을 듣지 않았다. 사실 아무도 그녀를 무서워하지 않았다. 르라 부인은 너무 너그러웠다. 더구나 눈에 장난기가 가득한 어린 계집애들과 함께 있는 것을 은근히 즐겼다. 때로 구석으로 데려가 애인 얘기를 캐물었고, 작업대 한쪽에 빈자리가 생기면 카드 점을 쳐서 운수를 봐주기도 했다. 겉보기에는 피부도 거칠고 헌병 같은 체격을 지녔지만, 연애 얘기만 나오면 신이 나서 수다를 떨었다. 단, 음탕한 말은 싫어했다. 그런 말만 쓰지 않으면 무슨 얘기든 다 할 수 있었다.

그렇다! 나나는 일터에서 제대로 교육을 받은 것이다! 정말이다! 물론 나나도 소질을 타고나긴 했다. 그런데 이미 가난과 악덕을 뒤집어쓴 아이들과 어울리면서 그 소질을 제대로 개발했다. 그곳에서는 모두 바짝 붙어 지내면서 다 같이 타락해 갔다. 사과 바구니에 썩은 사과 하나가 들어 있을 때와 같은 이치이다. 물론 사람들 앞에서는 다들 얌전한 척했다. 유별나 보이지 않으려고 애썼고, 지나치게 저속한 말도 피하면서 정숙한 아가씨 흉내를 냈다. 하지만 귓속말로, 구석에서, 천박한 짓들이 이어졌다. 둘만 모였다 하면 난잡한 얘기를 주고받으며 배꼽을 잡고 웃었다. 저녁이 되어 함께 작업장을 나서면, 행인들 틈에서 이리저리 부딪혀 가면서 서로 비밀을 털어놓고 머리카락이 쭈뼛거리는 이야기들을 주고받았다. 그게 다가 아니었다. 그나마 아직은 얌전한 나나에게 작업장의 공기는 상당히 해로웠다. 이미 방탕한 생활을 시작한 여공들이 밤에 그대로 입고 잤는지 엉망으로 구겨진 옷을 입고 나타나서 싸구려 댄스홀의 냄새, 타락한 밤의 냄새를 퍼뜨렸다. 그렇게 흥청거린 다음 날에는 하나같이 게슴츠레한 눈으로 축 늘어져서 움직이기 싫어했다. 르라 부인의 말에 따르면 사랑에 얻어맞은 멍 때문에 눈가가 거무스레했고, 허리를 제대로 펴지 못하고 목도 쉬어 있었다. 이 모든 것이 작업대에 놓인 조화들, 광채가 나지만 망가지기 쉬운 아름다운 조화들 위로 타락의 기운을 내뿜었다. 나나는 옆의 여공이 남자와 자고 나면 풍기는 냄새가 황홀했다. 한동안 나나 옆자리에 앉던 리자가 임신했다는 소문이 돌았다. 나나는 리자의 배가 부풀어 올라 갑자기 터지기를 기다리기라도 하듯 눈을 반짝이며 지켜보았다. 물론 그렇다고 나나가 무언가를 새로 배운 것은 아니다. 불량스러운 아이는 이미 구트도르 거리에서 다 배워서 알고 있었다. 단지 조화 작업장에 와서는 실제로 일어나는 것을 보았고, 자기도 직접 해 보고 싶은 욕망을 조금씩 품게 된 것이다.

"숨 막히게 덥네." 나나가 미늘판을 더 벌리려는 듯 창문 가까이 다가서며 말했다.

하지만 이내 몸을 숙여 다시 주위를 살폈다. 바로 그때 레오니가 맞은편 인도 위에 서 있는 남자를 발견하고 외쳤다.

"저 늙은인 뭐야? 벌써 십오 분째 이쪽을 보고 있네."

"웬 놈팡이겠지." 르라 부인이 말했다. "나나, 와서 좀 앉지 않을래? 창가에 있지 말라고 했잖니."

나나는 감다가 둔 오랑캐꽃 줄기를 다시 잡았다. 작업장 안에서는 창밖의 남자 얘기뿐이었다. 짧은 외투를 걸치고 잘 차려입은 남자는 오십 대로 보였다. 창백하지만 진지하고 위엄 있는 얼굴에, 턱을 둘러싼 회색 수염도 단정했다. 남자는 한 시간 동안 약초 가게 앞에 서서 작업장 창문을 올려다보는 중이었다. 여공들이 킥킥거렸지만, 거리에서 나는 소리에 묻혀 잘 들리지 않았다. 너도나도 고개를 숙이고 열심히 일하면서도 계속 밖을 힐긋거렸다.

"어! 저 아저씨 코안경을 쓰네!" 레오니가 말했다. "아! 멋진데? 오귀스틴을 기다리는 게 분명해."

하지만 키 크고 못생긴 금발의 오귀스틴은 불쾌한 얼굴로 자기는 늙은 남자는 좋아하지 않는다고 했다. 르라 부인이 고개를 저으며 의미심장한 얼굴로 삐죽거렸다.

"그렇지 않아. 늙은 남자들이 더 다정하단다."

그때 레오니 옆자리에 있던 뚱뚱한 여공이 레오니의 귀에다 대고 뭔가를 속삭였다. 그러자 레오니는 몸을 젖히면서 미친 듯이 웃어 댔다. 몸을 꼬면서 늙은 남자를 쳐다보고 나서는 더 크게 웃으며 더듬거렸다.

"맞아! 정말이야! 야, 소피! 정말 못 하는 말이 없네."

"무슨 얘기야? 무슨 얘기냐니까?" 여공들이 궁금증으로 달아올랐다.

"이런 얘기를 어떻게 전해……."

다들 빨리 말하라고 독촉을 하자 레오니는 안 된다고 고개를 저어 대며 새삼 신이 나는 것 같았다. 왼쪽에 있던 오귀스틴이 조그맣게 제발 말해 보라고 졸랐다. 결국 레오니는 오귀스틴의 귀에다 입술을 대고 이야기해 주었다. 오귀스틴 역시 몸을 꼬면서 뒤집어질 듯이 웃어 댔다. 그러더니 다시 옆자리에 앉은 다른 여공에게 얘기를 했고, 그렇게 귀에서 귀로 말이 퍼지면서 다들 소리를 지르고 웃음을 참느라 난리가 났다. 결국 소피의 지저분한 이야기를 모두가 알게 되었다. 여공들은 웃느라 정신이 없었고, 어쩔 줄 몰라 하며 얼굴을 붉혔다. 르라 부인만 모르는 상황이었다. 그녀는 몹시 기분이 상했다.

"너희 정말 예의가 없구나. 어떻게 사람을 앞에 두고 그렇게 소곤거리지? 정말 버릇이 없어. 정말 잘하는 짓이다."

르라 부인은 궁금해서 미칠 지경이었지만, 그렇다고 소피가 한 말을 직접 확인해 볼 수는 없는 노릇이었다. 결국 여전히 위엄은 잃지 않으면서, 고개를 숙인 채로 여기저기서 숙덕거리는 얘기를 즐겼다. 여공들은 누구든 한마디만 꺼내면, 설령 별다른 뜻 없이 한 말이라 해도, 예를 들어 조화 작업에 관련된 말들까지 모두 멋대로 받아들였다. 원래의 의미로 이해하지 않고 음탕한 의미를 덧붙이는 것이다. 그러니까 "내 핀셋이 갈라졌어!" "내 풀 누가 썼어?"처럼 지극히 단순한 말들도 무조건 암시적으로 받아들였고, 무슨 얘기든 건너편에 버티고 서 있는 신사에게로 돌아갔다. 모든 암시의 끝에 그 남자가 나타났다. 아! 저 사람 귀 간지럽겠다! 나중에는 어떻게든 짓궂게 말하고 싶어서 바보 같은 얘기까지 떠들어 댔다. 이 장난이 너무 재미있었다. 흥분한 여공들의 눈빛이 이상해졌고, 점점 더 심해졌다. 하지만 음탕한 말은 단 한 번도 나오지 않았기 때문에 르라 부인은 화를 낼 수가 없었다. 그녀는 오히려 아이들을 뒹굴게 만드는 일에 한몫 거들었다.

"자, 리자 양, 내 불이 꺼졌네. 불 가진 것 좀 건네줄래?"

"어떡해! 르라 부인 불이 꺼졌대!" 모두 신이 나서 떠들었다.

르라 부인이 변명을 하려 했다.

"너희도 내 나이가 되면……."

여공들은 듣지 않았다. 빨리 저 남자를 불러서 르라 부인의 불을 다시 지펴야 한다며 떠들어 댔다.

다 같이 왁자지껄 웃어 대는 중에도 특히 나나가 제일 앞장섰다. 볼만했다! 나나는 이중의 뜻이 있는 말은 단 하나도 놓치지 않았다. 신나서 잘난 척 가슴을 내밀고 턱에 힘을 주면서 노골적인 말들을 내뱉었다. 부정한 세계 속에서 나나는 물 만난 물고기 같았다. 그녀는 의자에 앉아서 몸을 꼬면서도 제비꽃 꽃줄기를 기가 막히게 잘 말았다. 그랬다! 담배 하나 마는 시간도 안 걸렸고, 정말 멋지게 말았다! 가는 띠처럼 생긴 초록색 종이를 쥐고 순식간에 종이를 밀어 가며 놋쇠 줄을 감싸고, 그런 뒤에 위쪽에 고무풀을 한 방울 떨어뜨려 붙였다. 그렇게 부인들의 가슴을 장식할 곱고 산뜻한 녹색 장식이 만들어졌다. 바로 음탕한 여자 특유의, 뼈가 없는 듯 유연하게 감기는 손가락 힘 덕분이었다. 나나가 작업장에서 배운 것은 그것뿐이었다. 나나는 줄기 만드는 일을 도맡아서 했다. 그 일만큼은 나나를 따라갈 사람이 없었다.

그사이 길에 서 있던 남자가 사라졌다. 작업장은 다시 조용해졌고, 모두 더위 속에서 계속 일했다. 점심시간이 되자 여공들이 움직이기 시작했다. 나나는 재빨리 창문 쪽으로 다가가더니 각자 필요한 거 말하면 자기가 사 오겠다고 큰 소리로 말했다. 레오니는 새우 2수어치, 오귀스틴은 감자튀김 한 봉지, 리자는 작은 무 한 단, 소피는 소시지 하나를 부탁했다. 나나가 밖으로 나서는 순간 그날따라 조카가 이상하게 창가에 신경을 쓴다는 사실을 눈치챈 르라 부인이 성큼 따라나섰다.

"기다려! 같이 가자. 나도 살 게 있단다."

결국 르라 부인은 조금 전까지 꼼짝 않고 길에 서 있던 남자가 나나에게 추파를 던지는 광경을 보고 말았다. 나나는 얼굴을 붉혔다. 르라 부인은 황급히 조카의 팔을 잡고 걸음을 재촉했다. 남자가 바짝 따라왔다. 세상에! 저 놈팡이가 널 따라왔구나! 이럴 수가! 겨우 열다섯 살 반이 지난 아이가 치맛자락에 남자들을 끌고 다니다니. 아주 잘하는 짓이다. 르라 부인이 질문을 퍼부었다. 나나는 자기는 모르는 일이라고 했다. 저 남자가 닷새 전부터 절 따라다녔어요. 어딜 가든 계속 마주쳐요. 무슨 사업하는 사람 같아요. 맞아요. 뼈로 된 단추를 만드는 일이요. 르라 부인은 깜짝 놀랐다. 그리고 고개를 돌려 남자를 힐끗거렸다.

"그래, 돈은 꽤 있는 사람 같구나." 르라 부인이 중얼거렸다. "애야, 나한테 다 얘기해 보렴. 걱정하지 말고."

두 사람은 돼지고기 가공품 가게, 과일 가게, 구이 가게를 돌면서 이야기를 주고받았다. 나나는 부탁받은 음식들이 들어 있는 기름 종이를 두 팔 가득 들고 여전히 밝은 얼굴로 엉덩이를 흔들며 가벼운 웃음과 번들거리는 눈길로 등 뒤를 힐끗거렸다. 르라 부인까지도 계속 따라오고 있는 단추 업자를 의식하며 교태를 부렸다.

"꽤 점잖아 보이네." 골목길로 들어서며 르라 부인이 말했다. "나쁜 마음으로 저러는 게 아니면 좋겠구나."

그러다 계단을 올라가면서 문득 아까 일이 생각났다.

"그런데 말이다. 아까 애들이 귓속말로 무슨 얘기를 한 거니? 소피가 말한 그 지저분한 얘기가 뭐지?"

나나는 답을 피했다. 그러면서 르라 부인의 목을 당겨 계단을 두 칸 끌고 내려왔다. 아무리 계단에서라지만 차마 큰 소리로 말할 수 없었던 것이다. 그리고 조그맣게 속삭였다. 너무 저속한 얘기라 르라 부인은 눈을 크게 뜨고 입꼬리를 비틀면서 고개를 끄덕일 수밖에 없었다. 드디어 알았다. 이제는 더이상 알고 싶어 근질거리지 않았다.

조화공들은 작업대가 더러워지지 않도록 점심을 무릎에 얹어 놓고 먹었다. 천천히 먹지 못하고 다들 허겁지겁 삼켰다. 빨리 먹어 치운 뒤에 창밖으로 지나가는 사람들을 구경하거나 구석에서 은밀한 얘기를 하고 싶어서 마음이 조급한 것이다. 그날의 화제는 단연 오전의 그 남자가 어디에 숨어 있을까하는 것이었다. 이제 가 버린 것 같았다. 르라 부인과 나나는 말없이 눈짓을 주고받았다. 벌써 1시 10분이었지만 여공들은 집게를 잡을 생각도 안 했다. 그때 레오니가 칠장이들이 서로를 부를 때 하는 것처럼 입술로 부르릇! 소리를 냈다. 여주인이 온다는 신호였다. 그러자 모두 후다닥 의자에 앉아 작업대에 코를 박고 일을 시작했다. 티트르빌 부인이 들어와 근엄한 얼굴로 한 바퀴 돌아보았다.

그날 이후 르라 부인은 조카의 첫 사건으로 신이 나서 들썩 거렸다. 아이를 지켜봐야 한다면서 잠시도 놓치지 않고 따라다녔다. 당연히 나나는 짜증이 났다. 하지만 그러면서도 자기가 무슨 보물이나 된 듯 챙기는 고모 덕분에 의기양양해지기도 했다. 계속 따라오는 단추 업자를 뒤에 두고 고모와 얘기를 주고받다 보면 살짝 흥분되면서 과감하게 부딪쳐 보고 싶기도 했다. 그렇단다, 이 고모가 원래 사람의 감정을 잘 알지! 저 늙고 점잖은 남자를 보니까 마음이 짠하구나. 원래 성숙한 사람들의 감정이란 좀 더 뿌리가 깊은 법이지. 그러면서도 르라 부인은 조카에게서 잠시도 눈을 떼지 않았다. 자기 몸을 넘어가면 모를까 절대 이 아이에게 다가오지 못하게 하리라 다짐했다. 결국 어느 날 저녁에 르라 부인이 남자에게 다가가서 지금 당신이 하는 일은 옳지 않다고 다짜고짜 말해 버렸다. 남자는 마치 부모들이 나서서 매정하게 거절하는 것에 이미 익숙한 늙은 호색한처럼 아무 말도 하지 않고 정중하게 인사만 했다. 르라 부인은 상대가 너무 예의 바르게 나오자 진짜로 화를 내지는 못했다. 그녀는 조카에게 사랑에 관한 실제적인 조언을 들려주었고, 남자들이 얼마나 야비한가에 대한 암시를, 남자한테 넘어갔다가 후회밖에 남지 않고 타락한 여자들 얘기를 늘어놓았다. 그러면 나나는 하얀 얼굴에 심술 가득한 눈길로 우울해졌다.

그러던 어느 날 포부르푸아소니에르 거리에서 늙은 남자가 불쑥 고모와 조카 사이에 끼어들었다. 그리고 알아듣기 힘든 말을 중얼거렸다. 질겁한 르라 부인은 불안해서 안 되겠다면서 모든 사실을 동생에게 알려 버렸다. 그 순간 모든 게 바뀌었다. 쿠포네는 제대로 난리가 났다. 아버지는 다짜고짜 딸을 때렸다. 도대체 뭘 배워 처먹은 거야? 이 갈보 년이 이젠 늙은 놈한테 정신이 팔려? 두고 봐! 밖에서 어떤 놈한테든 안겨 있다가 걸리기만 해 봐! 잘 들어 둬! 내가 아주 네년 목을 부러뜨려 버릴 거야! 어디서 이런 년이 나왔지? 머리에 피도 안 마른 년이 부모 얼굴에 똥칠을 하고 다니다니! 쿠포는 딸을 붙잡아 흔들면서 외쳤다. 제기랄! 똑바로 걸어 다니라고! 그러면서 앞으론 자기가 직접 감시할 거라고 으름장을 놓았다. 나나가 들어오면 쿠포는 바로 달려들었다. 아이를 노려보면서 눈에 입술이 닿은 흔적이 없는지, 살짝 키스를 받은 흔적이 희미하게 남아 있지 않은지 살폈다. 딸의 냄새를 맡아 보았고, 뒤로 돌려세우기도 했다. 어느 날 저녁에 나나는 목에 난 검은 자국 때문에 쿠포에게 한바탕 곤욕을 치렀다. 나나는 빨아서 이렇게 된 게 아니라고 당당하게 대답했다. 멍들었어요! 장난치다가 레오니가 그런 거란 말이에요. 그렇다면 나도 멍을 내줘야겠구나. 네년 다리를 부러뜨려 줄 테니 군소리하지 마라. 쿠포는 그러다가도 기분이 좋은 날이면 농담을 하면서 나나를 놀려 댔다. 그래! 남자들이 좋아하겠어. 푹신한 살맛은 없지만 양어깨는 주먹이 들어갈 만큼 움푹 파여 있잖아. 나나는 하지도 않은 나쁜 짓 때문에 얻어맞았고, 아버지가 퍼붓는 야비하기 이를 데 없는 욕을 들어야 했다. 그래도 일단은 사냥꾼한테 쫓기는 짐승처럼 분노를 감추고 유순하게 복종했다.

"애 좀 그냥 내버려 둬." 그나마 분별이 남은 제르베즈가 말했다. "그런 소리 자꾸 하면 없던 마음도 생기겠네!"

아! 맞는 말이었다. 나나는 정말로 하고 싶어졌다. 온몸이 근질근질했고, 집을 뛰쳐나가서 아버지 말대로 저질러 버리고 싶었다. 자꾸만 나쁜 생각에 딸을 묶어 두는 아버지의 말들은 얌전한 처녀에게도 불을 붙여 놓을 만했다. 아버지가 계속 욕을 퍼부으면서 딸이 미처 알지 못하던 것까지 가르쳐 준 셈이었다. 놀랍지 않은가. 그렇게 나나는 서서히 이상한 짓을 실행에 옮기기 시작했다. 어느 날 아침에 쿠포는 딸이 종이 봉지속에 들어 있는 뭔가를 얼굴에 가져다 대는 것을 보았다. 무슨 속셈인지 새틴처럼 고운 살결에다 쌀가루를 바르려 한 것이다. 쿠포는 네가 방앗간 딸이라도 되냐면서 화를 냈고, 종이봉투로 아이의 얼굴이 벗겨질 정도로 박박 문질러 댔다. 또한번은 나나가 창피해서 쓰기 싫어하던 낡은 검은 모자에 달리본을 구해 왔고, 쿠포는 어디서 난 거냐고 화를 냈다. 말해봐! 어디 가서 자빠져서 이걸 얻어 온 거지? 아니면 훔쳐 온거냐? 더러운 년 아니면 도둑년이겠구나! 아냐, 둘 다 맞을 수도 있지. 쿠포는 나나가 값나가는 물건, 그러니까 홍옥수 반지나 예쁜 레이스가 달린 소매 깃, 그리고 계집아이들이 "와서만져 보세요."라고 말하려는 듯이 아직 어린 가슴 사이에 매달고 싶어 하는 하트 모양의 도금 세공품 같은 것이라도 갖고있으면 당장 빼앗아 부숴 버리려고 했다. 나나는 자기 거니까만지지 말라고 미친 듯이 화를 냈다. 부인들이 준 거라고도 했고 작업장에서 바꾼 거라고도 했다. 하트 모양 장식은 아부키르 거리에서 주웠다고 했다. 아무리 애원해도 아버지가 밟아 부숴 버리면 나나는 하얗게 질린 얼굴로 파르르 떨며 꼼짝 않고 서 있었다. 반항심이 솟구친 아이는 당장이라도 달려들어 뭐라도 빼앗고 싶었다. 지난 두 해 동안 얼마나 갖고 싶었던 건데 이렇게 뭉개 버리다니! 아니야! 더는 못 참아. 끝장내고 말거야!

쿠포는 지겹도록 나나를 들볶았지만, 진지하게 그러는 것이 아니라 오히려 장난을 치는 것 같았다. 그러니까 억지를 부릴 때가 많았다. 아버지가 계속 말도 안 되게 괴롭히면 나나는 너무 화가 났다. 그리고 일을 빼먹어 버렸다. 아버지가 때리려 하자 코웃음을 치며 이제 일하러 가지 않겠다고 했다. 자기 자리가 오귀스틴 옆인데, 걔는 발을 입에 넣고 빨기라도 하는지 입 냄새가 너무 심해서 가기 싫다고 우겼다. 그러면 쿠포는 직접 나나를 르케르 거리로 데려가서 주인 여자에게 딸을 좀 혼내 줘야 하니까 늘 오귀스틴 옆에 붙여 놓아 달라고 부탁했다. 쿠포는 두 주 동안 아침마다 나나와 같이 푸아소니에르 시문으로 내려가 작업장까지 데려다줬다. 그리고 오 분 동안 길에 지키고 서서 안으로 들어가는 것을 확인했다. 하지만 어느 날 아침 쿠포는 친구와 함께 생드니 거리의 술집에 있다가 십 분 후 나나가 엉덩짝을 흔들면서 길 아래쪽으로 내려가는 것을 보았다. 맹랑한 계집애가 지난 두 주 동안 아버지를 속였다. 그러니까 작업장으로 들어간 게 아니라 3층으로 올라가 계단에 앉아서 아버지가 갈 때까지 기다린 것이다. 쿠포는 르라 부인한테 어떻게 이럴 수가 있느냐며 따졌다. 그러자 르라 부인은 아무리 말해도 나나가 안 듣는 걸 어쩌란 말이냐고 악을 썼다. 남자들을 어떻게 조심해야 하는지 다 말해 줬는데도 어린 것이 그런 추잡한 놈들을 좋아하는데 자기가 뭘 할 수 있느냐고 화를 냈다. 난 이제 손 뗄 거야. 분명히 말하지만, 난 일절 상관하지 않을 거야. 그래. 식구들이 쑥덕거리는 거 알아. 내가 나나랑 한통속이라고, 나나가 나쁜 짓을 하는 걸 좋아한다고 날 욕하지. 작업장의 여주인은 쿠포에게, 나나가 방탕한 길로 빠져든 건 진탕 놀러 다니려고 일까지 그만둔 레오니라는 더러운 계집애 때문이라고 알려 주었다. 물론 아직은 거리를 돌아다니며 갈레트나 사 먹고 바보 같은 짓을 즐기는 정도니까, 그래도 오렌지꽃 화관을 씌워 결혼시킬 기회는 남아 있죠. 하지만! 금 간 데 없이, 깨끗하고 멀쩡한 상태로 보내야지. 그러면서 그녀는 세상이 존중하는 양갓집 아가씨들 같은 상태로 남편에게 넘겨주려면 서두르라고 했다.

구트도르 거리의 이웃들은 나나를 따라다니는 늙은 남자에 대해서 마치 잘 아는 사람에 대해 말하듯 떠들어 댔다. 오! 좀 소심해 보이긴 하지만 아주 예의 바른 사람이지! 충실한 강아지처럼 나나 뒤를 바짝 따라다니는 걸 보면 고집이 세고 끈질긴 사람이기도 하고. 남자는 때로 안마당까지 따라 들어왔다. 어느 날 저녁 고드롱 부인이 그가 3층 층계참에 서 있는 걸 봤다고, 잔뜩 겁먹은 사람처럼 벌게진 얼굴로 고개도 안 들고 난간에 붙어서 지나갔다고 했다. 로리외 내외는 화를 내면서 걸레 같은 조카년이 한 번 더 꽁무니에 남자를 달고 끌어들이면, 자기네는 차라리 이사를 가겠다고 했다. 계단이 온통 한 칸 내려갈 때마다 코를 킁킁거리면서 기다리는 낮짝들로 가득 차면 어쩌냐고, 건물 안에 미친 짐승을 키우는셈 아니냐고 덧붙였다. 반면 보슈 부부는 남자가 불쌍하다고, 점잖은 남자가 어쩌다가 나나처럼 행실 나쁜 애한테 홀렸는지 모르겠다고 했다. 정말입니다. 버젓한 상인이라니까요. 우린 빌레트 거리에 있는 그 사람 단추 공장도 본 적 있는걸요. 그러면서 아무리 어린 여자라도 좀 제대로 된 애를 만났으면 팔자를 펴게 해 줄 사람인데 아쉽다고 했다. 보슈 내외가 워낙 시시콜콜 얘기를 떠벌린 탓에 동네 사람들은, 심지어 로리외 내외마저도, 회색 수염을 단정하게 다듬고 핏기 없는 얼굴에 입술이 축 늘어진 모습으로 나나를 따라다니는 남자를 발견하면 예의를 갖춰 인사하곤 했다.

나나는 첫 한 달 동안은 항상 자기 주위를 맴도는 꼴불견 같은 남자를 비웃었다. 멍청한 늙은이 같으니. 북적거리는 사람들 틈에 섞여 시치미 뚝 떼고 뒤에서 치마를 더듬는다니까. 다리 꼴 좀 보라지. 꼭 석탄 가게의 장작 같고 성냥개비 같잖아. 남자는 반질거리는 대머리에 곱슬머리 몇 가닥이 목덜미에 달라붙어 있었다. 나나는 도대체 어떤 이발사가 그 꼴로 해 놓았는지 물어보고 싶었다. 아! 정말 꼴사나운 늙은이야! 눈을 비비고 쳐다봐도 봐줄 만한 구석이 없잖아!

그 뒤로는 어딜 가나 남자의 모습이 보이는 게 꺼림칙했다. 은근히 겁이 났다. 가까이 다가오면 소리라도 질렀을 것이다. 나나가 보석 가게 앞에 멈춰 서면 등 뒤에서 그가 중얼거리는 소리가 들렸다. 그가 하는 말은 정말이었다. 나나 또한 벨 벳 리본으로 목에 거는 십자가 목걸이를 갖고 싶었다. 아니면 핏방울 같은 작은 산호 귀걸이도 좋았다. 사실 보석까지 욕심 낼 것 없이 누더기 같은 옷부터 벗어 던지고 싶었다. 르케르 거리의 작업장에서 이것저것 긁어와서 고쳐 입는 것도 진절머리가 났다. 무엇보다 모자가 지겨웠다. 작업장에서 조화를 가져와 너절한 모자에 달아 봤자 지저분한 쓰레기가 붙은 것 같고, 흡사 가난뱅이의 엉덩이에 주렁주렁 종을 달아 놓은 것 같았다. 진흙탕 속으로 종종걸음을 옮길 때, 지나가는 마차 때문에 튄 흙탕물을 뒤집어쓸 때, 진열장 안에서 반짝이는 물건들 때문에 눈을 뜰 수 없을 때, 나나의 내면에서는 허기져서 속이 쓰린 것 같은 통증과 함께 좋은 옷을 입고 싶다는, 식당에서 제대로 밥을 먹고 공연을 보러 가고 멋진 가구가 있는 방을 갖고 싶다는 욕망이 일었다. 미치도록 강렬하게 솟구치는 욕망으로 새파랗게 질려서 걸음을 멈추기도 했다. 파리거리를 덮은 포석들의 열기가 자기 넓적다리를 타고 스멀스멀 올라오는 것 같았다. 그것은 바로 마음을 이리저리 떠미는 이 혼잡한 거리의 온갖 향락들을 한입 베어 물고 싶은 격렬한 갈망이었다. 영영 못 가지라는 법은 없지 않은가! 그럴 때면 늙은 남자가 어김없이 나나의 귀에 대고 이런저런 제안을 속삭였다. 아! 두려움만 아니었으면 나나는 기꺼이 그 손을 받아들였을 것이다. 하지만 이미 온갖 악에 물든 나나도 남자라는 미지의 대상에 대한 혐오 섞인 격렬한 거부감 때문에 선뜻 받아들이지는 못했다.

겨울이 되자 쿠포네 집은 더 이상 살 수 없는 곳이 되었다. 아버지는 저녁마다 딸을 두들겨 팼다. 아버지가 때리다 지치면 어머니가 나서서 행실을 뜯어고치겠다면서 따귀를 때렸다. 날이면 날마다 온 집 안이 야단법석이었다. 한쪽이 때리면 다른 한쪽이 감싸고, 그러다 결국엔 세 식구가 같이 깨진 접시가 널린 바닥 위를 뒹굴었다. 배가 주려도 먹을 게 없었고, 추워서 죽을 지경이었다. 딸이 매듭 리본이랄지 소매 단추 같은 그럴싸한 것을 가져오면 부모가 빼앗아 돈으로 바꿨다. 나나는 이미 자기 것이라곤 하나도 없었다. 넝마 같은 시트로 기어들어 가기 전 얻어맞는 따귀가 전부였다. 그나마 덮을 것도 없어서 검정 속치마를 펼쳐 덮고 추위에 떨었다. 더는 끔찍한 삶을 이어 갈 수 없었다. 언제까지 여기 붙어 있어야 한단 말인가. 나나에게 아버지는 어차피 오래전부터 상관없는 사람이었다. 곤드레만드레 취해 잠든 아버지는 아버지가 아니라 차라리 더러운 짐승이었고, 나나는 당장이라도 그런 아버지가 없어지길 기대했다. 게다가 요즈음은 어머니도 아버지와 한통속이 되었다. 어머니도 술을 마시는 것이다! 제르베즈는 이제 남편이 돌아오지 않으면 콜롱브 영감의 술집으로 기꺼이 찾아갔다. 합석해서 같이 술을 얻어 마시기 위해서였다. 이제 그녀의 모습은 처음 술을 마시던 날 진저리를 치던 표정과 거리가 멀었다. 기꺼이 테이블에 앉아서 거나하게 들이켰고, 몇 시간이고 양팔을 괸 채 죽치고 있다가 눈이 풀린 몽롱한 얼굴로 일어섰다. 나나는 술집 앞을 지나다가 안쪽에서 시끄럽게 떠들어 대는 남자들 틈에서 취한 얼굴로 술을 마시고 있는 어머니를 발견하면 화가 치밀었다. 원래 젊은 나이에는 탐닉하는 것이 따로 있어서 술은 잘 이해하지 못하는 법이다. 그런 날 밤이면 나나의 눈앞에는 그야말로 끔찍한 광경이 펼쳐졌다. 아버지도 주정뱅이, 어머니도 주정뱅이, 거지 같은 집구석에는 빵 한 조각 없이 술 냄새만 진동했다. 설사 성녀라 해도 버텨 내기 힘든 환경이었다. 어쩌겠는가! 조만간 나나가 집을 뛰쳐나가도 이상할 게 없었다! 나나의 부모는 자기들이 딸을 쫓아내고 있음을 깨닫고 '메아쿨파'[48] 회개를 해야 할 처지였다.

어느 토요일에 나나가 집에 돌아와 보니 아버지도 어머니도 그야말로 끔찍한 상태였다. 아버지는 침대에 가로로 쓰러져 코를 골고 있고, 어머니는 의자에 축 늘어진 채 불안이 가득한 흐리멍텅한 눈길로 허공을 바라보고 있었다. 저녁거리로 남은 스튜를 데우는 것도 잊었고, 심지를 잘라 주지 않은 촛불이 수치스러울 정도로 누추한 방 안을 비추고 있었다.

"왔니? 못된 것!" 제르베즈가 중얼거렸다. "꼴 좋다! 아버지한테 좀 맞겠구나!"

나나는 대답하지 않았다. 불기 하나 없는 난로, 접시도 놓여 있지 않은 식탁, 얼빠진 주정뱅이 부부가 음산한 분위기를 자아내는 실내를 아이는 창백한 얼굴로 둘러보았다. 결국 나나는 모자도 벗지 않고 방 안을 한 바퀴 둘러본 뒤 이를 악물며 다시 문을 열고 나갔다.

---

48) '내 탓', '나의 죄'라는 뜻의 라틴어로, 가톨릭에서 회개의 기도문으로 쓰인다.

"또 나가니?" 어머니가 제대로 돌아보지도 못하며 물었다.

"응. 까먹고 온 게 있어. 금방 올 거야. 다녀올게."

나나는 돌아오지 않았다. 다음 날 술이 깬 쿠포 부부는 서로 상대방 때문에 나나가 집을 나갔다며 주먹다짐을 했다. 아! 아이가 계속 달려갔다면 지금쯤은 아주 멀리 갔으리라! 흔히 아이들한테 해 주는 얘기로 참새 꽁지에 소금을 바르면 도망 못 가게 할 수 있다고 하는데, 이 부부 역시 딸의 엉덩이에 소금을 발라 놓아야 했을까? 나나의 가출은 제르베즈에게 또 한 번의 큰 타격이었다. 아무리 이미 엉망으로 살고 있다 해도, 집 나간 딸이 몸을 버리기까지 한다면, 챙겨야 할 자식마저 떠나고 없이 혼자 남게 된다면, 분명 더 이상 내려갈 곳 없는 바닥까지 굴러떨어지고 말 터였다. 그랬다. 못된 딸이 어머니에게 남아 있던 마지막 한 조각의 성실성까지 더러운 속치마에 싸서 떠나보냈다. 제르베즈는 사흘 동안 화가 나서 펄펄 뛰면서 술 속에 빠져 살았고, 주먹을 휘두르며 못된 딸에게 저주를 퍼부었다. 쿠포는 외곽 대로를 돌아다니며 지나가는 매춘부들을 하나씩 살폈고, 돌아와서는 침착하게 파이프 담배를 꺼내 물었다. 밥을 먹다 말고 나이프를 손에 쥔 채 벌떡 일어서서는 팔을 휘둘러 대며 더는 창피해서 못 산다고 소리를 지른 다음 다시 앉아 수프를 먹어 치우기도 했다.

어차피 계집아이들이 문 열린 새장 속의 카나리아처럼 매달 몇 명씩 사라지는 동네에서 사실 나나의 가출은 그다지 놀라운 일이 아니었다. 단지 로리외 부부만은 이때다 싶어 의기양양했다. 그래! 내가 그년이 부모 얼굴에 똥칠할 거라고 그랬잖아. 내 그럴 줄 알았지. 조화공들은 몽땅 타락한 년들이라니까! 보슈 부부와 푸아송 부부도 덩달아 올바른 행실에 대해 이러쿵저러쿵하면서 쿠포네를 비웃었다. 랑티에만은 은근히 나나를 옹호했다. 그는 엄격한 표정으로 여자애가 집을 나가다니 절대 있을 수 없는 일이라고 단언했지만, 사실 나나는 그 나이에 그토록 가난하게 살아가기에는 너무 예쁘지 않냐며 눈꼬리를 번득였다.

"그거 알아요?" 보슈네 집에 모여서 커피를 마시다가 로리외 부인이 큰 소리로 물었다. "정말이에요. 불 보듯 뻔한 일이죠. 쩔룩이가 딸을 팔아먹은 거예요. 증거도 있다니까요! 그 늙은 남자 있잖아요. 아침이든 밤이든 계단에 와 있던 그 남자가 찾아와서 미리 돈을 줬을 거예요. 뻔할 뻔자죠. 어제 나나 년이 그 정부하고 같이 앙비귀 극장에 온 걸 본 사람이 있다니까요. 정말 맹세할 수 있어요. 둘이 같이 있었대요."

그렇게 다 같이 나나 얘기를 하면서 커피 잔을 비웠다. 불가능한 얘기는 아니었다. 그보다 훨씬 더한 일들도 일어나지 않았는가. 결국 동네에서 가장 신중한 사람들까지도 제르베즈가 딸을 팔아먹었다고 믿게 되었다.

정작 삶이 더없이 비참해진 제르베즈는 이제 누가 뭐라고 말하든 신경 쓰지 않았다. 설사 길에 지나가다가 누군가 자기를 도둑년이라 부른다 해도 돌아보지도 않았을 것이다. 세탁소 일도 이미 한 달 전에 끊겼다. 말썽이 생길까 봐 포코니에 부인이 아예 내보낸 것이다. 제르베즈는 지난 몇 주 동안 여덟 군데 세탁소에서 일했다. 매번 이삼 일 뒤면 쫓겨났다. 성의도 없고 지저분한 데다, 그동안 먹고 살아온 기술마저 다 잊어버릴 정도로 멍청해져서, 해놓은 일이 그야말로 엉망이었기 때문이다. 결국 자기가 제대로 일을 할 수 있는 일이 없다는 걸 깨달은 제르베즈는 다림질 일을 포기하고 뇌브 거리의 세탁장에서 날품 빨래 일을 시작했다. 더러운 물속에서 더러운 때와 싸우는 일, 그러니까 힘하지만 쉬운 일은 다시 할 만했다. 전락의 내리막길에서 제르베즈는 한 칸 더 밑으로 굴러떨어진 것이다. 그녀는 세탁장에서 일하지만 전혀 깨끗해지지 않았다. 일을 마치고 나설 때면 물에 흠뻑 젖은 채로 푸르죽죽한 살이 드러난 모습이 진흙 범벅이 된 개와 다를 바 없었다. 굶기를 밥 먹듯 했고, 그런데도 계속 살이 쪘다. 그 바람에 저는 다리가 더욱 휘어서 누군가의 옆을 지나갈 때 자기도 모르게 그 사람을 넘어뜨리기도 했다. 그 정도로 많이 절게 된 것이다.

그런 자포자기 상태에서 당연히 여자로서의 긍지도 사라졌다. 제르베즈는 이전에 지녔던 자부심과 상냥한 애교를, 감정과 예의와 존중의 욕구를 잃어버렸다. 누가 와서 앞이건 뒤건 아무 데나 걷어차도 아무런 느낌이 없었다. 제르베즈는 힘없이 흐느적거렸다. 이제 랑티에마저도 그녀를 거들떠보지 않았다. 제르베즈를 꼬집는 시늉조차 하지 않았다. 하지만 정작 제르베즈는 그토록 오랫동안 끌어 온 그들의 관계가 서로 지쳐 버린 상태로 끝나 버렸다는 사실을 깨닫지조차 못했다. 제르베즈로서는 그저 힘든 일이 하나 줄어든 셈이었다. 사람들이 랑티에와 비르지니의 관계에 대해 떠들어 대도 아무렇지도 않았다. 두 사람이 원한다면 자기가 나서서 기꺼이 중간에서 다리를 놓아줄 수도 있을 것 같았다. 이제 랑티에와 비르지니가 제대로 짝짜꿍이 맞고 있다는 사실은 모르는 사람이 없었다. 더구나 너무나 편리하게도 얼간이 남편 푸아송이 격일로 야간 근무를 했다. 집 안에서 마누라와 옆방 남자가 따뜻하게 발을 녹이는 동안 남편은 아무도 없는 길에서 떨고 있었던 것이다. 맙소사! 랑티에와 비르지니는 서둘지도 않았다. 가게 밖의 텅 빈 거리를 천천히 걷고 있는 푸아송의 발소리가 들려와도 이불을 뒤집어쓴 채 코도 내밀지 않았다. 순경이란 원래 자기 일밖에 모르는 법이잖아, 안 그래? 근엄한 남자가 다른 사람의 재산을 지키는 동안, 그들은 아침까지 태연하게 그 남자의 재산을 훔쳤다. 구트도르의 사람들은 너도나도 순경이 자기 마누라를 도둑맞는다는 재미있는 희극을 즐겼다. 심지어 랑티에는 남편이 순경이라는 바로 그 점을 공략하지 않았는가. 랑티에는 일석이조로 가게와 가게 안주인을 다 차지했다. 세탁소 안주인을 잡아먹고 나서 식품점 안주인을 씹어 먹은 것이다. 사람들은 잡화상, 문방구, 양장점 할 것 없이 안주인들이 줄지어 몰려와도 랑티에는 그 큰 입으로 모두 집어삼킬 수 있을 거라고 수근댔다.

이 세상에 랑티에처럼 단것을 좋아하는 사람은 없었다. 비르지니에게 단 과자 가게를 차리라고 권한 것은 진정 탁월한 선택이었다. 그는 진짜 프로방스 사람이라 단것을 좋아하지 않을 수 없었다. 드롭스, 껌, 아몬드 사탕, 초콜릿만 먹고도 살 수 있을 것이다. 특히 그가 '설탕 묻힌 아몬드'라고 부르는 사탕은 보기만 해도 목구멍이 간지럽고 저절로 군침이 돌았다.

벌써 일 년 넘게 랑티에는 사탕을 달고 살았다. 비르지니의 부탁으로 가게를 보는 날은 아예 서랍을 마음대로 열어 먹어 치웠다. 사람들과 대화하며, 그러니까 대여섯 명을 앞에 두고서도 랑티에는 카운터 위에 놓인 병을 열고 손을 집어넣어 계속 깨물어 먹었다. 결국 안에 든 것을 다 먹고, 뚜껑 열린 빈 병만 남았다. 사람들도 자연스러운 일을 보듯이 별로 신경 쓰지 않았다. 랑티에는 사탕을 빠는 게 자기 습관이라고, 늘 감기에 걸려 목이 아파서 이렇게 가라앉혀야 한다고 했다. 그는 여전히 아무 일도 하지 않았지만, 사업 계획은 점점 더 거창해졌다. 요즈음은 소나기가 두세 방울 떨어지면 머리에 쓴 모자가 우산으로 바뀌는 이른바 '모자 우산'이라는 멋진 발명품을 구상 중이라고 했다. 이익을 반분하기로 약속하고 실험을 위해 20프랑짜리 은화 몇 개를 푸아송에게 빌리기도 했다. 그러는 사이에도 비르지니의 가게는 랑티에의 혓바닥 위에서 녹고 있었다. 모든 상품이, 담배 개비 모양의 초콜릿과 파이프 모양의 빨간 캐러멜까지, 모든 것이 그의 혀 위로 올라갔다. 단것을 물리도록 먹고 나면 그는 마음속에서 애정이 솟아올라서 여주인을 구석으로 데려갔다. 비르지니는 랑티에의 입술이 꼭 설탕 바른 아몬드 같았다. 정말 달콤한 남자야. 이토록 기분 좋은 키스를 할 수 있다니! 랑티에는 아예 꿀이 되어 버렸다. 보슈 부부의 말을 그대로 옮기자면, 랑티에가 커피 잔에 손가락을 담그기만 해도 그 커피가 진짜 시럽이 될 것 같았다.

이처럼 쉬지 않고 단 과자를 먹으면서 마음이 누그러진 랑티에는 제르베즈에게 아버지처럼 굴었다. 이런저런 충고를 했고, 일하는 것을 싫어하면 안 된다고 나무랐다. 어쩌자는 거야! 그 나이가 됐으면 처신을 할 줄 알아야지! 그러면서 제르베즈가 먹을 것을 너무 밝힌다고 책망도 했다. 하지만 어떤 경우라도 어려운 사람들을, 도움을 받을 자격이 없는 사람들까지도 도와야 한다면서, 제르베즈에게 막일이라도 얻어 주려 애썼다. 그렇게 비르지니를 설득해서 제르베즈에게 일주일에 한 번 가게와 방을 청소하는 일을 맡기게 했다. 잿물 쓰는 법을 잘 알 테고, 한 번에 30수 주면 되지 않겠어? 제르베즈는 토요일 아침마다 양동이와 솔을 들고 왔다. 과거에 자기가 아름다운 금발의 여주인으로 군림했던 바로 그곳으로 이제 더럽고 천한 일, 잡역부의 일을 하러 가면서도 별로 괴로워하지 않았다. 바닥까지 굴러떨어진 그녀의 자존심은 완전히 끝났다.

어느 토요일, 그날은 유난히 힘이 들었다. 사흘 내내 비가 내린 탓에 손님들이 동네의 진흙을 다 묻혀 들어온 것 같았다. 머리를 말끔히 빗어 올린 비르지니는 예쁜 레이스 깃과 소매 장식을 달고 귀부인처럼 카운터에 앉아 있었다. 그 옆에는 랑티에가 등받이 없이 붉은 모조 가죽이 덮인 긴 의자에 마치 자기 집인 양 앉아 있었다. 그는 여전히 아무 생각 없이 사탕 병에 손을 넣고서 습관적으로 사탕을 먹었다.

"이봐요, 쿠포 부인!" 제르베즈의 일을 못마땅하게 쳐다보던 비르지니가 큰 소리로 불렀다. "저 구석에 더러운 것 남아 있잖아요, 좀 제대로 닦아요!"

제르베즈는 시키는 대로 했다. 구석으로 돌아가서 다시 닦았다. 그녀가 마룻바닥의 더러운 물속에 무릎을 꿇고 몸을 굽히면 힘을 준 팔이 보랏빛이 되었다. 낡은 치마는 젖어서 엉덩이에 달라붙었다. 마룻바닥에 웅크린 그녀의 모습은 그저 더럽고 헝클어진 물건 같았다. 터진 웃옷 틈으로 뚱뚱한 몸의 늘어진 살덩어리가 삐져나와서 솔질을 할 때마다 이리저리 출렁거렸다. 땀을 너무 많이 흘려서 얼굴은 온통 굵은 땀방울투성이였다.

"바닥에 팔꿈치 기름이 많이 닿을수록 광이 잘 나는 법이지." 한입 가득 드롭스를 문 랑티에가 거드름을 피우며 말했다.

몸을 젖힌 채로 공주처럼 눈을 지그시 감고 앉은 비르지니도 제르베즈를 지켜보며 참견을 했다.

"오른쪽 좀 더 닦아요. 이번엔 판자 좀 조심하고. 지난번 토요일에 해 놓은 일은 맘에 안 들었어요. 얼룩이 그대로 남아 있었고."

랑티에와 비르지니는 자기들 발아래서 제르베즈가 흙탕물 속을 기어다닐수록 옥좌에라도 앉은 양 거드름을 피웠다. 한순간 고양이 같은 눈이 노란 불꽃을 튀기며 번득인 것으로 보아 비르지니는 분명 즐기고 있었다. 살며시 웃음을 지으며 랑티에를 쳐다보기도 했다. 이제야 옛날 세탁장에서 볼기를 맞은 일을 복수한 셈이다. 비르지니는 단 한순간도 그 일을 잊은 적이 없었다.

제르베즈가 바닥을 문지르던 손길을 잠시 멈추었을 때 안쪽 방에서 가볍게 톱질하는 소리가 들렸다. 열린 문틈으로 안마당에서 들어오는 희미한 햇빛을 받으며 앉아 있는 푸아송의 옆얼굴이 보였다. 그는 시간이 나자 작은 상자를 만드는 취미에 몰두하는 중이었다. 푸아송은 테이블에서 조심조심 담배 상자의 마호가니에 아라베스크 무늬를 새겨 나갔다.

"이봐, 바댕그!" 랑티에가 푸아송을 불렀다. 친한 척하려고 다시 별명으로 부르기 시작한 터였다.

"그 상자는 내가 갖겠네. 어떤 아가씨한테 선물로 주려고 말이야."

비르지니가 랑티에를 꼬집었다. 하지만 랑티에는 여전히 친절한 얼굴로 미소를 지으면서 비르지니의 악행을 선행으로 되갚았다. 카운터 밑으로 그녀의 넓적다리를 쓰다듬은 것이다. 남편이 턱수염과 콧수염을 기른 핏기 없는 얼굴을 들어 보이자, 랑티에는 아무 일도 없었던 것처럼 자연스럽게 손을 치웠다.

"잘됐군." 순경이 말했다. "자네를 위해 만들고 있었거든. 오귀스트. 우정의 기념으로 말이야."

"아! 그렇다면 주지 말고 내가 가져야겠군." 랑티에가 웃으면서 말했다. "그래, 아예 리본으로 묶어서 목에 걸고 다니겠네."

그러더니 랑티에는 마치 지금 떠오른 이 생각 때문에 또 다른 생각이 났다는 듯 불쑥 내뱉었다.

"참, 어젯밤에 나나를 봤어."

놀라운 소식을 듣는 순간 제르베즈는 흥건하게 고인 더러운 물구덩이에 그대로 주저앉아 버렸다. 땀에 흠뻑 젖고 솔을 손에 쥔 채로 숨을 헐떡였다.

"아!" 제르베즈는 나지막하게 이 말밖에 하지 못했다.

"마르티르 거리를 내려가는데, 글쎄 어떤 계집애가 나이 든 남자의 팔을 잡고 몸을 꼬고 있더라고. 아무래도 뒷모습이 눈에 익은 거야. 그래서 걸음을 재촉해 따라가 봤지. 그래, 바로 나나였어. 뭐, 걱정할 것 없어 보이더군. 아주 행복해 보였어. 예쁜 양모 드레스를 입고, 금 십자가 목걸이를 하고, 잔뜩 신이 난 얼굴이던걸."

"아!" 제르베즈는 아까보다 더 작은 목소리로 같은 탄성을 내뱉었다.

드롭스를 다 먹어 치운 랑티에는 다른 병을 열어서 보리 사탕을 꺼냈다.

"참 맹랑한 아이란 말이야. 글쎄 아주 태연하게 나한테 따라오라고 눈짓을 하더라니까. 그러더니 그 영감을 어딘가에, 그러니까 무슨 카페엔가에 데려다 놓더라고. 오! 대단했어, 그 늙은이…… 녹초가 됐던걸? 늙은이가 말이야……. 아무튼 나나가 어느 모퉁이로 날 보러 왔는데, 뱀처럼 영악한 것, 귀여운 아이가 강아지처럼 아양을 떨었지. 그래, 날 얼싸안고 말이야. 여러 사람의 소식을 듣고 싶어 하면서……. 뭐, 어쨌든, 그애를 만나니 참 좋더군."

"아!" 제르베즈가 세 번째로 탄성을 내질렀다.

그녀는 여전히 주저앉은 채로 다음 말을 기다렸다. 나나가 엄마에 대해서 한마디도 묻지 않은 걸까? 침묵 속에서 또다시 푸아송의 톱질 소리가 들려왔다. 랑티에는 신이 난 듯 입술을 쩝쩝거리면서 보리 사탕을 빨았다.

"나라면 그 애가 보이면 길 건너편으로 피했을 거야. 정말이야." 비르지니가 랑티에를 세게 꼬집으면서 말했다. "그렇잖아.

사람들 앞에서 그런 계집애 인사를 받으면 얼굴이 화끈거릴 것 같아! 쿠포 부인, 들으라고 하는 말은 아니지만, 부인의 딸은 정말 타락한 애예요. 푸아송이 매일같이 잡아들이는 여자애들보다 더 나빠요."

제르베즈는 아무 말도 하지 않고 움직이지도 않았다. 그저 멍하니 허공만 바라보았다. 그러다가 흡사 마음속 생각에 스스로 대답하듯이 천천히 고개를 저었다. 그때 랑티에가 호색한 같은 표정으로 중얼거렸다.

"그렇게 타락한 계집애들은 먹다가 탈이 날 염려가 없지. 영계처럼 야들야들하고."

비르지니가 사나운 얼굴로 흘겨보자, 랑티에는 입을 다물고 그녀를 살살 달래 주었다. 그는 작은 상자에 코라도 박을 기세로 일에 열중한 푸아송을 힐끗 돌아보고 나서 재빨리 비르지니의 입에 보리 사탕을 넣어 주었다. 비르지니는 빙긋이 웃었다. 그러고는 제르베즈에게 화풀이를 했다.

"좀 더 서두르는 게 좋겠네요. 도대체가 제자리잖아요. 그렇게 돌덩이처럼 죽치고 앉아 있으면 어쩔 건데요. 자, 빨리 움직여요. 저녁때까지 물속에서 첨벙거리기는 싫단 말이에요."

그런 다음에도 목소리를 낮추어 심술궂게 덧붙였다.

"자기 딸이 방탕하게 사는 게 내 탓은 아니잖아!"

제르베즈의 귀에는 아무 말도 들리지 않는 것 같았다. 그녀는 다시 바닥에 엎드려 개구리처럼 움직이면서 허리가 끊어지도록 일했다. 나무로 된 솔 자루를 두 손으로 움켜쥐고 시커먼 구정물을 밀어내다 보면 물이 튀어 머리카락까지 젖었다.

이제 더러운 물을 도랑으로 쓸어 내고 새 물로 헹궈 내는 일만 남았다.

한동안 침묵이 흐르자 심심해진 랑티에가 큰 목소리로 외쳤다.

"그거 아나? 바뎅그? 어제 리볼리 거리에서 자네 대장을 봤는데, 몰골이 말이 아니더군. 그런 상태로는 반년도 못 가겠던걸? 그래, 세상에! 그렇게 살아서야 어디!"

황제 얘기였다. 여전히 고개를 숙인 푸아송은 감정이 조금도 실리지 않은 목소리로 대답했다.

"자네도 정부를 이끌어 가려면 지금처럼 살찔 수 없을 거야."

"오, 이보게! 내가 정부를 맡는다면 말이야." 랑티에는 갑자기 위엄 있게 말했다. "모든 일이 다 지금보다 좋아질걸세. 내가 장담하지. 그래, 지금 그놈의 외교 정책부터 보자고. 맞아! 몇 달 전부터는 아예 식은땀 나게 하잖아. 지금 이렇게 자네하고 얘기해 봐야 헛일이지. 그래, 아는 기자만 하나 있으면 내 생각을 전해 줄 수 있어서 좋을 텐데……."

랑티에는 이리저리 팔을 저어 가면서 말했고, 그 와중에도 서랍을 열어 마시멜로 사탕 몇 알을 꺼내 입에 넣었다. "아주 간단해. 우선 폴란드를 재건할 거야. 그리고 대스칸디나비아국을 세울 거고. 그렇게 북쪽 거인을 확실하게 견제하는 거지. 그런 다음 독일의 작은 왕국들을 합쳐서 공화국으로 만들어야 해. 영국 정도는 걱정할 것도 없어. 만일 영국이 움직인다면 난 인도로 10만 병력을 파병해 버릴 거야. 그리고 튀르키예 황제는 총칼을 들이밀어서라도 메카로 돌려보내고, 교황은 예

루살렘으로 돌려보내는 거야! 어때? 유럽이 순식간에 깨끗해
지지 않겠어? 자! 바렝그! 어떤가?"

랑티에는 말을 멈추고 마시멜로 사탕을 한 움큼 집었다.

"이걸 삼킬 시간도 안 걸릴걸?"

그러면서 입을 크게 벌리고 연달아 사탕을 집어넣었다.

"황제는 다른 계획이 있으시네." 족히 이 분 동안 곰곰 생각
하고 난 푸아송이 대답했다.

"집어치우라고 해!" 랑티에가 거칠게 말했다. "그 계획쯤은
다 알고 있어. 유럽이 우리를 무시하는데……. 자네 대장은 매
일같이 테이블 밑에서 양쪽에 고급 매춘부를 끼고 있어서 튈
르리 궁의 하인들이 뒤치다꺼리하기 바쁘다더군."

푸아송은 이미 일어서 있었다. 그는 앞으로 나오면서 가슴
에 손을 얹고 말했다.

"오귀스트, 말이 너무 심하군. 토론을 해야지 왜 그렇게 인
신 공격을 하는 건가?"

그때 비르지니가 끼어들어 제발 좀 그만하라고 했다. 자기
는 유럽 같은 거 관심 없다고, 다른 건 뭐든 사이좋게 나누어
가지면서 왜 정치 얘기만 나오면 싸워 대는지 모르겠다고 했
다. 두 남자가 알아듣기 힘든 무슨 말인가를 중얼거렸다. 잠시
뒤에 순경은 자기 마음속에 앙금이 남지 않았음을 보여 주기
위해 막 완성된 상자 뚜껑을 가져왔다. "오귀스트에게, 우정을
기념하여"라고 새긴 얇은 나무 조각이 붙여 있었다. 랑티에는
기분이 좋아서 몸을 한껏 젖혀 눕다시피 했다. 그 바람에 거
의 비르지니를 덮친 꼴이 되었다. 창백한 얼굴로 그 광경을 지

켜보는 남편의 흐릿한 눈에서는 아무것도 읽을 수 없었다. 단지 빨간 콧수염이 야릇하게 꿈틀거렸을 뿐이다. 랑티에처럼 자기가 하는 일에 확신이 있는 사람이 아니라면 필경 불안해질 만한 모습이었다.

짐승 같은 인간 랑티에는 그렇게 뻔뻔스러웠고, 바로 그 때문에 여자들의 환심을 샀다. 그는 푸아송이 다시 고개를 돌리자 그 아내의 왼쪽 눈에 키스하고 싶어졌다. 보통 때 같으면 음험하게 신중을 기했지만, 이번에는 정치 문제로 말다툼을 한 뒤라 대담하게도 여자를 차지하고 싶어진 것이다. 이렇게 탐욕스럽게 애무를 하고 순경의 등 뒤에서 뻔뻔스럽게 도둑질을 하는 것이 랑티에에게는 말하자면 프랑스를 창녀촌으로 만든 제2 제정에 대한 복수였다. 다만 한 가지 잊은 것이 있었으니, 이번에는 제르베즈가 옆에 있었다. 그녀는 깨끗한 물로 바닥을 닦아 낸 다음 30수를 받으려고 카운터 옆에 서서 기다리고 있었다. 정작 그녀는 랑티에가 비르지니의 눈에 키스하는 것을 봐도 아무렇지도 않았다. 자기가 끼어들 일이 아닌 것 같고 그냥 당연해 보였다. 비르지니는 조금 거북해하는 것 같았다. 그녀는 카운터 위에 제르베즈 앞으로 30수를 던졌다. 제르베즈는 여전히 뭔가를 기다리는 듯이 멍하니 서 있었다. 힘들게 바닥을 닦은 다음이라 아직도 몸이 떨렸다. 그녀의 몸뚱이는 시궁창에서 건져 낸 개처럼 흠뻑 젖어 있었다.

"그런데 있잖아, 그 애가 당신한테 아무 말도 안 했어?" 제르베즈가 랑티에한테 물었다.

"누구 말이야?" 랑티에가 큰 소리로 되물었다. "아! 그래, 나나! 안 했어. 다른 얘기는 하나도 안 했어. 걘 정말 입이 예쁘더군. 꼭 딸기 단지 같던걸."

제르베즈는 30수를 쥐고 가게를 나섰다. 뒤꿈치가 찌그러진 신발이 펌프처럼 물을 내뱉으며 보도 위에 커다랗게 젖은 발자국을 남겼다. 신발이 악기가 되어 노래를 연주하는 것 같았다.

술을 마시는 동네 여자들은 제르베즈가 딸의 탈선 때문에 화가 나서 술독에 빠졌다고들 했다. 사실 제르베즈는 카운터에 놓인 독주를 들이켤 때 가슴이 찢어질 듯 아팠고, 차라리 다 마시고 죽어 버리고 싶다는 생각도 들었다. 아소무아르에서 고주망태가 되어 돌아온 날이면 그녀는 마음이 너무 괴로워서 마셨다고 중얼거렸다. 하지만 술을 마시지 않는 사람들은 어깨를 으쓱거렸다. 그들에 따르면, 너도나도 마음이 괴롭다고 술을 퍼마시지만 사실 그 괴로움은 술병 안에 들어 있었다. 처음에 제르베즈는 나나의 가출을 받아들이지 못했다. 마음속에 남아 있던 올바름이 계속 저항한 것이다. 어머니들이란 자기 딸이 아무 남자하고나 어울리는 것을 용납하기 어렵다. 그런데 이미 제정신이 아닌, 머리가 지끈거리고 마음은 짓눌려 뭉그러진 제르베즈의 마음속에서 수치심은 오래 버티지 못했다. 그저 나타났다 사라졌다 할 뿐이었다. 몇 주일 동안 창녀 같은 딸 생각을 잊고 아무렇지도 않게 지내기도 했고, 그러다가도 굶주릴 때나 술에 취했을 때는 딸에 대한 애정과 분노가 치밀어 올랐다. 나나를 찾아서 좁은 방에 처넣어 버리고 싶은 마음이 간절했다. 안아 주고도 싶었고, 두들겨 패고도 싶었다. 매번 기분에 따라 달랐다. 마침내 제르베즈는 올바르게 사는 것이 어떤 것인지 알 수 없게 되었다. 하지만 아무리 그래도 나나는 그녀의 딸이었다. 자기 것이 사라져 버리는 데 가만히 보고 있을 수는 없었다.

그런 생각이 들자 제르베즈는 거리로 나가 헌병 같은 눈초리로 주위를 살폈다. 두고 보라지! 그 더러운 년이 눈에 띄기만 하라고 해! 어떻게 해서든 집으로 끌고 가고 말지! 그해는 동네가 온통 야단법석이었다. 푸아소니에르 시문이 철거되고, 외곽 대로를 가로질러 마장타 거리와 오르나노 거리를 새로 뚫었기 때문이다.[49] 이미 옛 모습을 알아보기 힘들었다. 푸아소니에 거리도 한쪽이 허물어졌다. 이제 구트도르 거리에서도 사방이 훤하게 보였다. 햇빛이 가득 들어왔고 공기도 자유롭게 통했다. 조망을 가리던 낡은 집들이 사라지고 뒤편으로 오르나노 거리에 커다란 칠 층짜리 건물이 새로 세워졌다. 교회처럼 조각이 장식된 새 건물은 환한 창문에 자수 커튼을 늘어뜨린 모습이 부티를 풍겼다. 그런 새하얀 건물이 맞은편에 서 있으니 구트도르 거리는 흡사 긴 광선이 빛을 밝혀 주는 것 같았다. 하지만 바로 그 건물 때문에 랑티에와 푸아송 사이에 또 입씨름이 이어졌다. 파리를 부수는 일에 관해 얘기가 시작되면 랑티에는 그야말로 끝이 없었다. 그는 황제가 노동자들을 시골로 쫓아내기 위해서 사방에 궁전을 짓고 있다고

---

49) 제2 제정 때 오스만 남작 주도로 시행된 도시 개조 사업을 통해 작은 골목길들이 없어지고 오늘날의 파리 모습이 되었다.

비난했다. 그러면 푸아송은 분노를 삭이느라 창백해진 얼굴로, 황제는 오히려 노동자들을 제일 먼저 생각하고 있다고, 노동자들에게 일거리를 주기 위해서라면 파리를 송두리째 밀어 버릴 수도 있다고 차갑게 응수했다. 제르베즈는 동네가 화려해지는 게 싫었다. 비록 어두운 구석이지만 그동안 정이 들어 익숙해진 동네가 전과 완전히 달라지는 게 거북했다. 자기는 몰락하고 있는데 대조적으로 동네가 아름다워지고 있어서 그런 기분이 들었을 것이다. 진흙탕에 빠진 사람이 머리 위의 눈부신 광채를 좋아할 수 없지 않은가. 나나를 찾아다니는 동안 제르베즈는 길에 쌓인 건축 자재를 넘어가야 했고, 공사 때문에 돌아가거나 새로 쳐 놓은 울타리에 부딪치기도 했다. 그럴 때마다 짜증이 났다. 오르나노 거리의 아름다운 건물에 대해서는 격한 분노까지 느꼈다. 보나 마나 저런 건물들은 나나 같은 창녀들을 위한 것이리라.

그러는 동안에도 제르베즈는 여러 번 딸에 대한 소문을 들었다. 좋지 않은 소문이라면 허겁지겁 와서 일러 주는 수다쟁이들 덕분이었다. 그렇다. 사람들 말에 따르면 나나는 늙은 남자를 차 버렸다. 다들 세상 물정 모르는 어린애 같은 짓이라고들 했다. 그 남자 곁에서 호강하며 애지중지 귀여움 받고 잘만 하면 자유롭게 지낼 수도 있었을 텐데 왜 그랬는지 모르겠다고 했다. 젊음이란 원래 어리석은 법이다! 사람들은 나나가 다른 남자와, 누구인지는 확실하지 않지만 아무튼 어떤 경박한 젊은 멋쟁이하고 눈이 맞아 도망을 쳤다고 수군거렸다. 분명 그렇다고 했다. 어느 날 오후 바스티유 광장에서 나나가 돈이 좀 필요하다면서 늙은 남자에게 3수를 얻어 간 뒤로 그 남자는 아직껏 기다리고 있다고도 했다. 좀 더 멋 부려 말하자면 나나는 '영국식으로 오줌 누러 간'[50] 것이다. 얼마 후에는 샤펠 거리의 '그랑살롱드라폴리'[51]에서 신나게 춤추는 나나를 직접 보았다는 사람도 나왔다. 결국 제르베즈는 동네의 댄스홀들을 돌아보기로 했고, 그때부터는 댄스홀 앞을 지나갈 때마다 안으로 들어갔다. 쿠포도 같이 갔다. 처음에는 그저 홀을 한 바퀴 돌아보면서 방탕한 여자들이 흔들어 대는 모습을 힐끔거리기만 했다. 하지만 수중에 돈이 있던 어느 날 두 사람은 테이블에 앉아 큰 잔으로 포도주를 마셨다. 나나가 올지 모르니 기다리면서 목이나 축일 생각이었다. 그렇게 한 달이 지날 무렵 그들은 나나는 까맣게 잊고 춤추는 사람들을 구경하는 게 좋아서 돈을 내고 댄스홀을 드나들었다. 마룻바닥이 흔들릴 정도로 요란한 소리가 울려 퍼지는 홀 안에서 몇 시간이고 말 한마디 없이 테이블에 팔을 괸 채 멍하니 앉아 있었다. 그들은 숨 막힐 듯한 공기와 붉은 조명 속에서 동네의 매춘부들이 춤추는 모습을 희멀건 눈으로 쳐다보며 즐겼다.

11월 어느 날 밤, 그들이 몸이라도 녹일 겸 그랑살롱드라폴리에 들어가 있을 때였다. 밖에서는 행인들의 얼굴을 베어 낼 듯이 찬바람이 불었지만, 홀 안은 대만원이었다. 엄청나게 시끄럽고, 테이블마다 손님들이 차 있었다. 한가운데서 흔드는

---

50) 속어로 '같이 있다가 인사도 없이 슬그머니 사라진다'는 뜻이다.
51) '광란의 무도장'이라는 뜻이다.

사람, 허공에 떠 있는 사람도 있는 것이 꼭 돼지고기 가공품 가게에 잔뜩 쌓인 식품들 같았다. 그랬다. 캉 식의 내장 요리를 좋아하는 사람이라면 신나게 먹을 만했다. 쿠포와 제르베즈는 두 번이나 돌아보았지만 빈 테이블을 찾지 못했고, 자리가 날 때까지 서서 기다리기로 했다. 쿠포는 더러운 작업복을 입고 꼭대기가 찌그러진 차양 없는 모자를 쓴 채로 몸을 슬슬 흔들어 댔다. 그러느라 통로를 막아서는 바람에, 지나가는 작고 마른 청년의 팔꿈치에 찔렸다. 청년은 외투의 소맷자락을 털었다.

"이봐!" 쿠포가 시커먼 입에서 짧은 파이프를 빼면서 소리를 질렀다. "미안하단 말도 못 해? 작업복 입고 있다고 사람 취급도 안 하는 거야?"

뒤를 돌아본 청년은 쿠포를 흘끔거렸다. 쿠포가 다시 말했다. "멍청한 기둥서방 같은 자식! 작업복이 가장 멋진 옷이라는 걸 알아 두란 말이다. 그래. 노동하는 옷이지! 정 원한다면 내가 따귀를 날려서라도 네 먼지를 털어 주마. 노동자를 모욕하다니, 머저리 같은 녀석아!"

제르베즈가 말리려 했지만 소용없었다. 쿠포는 누더기 차림의 몸을 벌렁 젖히고는 주먹으로 작업복을 두드리면서 고함을 질렀다.

"여기! 남자의 가슴이 여기 들어 있단 말이다!"

그러자 젊은 남자가 사람들 틈으로 사라지면서 중얼거렸다. "더러운 깡패 같으니!"

쿠포가 그를 잡으려고 했다. 외투 걸친 놈한테 무시당하고

서 어떻게 그냥 있을 수 있단 말인가! 저 자식은 맛을 좀 봐야 해. 보나 마나 헌 외투 하나 구해 입고 와서 동전 한 푼 안 쓰고 여자를 낚으려는 게 분명해. 눈에 띄기만 해 봐. 무릎을 꿇고 작업복에 절하게 해 줄 테니까. 하지만 사람이 너무 많아서 걸음을 옮길 수 없었다. 제르베즈와 쿠포는 춤추는 사람들 주위를 천천히 돌아보았다. 구경꾼들이 세 겹으로 둘러싸고 있었다. 남자가 잔뜩 멋 부리며 몸을 뻗거나 여자가 다리를 들어 올려 치마 속을 드러내 보이면, 다들 얼굴이 벌겋게 달아올랐다. 쿠포와 제르베즈는 키가 작았기 때문에 안에서 일어나는 일을 보려고 발돋움해도 모자와 올린 머리가 껑충거리는 모습밖에 보이지 않았다. 오케스트라가 금이 간 구리 악기로 신나게 연주하는 카드리유[52]가 폭풍처럼 울려 퍼지면서 홀 안이 흔들리는 것 같았다. 춤추는 사람들이 발을 구르며 먼지를 일으키는 바람에 가스등 불빛이 흐릿해질 정도였다. 너무 더워서 숨도 쉬기 어려웠다.

"저것 좀 봐!" 갑자기 제르베즈가 외쳤다.

"뭘 말이야?"

"저기 벨벳 모자."

부부는 까치발을 했다. 왼쪽으로 낡은 검은색 벨벳 모자가 보였다. 모자에 달린 깃털 두 개가 흔들리는 모습이 영락없이 영구차의 깃털 장식 같았다. 부부는 계속 그 모자만 쳐다보았

---

52) 여럿이 사각형 형태를 만들어 추는 춤으로, 특히 19세기에 프랑스를 비롯한 유럽 전역에서 유행했다.

다. 모자는 요란스럽게 껑충거리며 뛰어오르고 돌고 가라앉고 다시 떠올랐다. 뒤엉켜 춤추는 머리들 틈에서 잠시 모자를 놓쳤지만 이내 다른 사람들 머리 위에서 움직이는 것을 찾아냈다. 모자가 어찌나 요란스레 춤을 추는지 구경꾼들은 그 아래 누구의 얼굴이 있는지 상관없이 신이 나서 멍하니 바라보았다.

"왜 그러는데?" 쿠포가 다시 물었다.

"저 올린 머리 생각 안 나?" 제르베즈가 목멘 소리로 웅얼거렸다. "그 애가 아니면 내 목을 쳐도 좋아."

쿠포는 단숨에 사람들을 밀치고 들어갔다. 빌어먹을! 그래, 나나 맞네. 차려입은 꼬락서니는 여전하고! 나나는 달랑 낡은 실크 드레스로 엉덩이를 가렸고, 그나마도 싸구려 술집의 테이블을 닦아 냈는지 아주 더러운 데다가 단까지 터져서 너덜거렸다. 외투도 입지 않고 어깨에 숄 조각 하나 걸치지 않은 채로, 단춧구멍이 해져 가슴 언저리의 맨살이 드러났다. 저 매춘부 같은 년이 좋다고 난리 치는 늙은이를 달고 있다가, 아무짝에도 쓸모없는 놈을 따라가느라 저 꼴이 됐단 말이지. 보나 마나 얻어맞고 살겠지! 나나는 여전히 싱싱했고 남자들의 구미를 돋우었다. 털복숭이 개처럼 풀어 헤친 머리 위에 멋 부린 모자를 썼고, 입술은 장밋빛이었다.

"기다려. 내가 따끔한 맛을 보여 주겠어." 쿠포가 말했다.

나나는 눈치채지 못했다. 이리저리 몸을 비틀면서 춤을 추는 꼴은 정말 볼 만했다. 왼쪽으로 또 오른쪽으로 엉덩이를 흔들고, 몸이 둘로 꺾일 정도로 앞으로 숙이고, 상대 남자의 얼굴을 향해 가랑이가 찢어질 정도로 발끝을 쳐들었다. 둥글게 둘러선 사람들이 박수 치며 환호했다. 신이 난 나나는 치맛자락을 붙잡아 무릎까지 걷어 올리고는 그야말로 신나게 춤을 추었다. 팽이처럼 빙빙 돌고, 두 발을 큼직하게 벌리고, 마룻바닥 위에 엎드렸다. 그런 다음 얌전한 춤으로 돌아가 허리와 가슴을 더없이 멋들어지게 꿈틀거렸다. 구석에 데려가서 마음껏 애무를 해 주고 싶을 정도였다.

쿠포는 이제 사람들 한복판으로 끼어들었다. 춤을 추는 사람들은 쿠포가 거치적거리자 짜증을 냈다.

"내 딸이오!" 쿠포가 악을 썼다. "좀 가게 해 줘요!"

나나는 고개를 숙이고 한껏 예쁘게 보이기 위해 엉덩이를 동글려 살살 흔들어 대면서 뒷걸음질 치는 중이었다. 그때 누군가 엉덩이를 호되게 걷어찼다. 몸을 일으킨 나나는 부모의 모습을 보고 새파랗게 질려 버렸다. 난 왜 이리 운이 없을까? 빌어먹을!

"내쫓아요!" 춤추던 사람들이 소리를 질렀다.

하지만 딸의 파트너가 문제의 외투 입은 마른 청년인 것을 본 쿠포는 이미 다른 사람들이야 소리를 지르든 말든 아랑곳하지 않고 고함을 쳤다.

"그래, 우리다! 아주 꼴좋구나! 이럴 줄 몰랐지? 이런 곳에서 붙잡힐 줄 말이야! 더구나 좀 전에 건방 떨던 풋내기랑 같이 있다니!"

제르베즈가 이를 악물며 남편을 밀어젖혔다.

"시끄러워! 그렇게 길게 얘기할 거 없어!"

그녀는 앞으로 나서더니 다짜고짜 나나의 뺨을 두 대 후려쳤다. 처음 손길에 깃털 달린 모자가 날아갔고, 두 번째 손길은 시트처럼 하얀 뺨에 벌건 자국을 남겼다. 나나는 정신이 없는지 그대로 얻어맞으면서 울지도 않고 반항도 하지 않았다. 오케스트라는 계속 연주를 했고, 사람들은 화가 나서 고함을 쳤다.

"내쫓아! 내쫓아!"

"자, 어서 가자!" 제르베즈가 말했다. "앞장서! 도망갈 생각 말고. 그랬다간 아예 감옥에 처넣어 버릴 테니까."

청년은 이미 조용히 사라졌다. 나나는 지독한 불운의 충격에서 벗어나지 못한 채 뻣뻣한 걸음을 옮겼다. 잠시 얼굴을 찌푸리며 머뭇거리자 뒤에서 쿠포가 머리를 후려쳤고, 그 바람에 문 쪽으로 떠밀려 갔다. 쿠포 가족은 홀 안의 야유와 욕설을 뒤로하고 밖으로 나섰다. 오케스트라는 포탄을 쏘아 대듯 시끄러운 트롬본 소리와 함께 춤곡 연주를 끝냈다.

전과 같은 생활이 시작되었다. 나나는 쪽방에서 열두 시간을 잤고, 그런 뒤에 일주일 동안은 아주 얌전하게 지냈다. 수수한 작은 드레스를 고쳐 입었고, 보닛을 쓰고는 틀어 올린 머리 밑으로 끈을 묶었다. 심지어 무슨 바람이 불었는지 집에서 일을 하겠다고 했다. 집에서도 돈을 벌 수 있다고, 그러면 작업장에서처럼 상스러운 얘기들을 안 들어도 된다고 했다. 나나는 정말로 일감을 구하고 테이블에 연장을 챙겨 놓고 앉았다. 처음 며칠 동안은 5시에 일어나서 오랑캐꽃 줄기를 말았다. 그러나 몇 그로스[53]를 마무리해 넘겨 줄 때쯤 쌓인 일감

---

53) 1그로스는 12다스이다.

앞에서 팔을 뻗어야 했다. 줄기를 편하게 잘 감는 요령을 잊어버려서 두 손이 저리고 아팠기 때문이다. 더구나 여섯 달 동안 너무도 상쾌한 바깥바람을 쐬고 난 뒤에 온종일 집 안에 틀어박혀 있자니 숨이 막혔다. 결국 풀 단지가 말라붙었고, 꽃잎과 초록색 종이에 때가 묻었다. 주인이 세 번이나 직접 찾아와서 못 쓰게 된 재료를 물어내라고 난리를 쳤다. 나나는 다시 하는 일 없이 건들거렸고, 늘 아버지에게 얻어맞았고, 아침저녁으로 어머니와 주먹다짐까지 하면서 서로 입에 담기 힘든 지독한 욕설을 주고받았다. 그런 생활이 오래 계속될 수는 없었다. 십이 일째 되던 날 나나는 겨우 엉덩이를 가릴 정도의 보잘것없는 드레스와 귀를 막을 작은 모자 하나만 챙겨서 다시 도망가 버렸다. 나나가 돌아와서 마음을 잡은 것 같자 시큰둥하던 로리외 부부는 다시 신이 났다.

"두 번째 공연이로군. 증발 2탄이야. 그런 년들은 마차에 실어서 생라자르[54]로 보내야 하는데! 정말 너무 재미있잖아. 나나라는 년은 정말 용케도 잘 빠져나간단 말이야. 이제 잡아두려면 아미 어비가 그년 물건을 다 몸에 꿰매서 새장 속에 처넣어 둬야겠네!"

쿠포 부부는 사람들 앞에서는 나나가 없어져서 오히려 시원하다는 얼굴을 했다. 하지만 속으로는 화가 치밀었다. 그러나 그 어떤 분노도 영원히 지속되지는 않는 법이다. 얼마 후

---

54) 생라자르에 중세 때 나병 환자 수용소로 쓰이던 곳을 혁명 이후 20세기 초까지 여자 감옥, 특히 매춘 관련 사범들을 가두는 감옥으로 썼다.

쿠포 부부는 나나가 동네에서 몸을 굴린다는 소문을 듣고서도 눈 하나 깜짝하지 않았다. 그따위 짓을 하고 다니다니, 그년이 부모 얼굴에 먹칠을 하려는 거지. 이제 사람들이 욕하든 말든 난 상관없어. 그래. 다 끝났어. 그 갈보 년이 바닥에 쓰러져 벌거벗고 죽어 간다 해도 난 그년이 내 배 속에서 나왔다는 생각도 안 할 거야. 근방의 모든 댄스홀이 나나 때문에 달아올랐다. '렌블랑슈'[55]부터 '그랑살롱드라폴리'까지 나나를 모르는 사람이 없었다. 나나가 '엘리제 몽마르트르'로 들어서면 카드릴을 추며 뒷걸음질로 몸을 떠는 것을 보기 위해 테이블 위로 올라서는 사람들도 있었다. '샤토루주'에서는 두 번이나 쫓겨났기 때문에 나나는 문 앞에서 아는 사람이 오기를 기다리기도 했다. 외곽 대로에 있는 '불누아르'와 푸아소니에 거리에 있는 '그랑튀르크'는 옷을 제대로 차려입고 가야 하는 고급 댄스홀이었다. 나나는 동네의 댄스홀 중에서 습기 찬 안마당에 있는 '발드레르미타주'와 카드랑 거리의 '발로베르'를 자주 드나들었다. 두 집 다 여섯 개의 등을 밝히고 작고 초라한 홀이었지만, 마음 편하게 누구나 즐길 수 있는 곳이었다. 그곳에서는 춤추는 남녀들이 마음대로 껴안아도 상관하지 않았다. 나나는 잘나갈 때도 있고 그렇지 않을 때도 있었다. 그야말로 그때그때, 어떨 때는 멋지게 차려입고 나타났고 어떨 때는 부엌

---

55) '하얀 여왕'이라는 뜻이다. 뒤이어 나오는 댄스홀들의 이름은 샤토루주는 '붉은 성(城)', 불누아르는 '검은 공', 그랑튀르크는 '튀르키예 황제', 발드레르미타주는 '은자(隱者)들의 무도장', 발로베르는 '로베르 무도장'이라는 뜻이다.

데기 꼴이었다. 아! 나나는 정말 신나게 살고 있었다!

쿠포 부부는 몇 번이나 불미스러운 장소에서 딸을 본 것 같았다. 하지만 그때마다 딸이라는 사실을 확인하지 않기 위해 일부러 등을 돌려 다른 쪽으로 피했다. 이제 홀에 있는 사람들한테 야유를 받으면서 수치스러운 딸년을 데려갈 마음조차 없었다. 그런데 어느 날 밤 10시쯤 부부가 막 잠자리에 들려는데 문을 두드리는 소리가 났다. 나나였다. 천연덕스럽게 자러 온 것이다. 세상에! 꼬락서니 좀 봐! 나나는 모자도 쓰지 않고 옷은 누더기에다 뒤꿈치가 찌그러진 신발을 신고 있었다. 순경이 유치장으로 끌고 가도 할 말이 없을 꼴이었다. 당연히 나나는 얻어맞았다. 그런 다음에는 며칠 굶은 사람처럼 딱딱한 빵에 달려들었고, 마지막 한 조각을 다 씹지도 못한 채로 잠들어 버렸다. 다시 전과 같은 생활이 시작되었다. 그리고 나나는 좀 기운을 차리자 곧 어느 날 아침에 소리도 없이 다시 사라졌다. 본 사람도 없고 아는 사람도 없었다. 새가 날아가 버린 것이다! 몇 주일이고 몇 달이 가도록 아무도 나나의 행방을 알지 못했다. 하지만 그러다 다시 불쑥 나타났다. 어디에 갔다 왔는지는 절대 말하지 않았다. 집게로도 집기 싫을 정도로 지저분한 몰골로 온몸이 긁힌 상처투성이인 적도 있었고, 어느 때는 번지르르한 차림이었지만 지나치게 방탕한 생활 때문에 몸을 가누지 못할 정도였다. 부모들은 익숙해질 수밖에 없었다. 때려 봐도 소용없었다. 사정없이 발로 걷어차이면서도 나나는 마치 일주일 동안 머무는 여인숙을 찾아오듯 부모의 집에 돌아왔다. 집에 와서 자려면 얻어맞아야 한다는 것을 알고 있었다. 이것저것 따져 본 다음 그래도 그편이 낫겠다 싶으면 와서 얻어맞았다. 게다가 때리는 것도 지치는 법이다. 쿠포 부부는 마침내 나나의 방종을 받아들이게 되었다. 들어오든 말든, 문만 열어 두지 않으면 상관하지 않았다. 어쩌겠는가! 습관이란 모든 것을, 옳고 그른 것에 대한 생각까지 마모시키는 법이다.

단 한 가지 제르베즈를 화나게 한 건, 나나가 옷자락이 뒤로 질질 끌리는 드레스를 입거나 깃털 장식이 잔뜩 덮인 모자를 쓰고 나타날 때였다. 그 꼴만은 못 보지! 그런 사치만은 안 돼! 자기가 좋다면야 마음대로 흥청거려도 상관없지만, 어미한테 올 때는 그래도 여공다운 옷차림이어야지! 사실 나나가 옷자락이 끌리는 드레스를 입고 나타났을 때 건물 전체가 발칵 뒤집혔다. 로리외 부부는 마구 비웃어 댔고, 랑티에는 신이 나서 그 향내를 맡으려고 주변을 맴돌았다. 보슈 부부는 딸 폴린에게 요란하게 차려입은 저 창녀 같은 년을 만나지 말라고 일러 두었다. 제르베즈는 나나가 집을 나갔다 돌아오면 점심때까지 죽은 듯이 자는 것도 화가 났다. 게다가 가슴을 훤히 드러내고 있었고, 묶어 올린 머리는 핀이 잔뜩 꽂힌 채로 헝클어진 상태였다. 나나가 창백한 얼굴로 짧은 숨을 내쉴 때면 꼭 죽은 것 같았다. 제르베즈는 오전에 대여섯 번 딸을 흔들어 대며 배에다 물을 끼얹어 버리겠다고 으름장을 놓았다. 타락의 흔적으로 번질거리는 반라의 몸을 드러낸 아름답고 게으른 딸을 보고 있자면 그녀는 속이 뒤집힐 것 같았다. 잠에서 깨지 못한 상태인데도 딸의 몸은 색정으로 부풀어 있었다. 나나는 한쪽 눈을 잠시 떴다가 감으며 몸을 더 길게 뻗곤 했다.

어느 날 제르베즈는 딸의 문란한 생활에 대해 대놓고 욕을 했다. 이렇게 녹초가 되어 돌아오는 것을 보니 군인들하고 놀아나는 모양이라고 욕을 퍼부으면서 젖은 손으로 딸의 몸을 때렸다.

"그만 좀 해, 엄마! 남자 얘기는 안 하는 게 낫지 않아? 엄마도 마음대로 했고, 나도 내 마음대로 하는 거야."

"뭐라고? 뭐?" 어머니가 더듬거렸다.

"그래, 나하고 상관없는 일이라서 지금까지 아무 말도 안 했는데, 엄마도 아무렇지도 않게 다 했잖아. 아래 살 때 말이야. 아빠가 코를 골면 엄마가 속치마 바람으로 왔다 갔다 하는 거 내가 다 봤어. 엄마는 이제 그런 게 싫어졌는지 모르겠지만, 다른 사람들한텐 재미있는 걸 어쩌라는 거야. 그러니까 귀찮게 하지 마. 그러게 엄마가 그렇게 모범을 보이지 말았어야지."

제르베즈는 파랗게 질린 얼굴로 손을 부들부들 떨었다. 그러다 넋이 나간 상태로 방 안을 왔다 갔다 했다. 나나는 엎어져서 두 팔로 베개를 끌어안고 다시 깊은 잠에 빠졌다.

쿠포는 불평을 늘어놓았지만 더 이상 따귀를 올려붙이려 하지는 않았다. 이제 완전히 손을 놓은 것이다. 하지만 그를 도덕관념이 없는 아버지라고 부르면 안 된다. 그보다는 술이 그에게서 선과 악에 대한 의식을 앗아 갔다고 해야 한다.

이제 다 끝났다. 쿠포는 이미 여섯 달 동안 단 하루도 술에서 깬 적이 없었다. 결국 생탄 병원에 들어갔다. 사실 쿠포에게 그것은 시골에 나들이 가는 것과 마찬가지였다. 로리외 부부는 토르부아요[56] 공작 나리께서 영지에 나들이 간다고 빈정거렸다. 일주일 뒤 몸이 좀 좋아지면 다시 나사를 죄어 퇴원을 했지만, 쿠포는 또다시 몸을 망가뜨려 수선이 필요한 상태로 드러누웠다. 이렇게 해서 지난 삼 년 동안 일곱 차례나 생탄 병원을 들락거렸다. 동네에서는 생탄 병원에서 그의 방을 따로 비워 놓았다는 말까지 돌았다. 하지만 가장 끔찍한 것은 정말 끊임없이 술을 마셔 대는 주정뱅이 쿠포가 한 번 쓰러질 때마다 점점 더 몸이 망가지고 있고, 그렇게 되풀이하다가 마지막에는 다시 일어서지 못하리라는 사실이었다. 썩은 술통의 테가 하나씩 삭아 나가다가 결국 마지막 남은 것까지 부서지고 말 터였다.

쿠포는 몸을 치장하는 법도 잊어버렸다. 행색은 눈 뜨고 보기 힘들 정도였다. 술독이 그를 참혹하게 갉아먹어 버렸다. 술에 절어 버린 몸뚱이는 약국 진열장에 있는 액침 표본병 속의 태아처럼 쭈글쭈글했다. 이제 그가 창문 앞에 서 있을 때면 갈비뼈 사이로 햇빛이 비칠 정도로 깡마른 몸이 되었다. 양 볼이 움푹 패었고, 보기에도 끔찍한 눈에서는 대성당도 밝힐 수 있을 만큼의 촛농 같은 것이 흘러내렸다. 그의 얼굴에서 화색이 도는 곳은 오직 커다란 주먹코뿐이어서, 흡사 황량한 들판 같은 술꾼의 얼굴 가운데 붉고 아름다운 카네이션이 피어

---

56) '창자를 비트는' 사람이라는 뜻이다. 몸이 망가지도록 술을 마시는 사람이라는 뜻으로 만든 별명이다.

난 것 같았다. 쿠포가 막 마흔 살이 되었음을 아는 사람들은 허리를 굽히고 비틀거리며 지나가는 그의 폭삭 늙은 얼굴을 보면서 가벼운 전율을 느꼈다. 수전증도 점점 더 심해져서, 특히 오른손은 너무 심하게 떨려서 이제 술잔도 두 손으로 들고 있어야 했다. 이런 빌어먹을. 왜 이렇게 떨리는 거야. 온통 엉망진창이었지만 쿠포는 유독 손 때문에 짜증스러웠다. 그는 자기 손을 저주하며 소리를 질렀다. 때로는 앞에 놓인 손을, 개구리처럼 팔딱거리는 자기 손을 몇 시간이고 지켜보았다. 그는 아무 말도 없이, 화도 안 내고, 자기 손안에 도대체 어떤 장치가 들어 있어서 이렇게 움직이는지 알아내려는 듯이 멍하니 바라보았다. 어느 날 밤에 제르베즈는 술에 절어 벌겋게 익은 남편의 볼 위로 두 줄기 눈물이 흘러내리는 것을 보았다.

나나가 밤늦게나마 집으로 잠을 자러 오던 마지막 여름이었다. 쿠포의 상태는 정말 엉망이었다. 싸구려 독주가 그의 목구멍에 새로운 음악을 불어넣었는지 목소리도 변해 버렸다. 한쪽 귀도 들리지 않았다. 며칠 후에는 눈도 흐릿해졌다. 계단을 내려갈 때는 굴러떨어지지 않으려고 난간에 매달려야 했다. 사람들은 그의 건강이 좀 쉬러 갔다고 했다. 머리가 견딜 수 없이 지끈거렸고, 현기증이 나면서 눈앞에 촛불 서른여섯 개를 밝혀 놓은 것처럼 아찔했으며, 갑자기 팔다리에 찌르는 듯한 통증이 느껴졌다. 그러면 쿠포는 새파랗게 질려서 몸도 가누지 못했다. 그저 몇 시간이고 멍하니 주저앉아 있었다. 그런 발작이 있고 나면 온종일 팔이 마비되어 움직일 수 없었다. 결국 몇 번이고 자리에 누워 몸을 웅크리고 이불 속으로 들어가서는 병든 짐승처럼 거친 숨을 몰아쉬었다. 그러다가 결국 이전에 생탄 병원에서처럼 미치광이 증세가 나타났다. 쿠포는 잔뜩 경계하면서 불안해하고 심한 열에 들떠서 뒹굴며 날뛰었다. 입고 있는 작업복을 찢어 버렸고, 경련하듯 입을 씰룩거리며 가구를 물어뜯었다. 갑자기 눈물이 흥건한 눈으로 계집애처럼 훌쩍거리면서 아무도 자기를 사랑하지 않는다고 탄식하기도 했다. 어느 날 밤 제르베즈와 나나가 함께 돌아와 보니 침대 위에 쿠포가 보이지 않았고, 그가 누웠던 자리에는 긴 베개가 놓여 있었다. 그는 침대와 벽 사이에 숨어 있었다. 이를 덜덜 떨면서 누군가가 자기를 죽이러 온다고 했다. 제르베즈와 나나가 다시 침대에 눕히고 어린애처럼 달래 주어야 했다.

쿠포에게는 오직 한 가지 처방밖에 없었다. 배 속에 싸구려 독주를 집어넣는 것, 말하자면 위장을 몽둥이질하는 것이다. 그러면 몸을 일으킬 수 있었다. 아침마다 쿠포는 신물이 넘어오는 통증을 그렇게 달랬다. 기억력은 이미 오래전에 망가졌고, 머릿속은 텅 비었다. 통증이 없을 때는 자기가 뭐가 아프냐며 빈정댔다. 내가 언제 병이 났다고 그래. 그랬다. 그는 스스로 멀쩡하다고 말하면서 죽어 가는 그런 상태였다. 나머지 문제에 대해서도 마찬가지였다. 나나가 육 주 동안 집을 나가 돌아다니다가 와도 마치 동네에 심부름 다녀온 것처럼 대했다. 남자 팔에 매달려 있는 딸과 마주쳐도, 심지어 그 딸이 아무렇지도 않게 농담을 해도, 아버지는 딸을 알아보지 못했다. 이제 나나에게 아버지는 아무 상관이 없었다. 혹시 의자를 찾다가 없으면 아버지를 깔고 앉기라도 했을 것이다.

첫서리가 내릴 무렵이었다. 나나는 과일 가게에 가서 배 조림을 살 수 있는지 보고 오겠다고 나가서는 다시 사라졌다. 겨울이 오는 것을 느끼면서, 다시 또 불기 없는 난롯가에서 이를 부딪치며 떨고 싶지 않았던 것이다. 쓸모없는 년이라 부르며, 그래도 딸이 배를 구해서 돌아오기를 기다렸다. 나나는 돌아올 거야. 지난겨울에도 2수짜리 파이프 담배를 사러 나갔다가 삼 주 만에 돌아왔잖아. 하지만 몇 달이 지나도 나나는 나타나지 않았다. 이번에는 아주 먼 곳까지 간 것 같았다. 6월이 되어 햇볕이 내리쬐기 시작하는데도 돌아오지 않았다. 이제 정말 끝이었다. 어디선가 흰 빵을 찾아낸 것이리라. 어느 날 다 털어도 돈이 나올 데가 없자 쿠포 부부는 딸의 철제 침대를 팔았다. 있어 봐야 거치적거리기만 하는 침대였다. 그리고 그 6프랑의 돈을 생투앙에서 모두 마셔 버렸다.

7월 어느 날 아침에 비르지니가 지나가는 제르베즈를 불러 세웠다. 간밤에 랑티에가 친구 두 명을 데려와서 식사했다면서 설거지를 좀 해 달라고 했다. 그렇게 제르베즈는 랑티에가 좋아하는 음식을 담았던, 기름이 번질거리는 접시를 씻었다. 그동안 랑티에는 옆에서 지난밤의 음식을 소화시켰다. 랑티에가 갑자기 큰 소리로 말했다.

"이봐, 어멈! 내가 일전에 나나를 봤어."

카운터에 앉은 비르지니는 눈앞의 사탕 병과 서랍이 비어 가는 것을 초조하게 바라보다가 화가 나는지 고개를 흔들었다. 비르지니는 너무 심한 말을 하지 않으려고 간신히 참고 있었다. 하지만 분명 뭔가가 수상했다. 랑티에는 나나를 여러 번 만난 게 분명했다. 세상에! 랑티에는 분명 군침 도는 여자가 있으면 그보다 더 심한 일도 할 수 있는 사람이었다! 때마침 르라 부인이 들어왔다. 그녀는 최근 비르지니와 사이가 무척 좋아져서 속내 얘기를 들어주는 터였다. 르라 부인이 매우 외설스러운 표정으로 물었다.

"그러니까 그 애를 어떻게 만났다는 거죠?"

"오! 아주 좋게 만났죠." 랑티에는 기분이 좋은 듯 수염을 비틀며 싱글거렸다. "그 애는 마차를 타고 있었고, 난 진창길을 걷고 있었죠. 정말이에요. 맹세할 수 있습니다. 정말 더 말할 게 없다니까요. 그 애 곁에 찰싹 붙어서 정답게 얘기하고 있던 도련님들은 모두 행복해 보이던걸요."

랑티에의 번득이는 눈길이 가게 안쪽에 서서 접시를 닦고 있는 제르베즈를 향했다.

"그래, 마차를 타고 멋진 옷을 입고 있었어. 몰라볼 정도였지. 상류 사회의 귀부인 같던걸. 갓 피어난 꽃처럼 얼굴이 싱싱하고 이가 하얗더라고. 장갑을 흔들며 나한테 웃어 보이기도 했어. 어디 가서 자작 나리라도 낚은 모양이지, 뭘. 오! 제대로 출세했잖아! 이제 우리 같은 건 거들떠보지도 않을걸? 엄청난 행운을 잡은 거지! 그 행실 나쁜 계집애가! 사랑스러운 고양이 같더라니까. 그래, 그렇게 귀여운 고양이는 상상도 할 수 없을걸!"

제르베즈는 이미 다 닦아서 반짝거리는 접시를 닦고 또 닦았다. 비르지니는 내일 치러야 하는, 하지만 어떻게 갚을지 막연한 청구서 두 장을 생각하고 있었다. 그 옆에서 살이 붙어 기름이 번지르르한 랑티에는 부지런히 사탕을 먹고 또 그것을 땀으로 흘려보냈다. 그는 화려하게 치장한 계집애들을 향한 정열로, 거의 다 먹어 치워 파산 냄새가 풍기는 비르지니의 가게를 가득 채웠다. 그렇다. 이제 설탕에 조린 과자 몇 개와 보리 사탕 몇 개만 더 먹으면 푸아송네 가게도 끝장이었다. 랑티에는 한순간 근무 중인 푸아송이 허벅지에 칼을 덜걱거리며 지나가는 것을 보았다. 그러자 기분이 더 좋아졌다. 그는 비르지니더러 남편을 좀 보라고 했다.

"그래!" 랑티에가 중얼거렸다. "바뎅그가 오늘 아침 심각하네. 조심해! 저 친구 잔뜩 긴장했네. 오늘 누군가 잡으려고 눈에 쌍심지를 켜고 다니는 게 분명해."

제르베즈가 집에 올라가 보니 쿠포는 다시 발작이 왔는지 침대 가장자리에 멍하니 걸터앉아 있었다. 그의 생기 없는 눈길은 바닥 타일을 향했다. 제르베즈도 온몸을 늘어뜨린 채 의자에 앉아 더러운 치마 위에 두 손을 맥없이 얹었고, 그렇게 십오 분 동안 말없이 남편 앞에 앉아 있었다.

"소식을 들었어." 마침내 제르베즈가 중얼거렸다. "당신 딸을 본 사람이 있대. 그래. 아주 멋쟁이가 되어서, 이제 당신 같은 건 필요 없다나 봐. 아주 행복해 보였고. 그 애가! 아! 세상에! 그렇게 될 수 있다면 나도 뭐든 하겠어."

쿠포는 여전히 바닥의 타일을 응시했다. 그러더니 수척한 얼굴을 들면서 바보처럼 웃으며 더듬거렸다.

"그래, 여보. 붙잡지 않을게. 얼굴만 제대로 씻으면 당신도

꽤 예쁜 얼굴이잖아. 사람들 말대로, 아무리 헌 냄비라도 뚜
껑이 있을 거야. 빌어먹을! 그래서 사는 꼴이 좀 나아질 수 있
으면야!"

12장

12

집세를 내야 하는 날이 지난 토요일, 아마도 1월 12일 아니면 13일이었을 것이다. 제르베즈는 이제 날짜도 정확히 알지 못했다. 그녀는 아예 제정신이 아니었다. 배 속에 따뜻한 것을 넣어 본 지 몇백 년은 지난 것 같았다. 아! 일주일이 진정 지옥같이 끔찍했다! 쓸 수 있는 건 깡그리 긁어 썼다. 화요일에 4리브르짜리 빵 두 개를 사서 목요일까지 버텼고, 어제는 말라빠진 빵 껍질을 구했다. 그 이후 서른여섯 시간 동안 빵부스러기 하나도 구경하지 못했다. 그야말로 쫄쫄 굶은 것이다. 지독한 날씨, 음산한 추위, 금방이라도 쏟아질 것 같은 눈을 머금고 프라이팬 바닥처럼 지저분한 하늘이 등 뒤에서 짓누르는 것 같았다. 추위와 굶주림이 창자 속으로 스며들면 제아무리 허리띠를 졸라매도 속이 달래지지 않는 법이다.

저녁때 쿠포가 돈을 가져올 거야. 요즘 일을 한다고 했잖아. 정말일 거야. 제르베즈는 지금껏 수없이 속았으면서도 다시 또 그 돈을 기다렸다. 이제 동네에서는 아무도 제르베즈에게 빨랫감을 주지 않았다. 그동안 워낙 말썽이 많았기 때문이다. 한 노부인의 집에서 살림을 거들기도 했는데, 역시 술을 훔쳐 마셨다는 이유로 쫓겨났다. 그 어디에서도 제르베즈를 원하지 않았다. 모든 사람에게 신용을 잃었다. 사실 그게 더 편했다. 그녀는 이미 손가락을 움직이느니 차라리 죽는 게 낫다고 생각할 지경에 이르렀다. 쿠포가 돈만 가져오면 따뜻한 걸 먹을 수 있을 거라고, 아직 점심때도 안 되었으니 그때까지 짚 매트 위에 누워 있어야겠다고, 그러면 추위도 덜하고 배고픔도 덜할 거라고 생각했다.

제르베즈가 짚 매트라고 부르는 것은 정확히 말하자면 방 구석에 짚 더미를 쌓아 둔 것에 불과했다. 잠자리는 이미 하나씩 하나씩 고물상에 넘어가 버렸다. 돈이 떨어지자 제일 처음 침대 매트리스의 양털을 뜯어냈다. 앞치마에 싸서 벨옴 거리로 가져가 1리브르에 10수로 쳐서 팔았다. 매트리스가 빈 뒤에는 어느 날 아침 매트리스를 싸는 천마저 30수에 팔아서 그 돈으로 커피를 샀다. 그다음 베개들을 팔았고, 긴 쿠션도 팔았다. 나무로 만든 침대 틀만 빼고 다 팔았다. 침대 틀만은 보슈 부부의 눈 때문에 내갈 수가 없었다. 집주인이 담보로 잡은 물건이 날아가는 것을 본다면 보슈 부부는 건물 전체가 떠들썩하게 난리를 쳤을 것이다. 하지만 어느 날 밤에 그들이 정신없이 먹고 있는 틈을 타서 제르베즈는 드디어 그 일을 해냈다. 쿠포와 함께 침대를 몸체, 등판, 바닥 틀로 분해해서 내간 것이다. 그렇게 12프랑을 구해서 사흘 동안 신나게 먹었다. 짚 매트만 있으면 되지, 뭐. 짚 매트를 싼 천 역시 매트 싸는 천의 뒤를 따랐다. 그 돈으로 이십사 시간이나 굶은 배 속에 질리 도록 빵을 넣을 수 있었다. 짚 매트를 빗자루로 털어서 뒤집으 니, 그다지 더럽지도 않았다.

옷을 입은 채로 짚 더미 위에 누운 제르베즈는 누더기 같 은 속치마 안으로 발을 끌어당기면서 몸을 웅크렸다. 그래야 조금이라도 더 따뜻했다. 그녀는 그렇게 실뭉치처럼 몸을 웅 크린 채 눈을 크게 뜨고 심란한 마음으로 생각들을 되씹었다. 아! 말이 안 돼! 세상에! 사람이 아무것도 안 먹고 살 수는 없 잖아! 이미 배고픔도 느껴지지 않았다. 그저 위장 속에 납덩 어리가 들어앉고 머릿속이 텅 빈 것 같았다. 초라한 방구석을 다 훑어봐도 즐거운 것이라고는 눈곱만큼도 찾을 수 없었다! 차라리 개집이 낫겠네! 밖에 옷까지 입고 돌아다니는 늘씬한 암캐들도 이것보단 좋은 데 살걸? 제르베즈의 창백한 눈초리 는 아무 장식 없이 휑한 벽을 향했다. 모든 게 오래전에 전당 포로 넘어갔다. 남은 거라곤 서랍장과 탁자, 그리고 의자 하나 뿐이었다. 서랍장의 대리석과 서랍들 역시 침대 틀과 같은 운 명을 거쳐 사라졌다. 설사 불이 났다 해도 이만큼 깨끗이 쓸 어 버리지는 못했을 정도였다. 작은 장식품들까지도, 12프랑 짜리 회중시계부터 가족사진이 들어 있던 액자까지 다 사라 졌다. 냄비와 다리미는 물론 빗까지 고물상에 가져갔더니, 친 절한 여주인이 각기 5수, 3수, 2수를 쳐 주었다. 그날 그 돈으로 빵 한 조각을 사서 올라올 수 있었다. 이제 남은 거라곤 양초의 심지를 자르는 가위뿐이었다. 너무 낡은 데다가 망가져서 1수도 받을 수 없었다. 오! 먼지, 쓰레기, 때, 누가 이런 것도 돈 주고 가져간다면 제르제즈는 당장에라도 가게를 낼 수 있을 정도였다! 그만큼 방이 더러웠다. 사방 구석에 거미줄이 가득했다. 베인 상처에 좋다고는 하지만 아직 거미줄은 사는 사람은 없었다. 제르베즈는 고개를 돌리며 다시 짚 더미 위에서 몸을 웅크렸다. 이제 뭐든 더 팔아 보겠다는 희망은 포기했다. 차라리 창문 밖에 당장이라도 눈이 내릴 것 같은 하늘을, 뼛속까지 얼어붙게 하는 음산한 햇빛을 보고 있는 편이 나았다.

정말 지긋지긋했다! 온갖 생각을 다 해 보고 머리를 짜내봐야 아무 소용이 없었다! 잠이나 좀 제대로 자 봤으면! 하지만 이 초라한 방에 닥친 어수선한 문제들이 머릿속을 떠나지 않았다. 어제 집주인 마레스코 씨가 와서 두 번 밀린 집세를 일주일 이내에 내지 못하면 쫓아내겠다고 했다. 좋아! 쫓아내라지! 길바닥이 여기만 못하겠어? 그 너절한 놈이 외투를 입고 털장갑을 끼고 나타난 꼴이라니! 누가 돈을 숨겨 놓고 안 주기라도 해? 더러워 죽겠네! 내가 목구멍에 풀칠도 못 할 줄 알지? 두고 봐. 닥치는 대로 먹어 치울 테니까. 아! 배불뚝이 마레스코는 정말 너무 나쁜 놈이었다. 제르베즈는 그 인간이 싫었다. 정말 싫었다. 매일 집에만 들어오면 자기한테 달려들어 두들겨 패는 쿠포도 마찬가지였다. 제르베즈는 쿠포와 집주인이 다 싫었다. 이제 그녀는 싫은 사람이 많았다. 모든 사람이 다 싫었다. 세상도 삶도 전부 귀찮았다. 제르베즈는 동네 북처럼 맞았다. 쿠포가 자기 몽둥이를 당나귀 부채라고 부르며 아내에게 부채질을 해 대는 광경은 진정 볼만했다! 제르베즈는 된통 땀을 흘려야 했다. 아예 땀범벅이 되었다. 물론 순순히 당하고만 있지는 않았다. 쿠포를 물어뜯고 할퀴어 댔다. 그렇게 부부는 아무것도 없는 텅 빈 방에서 마구잡이로 주먹다짐을 했다. 서로 때리고 맞는 동안은 배고픔을 잊었다. 그리고 다른 일들에 다 그랬듯이 그녀는 쿠포와 치고받는 것에도 무감각해졌다. 쿠포가 몇 주 동안 일을 하지 않아도, 몇 달 동안 마셔 대도, 정신을 못 차릴 정도로 취해 들어와서 이유 없이 때려도, 이제 다 익숙해졌다. 어차피 남편 같은 건 안중에도 없었다. 그래. 그따위 돼지 새끼 같은 인간이 나가 죽든 말든 나랑 무슨 상관이람. 로리외네, 보슈네, 푸아송네, 날 우습게 아는 동네 사람들 모두 나가 죽으라고 해! 파리라는 도시 전부가 마찬가지였다. 제르베즈는 아무렇지도 않게 온 파리를 쓸어 내서 묻어 버렸다. 그렇게 다 내던지고 나면 기쁘기도 했고 원한이 풀리는 것도 같았다.

인간이 무슨 일에든 익숙해진다고 하지만, 불행히도 먹지 않고 지내는 것만은 절대 그럴 수 없었다. 그것만은 계속 제르베즈를 힘들게 했다. 인간 말종이 되어 시궁창에 떨어진 것도, 자기가 지나갈 때 옆에 있는 사람들이 더럽다며 옷을 터는 것도 아무렇지 않았다. 아무리 험한 대접을 받아도 상관없었다. 하지만 속이 주리면 늘 창자가 뒤틀렸다. 세상에! 하찮은 요리 하나 구경 못 한 지가 벌써 얼마인가! 그녀는 거리로 내려가 닥치는 대로 먹었다. 푸줏간 접시에 오래 담겨 있어 시커멓게 된 찌꺼기 고기를 1리브르에 4수 주고 얻어 올 수 있는 날은 그나마 운이 좋았다. 거기다 감자를 넣고 냄비 바닥을 저어 가며 익혀서 먹었다. 소 염통을 소스로 볶은 것 정도면 입맛을 다실 만한 음식이었다. 포도주를 구한 날은 빵을 사서 담가서 먹었다. 돼지 간 다진 것 2수어치에 감자를 잔뜩 넣고 마른 강낭콩을 즙이 나오도록 익힌 것 역시 자주 먹기 힘든 성찬이었다. 아예 허름한 싸구려 식당에서 구운 고기 상한 것과 생선 가시가 섞인 음식 찌꺼기를 1수에 한 무더기 주는 것에도 허겁지겁 달려들었다. 심지어 친절한 식당에서 손님이 먹다 남긴 빵 껍질을 구걸해 와서 이웃집 화덕에 한없이 오래 올려놓아 빵 수프를 만들기도 했다. 배가 주린 날 아침에는 쓰레기꾼이 지나가기 전에 개들과 함께 가게들의 쓰레기통을 기웃거려야 했다. 부자들이 먹던 음식, 그러니까 멜론 문드러진 것이나 상한 고등어, 갈비 같은 것을 손에 넣는 날도 있었다. 갈비는 구더기가 붙어 있을지 모르기 때문에 뼈를 잘 살펴야 했다. 그랬다. 정말 그 지경이었다. 우아한 사람들은 생각만 해도 구역질이 날 광경이겠지만, 그 사람들 또한 사흘만 굶고 나면 빈 배를 끌어안고 태연할 수 있을까? 똑같이 엉금엉금 기어서 더러운 것을 헤치고 다닐 것이다! 아! 가난한 사람들은 굶주림으로 죽어 가고, 텅 빈 창자를 움켜쥐고 배고픔을 호소했다. 짐승과 다를 바 없는 모습으로 뭐라도 먹고 싶어서 이를 덜덜거리며 더러운 음식을 입 안에 구겨 넣었다. 이 모든 일이 황금빛 도시 파리 안에서 일어나고 있었다. 제르베즈에게도 기름진 거위를 포식하던 시절이 있었는데! 하지만 지금은 꿈도 꿀 수 없었다. 어느 날 쿠포가 아내 몰래 빵 교환권 두 장을 팔아 술을 마셔 버렸을 때, 너무나 배가 고팠던 제르베즈는 자기 빵 조각을 훔쳐 갔다는 사실을 참을 수 없어서 삽을 휘둘러 남편을 죽일 뻔했다.

제르베즈는 뿌연 하늘을 물끄러미 바라보다가 고통스러운 잠에 빠졌다. 그리고 눈을 가득 머금은 하늘이 머리 위를 짓누르는 꿈을 꾸었다. 그만큼 지독한 한기가 몸에 파고든 것이다. 그녀는 고통스럽게 전율하며 벌떡 일어섰다. 세상에. 이렇게 죽는 걸까? 어리벙벙한 상태로 몸을 떨면서 살펴보니 아직 대낮이었다. 밤이 왜 이렇게 안 오는 걸까? 배가 비어 있으면 원래 시간이 잘 가지 않는 법이다. 위장도 잠에서 깨어나서 괴롭히는 것이다. 제르베즈는 의자에 주저앉아 고개를 숙이고 두 손을 허벅지 사이에 찔러 녹이면서, 저녁때 쿠포가 돈을 가져오면 무얼 먹을지를 궁리했다. 빵 하나, 포도주 한 병, 리옹식 소 위장 요리 이인분을 떠올렸다. 그때 바주즈 영감의 뻐꾸기시계가 3시를 쳤다. 겨우 3시! 제르베즈는 왈칵 눈물이 났다. 도저히 7시까지 기다릴 힘이 없었다. 그녀는 심한 아픔을 달래려는 어린애처럼 몸을 살살 흔들면서 빈 위장이 느껴지지 않도록 몸을 반으로 꺾다시피 하며 열심히 눌렀다. 아! 애를 낳는 것보다 더 힘들었다. 아무리 해도 속이 가라앉지 않자 제르베즈는 일어서서 왔다 갔다 했다. 어린애를 달래 재우듯 빈속을 달래 보려고 삼십 분 동안 텅 빈 방을 이 구석 저 구석 부딪치며 왔다 갔다 했다. 그러다 갑자기 시선을 고정하고 걸음을 멈추었다. 할 수 없어. 뭐라 해도 상관없어. 원한다면 발이라도 핥아 줄 거야. 그렇게 제르베즈는 로리외 부부에게 10수를 빌리러 갔다.

가난뱅이들이 모여 사는 이 계단에서는 겨울이 되면 10수, 20수 빌리고 빌려주는 게 다반사였다. 굶기를 밥 먹듯이 하는 사람들이 그렇게 서로 도와 가며 살았다. 하지만 모두 로리외 부부에게 돈을 빌리느니 차라리 죽는 편이 낫다고 생각했다. 그들이 얼마나 구두쇠인지 모르는 사람이 없었다. 제르베즈가 로리외네 문을 두드린 것은 실로 대단한 용기였다. 복도에 서 있는데 어찌나 두려운지 꼭 치과의 벨을 누르기라도 한 것처럼 갑자기 온몸에 맥이 빠졌다.

"들어와요!" 로리외가 가시 돋친 목소리로 외쳤다. 아! 그 집의 실내는 너무나 아늑했다! 불타는 화덕의 하얀 불꽃이 비추는 좁은 작업장에서 로리외 부인이 금속사 다발에 열을 가하고 있었다. 작업대 앞에서 로리외는 더워서 땀을 흘리며 대롱처럼 생긴 관으로 사슬 고리를 붙이고 있었다. 집 안에 좋은 냄새가 났다. 불 위에서 통배추 수프가 익고 있었다. 수프에서 올라오는 김 때문에 제르베즈는 속이 뒤집힐 것 같고 갑자기 현기증이 일며 쓰러질 뻔했다.

"아! 왔어?" 로리외 부인이 앉으라는 말도 없이 퉁명스레 중얼거리며 용건을 물었다. "무슨 일인데?"

제르베즈는 말이 없었다. 이번 주는 로리외 부부와 그다지 얼굴 붉힐 일이 없었다. 하지만 난롯가에 편안히 앉아서 남의 험담을 늘어놓고 있던 보슈를 보는 순간 10수 얘기가 목구멍에서 걸려 도저히 나오지 않았다. 보슈는 남한테 아무런 관심이 없는 뻔뻔한 인간이었다. 그는 입을 벌리고 멍청이처럼 웃었다. 양 볼이 어찌나 불룩한지 코가 묻혀 버릴 정도였다. 정말 멍청한 인간이다!

"무슨 일이죠?" 로리외가 다시 물었다.

"쿠포를 못 보셨나요?" 제르베즈가 더듬거리며 물었다. "여기 있는 줄 알았어요."

로리외 내외가 보슈와 함께 킬킬거렸다. 못 봤다고, 자기들이 술도 안 주는데 찾아올 일이 뭐가 있겠냐고 했다. 제르베즈가 간신히 더듬거리며 말했다.

"꼭 집에 올 거라고 했거든요. 그래요. 돈을 가지고 올 거라고 했어요. 제가 꼭 필요한 게 있어서 그러는데⋯⋯."

잠시 무거운 침묵이 흘렀다. 로리외 부인은 거칠게 화덕의 불을 붙였고, 남편은 손가락 사이로 늘어뜨린 사슬에 코를 파묻었다. 보슈는 여전히 보름달처럼 환한 웃음을 지으며 입을 헤벌린 모습이 손가락을 찔러 넣고 싶을 정도였다.

아무도 입을 열지 않았다.

"10수만 꿔 주실 수 없을까요? 오! 오늘 저녁에 갚을게요."

로리외 부인이 고개를 돌려 물끄러미 제르베즈를 쳐다보았다. 저 얌체가 번지르르한 말로 우리를 속여 먹으려 하네! 오늘은 10수라고 하지만 내일은 20수가 될 테고, 그러다 보면 한도 끝도 없겠지. 안 된다. 절대 안 된다. 그녀는 해가 서쪽에서 뜨면 모를까 절대로 그런 일은 없을 거라고 다짐했다.

"어쩌겠어!" 로리외 부인이 큰 소리로 대답했다. "우리가 돈

이 없다는 걸 알잖아. 자! 주머니를 뒤집어 보여 줄게. 마음이
야 당연히 도와주고 싶지."

"마음이야 늘 그렇죠." 옆에서 로리외가 거들었다. "하지만
그럴 형편이 안 되는 걸 뭘……."

제르베즈는 매우 공손하게 고개를 끄덕인 뒤 곧바로 나가
지는 않고 곁눈질로 집 안에 있는 금을 쳐다보았다. 벽에 걸려
있는 금사 묶음, 아내가 판에 걸어 놓고 힘껏 당기고 있는 금
사, 남편의 마디진 손가락 밑에 쌓인 금고리를 쳐다보았다. 저
거무튀튀한 금속 부스러기 하나만 있어도 저녁을 먹을 수 있
을 텐데……. 고철과 탄가루, 제대로 닦지 않은 기름때 등으로
지저분한 로리외네 집이 제르베즈의 눈에는 온갖 금은보화가
번쩍거리는 환금상 같았다. 그녀는 다시 용기를 내어 완곡하
게 말했다.

"돌려드릴게요. 꼭 돌려드릴게요. 이 댁에는 10수 정도야
아무것도 아니잖아요."

어제부터 배 속에 아무것도 넣질 못했다고는 차마 고백할
수 없었다. 제르베즈는 가슴이 북받치며 울컥해졌다. 발의 힘
이 빠져나가는 것 같았고, 이대로 울며 주저앉게 될까 봐 겁이
났다. 제르베즈는 다시 더듬거렸다.

"정말 부탁이에요……. 모르시겠지만…… 그래요. 난 이 꼴
이 되어 버렸어요. 아 정말! 이 꼴이 되었어요."

로리외 부부는 입술을 앙다물며 실눈을 뜨고 눈빛을 교환
했다. 쩔룩이가 마침내 거지가 되었다. 완전히 끝났다. 이제 구
걸하러 오다니, 부부는 절대 용납할 수 없었다. 그런 줄 알았

으면 문을 열어 두지 않았을 것이다. 거지가 있는데 어떻게 잠시라도 한눈을 팔 수 있겠는가! 이런저런 핑계로 들어와서 돈되는 것들을 훔쳐 갈 텐데! 더구나 로리외의 집에는 훔칠 것이 사방에 널려 있었다. 어느 쪽으로든 손가락만 뻗으면, 잠깐 주먹만 한 번 쥐어도 30프랑 아니면 40프랑어치 내갈 수 있지 않은가. 이미 몇 번이나 제르베즈가 금 앞에서 얼굴색이 변하는 것을 본 적이 있는 로리외 내외는 이번만큼은 잘 지켜보기로 했다. 제르베즈가 다가와 나무 발에 발을 딛자 로리외가 대답 대신 거칠게 소리를 질렀다.

"이봐요! 좀 조심해야지! 신발 바닥에 또 금 부스러기를 묻혀 갈 셈인가! 금이 달라붙으라고 신발 바닥에 기름을 발라 놓은 건 아니겠지?"

제르베즈는 천천히 뒷걸음질 쳤다. 그러느라 선반을 붙잡았고, 이번에는 로리외 부인이 눈을 홀끔거리며 제르베즈의 손을 살폈다. 제르베즈는 두 손을 쫙 펴서 보여 주었다. 그 어떤 일에도 화내지 않는 몰락한 여자답게 아무렇지도 않은 듯이 힘없는 목소리로 말했다.

"아무것도 안 쥐었어요. 보세요."

제르베즈는 통배추 수프의 강한 냄새와 작업장의 포근한 온기를 더 이상 견딜 수가 없었다. 결국 그대로 로리외의 집에서 나왔다.

아! 로리외 부부는 제르베즈를 붙잡지 않았다. 잘 생각했군. 내가 다시 문을 열어 주나 봐! 이젠 꼴도 보기 싫어! 남이 우리 집에 와서 궁상떠는 거 질색이야! 더구나 자기들이 잘못

해서 저 꼴이 됐잖아! 로리외 부부는 편안하고 따뜻하게 맛있는 수프를 먹을 기대에 차서 이기적인 기쁨을 만끽했다. 옆에서 보슈가 몸을 내밀면서 볼을 불룩하게 만들어 비열한 웃음을 지었다. 세 사람 다 전에 쩔룩이가 한 짓을 되갚아 준 것 같아서 기분이 좋았다. 푸른색으로 칠한 가게라든가, 생일이라고 한 상 가득 차린 잔치라든가, 그리고 이것저것 전부 다 제대로 갚아 주었다! 아주 잘 됐다. 먹는 걸 밝히면 말로가 어떻게 되는지 증명한 셈 아닌가. 먹을 것만 보면 정신을 못 차리고, 게을러터지고. 방탕하게 사는 그런 여자들은 다 쓸어 버리는 게 낫다!

"정말 별꼴이야. 우리한테 10수를 구걸하러 오다니." 로리외 부인이 제르베즈의 등 뒤에서 큰 소리로 쏴붙였다. "지 까짓게 뭐라고! 10수 빌려줘 봐야 보나 마나 술이나 퍼마시러 갈 거면서."

제르베즈는 어깨를 늘어뜨리고 헌 신발을 끌며 복도를 지나갔다. 자기 집 방문 앞까지 와서도 들어가지 않았다. 무서워서 들어갈 수가 없었고, 차라리 그냥 걸으면 덜 춥고 어떻게든 참을 수 있을 것 같았다. 지나가다가 계단 밑의 브뤼 영감 방을 들여다보았다. 그 역시 사흘째 점심도 저녁도 굶었으니 뭐든지 먹을 수 있을 터였다. 하지만 영감은 보이지 않고 그가 누웠던 자리만 덩그러니 놓여 있었다. 나오라고 불러 주는 사람이 있었나 보다 생각하니 제르베즈는 문득 영감이 부러워졌다. 그녀는 이어 비자르네 문 앞을 지나갔다. 그런데 안에서 신음 소리가 들렸다. 늘 문에 열쇠가 꽂혀 있기 때문에 그냥 안으로 들어갈 수 있었다.

"무슨 일이니?" 제르베즈가 물었다.

방은 아주 깨끗했다. 랄리가 오늘 아침에도 비질을 하고 정돈해 놓은 게 분명했다. 그 집에는 아무리 가난이 들이닥쳐 헌 옷가지를 들춰내고 더러운 먼지를 흐트러뜨려도 소용이 없었다. 랄리가 뒤따라다니면서 모든 것을 닦고 정돈했다. 아이는 넉넉하지 않은 살림일지언정 야무지게 꾸려 갔다. 앙리에트와 쥘, 두 아이는 낡은 그림을 가위로 자르면서 방 한구석에서 조용히 놀고 있었다. 하지만 놀랍게도 랄리는 좁다란 접는 침대 위에 누워 있었다. 맙소사! 랄리가 눕다니! 병이 난 게 분명했다!

"어떻게 된 거니?" 제르베즈가 근심스럽게 물었다.

랄리는 신음을 그쳤다. 조용히 눈을 뜨고 파르르 떨리는 입술로 웃어 보이려고 했다.

"아무것도 아니에요." 랄리는 아주 낮은 소리로 대답했다. "아! 정말 아무것도 아니에요."

그리고 다시 눈을 감고 힘들게 말을 이었다.

"요즘에 아주 많이 피곤해요. 그래서 이렇게 게으름을 부리고 있어요."

하지만 어린 계집애의 얼굴에는 대리석 무늬 같은 푸르스름한 반점과 함께 끔찍한 고통의 흔적이 드러났다. 제르베즈는 자신의 지독한 고통도 잊은 채 랄리의 두 손을 잡고 무릎을 꿇었다. 한 달 전부터 아이가 몸을 반으로 꺾다시피 하면서 벽을 붙잡고 걷는 것을, 죽음의 그림자를 실은 기침 소리를 내는 것을 알고 있었다. 랄리는 이제 기침도 제대로 못 했고, 딸꾹질만 했다. 입에서 피가 흘러내렸다.

"어쩔 수가 없었어요. 기운이 없어요." 랄리가 중얼거렸다. 조금 편안해진 것 같았다. "간신히 몸을 움직여서 정리했어요. 이 정도면 깨끗하죠? 유리창도 닦고 싶었는데 다리 힘이 없었어요. 정말 바보 같죠? 어쨌든 다 끝냈으니까 쉬는 거예요."

랄리는 하던 얘기를 멈추고 제르베즈에게 동생들을 부탁했다.

"혹시 애들이 가위에 베지 않는지 봐 주세요."

그때 계단을 올라오는 무거운 발소리가 들렸다. 랄리는 몸을 떨면서 말을 멈췄다. 비자르 영감이 거칠게 문을 밀치며 들어왔다. 그는 오늘도 한잔 들이켜고 독주의 힘으로 난폭해진 눈을 번득였다. 랄리가 누워 있는 것을 보고는 자기 허벅지를 몇 번 치더니 커다란 채찍을 꺼내 들며 빈정거렸다.

"아! 제기랄! 아주 잘하는 짓이다! 웃기는구나……! 대낮부터 암소가 짚 더미 위에 나자빠져 있다니. 이런 게을러빠진 년, 눈에 뵈는 게 없나 보지? 자, 당장 일어나지 못해?"

"안 돼요, 아빠. 제발요. 때리지 마세요. 나중에 후회하실 거예요. 때리지 마세요."

"벌떡 일어서란 말이다!" 비자르가 더 크게 소리를 질렀다. "계속 그러고 있으면 옆구리를 제대로 간질여 주마. 당장 튀어나오지 못해? 이 뻔뻔스러운 년!"

그러자 랄리가 조용히 말했다.

"일어날 수가 없어요. 정말이에요. 전 이제 죽을 거예요."

제르베즈가 달려들어 채찍을 빼앗았다. 비자르는 침대 앞에 멍하니 서 있었다. 저년이 무슨 소리를 지껄이는 거야. 아직 어린년이 왜 죽는다는 거야? 병이 든 것도 아닌데? 저러면 뭐라도 얻을 줄 알고 잔꾀를 부리는군! 어디! 한번 보자! 거짓말이기만 해 봐!

"이제 아시게 될 거예요. 정말이에요." 랄리가 다시 말했다. "그동안 될 수 있으면 아빠를 힘들게 안 하려고 애썼어요. 제발 지금은 그냥 놔둬 주세요. 그냥 잘 가라고 인사해 주세요. 아빠."

비자르는 자기 코를 만지작거리며 속지 않겠다고 다짐했다. 하지만 딸의 얼굴은 정말로 여느 때와 달랐다. 진지한 어른의 얼굴이었다. 방 안에 불고 있는 죽음의 숨결이 느껴지자 술이 깼다. 비자르는 긴 잠에서 깨어난 사람처럼 주위를 둘러보았다. 방 안이 깨끗이 정돈되어 있고, 아이들도 말끔한 얼굴로 웃으며 놀고 있었다. 그는 후들거리는 몸으로 의자에 주저앉으며 혼자 중얼거렸다.

"우리 어린 엄마, 어린 엄마……."

다른 말이 나오지 않았다. 그러나 한 번도 이렇게 다정한 말을 들어 본 적이 없는 랄리에게는 그것만으로도 굉장히 따뜻했다. 딸은 아버지를 위로했다. 그저 동생들을 다 키우지 못하고 죽는 게 슬펐을 뿐이라고 했다. 아빠, 쟤들을 보살펴 주실 거죠? 랄리는 가냘픈 목소리로 동생들을 어떻게 다뤄야 하는지, 어떻게 해야 저 아이들을 깨끗하게 할 수 있는지 하나씩 다 얘기했다. 다시 술기운이 올라온 비자르는 넋 나간 사람처럼 눈을 휘둥그레 뜨고 두리번거렸다. 머릿속에 온갖 생각이 뒤죽박죽 날뛰었지만 입에서는 아무 말도 나오지 않았다. 온 살갗이 후끈거린 탓에 울 수도 없었다.

"조금만 더 들어 주세요." 잠시 입을 다물고 있던 랄리가 얘기를 계속했다. "빵집에 4프랑 7수 외상값이 있어요. 꼭 가져다주세요. 네…… 고드롱 부인이 우리 다리미를 가져갔으니까 돌려받으시고요. 오늘 저녁에 먹을 수프를 준비 못 했어요. 하지만 빵이 남아 있어요. 감자를 데워서 드세요."

마지막 숨을 거두는 순간까지 가련한 계집애는 모두를 보살피는 어린 엄마였다. 그 누가 이 아이를 대신할 수 있겠는가! 랄리는 어린 나이에 진짜 엄마처럼 철이 든 탓에 죽음을 맞았다! 너무도 큰 모성애를 담고 있기에는 아이의 가슴이 너무 약하고 비좁았다. 결국 보물 같은 아이를 잃게 된 것은 짐승처럼 광폭한 그 아버지 탓이었다. 발길질로 어미를 죽이고 지금 또다시 딸을 죽게 하다니! 두 착한 천사는 땅속에 잠들겠지만 이제 이 사내는 개처럼 길바닥에 쓰러져 죽을 수밖에 없으리라.

제르베즈는 흐느낌을 간신히 참았다. 아이를 조금이라도 달래 주기 위해 손을 내밀었다. 흘러내린 누더기 같은 시트를 끌어 올리고 침대를 정돈해 주려고 했다. 그러느라 아이의 말라빠진 몸뚱이를 보게 되었다. 아! 하나님! 어찌 이리 비참하고 어찌 이리 불쌍할 수 있을까! 돌덩이라도 울지 않을 수 없는 모습이었다. 랄리는 진정 헐벗은 아이였다. 입고 있는 캐미솔은 너무 낡아서 흡사 어깨에 속치마 끈이 걸려 있는 듯했다. 그랬다. 아이는 알몸뚱이나 마찬가지였다. 순교자처럼 피투성이의 처참한 알몸뚱이였다. 살이 하나도 없고 뼈가 가죽을 뚫고 나올 것 같았다. 옆구리에는 보라색 띠처럼 생긴 흔적들이 넓적다리까지 이어져 있었다. 채찍질을 당한 자국이 그대로 남은 것이다. 또 성냥개비처럼 가는 팔을 바이스에 집어넣어 죄기라도 했는지 푸르스름한 상처가 왼팔을 휘감고 있고, 오른발에도 제대로 아물지 않은 상처가 있었다. 아침마다 집안일을 하느라 몸을 움직이는 바람에 상처가 계속 벌어진 것이다. 랄리의 몸은 머리부터 발끝까지 상처투성이였다. 세상에! 아이를 이렇게 죽이다니. 병아리처럼 사랑스러운 아이를 짐승 같은 어른의 육중한 발로 깔아뭉개다니! 십자가를 짊어진 연약한 아이를 괴롭히다니 이보다 더 끔찍한 일이 있을까? 교회에서 기리는 성녀들도 채찍질을 당했다지만, 그 벗은 몸이 이 아이처럼 순결하지는 않았으리라. 제르베즈는 다시 몸을 웅크렸다. 초라하기 그지없는 가련한 랄리의 모습에 충격을 받아 그야말로 넋이 나가서 시트를 올릴 생각도 못 했다. 그녀는 떨리는 입술로 기도할 말을 찾았다.

"쿠포 부인." 랄리가 중얼거렸다. "제발요."

아이가 짧은 팔을 뻗어 시트를 끌어당기려고 했다. 부끄럼이 많은 데다가 아버지가 앞에 있으니 창피했던 것이다. 비자르는 자기 손으로 죽음으로 몰아간 몸을 바라보면서, 여전히 멍청한 얼굴로, 뭔가에 가로막혀 짜증이 난 짐승처럼 느릿느릿 움직이며 두리번거렸다.

랄리에게 시트를 덮어 준 뒤 제르베즈는 더 이상 참고 있을 수가 없었다. 죽어 가는 아이는 점점 힘이 빠지면서 이제 말도 하지 못했다. 눈빛만 남았다. 랄리의 눈빛, 모든 것을 체념한 채 꿈을 꾸는 듯한 계집아이의 검은 눈빛 말이다. 그 눈빛으로 아이는 그림을 오리면서 놀고 있는 두 동생을 바라보았다. 방에는 어둠이 깃들었고, 비자르는 죽어 가는 딸을 바라보면서 술이 깼다. 제르베즈는 말도 안 된다고 마음속으로 외쳤다. 인생이란 게 왜 이렇게 끔찍할까? 아! 너무 더러워! 아! 너무 더러워! 제르베즈는 방을 뛰쳐나와 계단을 내려갔다. 정신이 나가서 자기가 뭘 하는지도 알지 못했다. 그저 이 더러움이 견딜 수 없어서 차라리 승합마차 바퀴 아래 뛰어들어 죽고 싶었다.

그렇게 지독한 운명을 저주하면서 제르베즈는 쿠포가 일하러 간다고 말한 작업장의 문 앞까지 자기도 모르게 단숨에 달려갔다. 위장이 다시 노래를 시작했다. 이미 달달 외우고 있는, 90절이나 길게 이어지는 굶주림의 애가였다. 그녀는 일터 앞에서 기다려서 쿠포가 나오는 걸 붙잡기로, 남편에게 돈을 내놓으라고 해서 먹을 걸 사기로 했다. 이제 한 시간 남았다. 어제부터 손가락만 빨았는데 한 시간 정도야 더 못 참겠는가.

그곳은 샤르트르 거리의 모퉁이로 이어지는 샤르보니에르 거리였다. 교차로라서 사방에서 부는 바람을 피하기 힘든 짜증스러운 곳이었다. 맙소사! 거리를 아무리 걸어 다녀도 몸이 녹질 않았다. 아. 이럴 때 털옷이라도 하나 있었으면! 하늘은 여전히 납덩이 색으로 찌푸렸고, 잔뜩 눈을 머금은 하늘 때문에 동네 전체가 얼음 모자를 뒤집어쓴 것 같았다. 아직은 아니지만, 무거운 침묵에 젖은 하늘이 파리를 완전히 다른 모습으로 만들어 줄 새 무도회 드레스를 준비하고 있었다. 제르베즈는 고개를 들어 하늘에 제발 그 모슬린 드레스를 지금 당장 내려보내지는 말아 달라고 빌었다. 그녀는 시린 발을 구르며 건너편에 있는 식품점을 바라보았다. 하지만 이내 발걸음을 돌렸다. 괜히 미리부터 허기지게 할 필요는 없으리라. 사거리에는 시간을 보낼 만한 게 아무것도 없었다. 이따금 사람이 지나갔지만, 모두 목도리로 얼굴을 감싸고 급하게 걸음을 옮겼다. 살을 에는 지독한 추위에 누가 거리를 돌아다니겠는가. 제르베즈는 너덧 명의 여자가 자기와 마찬가지로 함석 작업장 문간을 살피고 있는 것을 보았다. 자기와 똑같이 불행한 여자들이 남편의 급료가 술집에서 날아가 버리지 못하도록 지키려는 것이었다. 헌병 같은 얼굴에 키가 크고 비쩍 마른 여자 하나는 남편이 보이면 곧바로 달려들 기세로 벽에 바짝 붙어 있었다. 길 건너편에는 키가 작고 까무잡잡한, 기가 약하고 순해 보이는 여자가 서성거렸다. 또 추위에 떨면서 징징거리는 코흘리개 둘을 양쪽에 하나씩 데리고 서 있는 어리숙해 보이는 여자도 있었다. 제르베즈와 여자들은 그렇게 함께 망을 보면서 왔다 갔다 했다. 서로 말은 없이 곁눈질만 했다. 그랬다. 이런 만남이 세상 어디에 또 있겠는가! 어차피 서로에게 아무 상관없는 존재였다. 인사를 나누고 상대가 어떤 사람인지를 알 필요도 없었다. 모두가 굶주림 상사(商社)라는 같은 간판 아래 살고 있는 사람들일 뿐이다. 끔찍하게 추운 1월이 종종걸음으로 마주쳐 지나가며 서성거리는 여자들 때문에 더 추워 보였다.

작업장에서는 고양이 새끼 한 마리도 나오지 않았다. 그러다가 마침내 직공 하나가 나타났고, 이어 두 번째, 세 번째가 나왔다. 작업장 앞에서 서성대는 여자들을 보며 고개를 젓는 모습을 보면, 그들은 급료를 손대지 않고 집으로 가져가는 착실한 사내들이 분명했다. 키가 크고 비쩍 마른 여자는 문에 더 바짝 달라붙어 있다가 낯빛이 파리하고 몸집이 작은 남자 하나가 조심스레 고개를 내밀며 기웃거리자 바로 덤벼들었다. 아! 순식간에 끝났다. 여자가 남자의 몸을 뒤져 돈을 낚아챈 것이다. 당했다. 이제 돈이 없으니 술을 마실 수가 없다! 화가 나고 속이 상한 남자는 어린애처럼 굵은 눈물을 흘리며 헌병 같은 부인을 따라갔다. 남자들이 계속 나왔다. 아이 둘을 데리고 온 체격 좋은 여자는 문에 바짝 다가가 있었지만, 교활하게 생긴 갈색 머리 남자 하나가 그녀를 알아보고 재빨리 들어가서 남편에게 알려 주었다. 결국 그 남편이 건들거리며 밖으로 나올 때는 이미 '마차 뒷바퀴'[57] 두 개를, 그러니까 멋진 5프랑짜리 동전 두 개를 양쪽 신발에 하나씩 감춰 버린 후였다. 남자는 아이 하나를 안더니 큰 소리로 부인에게 허풍을 늘어놓으면서 급하게 걸음을 옮겼다. 개중에는 보름치 급료를 손에 쥐고 빨리 친구들과 술을 마시고 싶어서 우스꽝스러울 만큼 정신없이 달려가는 남자들도 있었다. 반대로 보름치 중에 사나흘 분의 급료만 받아 들고 시무룩한 남자들도 있었다. 그들은 자신의 게으름을 자책했고, 지키지도 못할 맹세를 늘

---

57) 속어로 5프랑짜리 동전을 지칭하는 말이었다.

어놓았다. 하지만 가장 불쌍한 것은 검은 옷을 입고 순해 보이던 자그마한 여자였다. 잘생긴 남편이 바로 눈앞에서 도망쳐 버린 것이다. 어찌나 거칠게 아내를 뿌리치는지 여자는 하마터면 넘어질 뻔했다. 결국 비틀거리며 가게들을 따라 걸음을 옮기는 동안 그녀는 그야말로 온몸으로 울고 있었다.

줄지어 나오던 행렬이 끝났다. 제르베즈는 길 한복판에 서서 문을 쳐다보았다. 문득 불길한 느낌이 들었다. 뒤늦게 두 명이 더 나온 뒤에도 여전히 쿠포는 보이지 않았다. 제르베즈는 다른 남자들에게 쿠포는 왜 안 나오느냐고 물었다. 쿠포가 뭘 하고 다니는지 알고 있는 그들은 어느 '얼간이 씨'하고 뒷문으로 빠져나가 동네 나들이를 갔을 거라고 농담을 했다. 제르베즈는 알아차렸다. 남편한테 또 속았다. 제르베즈의 기대는 물거품이 되었다. 그녀는 뒤꿈치가 찌그러진 헌 신발을 끌면서 느릿느릿 샤르보니에르 거리를 내려갔다. 눈앞에서 저녁 식사가 사라졌다. 노란 석양 속으로 음식이 사라지는 동안 온몸에 전율이 일었다. 정말 끝이었다. 돈이 단 한 푼도 없고, 희망도 없었다. 기다리는 게 밤과 굶주림뿐이라니! 아! 어깨 위로 내려앉는 이 지긋지긋한 밤 동안에 마침내 굶어 죽고 말리라!

제르베즈는 무거운 발걸음을 옮기며 푸아소니에르 거리를 올라갔다. 그런데 쿠포의 목소리가 들렸다. 그랬다. 그는 프티시베트에서 메보트한테 한잔 얻어먹는 중이었다. 어릿광대 같은 메보트는 지난여름 말에 정말로 결혼에 성공했다. 나이가 들긴 했어도 예쁜 구석이 남아 있는 여자였다. 그랬다. 시문 쪽 시시한 여자가 아니라 마르티르 거리에 사는 여자였다.

운 좋은 남자 메보트가 말쑥하게 차려입고 맛있는 걸 먹어 가며 주머니에 손을 찔러 넣고 여유 있게 살아가는 모습은 정말 볼만했다. 하도 살이 쪄서 알아보기 힘들 정도였다. 친구들 사이에 도는 말로는 메보트의 부인이 아는 사람들한테 언제든 일거리를 얻어 올 수 있다고 했다. 그런 마누라와 별장, 사실 그 정도면 삶이 아름다워지지 않겠는가. 쿠포는 부러운 듯이 메보트를 쳐다보며 감탄을 했다. 이 약삭빠른 놈이 손가락에 금반지까지 끼고 있다니.

제르베즈는 프티트시베트에서 나오는 쿠포에게 다가가 어깨에 손을 얹었다.

"돈 좀 줘. 나 좀 봐. 기다렸잖아. 배고프단 말이야."

하지만 쿠포는 윽박지르듯 단숨에 제르베즈의 말문을 막아 버렸다.

"배고프다고? 그럼 당신 주먹을 하나 먹어. 다른 쪽 주먹은 뒀다 내일 먹고."

쿠포는 심술이 나서 사람들 보는 데서 난리를 쳤다. 어쩌라고! 그래, 일 안 했어! 내가 일 안 한다고 빵집에서 빵을 안 굽기라도 한대? 쿠포는 얼토당토않게 허풍을 떨면서 윽박질렀다.

"나더러 도둑질이라도 하라고?" 제르베즈가 잘 들리지 않는 목소리로 말했다.

메보트가 두 사람을 화해시키려는 듯이 턱을 문지르며 말했다.

"안 되죠. 그건 금지돼 있어요. 그보단……. 여자들은 다 방법이……."

쿠포가 브라보! 하고 외치며 메보트의 말을 끊었다. 그래. 여자들은 다 알아서 방법을 찾지. 하지만 내 여잔 원래 고물 마차였거든. 쓰레기 더미지. 만일 우리가 짚 더미에 쭈그려 앉아 죽게 되면 그건 다 저 여자 탓이라고! 그러면서 쿠포는 메보트에게 아주 멋지다고, 돈 많은 지주 나리 같다고, 마누라가 정말 능력 있나 보다고 찬사를 늘어놓았다.

두 남자는 외곽대로 쪽으로 내려갔다. 제르베즈도 따라갔다. 잠시 말이 없던 그녀는 다시 쿠포에게 말했다.

"나 배고파. 정말이야……. 당신만 믿고 있었어. 뭐든 먹을 것 좀 구해 줘."

쿠포는 대답하지 않았다. 제르베즈가 고통에 찌든 목소리로 다시 물었다.

"정말 줄 거 없어?"

"제기랄! 없는 걸 어쩌란 말이야!" 쿠포가 벌컥 화를 내며 뒤돌아보았다. "날 좀 내버려 둬. 한 번 더 건들면 갈겨 버릴 테니까!"

쿠포는 어느새 주먹을 들어 올렸고, 제르베즈는 뒷걸음질 쳤다. 뭔가 결심을 한 것 같았다.

"알았어. 가. 난 딴 남자를 찾아볼 거야."

그러자 쿠포는 우스갯소리를 해 댔다. 농담인 척했지만 사실 자기도 모르게 제르베즈를 그 길로 밀어낸 것이다. 그것 좋지. 아주 좋은 생각이야. 밤에 불빛에서 보면 당신도 아직 쓸만하거든. 남자를 건지거든 카퓌생 식당으로 가. 거기 가면 작은 방들이 있으니까 제대로 먹을 수 있을 거야. 제르베즈는 분노에 떨면서 창백한 얼굴로 외곽 대로 쪽으로 걸음을 옮겼다. 쿠포가 그 뒤에 대고 다시 외쳤다.

"참, 디저트 좀 남겨 와. 난 케이크 좋아해······. 그리고 그 남자가 잘 차려입었거든 낡은 외투 하나만 달라고 해! 내가 아주 잘 쓰겠다고!"

제르베즈는 끔찍한 농담을 뒤로하고 급하게 걸음을 옮겼다. 잠시 후 혼자 사람들 틈에 있게 되자 걸음을 늦추었다. 그녀는 굳게 마음을 먹었다. 도둑질하는 것과 그 짓을 하는 것 중 골라야 한다면 차라리 그 짓이 나을 것이다. 그건 어차피 내가 가진 것에만 손을 대는 셈이니 말이다. 물론 좋은 일은 아니다. 하지만 이미 그녀의 머리는 좋은 일과 좋지 않은 일을 구별할 수 없었다. 굶어 죽을 처지에 이러쿵저러쿵 따질 게 뭐가 있겠는가. 눈앞에 빵이 보이면 가리지 않고 먹을 뿐이다. 제르베즈는 클리냥쿠르 거리로 올라갔다. 아직 밤이 깊지 않았다. 밤이 되길 기다리며 마치 저녁 먹기 전 바람 쐬러 나온 여자들처럼 외곽 대로들을 따라 걸었다.

제르베즈는 창피했다. 동네가 너무 깨끗하고 사방이 환했다. 옛날 시문이 있던 자리에 파리의 중심부에서 올라오는 마장타 대로와 교외로 뻗어가는 오르나도 대로를 새로 내면서 전에 있던 건물들이 다 없어졌다. 미처 마르지 않은 흰 회벽들이 늘어선 큰길 양 옆구리로 포부르푸아소니에르 거리와 푸아소니에 거리가 연결되었고, 안으로 깊숙이 들어서면 시커먼 창자처럼 이리저리 굽은 길들이 귀퉁이가 떨어져 나가기도 하고 중간에 끊어지기도 했다. 이미 오래전에 입시세 징수소의 벽을 없애고 외곽 대로가 확장되었다. 양쪽의 차로를 넓히고 가운데 보행자용 평지를 만들어 작은 플라타너스 나무를 네 줄로 심었다. 이제 이곳은 멀리 지평선까지 이어진 거대한 교차로가 되어 수많은 길이 만났고, 사람들이 북적거렸고, 그야말로 정신을 차릴 수 없을 정도로 많은 건물이 들어섰다. 하지만 새로 지은 건물들 사이로 쓰러져 가는 낡은 집들도 여전히 남아 있었다. 조각 장식된 건물들 사이사이 시커먼 구멍처럼 뚫린 곳에, 개집같이 초라한 집들이 누더기를 걸친 창문으로 하품을 하고 있었다. 변두리의 비참한 삶이 파리에서 올라오는 화려함의 그늘에 가려 신음하면서, 새로운 도시, 너무나 성급하게 세워진 새로운 도시의 작업장을 더럽히고 있었다.

제르베즈는 넓은 인도 위 플라타너스를 따라 어디로 가는지도 모른 채 사람들 틈에서 걸음을 옮겼다. 혈혈단신으로 이 세상에서 버림받은 기분이었다. 멀리 아득하게 이어진 큰 길을 보니 더 배가 고팠다. 이렇게 사람이 넘쳐 나는데, 이중에 신을 믿는 누구라도 내 처지를 알아채고 10수만 건네준다면 얼마나 좋을까? 정말이지 이 길은 너무 크고 너무 아름답구나! 더없이 널찍한 곳에 회색의 장막처럼 끝없이 펼쳐진 하늘을 올려다보니 머리가 어지럽고 다리도 후들거렸다. 오늘도 파리의 석양은 지저분한 노란색, 보고 있으면 당장 죽고 싶어졌다. 거리의 삶은 그만큼 추하다. 이렇게 흐리멍덩한 시간이면 먼 곳의 경치는 진흙빛이 된다. 이미 지칠 대로 지친 제르베즈는 하루 일을 끝내고 집으로 돌아가는 노동자들과 마주쳤다. 이 시간이면 새로 지은 건물에 사는 모자 쓴 숙녀들,

잘 차려입은 신사들도 거리를 가득 채운 서민들, 작업장의 나쁜 공기 때문에 여전히 얼굴이 창백한 남녀의 행렬에 묻혀 버린다. 마장타 대로와 포부르푸아소니에르 거리로 쏟아져 나온 사람들은 헉헉거리며 언덕길을 올라갔다. 승합마차와 삯마차가 요란한 소리를 내며 달렸다. 이륜마차, 유람 마차, 아무것도 싣지 않고 서둘러 달려가는 짐수레들, 그리고 이런저런 작업복을 입은 노동자 무리가 점점 늘어나서 길을 메워 버렸다. 짐 거는 갈고리를 어깨에 두른 짐꾼들이 지나갔고, 노동자 두명이 요란한 몸짓에 큰 소리로 떠들면서 앞만 보고 걸었다. 챙 달린 모자에 짧은 외투를 입고 고개를 숙인 채 혼자 인도 가장자리를 걸어가는 사람도 있고, 대여섯 명은 주머니에 손을 찔러 넣고 멍한 눈길로 말없이 걸었고, 불 꺼진 파이프를 입에 문 사람도 있었다. 넷이 같이 마차를 빌린 미장이들이 창밖으로 얼굴을 내밀고 지나갈 때 마차 지붕 위에 놓인 작업 통들이 자꾸 튀어 올랐다. 칠장이는 페인트 통을 흔들며 걸었고, 함석공은 긴 사다리를 지고 지나가다 옆 사람의 눈을 찌를 뻔했다. 뒤에 처져 연장 상자를 짊어지고 걷던 급수터 관리공은 작은 트럼펫으로 「어진 다고베르 왕」[58]을 불었다. 가슴 시리도록 슬픈 석양 속에서 서글픈 곡조가 흘렀다. 아! 이 슬픈 음악

---

58) 다고베르는 프랑스 중세 메로빙거 왕조의 왕이다. 메로빙거 후기의 왕들의 무능함을 흔히 '루아 페네앙(rois fainéants)'(게으른 왕들)이라는 말로 표현하는데, 다고베르는 그 중심 인물이었다. 반어적으로 「어진 다고베르 왕」이 프랑스 혁명 때 루이16세를 조롱하는 노래로 불렸고, 왕정복고 이후 다시 불리기 시작했다.

이 지칠 대로 지친 무거운 발길들에 반주를 맞추고 있었다. 또 하루가 끝났다! 정말이지 하루는 왜 이리 길고 또 왜 이리 자주 찾아오는가! 배를 좀 채우고 소화시킬 틈도 없이 또 날이 밝아오면 다시 비참한 목줄에 매어야 했다. 물론 개중에는 힘차고 유쾌하게, 휘파람을 불고 발을 구르며, 그렇게 저녁 식사가 기다리는 집으로 빠른 걸음을 옮기는 사람들도 있었다.

제르베즈는 인파에 휩쓸려 멍하니 서 있었다. 지나가는 사람들이 와서 부딪히는 바람에 이쪽저쪽 팔꿈치로 찔리기도 했다. 남자들도 허리가 휘도록 피곤하고 배가 고플 때는 여자한테 친절함을 베풀 여유가 없었다.

그때 무심코 고개를 든 제르베즈의 눈앞에 옛날의 봉쾨르 여관이 나타났다. 작은 건물은 허름한 카페로 쓰였다가 이제는 경찰이 폐쇄한 뒤로 밑에서 꼭대기까지 비에 삭고 썩어 버린 채 방치되어 있었다. 덧문에는 광고 종이가 잔뜩 붙어 있고, 등은 깨지고, 포도주 찌꺼기 색의 칠엔 곰팡이가 가득했다. 하지만 주위는 하나도 변하지 않은 것 같았다. 문구점도 있고 담배 가게도 그대로 있었다. 뒤편으로는 낮은 지붕 너머로 여전히 을씨년스러운 전면의 육 층짜리 건물이 황폐한 실루엣을 드러내며 솟아 있었다. 그랑발콩 댄스홀만 없어졌다. 열 개의 창문으로 불덩이 같은 빛을 쏟아 내던 그곳은 최근에 설탕 공장이 되었다. 안에서 계속 윙윙 대는 소리가 났다. 바로 저기. 저 누추한 봉쾨르 여관의 구석에서 이 지긋지긋한 삶이 시작되었다. 봉쾨르 여관 앞에 선 제르베즈는 덧문이 부서진 채로 매달려 있는 2층의 창문을 쳐다보았다. 그리고 랑티에와 함께한 시절을, 처음 싸워 대던 일을, 랑티에가 추악하게 자기를 버린 일을 생각했다. 아무렴 어때, 그땐 젊었는데. 돌이켜 보니 그때 일은 전부 즐거웠다. 겨우 이십 년 전인데! 지금은 이렇게 길바닥에 나앉아 있다니! 봉쾨르 여관을 쳐다보는 동안 제르베즈는 너무도 괴로웠다. 다시 걸음을 옮겨 몽마르트르 쪽으로 올라갔다.

밤이 점점 깊어 갔다. 아이들이 벤치 사이의 모래 더미에서 놀고 있었다. 그곳에도 사람들의 행렬이 이어졌고, 상점의 진열장을 구경하느라 지체한 여공들은 뺏긴 시간을 벌충하려는 듯 종종걸음으로 바쁘게 움직였다. 키 큰 여공 하나는 자기 집 앞까지 데려다준 젊은이와 손을 잡고 서 있었다. 또 다른 이들은 헤어지면서 밤에 그랑살롱드라폴리에서 혹은 불누아르에서 만나자고 약속을 했다. 품팔이 직공들도 보자기 꾸러미를 겨드랑이에 끼고 인파에 섞여 집으로 향했다. 난로공 하나는 석고 덩어리를 가득 실은 손수레를 가죽끈으로 묶어 끌고 가다가 승합마차에 깔릴 뻔했다. 인파가 그나마 뜸한 틈새로, 저녁 식사 때문에 화덕에 불을 피워 놓고는 모자도 안 벗고 다시 내려온 여자들이 지나갔다. 여자들은 사람들 사이를 헤집고 빵 가게와 정육점에 들렀다가 손에 저녁거리를 들고 서둘러 돌아갔다. 심부름 나온 여덟 살짜리 계집애는 자기 키만 한 4리브르짜리 빵을 부둥켜안고 가게들을 따라 걸어갔고, 도중에 아름다운 그림 간판을 쳐다볼 때는 손에 든 빵이 노란색 인형이나 되는 듯 볼에 가져다 대기도 했다. 잠시 후 인파가 흩어지고 사람들이 뜸해졌다. 노동자들이 모두 집으로 돌아간 것이다. 그렇게 하루가 끝날 즈음, 하루의 노동을 보상하려는 듯 가스등 아래에서 나태와 향락이 깨어나기 시작했다.

아! 그랬다. 제르베즈도 하루를 마쳤다. 심지어 밀치며 지나간 노동자들보다 더 많이 지쳤다. 그녀는 자기가 결국 이렇게 주저앉아 죽게 될지도 모른다고 생각했다. 더 이상 일할 수가 없었다. 기운이 다 빠졌다. 그냥 내뱉고 싶었다. "이제 누구 차례죠? 나예요. 정말 지긋지긋해요." 이제 누구나 밥을 먹는 시간이었다. 태양도 촛불을 껐고, 하루가 끝났다. 그리고 길고 긴 밤이 왔다. 아! 편안히 누워서 다시 일어나지 않으면 얼마나 좋을까? 연장을 영원히 내려놓고 암소처럼 빈둥거릴 수 있다면! 이십 년 동안 악착같이 일했으니 이젠 그래야지. 위장을 뒤트는 경련으로 괴로워하던 제르베즈는 자기도 모르게 이전에 풍성하게 차려 놓고 먹던 때를 떠올렸다. 정말로 마음껏 먹고 신나게 놀았는데! 특히 미친 듯이 춥던 어느 사순절 목요일에는 원 없이 먹어 치웠다. 그 시절에 그녀는 예뻤고, 금발의 싱싱한 여인이었다. 다리를 절었지만 뇌브 거리의 세탁장에서 여왕 대접을 받았다. 푸른 초목으로 장식한 마차를 타고 거리를 쏘다니면서 수많은 사람의 시선을 받기도 했고, 신사들은 진짜 여왕을 볼 때처럼 코안경을 쓰고 쳐다봤다. 저녁이면 한없이 먹고 새벽까지 춤을 추며 놀았다. 여왕, 그랬다, 정말 여왕이었다. 이십사 시간 내내, 시곗바늘이 두 바퀴를 도는 내내 왕관을 쓰고 휘장을 두른 여왕이었다! 그런데 지금은 굶주림으로 신음하면서 걸음도 제대로 옮기지 못했다. 그녀는 마치 도랑 속에 빠져 버린 옛 왕관이라도 찾는 것처럼 바닥만 내려다보았다.

그리고 다시 눈을 들었다. 철거 중인 도살장 앞이었다. 건물 정면에 커다란 구멍이 있고, 그 안으로 아직도 피에 젖어 악취가 나는 어두운 안마당이 보였다. 한 걸음 더 내려가니 라리부아지에르 병원의 커다란 회색 벽이 나왔다. 벽 너머로 일정한 간격으로 창이 난 건물 측면이 부채꼴 모양으로 펼쳐져 있었다. 저 병원의 문을 볼 때마다 사람들은 겁에 질렸다. 틈 하나 없이 단단한 전나무로 만든 문은 죽은 자들의 문으로, 마치 무덤의 비석처럼 근엄하고 적막했다. 제르베즈는 도망치듯 더 멀리 철로의 육교가 있는 곳까지 갔다. 튼튼한 철판을 볼트로 연결한 난간들이 길을 가려 버려서, 빛나는 파리의 지평선 위로는 넓은 기차역의 한 모퉁이와 석탄 때문에 시커멓게 된 넓은 지붕밖에 보이지 않았다. 엄청나게 넓은 공터 같은 곳에서 기관차가 증기를 내뿜는 소리, 바퀴 돌리는 판이 규칙적으로 진동하는 소리, 눈에 보이지 않는 거대한 운동이 일어나는 소리가 들렸다. 그리고 파리를 떠나가는 기차가 증기를 내뿜으며 점점 더 큰 소리로 지나갔다. 제르베즈의 눈에는 열차가 내뿜는 하얀 연기밖에 보이지 않았다. 순식간에 멀어져 가는 연기는 육교의 난간을 뒤덮었다가 이내 사라져 버렸다. 육교가 흔들렸고, 제르베즈는 달려 나간 열차의 진동을 온몸으로 느꼈다. 그녀는 기관차를 따라가려는 듯이 그쪽을 쳐다보았다. 기차는 이미 보이지 않았고 소리도 아스라하게 멀어졌다. 선로 주변에는 양쪽으로 띄엄띄엄 서 있는 건물의 정면, 회칠도 안 한 벽, 커다란 광고들이 붙은 벽들이 모두 기관차의 매연으로 누렇게 되어 더러워져 있었다. 하지만 제르베즈는 계속 걸어가면 시골 들판이, 자유로운 하늘이 있을 것만 같았다. 아! 저렇게 떠날 수 있다면, 저곳으로 갈 수 있다면, 이 지독한 가난과 고통의 길을 벗어날 수 있다면! 그곳에서라면 다시 살 수 있을 것 같았다. 잠시 후 그녀는 다시 돌아서서 철판에 붙어 있는 광고 전단지들을 쳐다보았다. 저마다 다른 색이었다. 그중 자그만 예쁜 파란 종이에는 잃어버린 개를 찾아주면 50프랑을 사례하겠다고 쓰여 있었다. 정말 사랑받은 개였구나!

제르베즈는 다시 천천히 걸음을 옮겼다. 짙은 연기 같은 안개가 내려앉았고 가스등이 불을 밝혔다. 거리는 조금씩 밤의 어둠에 잠겼고, 붉은 가로등 불빛 속에 다시 모습을 드러낸 큰길이 어둠을 뚫고 멀리 지평선까지 이어졌다. 그리고 활기가 돌기 시작했다. 더 넓어진 동네에, 달빛도 없는 거대한 하늘 아래, 조그만 불빛들이 한 줄로 늘어섰다. 큰길 이쪽 끝에서 저쪽 끝까지 온갖 종류의 술집과 댄스홀에서 사람들이 신나게 술을 마시고 춤을 추었다. 보름치 급료가 나온 날, 거리에는 술집을 누비고 다니는 사람들이 북적댔다. 공기 속에도 흥청거리는 기운이 가득했다. 하지만 막 불이 붙은 시간이라 아직은 별일 없이 얌전했다. 싸구려 식당 안쪽에서는 사람들이 게걸스럽게 먹고 있었다. 불빛이 새어 나오는 곳마다 유리 너머로 한입 가득 음식을 넣은 사람들이 삼킬 생각도 안 하고 웃어 댔다. 술집에는 벌써 술꾼들이 자리를 잡고 앉아서 손짓 발짓 해 가며 떠들고 있었다. 보도 위에 끝없이 이어지는 발소리 틈으로 날카롭게 찢어지는 목소리, 내용을 알아들을 수 없는 말소리가 시끄럽게 울렸다. "어이! 먹으러 온 거야? 빨리 와. 이 느림보야. 내가 한잔 사지. 어! 저기 폴린이네! 심심하진 않겠어!" 문이 열리고 닫힐 때마다 포도주 냄새와 코넷 소리가 흘러나왔다. 대미사가 열리는 성당처럼 환하게 불이 밝혀진 콜롱브 영감의 아소무아르 앞에 사람들이 줄을 서 있었다. 세상에! 안에 들어앉은 작자들이 거들먹거리며 배를 내민 채로 흡사 악보대 앞의 성가대처럼 노래를 부르는 듯한 모습이 정말로 미사가 열리는 것 같았다. '급료 주는 성녀'를, 아마도 천국에서 금고를 관리할 사랑스러운 성녀를 기리는 것이리라. 하지만 아내와 함께 산책을 나온 동네 부자들은 이제 막 시작했는데 벌써 이 모양이니 오늘 밤 파리에는 주정뱅이들이 들끓겠다며 고개를 저었다. 이 시끌벅적한 소동 위로 어두운 밤이, 죽어 버린 얼어붙은 밤이 내려앉았고, 사방으로 이어진 큰길을 따라 늘어선 불빛들이 그 어둠을 뚫고 빛을 밝혔다.

제르베즈는 아소무아르 앞에 서서 생각에 잠겼다. 아, 딱 2수만 있으면 들어가서 한잔 마실 텐데……. 그러면 배고픔도 좀 가실 텐데……. 아! 저기서 술을 마신 적도 있었지! 제르베즈는 그 시절마저 그리웠다. 그녀는 주정뱅이를 만드는 기계를 멀리서 물끄러미 바라보면서 자신의 불행이 바로 저기서 왔다는 생각을 했다. 혹시 돈이 생긴다면 독주를 실컷 마시고 죽어 버리고도 싶었다. 순간 머리털이 쭈뼛하며 전율이 일었다. 이제 밤이 깊었다. 자, 드디어 때가 왔다. 모두가 이렇게 신나게 놀고 있는데 혼자 굶어 죽지 않으려면 용기를 내서 자기가 괜찮은 여자라는 걸 보여야 했다. 남들이 먹어 치우는 것을 쳐다보고 있다고 내 배가 차는 것은 아니지 않은가. 제르베즈는 걸음을 더 늦추고 주위를 돌아보았다. 가로수 아래 감돌던 어둠이 더 짙어졌다. 지나가는 사람이 거의 없고, 그나마 보이는 사람들은 바쁜 걸음을 재촉하면서 길을 건넜다. 바로 그곳, 옆 거리의 시끌벅적한 소음이 희미하게 들려오는 곳에서 여자들이 기다렸다. 하나같이 가느다란 어린 플라타너스처럼 뻣뻣하게 굳은 여자들이 꼼짝 않고 서서 한없이 기다렸다. 얼어붙은 땅 위로 신발을 질질 끌며 걸음을 옮기기도 했고, 땅에 달라붙어 버린 듯이 가만히 서 있기도 했다. 노란 스카프로 머리를 감싸고 누더기 같은 검은색 실크 옷을 입은, 몸은 뚱뚱하고 팔다리는 곤충처럼 가는, 옷 밖으로 비집고 나온 살이 꼭 굴러다닐 것만 같은 여자가 보였다. 키가 크고 마른 또 다른 여자는 맨머리로 하녀 앞치마를 두르고 있었다. 다른 여자들도 많았다. 짙은 화장을 한 늙은 여자들, 넝마주이도 주워 가지 않을 만큼 더럽기 그지없는 젊은 여자들도 있었다. 제르베즈는 어떻게 해야 하는지 몰라서 그 여자들을 따라 하며 배워 보려 했다. 그러자 소녀 같은 감상이 북받쳐 오르며 목이 메었다. 수치심조차 느껴지지 않았다. 그저 악몽을 꾸는 것 같았다. 그렇게 십오 분 동안 꼼짝하지 않고 서 있었다. 남자들이 가끔 지나갔지만 돌아보지는 않았다. 결국 제르베즈가 다가가 보기로 했다. 그녀는 두 손을 주머니에 찔러 넣고 휘파람을 불며 걷는 남자에게 다가가서 들릴락 말락 하게 말했다.

"저…… 잠깐만요."

남자는 힐끗 쳐다보더니 더 크게 휘파람을 불며 가 버렸다.

제르베즈는 더 대담해졌다. 계속 도망가기만 하는 저녁밥을 허기진 배를 움켜쥔 채 악착같이 따라가면서 힘겨운 사냥을 해야 했다. 그렇게 한참 동안, 시간이 얼마나 지났는지 어디에 와 있는지도 모른 채로 이리저리 돌아다녔다. 주위에서는 말없이 검은 형체만 보이는 여자들이 나무 밑에서 우리에 갇힌 짐승들처럼 일정하게 이쪽저쪽을 오갔다. 유령처럼 천천히 어둠 속에서 나왔다가 가스등 아래로 지날 때면 가면을 쓴 듯 창백한 얼굴이 드러났고, 그런 뒤에 페티코트의 흰 띠를 양쪽으로 흔들면서 전율이 일도록 섬뜩한 인도 속으로 다시 사라졌다. 여자들이 붙잡으면 남자들은 잠시 걸음을 멈춰 희롱을 했지만 이내 웃으며 멀어져 갔다. 좀 더 조심스러운 남자들은 아예 다가오지 않고 여자들한테서 열 걸음 정도 떨어져서 걸었다. 속삭이듯 거친 말이 오가고, 소리를 죽여 가며 입씨름을 하기도 하고, 거칠게 값을 깎고, 그러다 한순간 조용해졌다. 아무리 깊숙이 들어서도 외곽 대로의 이쪽 끝에서 저쪽 끝까지 마치 가로수를 심어 놓기라도 한 듯이 일정한 간격으로 여자들이 서 있었다. 한 명이 보이고, 스무 걸음 지나면 또 한 명이 보였다. 그렇게 끝없이 이어졌다. 흡사 도시 파리를 둘러싼 보초들 같았다. 아무도 본 척을 하지 않자 제르베즈는 화가 났다. 자리를 바꾸기 위해 클리냥쿠르 대로에서 샤펠 대로 쪽으로 갔다.

"저…… 잠깐만요."

하지만 남자들은 그냥 지나쳤다. 도살장 앞을 지나는데, 철거 중인 잔해에서 아직도 피비린내가 풍겼다. 옛날 봉쾨르 여관이 있던 곳, 지금은 음산하게 닫혀 있는 곳도 한 번 쳐다보았다. 이어 라리부아지에르 병원 앞을 지날 때는 그 전면을 쳐다보았다. 그러다 자기도 몰래 마치 죽어 가는 환자를 지키는 야등처럼 창백하고 조용한 미광이 새어 나오는 창문의 개수를 세고 있었다. 철로의 육교 밑에서는 기차가 대지를 찢을 듯이 요란하게 기적을 울리며 지나갔다. 오! 밤이 되니 왜 이토록 모든 게 슬플까! 뒤를 돌아보니 조금 전 지나온 집들, 이 가로수 길 끝까지 이어진 비슷비슷한 집들이 보였다. 제르베즈는 잠시도 벤치에 앉지 않고 계속해서 열 번, 스무 번 왔다 갔다 했다. 그랬다. 아무도 그녀를 원하지 않았다. 모멸감 때문에 더 수치스러웠다. 그녀는 다시 병원 쪽으로 내려갔다가 도살장 쪽으로 올라왔다. 짐승을 죽이는 피에 물든 안마당부터 아픈 사람들이 누가 썼던 것인지도 알 수 없는 시트를 덮고 뻣뻣한 몸으로 죽어 가는 희끄무레한 방까지, 바로 그 사이가 제르베즈의 마지막 산책로였다. 그녀의 삶은 그 사이를 벗어나지 못한 것이다.

"저기요…… 잠깐만요."

순간 제르베즈는 바닥에 비친 자기 그림자를 보았다. 그녀가 가스등 쪽으로 다가서면, 희미하게 퍼져 있던 그림자가 가운데로 모이고 점차 짙어지면서 엄청나게 크고 땅딸막한 형체가 되었다. 그만큼 몸이 뚱뚱해진 것이다. 배와 가슴과 엉덩이의 그림자가 함께 떠다녔다. 제르베즈가 어찌나 다리를 저는지 한 걸음 옮길 때마다 바닥에 비치는 그림자가 마치 춤을

추는 것 같았다. 거의 인형극의 광대 꼴이었다! 그러다가 가스
등에서 멀어지면 광대가 점점 커져 거인이 되어 큰길을 가득
채웠고, 고개를 숙이면 가로수와 건물에 코를 부딪칠 것 같았
다. 세상에! 어찌 저리 우습고 끔찍할까! 지금껏 자기 꼴이 얼
마나 비참한지 제대로 깨닫지 못했다. 결국 외면하고 싶은 자
기 그림자의 춤을 보기 위해 그녀는 스스로 자각하지 못한
채 가스등에 다가서고 말았다. 아! 정말 꼴불견인 매춘부가
내 옆에 나란히 걷고 있구나. 이런 감동적인 광경이라니! 이제
곧 남자들을 유혹해야 하는데! 제르베즈는 목소리를 낮추어
지나가는 사내의 등에 대고 중얼거리듯 입을 뗐다.

"저기요, 잠깐만요."

그사이 밤이 꽤 깊었다. 거리의 분위기가 험악해졌다. 싸구
려 식당들도 문을 닫았고, 가스등 불빛이 점점 짙어진 술집에
서는 술 취한 사람들의 목소리가 새어 나왔다. 장난을 치다가
말다툼이 되고 주먹다짐이 되기도 했다. 꾀죄죄한 사내 하나
가 고함을 쳤다. "내가 작살을 내 주마. 넌 뼈도 못 추릴 줄 알
아!" 싸구려 댄스홀 입구에서 애인의 멱살을 잡고서 더러운
놈, 병든 돼지 새끼라고 욕을 퍼붓는 젊은 여자도 있었다. 남
자는 다른 말은 찾지 못한 채 계속 "나더러 어쩌라고?"를 되풀
이했다. 취기의 숨결이 당장이라도 치고받고 싶은 욕구로, 거
친 무언가로 거리를 가득 채웠고, 드문드문 눈에 띄는 행인들
은 창백한 얼굴에 경련이 일었다. 한쪽에서는 싸움이 났다. 주
정뱅이 하나가 큰대자로 뻗었고 상대는 제대로 손을 봐줬다
고 생각했는지 커다란 신발을 터벅거리며 사라졌다. 사람들이

패거리로 몰려다니며 추잡스러운 노래를 불렀고, 그러다가 사방이 조용해지면서 주정뱅이들의 딸꾹질 소리, 쿵 하고 넘어지는 둔탁한 소리가 났다. 보름치 급료가 나오는 날 밤의 향락은 늘 이렇게 끝났다. 여섯 시간 전부터 포도주가 흘러넘쳐 인도 위까지 퍼져 나갔다. 오! 엄청나게 쏟아부어 놓았다. 길 위에 토해 놓은 술 때문에 늦게 집으로 돌아가는 사람들은 건너뛰어야 했다! 가관이로군! 아침에 다 치워서 깨끗해지기 전에 이곳을 찾은 다른 동네 사람들은 아마도 기겁을 할 터였다. 하지만 지금 이 시간 주정뱅이들은 누가 뭐라든 자기 세상을 만났다. 유럽이 어떻게 되든 그들에겐 아무 상관이 없었다. 맙소사! 주머니에서 칼이 튀어나오고, 잔치 같던 하루는 피투성이로 끝났다. 여자들은 걸음을 재촉했고, 남자들은 늑대 같은 눈으로 어슬렁거렸다. 깊어 가는 밤은 진정 끔찍한 일들로 채워졌다.

제르베즈는 여전히 걷고 있었다. 계속 걸어야 한다는 생각뿐이었다. 그녀는 다리를 절며 계속 올라갔다 내려왔다 했다. 졸음이 덮치는 바람에 걷는 중에도 몸이 흔들거렸고, 그러다가 소스라치게 깨어나서는 주위를 살피곤 했다. 마치 죽은 사람처럼 아무것도 생각하지 못한 채로 다리가 알아서 움직여서 100걸음 정도 지나왔다. 걸으면서 잠이 들 정도로 피로에 지친 그녀의 두 발은 구멍 난 신발 속에서 점점 더 부어올랐다. 이제 아무 느낌도 없었다. 너무 피곤하고 몸 안이 텅 빈 것 같았다. 마지막으로 떠올린 생각은 지금쯤 나나가 어디선가 맛있는 굴 요리를 먹고 있으리라 하는 것이었다. 다음 순간 모든 것이 멍하니 흐려졌다. 눈은 뜨고 있어도 정신이 멍해서 아무것도 생각할 수 없었다. 모든 게 꺼져 가는 이 순간에 제르베즈에게 남은 유일한 감각은 끔찍한 추위, 지금껏 겪은 그 어떤 추위보다 강한, 뼛속에 파고드는 죽을 것 같은 추위였다. 죽어 땅 밑에 묻힌다 해도 이렇게 춥진 않을 것 같았다. 힘겹게 고개를 드는데, 얼음같이 차가운 무언가가 얼굴을 때렸다. 잔뜩 찌푸리고 있던 하늘에서 드디어 눈이 내리기 시작한 것이다. 가는 눈줄기가 가벼운 바람을 타고 흩날리며 거리에 내려앉았다. 사흘 전부터 내릴 것 같던 눈이 굳이 때맞춰 내리기 시작한 것이다.

첫 눈보라를 맞으면서 정신이 난 제르베즈는 걸음을 재촉했다. 눈 때문에 어깨가 하얗게 된 남자들이 서둘러 집으로 뛰어가고 있었다. 그때 가로수 아래를 천천히 걸어오는 남자가 보였다. 제르베즈는 그쪽으로 다가가 다시 말을 걸었다.

"저기요…… 잠깐만요."

남자가 걸음을 멈췄다. 하지만 제르베즈의 말을 듣고 있는 것 같지는 않았다. 남자가 손을 내밀며 나지막하게 말했다.

"한 푼 줍쇼."

두 사람은 서로의 얼굴을 보았다. 아! 세상에! 구걸하는 브뤼 영감과 거리에서 손님을 찾는 쿠포 부인이 만난 것이다! 그들은 서로 얼굴만 쳐다보며 아무 말도 하지 못했다. 똑같이 지지리도 불행한 두 사람이 이렇게 만나다니! 늙은 노동자는 저녁 내내 거리를 돌아다녔지만 사람들에게 가까이 갈 용기를 내지 못했다. 그러다가 드디어 처음 불러세운 사람이 바로 자기처럼 굶어 죽어 가는 사람이었다! 하느님! 이보다 가련한 일이 또 있을까! 오십 년 동안 일한 노동자가 구걸을 해야 하다니! 구트도르 거리에서 제일 솜씨 좋은 세탁소 주인이던 여자가 시궁창 속을 헤매야 하다니! 두 사람은 계속 쳐다보기만 했다. 그리고 잠시 후에 여전히 말없이, 살을 에는 눈을 맞으며 각자 가던 길로 걸음을 옮겼다.

그사이 눈이 드세게 나부끼기 시작했다. 지대가 높고 사방이 트인 곳에 올라오니 눈보라가 소용돌이로 휘몰아쳤다. 열 발짝 앞도 잘 보이지 않았다. 눈보라가 모든 것을 삼켜 버렸다. 눈이 흰 시트가 되어 마지막까지 남아 딸꾹질을 해 대는 술꾼들을 재우기라도 한 것처럼, 동네도 사라지고 큰길도 죽어 버렸다. 제르베즈는 앞도 보이지 않고 어디를 걷는지도 알 수 없는 상태로 힘겹게 걸음을 옮겼다. 가로수를 붙잡고 걸어가며 길을 찾았다. 희뿌연 공기 속에서 꺼진 횃불 같은 가스등 불빛을 길잡이 삼아 앞으로 나아갔다. 하지만 사거리를 지날 무렵 그 희미한 불빛마저도 사라졌다. 이제 희끄무레한 소용돌이에 휩쓸린 세상에서 길을 알려 줄 그 어떤 것도 분간할 수 없었다. 발아래 희미하게 빛나던 땅바닥마저 사라졌다. 사방이 회색 벽이 되어 그녀를 가두어 버렸다. 머뭇거리다 걸음을 멈추고 돌아보니 얼음 장막 뒤로 거대한 거리가, 끝없이 줄지어 늘어선 가스등이, 잠든 파리가 어둡고 적막하게 끝없이 펼쳐져 있었다.

제르베즈는 외곽 대로와 마장타 대로, 오르나도 대로가 교차하는 지점까지 왔다. 이제 그냥 바닥에 누워 잠들고 싶었다.

발소리가 들렸다. 달려가 보았지만 눈 때문에 앞이 잘 보이지 않았다. 멀어지는 소리만 들릴 뿐 왼쪽으로 가는지 오른쪽으로 가는지조차 알 수 없었다. 그러다가 어두운 점처럼 흔들리며 안개 속으로 멀어지는 한 남자의 어깨를 분간할 수 있었다. 그래, 저 사람이야. 놓치면 안 돼. 그녀는 서둘러 그쪽으로 향했다. 그리고 그의 옷을 붙잡으며 말했다.

"저기요…… 잠깐만요."

남자가 돌아섰다. 구제였다.

마침내 손에 넣은 남자가 하필 쿨도르라니! 도대체 하느님한테 무슨 죄를 지었길래 이렇게 마지막까지 끔찍한 일을 겪는단 말인가! 변두리 매춘부 꼴로 창백하고 애절하게 그의 발에 달려들다니, 세상에 이보다 더 끔찍한 일이 있을까? 그것도 하필이면 가스등 밑이었다. 그녀는 기이한 자기 그림자가 흡사 만화 속 인물처럼 눈 위에서 우스꽝스럽게 움직이는 것을 보았다. 누가 봐도 술에 취한 여자 같았다. 맙소사! 빵 한 조각도, 포도주 한 방울도 배 속에 넣지 못했는데 술 취한 여자 꼴이라니! 그렇다, 전부 자신의 탓이었다. 왜 술을 마시기 시작했을까? 분명 자기가 술을 마신다고, 아무렇게나 산다고 생각하지 않겠는가.

제르베즈를 바라보는 구제의 깔끔한 노란 수염 위로 흰 눈이 데이지꽃처럼 쌓였다. 그는 몸을 숙인 채 뒤로 물러서며 제르베즈를 잡았다.

"이리 와요."

구제가 앞장서 걸었다. 제르베즈가 따라갔다. 두 사람은 고요한 거리를 지나 말없이 벽을 따라 걸었다. 구제 부인은 심한 류머티즘으로 지난 10월에 세상을 떠났다고 했다. 구제는 여전히 뇌브 거리의 아파트에서 혼자 쓸쓸히 살고 있었다. 그날은 다친 동료를 보살피느라 늦게 집으로 돌아가는 중이었다. 구제는 문을 열고 램프를 켰다. 그리고 층계참에 초라하게 서 있는 제르베즈를 바라보았다. 그리고 마치 아직 살아 있는 어머니가 자기 말을 들을 수 있기라도 한 것처럼 아주 작은 소리로 말했다.

"들어와요."

첫 번째 방, 그러니까 구제 부인의 방은 그녀가 살아 있을 때 그대로였다. 창가의 의자 위에 레이스 틀이 있고 그 옆에 놓인 팔걸이의자는 흡사 구제 부인이 레이스를 짜러 오기를 기다리는 듯했다. 침대도 깔끔하게 정리되어 있었다. 구제 부인이 아들과 하룻밤을 보내기 위해 무덤에서 나온다면 그대로 잘 수도 있을 정도였다. 방은 조용한 깊이를 간직하고 있었고, 정직함과 선함의 냄새가 났다.

"들어와요." 구제가 큰 소리로 다시 한번 말했다.

제르베즈는 뭔가 근엄한 장소에 몰래 들어가는 어린 소녀처럼 겁에 질린 표정이었다. 구제 역시 파랗게 질려서 떨고 있었다. 죽은 어머니의 방에 여자를 데리고 들어왔기 때문이다. 구제와 제르베즈는 들키면 안 되는 것처럼 발소리를 죽여 걸었다. 구제는 제르베즈를 자기 방에 들여보낸 뒤 문을 닫았다. 이곳은 자기 방이었다. 제르베즈도 익히 알고 있는, 흡사 하숙생의 방처럼 좁은 방, 흰 커튼이 달린 철제 침대가 놓인 방이었다. 벽에는 장식 없이 여전히 오린 그림들만, 이번에는 천장 높이까지 붙어 있었다. 방이 너무 깨끗해서 제르베즈는 앞으로 나아갈 엄두가 나지 않았다. 그녀는 등잔에서 멀리 뒤로 물러섰다. 그 순간 감정이 북받친 구제가 그녀를 잡아 껴안으려 했다. 제르베즈는 그대로 쓰러질 것 같았다. 혼자 나지막하게 중얼거렸다.

"아! 세상에! 아! 세상에!"

코크스 가루로 뒤덮인 난로가 아직 타고 있었고, 재받이 앞에 놓인 스튜에서는 김이 올라왔다. 돌아올 때를 대비해서 먹고 남은 것을 불 위에 얹어 둔 것이다. 실내의 따뜻한 온기에 몸이 녹은 제르베즈는 냄비 속에 들어 있는 것을 먹을 수 있다면 기어서라도 갈 것 같았다. 도저히 참을 수가 없었다. 위장이 찢어지는 것 같았다. 그녀는 고개를 숙이며 한숨을 쉬었다. 눈치를 챈 구제가 식탁 위에 스튜를 차렸고 빵을 자르고 포도주를 따라 주었다.

"고마워요, 고마워요." 제르베즈가 말했다. "아, 정말 고마워요!"

제르베즈는 더듬거렸다. 더 이상 아무 말도 할 수가 없었다. 포크를 움켜쥐었지만 몸이 너무 떨려서 바로 떨어뜨리고 말았다. 목을 조르는 굶주림 때문에 노인처럼 머리가 흔들려서 결국 손으로 먹어야 했다. 감자를 한 입 넣고 나니 왈칵 눈물이 났다. 굵은 눈물방울이 뺨을 따라 흘러내려 빵 위로 떨어졌다. 그녀는 계속 먹었다. 눈물에 젖은 빵을 게걸스럽게 먹었다. 가쁜 숨을 몰아쉬며, 경련으로 턱을 떨며 먹었다. 목이 막히지 않도록 구제가 옆에서 포도주를 마시라고 했다. 잔이 제르베즈의 이에 부딪쳐 덜그럭거렸다.

"빵 더 먹을래요?" 구제가 나지막한 목소리로 물었다.

제르베즈는 울면서 아니라고 했다가 좋다고 했다가 허둥거렸다. 아! 세상에! 굶어 죽어 가던 순간에 먹는다는 게 얼마나 좋고 또 얼마나 슬픈 일인지!

구제는 제르베즈 앞에 서서 물끄러미 바라보았다. 환한 램프 불빛 아래 이제 그녀의 모습이 제대로 보였다. 아! 나이가 들고 많이 늙었구나! 방 안의 온기에 머리와 옷 위의 눈이 녹아 흘러내렸다. 바람에 헝클어진 잿빛 머리칼이 가련하게 흔들렸다. 제르베즈는 목이 어깨에 묻힐 정도로 눈물 나도록 추하고 뚱뚱했다. 그녀는 아무 말도 하지 않았다. 구제는 제르베즈가 아직 젊던 시절을, 다림질을 할 때면 목에 마치 목걸이를 건 것처럼 잔주름이 지던 시절의 사랑을 떠올렸다. 그때 구제는 제르베즈를 찾아가서 몇 시간이고 지켜보곤 했다. 그저 바라보는 것만으로도 좋았다. 그다음엔 그녀가 철공소로 찾아왔다. 쇠를 두들기며 쇠망치가 움직이고 또 그것을 지켜보는 동안 그들은 이루 말할 수 없는 기쁨을 느꼈다. 밤이면 저 여자를 품고 싶어서 얼마나 많이 베개를 깨물었던가! 아! 정말 으스러지도록 안아 주고 싶었다! 너무나 절실히 저 여자를 원했다! 그러던 여자가 이제야 내 것이다! 이제 구제는 그 여인을 가질 수 있었다. 제르베즈는 빵을 다 먹고 나서 냄비 바닥을 눈물로 닦았다. 그녀의 굵은 눈물이 소리 없이 냄비 속으로 흘러내렸다.

제르베즈가 일어섰다. 다 먹은 것이다. 그녀는 한동안 어쩔
줄 모르며 고개를 들지 못했다. 구제가 자기를 원하는지 아닌
지 알 수가 없었다. 그녀는 구제의 눈에 불꽃이 이는 것을 본
것 같았고, 그래서 손을 들어 웃옷의 제일 윗단추를 풀었다.
그 순간 구제가 무릎을 꿇으며 제르베즈의 손을 잡고 온화하
게 말했다.

"사랑합니다. 제르베즈 부인. 오! 당신 처지가 어떻든 난 그
대로 당신을 사랑합니다. 정말이에요."

"그런 말 하지 말아요, 구제 씨." 제르베즈는 구제가 자기 발
아래 있는 것을 보고 어쩔 줄 몰라 하며 외쳤다. "그런 말 말
아요. 이러면 전 정말 괴로워요."

하지만 구제는 자기는 평생 한 여자밖에 사랑할 수 없다고
다시 한번 말했다. 제르베즈는 어찌할 바를 몰랐다.

"아니에요, 아니에요. 그건 아니에요. 전 창피해서 견딜 수
가 없어요. 세상에! 말도 안 돼요. 제발 일어나요. 바닥에 무
릎을 꿇어야 하는 건 바로 나잖아요."

구제가 일어섰다. 그는 덜덜 떨면서 더듬거렸다.

"안아 봐도 될까요?"

너무 놀라고 감정이 격해진 제르베즈는 할 말을 찾지 못했
다. 그저 괜찮다는 뜻으로 고개를 끄덕거렸다. 아! 구제는 마
침내 제르베즈를 차지할 수 있었다. 원하는 대로 할 수 있게
되었다! 하지만 결국 구제는 그저 입술을 내밀면서 말했다.

"우리 사이는 이렇게 충분하죠. 제르베즈 부인." 구제가 중
얼거렸다. "우리는 친구 사이니까요. 그렇죠?"

구제는 제르베즈의 이마에, 회색 머리카락 위에 입술을 가져갔다. 그는 어머니가 세상을 떠난 이후 그 누구에게도 입술을 가져다 댄 적이 없었다. 그의 삶에는 오직 소중한 제르베즈밖에 없었다. 구제는 진한 경의를 담아 입을 맞춘 후 뒷걸음질쳤다. 그리고 침대에 가로로 몸을 던지며 울음을 터뜨렸다. 제르베즈는 더 이상 그곳에 있을 수가 없었다. 서로 사랑하는 사람들이 이러고 있어야 한다는 게 견딜 수 없이 슬프고 끔찍했다. 제르베즈가 큰 소리로 외쳤다.

"저도 사랑해요, 구제 씨, 정말 사랑해요……. 오! 말도 안 돼. 정말 말도 안 돼. 이젠 정말 갈게요. 구제 씨. 같이 있으면 우린 둘 다 괴로워서 죽어 버릴 거예요."

그녀는 구제 부인의 방을 지나 밖으로 뛰어나왔다. 정신을 차리고 보니 구트도르 거리에서 초인종을 누르고 있었다. 보슈가 줄을 당겨 문을 열어 주었다. 건물 안은 어두웠다. 제르베즈는 마치 죽으러 가는 사람처럼 안으로 들어섰다. 이 시간이면 썰렁하게 열려 있는 현관이 흡사 쫙 벌린 짐승의 아가리 같았다. 세상에! 이 병영 같은 황량한 건물 한구석에 집을 갖고 싶어 했었다니! 그 시절엔 귀가 꽉 막혀 있어서 벽 뒤에서 웅얼거리는 절망의 노래가 하나도 들리지 않았던 것이다. 이 안에 발을 들여놓은 바로 그날부터 나락으로 굴러떨어지기 시작했는데! 그랬다. 이 거대하고 허름한 노동자들의 거처에 층층이 겹쳐서 사는 것이 불행을 가져왔을 것이다. 이곳에 살다 보면 비참한 가난의 콜레라에 걸릴 수밖에 없다. 그날 밤은 아파트 전체가 죽어 있었다. 그저 오른쪽에서 보슈 부부가 코 고는 소리만 들렸다. 왼쪽에서는 랑티에와 비르지니가 잠은 자지 않으면서 눈만 감고 가르랑거리는 고양이처럼 버티고 있었다. 안마당에 들어서니 흡사 묘지 한복판 같았다. 바닥에 눈이 정사각형을 그리며 쌓여 있고, 높다란 건물의 전면은 불빛 하나 없이 푸르스름한 회색으로 흡사 폐허의 벽처럼 버티고 서 있었다. 추위와 굶주림에 지쳐 동네 전체가 파묻혀 버린 듯 한숨 소리 하나 들리지 않았다. 제르베즈는 시커먼 물이 흐르는 도랑을 건너뛰었다. 염색장에서 나온 물이 고여 있는 웅덩이에서 마치 진흙처럼 바닥에 깔린 눈이 김이 되어 올라왔다. 웅덩이의 물은 제르베즈의 마음과 같은 색깔이었다. 옛날에는 옅은 파란색, 옅은 분홍색이었는데!

어둠 속에서 7층까지 올라가는 동안 자꾸 웃음이 나왔다. 제르베즈는 자기 웃음이 너무 추해서 마음이 괴로웠다. 이전에 꿈꾸던 것들이 기억났다. 마음 편하게 일하고, 먹을 게 있고, 조금 깨끗한 잠자리가 있고, 아이들을 잘 기르고, 매 맞지 않고, 자기 침대에 누워 죽고 싶었는데! 아, 정말 우습구나! 그 모든 소망이 어쩌면 하나같이 이 모양 이 꼴이 되었을까? 이제 그녀는 일을 못 하고, 먹지 못하고, 쓰레기 더미에서 자고, 딸은 남자들 꽁무니를 따라다니고, 남편은 자기를 때린다. 길거리에서 죽는 것만 남았다. 집으로 돌아가 창문으로 뛰어내릴 용기만 있다면 그것도 바로 이루어질 것이다. 뭐 그리 대단한 소원이라고! 3만 프랑의 연금을 받고 싶다든가 사람들이 날 존경해 줬으면 좋겠다든가, 이런 거창한 것도 아닌데! 아! 빌어먹을 인생은 아무리 욕심 없이 살아도 소용이 없구나! 초라한 음식과 잠자리마저도 얻을 수 없다니. 모두가 그랬다, 이십 년 동안 열심히 다림질해서 돈을 벌고, 그런 뒤에는 시골에 가서 살고 싶었던 꿈을 떠올린 제르베즈는 다시 한번 쓴 웃음을 터뜨렸다. 그래! 시골로 가는 거야. 페르라셰즈 묘지에 가서 풀밭 한구석이라도 차지하지, 뭐.

복도로 들어섰을 때 제르베즈는 거의 미친 사람 같았다. 머리가 빙빙 돌았다. 가슴속 깊은 곳에서 구제와 영원한 작별 인사를 했다는 사실이 죽을 듯이 고통스러웠다. 이제 완전히 끝났다. 다시는 얼굴도 볼 수 없으리라. 그러고 나자 또 다른 불행들이 줄줄이 떠오르며 머리가 깨질 것같이 아팠다. 지나가며 비자르네를 들여다보니 랄리가 보였다. 아이는 숨을 거두었고, 편안하게 누운 채로 이제 영원히 그렇게 있어도 되는 것을 기뻐하는 것 같았다. 그래! 애들이 어른보다 운이 더 좋지! 그때 바주즈 영감의 방에서 한 줄기 빛이 새어 나왔다. 그 순간 제르베즈는 미친 듯이 랄리와 같은 길을 떠나고 싶어져서 그리로 달려갔다.

늘 기분이 좋은 바주즈 영감은 오늘 밤은 유난히 더 즐거웠다. 술이 어찌나 많이 취했는지 추운 날씨인데도 바닥에 드러누워 코를 골고 있었다. 자면서 배가 웃는 것처럼 보이는 것을 보니 저러고 누워서도 좋은 꿈을 꾸는 것 같았다. 촛불도 끄지 않아 영감이 입고 있는 초라한 옷, 구석에 처박아 놓은 검은 모자, 흡사 이불을 덮은 듯 무릎까지 당겨 올린 검은 망토가 모두 보였다.

바주즈를 보자마자 제르베즈가 통곡을 시작했다. 그 소리에 영감이 깨어났다.

"이런 제길! 문 좀 닫아요! 추워 죽겠네. 어? 당신이요? 무슨 일이죠? 왜 그래요?"

제르베즈는 두 팔을 내밀고 더듬거리며 정신없이 애원했다. 스스로 무슨 말을 하고 있는지도 알지 못했다.

"아! 날 데려가 줘요. 이제 정말 지긋지긋해요. 가고 싶어요. 그때 말한 건 마음에 두지 말아요. 그땐 정말 몰랐어요. 준비가 되지 않았을 땐 알 수 없는 거잖아요. 그래요! 다행히도 언젠가는 가는 거잖아요. 제발 날 데려가 줘요. 데려가요. 정말 고마워할게요."

제르베즈는 죽고 싶은 욕망에 온몸을 떨면서 창백한 얼굴로 무릎을 꿇었다. 남자의 발아래 이렇게 달려든 적은 없었다. 입이 일그러진 데다가 살갗은 무덤을 파느라 흙먼지에 절은 바주즈의 불그레한 얼굴이 제르베즈에게는 눈부시게 빛나는 아름다운 태양 같았다. 술이 덜 깬 영감은 제르베즈가 터무니없는 장난을 치고 있다고 생각했다.

"이것 참!" 바주즈 영감이 중얼거렸다. "이러지 말아요."

"날 좀 데려가 달라고요." 제르베즈가 더 열심히 다시 한번 말했다. "기억나요? 언젠가 밤에 내가 저 칸막이벽을 두들겼잖아요. 그래 놓고 아니라고 했죠. 그땐 내가 너무 바보였어요. 하지만, 자, 손을 줘요. 이젠 무섭지 않아요. 자러 가게 해 줘요. 움직이지 않을게요. 정말이에요. 오! 꼭 가고 싶어요. 정말 사랑해 드릴게요."

늘 여자에게 친절한 바주즈 영감은 자기를 이렇게 좋아하는 여자를 밀칠 수는 없었다. 이 여자는 지금 제정신이 아니지만, 이렇게 흥분해서 날뛰는 모습이 그래도 아름다운 구석이 있었다.

"그래, 맞는 말이긴 하지." 그가 단호하게 말했다. "오늘도 여자를 셋이나 묻었으니까. 만일 그 여자들이 내 주머니에 손을 넣을 수만 있었다면 제대로 노잣돈을 줬을 거요. 하지만 말이오, 이 일은 그렇게 맘대로 할 수 있는 게 아니라오."

"날 데려가요. 날 데려가라고요." 제르베즈는 계속 소리를 질렀다. "난 가고 싶어요."

"제길! 그전에 거쳐야 하는 일이 있지! 알아요? 꿰엑!"

바주즈는 목구멍에서 마치 자기 혀를 삼키기라도 하는 것 같은 소리를 냈다. 그런 다음 자기 농담이 흡족해서는 히죽거렸다.

제르베즈는 천천히 일어섰다. 저 사람도 날 위해 아무것도 해 줄 수 없다니. 그녀는 멍하니 방으로 들어갔다. 음식을 먹은 것을 후회하며 짚 더미로 몸을 내던졌다. 아, 세상에! 이렇게 비참하게 살아도 빨리 죽을 수는 없다니.

13장

그날 밤 쿠포는 진탕 술을 퍼마셨다. 제르베즈는 다음 날 철도 기관사가 된 에티엔이 보내온 10프랑을 받았다. 집에 돈이 없다는 것을 알고 있는 아들은 이따금 100수짜리 동전 몇 개를 보내왔다. 다음 날도 쿠포가 들어오지 않았기에, 제르베즈는 고기 수프를 끓여서 혼자 먹었다. 쿠포는 월요일에도 안 왔고, 화요일에도 안 왔다. 그렇게 일주일이 지났다. 아! 빌어먹을 인간! 어떤 여자가 데려간 거라면 나야 좋지. 그런데 그 일요일에 제르베즈는 인쇄된 서류 한 장을 받았다. 처음에는 경찰서에서 온 건 줄 알고 겁을 먹었다. 하지만 이내 마음을 놓았다. 그것은 지긋지긋한 인간이 생탄 병원에서 죽어 가고 있다는 통지서였다. 물론 좀 더 친절한 말로 되어 있지만, 결국은 그 말이었다. 쿠포를 데려간 여자는 주정뱅이들의 마지막 친구인 '저승사자 소피'[59]였던 것이다.

제르베즈는 당황하지 않았다. 길을 모르는 것도 아닌데 알아서 집에 찾아오지 않겠는가. 이미 여러 번 생탄에서 나아서 돌아왔다! 제르베즈는 병원에서 바보같이 쿠포를 다시 한 번 일어나게 해 줄 거라고 생각했다. 사실 그녀는 지난 일주일 동안 쿠포가 메보트와 함께 공이 굴러다니듯 벨빌의 술집들을 이 집 저 집 헤매고 다녔다는 얘기를 바로 오늘 아침에 들었다. 아주 잘됐어. 메보트가 돈도 다 냈겠네. 그 마누라 돈을 쓰는 거겠지. 분명 힘들게 모은 걸 텐데. 그렇게 처마시고 탈이 났으니 잘됐어. 제르베즈는 두 인간이 술을 마시는 동안 자기를 불러 한잔하라고 권하지도 않았다는 생각에 화가 치밀어 올랐다. 세상에, 정말 너무하잖아. 일주일 내내 마셔 댔으면서 여자들한테 친절을 베풀 줄도 모르다니! 혼자 처마셨으니까 혼자 죽는 수밖에 없지 뭐. 그래, 맞아.

하지만 월요일에 완두콩 남은 것과 마실 것 조금으로 간신히 저녁거리를 준비해 놓은 제르베즈는 나가서 조금 걷고 오면 식욕이 더 날 거라는 구실로 집을 나섰다. 사실은 서랍장 위에 놓여 있는 병원의 편지가 계속 마음에 걸렸기 때문이다. 이미 눈은 다 녹았고 날씨도 많이 춥지 않았다. 흐리지만 훈훈한 날씨로, 공기 속에서 제법 기분을 들뜨게 하는 기운이 느껴졌다. 제르베즈는 정오에 떠났다. 파리를 끝에서 끝까지 지나야 했고, 빨리 걸을 수 없었기 때문이다. 거리에는 사람들

59) '기절, 죽음'을 뜻하는 tourne-de-l'oeil에 여자 이름 '소피'를 붙인 것이다.

이 가득했다. 그녀는 사람이 많은 게 좋았고, 유쾌한 기분으로 병원에 도착했다. 들어가 자기 이름을 댔더니 병원에서 기가 막힌 얘기를 해 주었다. 쿠포가 강물에 뛰어들었다는 것이다. 퐁뇌프 다리에서 수염 난 남자가 앞길을 막아선다고 난간을 뛰어넘은 것 같다고 했다. 세상에, 강물에 뛰어들다니, 도대체 어쩌자고 그런 기막힌 일을 저질렀단 말인가. 쿠포는 자기가 어떻게 퐁뇌프 다리까지 갔는지 설명하지 못했다.

남자 간호사가 제르베즈를 안내했다. 계단을 올라가는 제르베즈의 귀에 등골을 오싹하게 하는 고함 소리가 들렸다.

"보셨죠? 저렇게 소리를 질러 대죠."

"누군데요?" 제르베즈가 물었다.

"남편분이잖아요! 그저께부터 계속 저렇게 악을 쓰고 있어요. 한번 보세요. 저러고 나면 또 춤을 추니까."

아! 하느님! 차마 눈 뜨고 볼 수 없는 광경이었다. 제르베즈는 온몸이 굳어 버린 듯 멍하니 서 있었다. 쿠포는 위부터 아래까지 벽에 푹신한 것을 대놓은 작은 병실에 있었다. 바닥에는 짚 매트 두 개가 겹쳐 깔려 있고 한쪽 구석에 매트리스와 긴 베개가 놓여 있었다. 그게 전부였다. 그 안에서 쿠포가 춤을 추며 악을 쓰고 있었다. 너덜거리는 작업복을 입고 손발을 허우적거리는 모습이 흡사 쿠르티유[60]에서 사육제 가면을 쓴 어릿광대 같았다. 하지만 재미있는 광대가 아니었다. 오! 미쳐 날뛰는 춤이 너무 무서워서 보고 있자니 소름이 돋았다. 쿠포

---

60) 벨빌의 한 구역. 유흥업소들이 몰려 있었다.

는 지금 숨이 얼마 남지 않은 남자의 역을 맡은 광대였다. 세상에! 그는 창문에 부딪혔고, 뒤로 물러섰다. 양팔로 박자를 맞췄고, 손을 마치 일부러 부러뜨려 보는 사람의 얼굴에 내던지려는 듯이 이리저리 휘둘러 댔다. 싸구려 술집에 가면 저런 흉내를 내며 우스꽝스러운 춤을 추는 사람들을 볼 수 있지만, 그 사람들은 전부 엉터리였다. 제대로 하면 얼마나 대단한지 보고 싶다면 술 취한 쿠포가 병실에서 펄떡거리면서 추는 리고동[61]을 보면 된다. 노래 역시 독특한 멋이 있었다. 쿠포는 사육제에서처럼 입을 쩍 벌리고서 몇 시간이고 쉬지 않고 소리를 질러 댔다. 쇳소리 나는 트롬본 소리로, 똑같은 음조로, 쉬지 않고 노래 불렀다. 자, 오케스트라가 시작됩니다. 파트너 여자분들을 돌려 주세요.

"하느님, 맙소사. 어쩌다 저렇게 됐을까? 무슨 일이 있었던 거야?" 잔뜩 겁에 질린 제르베즈가 계속 같은 말을 되풀이했다.

옆에 흰 가운을 입은 인턴이 조용히 앉아 무언가를 적고 있었다. 통통하고 혈색이 좋은 금발의 젊은이였다. 쿠포의 증상이 상당히 특이했기 때문에 그가 계속 환자의 곁을 지키고 있었다.

"잠시 여기 계셔도 됩니다." 그가 말했다. "하지만 침착하셔야 합니다. 환자한테 한번 말을 시켜 보세요. 알아보지는 못할 겁니다."

쿠포의 눈에는 아예 아내의 모습이 보이지 않는 것 같았다.

---

61) 16~17세기에 유행한 프랑스의 춤이다.

제르베즈도 병실에 들어설 때 남편을 잘 알아보지 못했다. 쿠포는 그 정도로 엉망이었다. 다시 찬찬히 들여다보던 제르베즈는 너무 놀란 나머지 맥없이 두 팔을 늘어뜨렸다. 세상에! 어떻게 하면 얼굴이 저 꼴이 될 수 있을까? 쿠포는 눈에 핏발이 섰고 입술은 딱지투성이였다. 말해 주지 않았다면 남편인 줄 몰랐을 뻔했다. 무엇보다 쿠포는 아무 이유 없이 얼굴을 찡그렸다. 갑자기 입술을 쭉 내밀면서 코에 주름이 지고 볼이 홀쭉하게 들어가면 입이 흡사 짐승의 주둥이 같았다. 피부에서 열이 나는지 주위에 김이 서려 있었다. 또 땀방울 때문에 살가죽은 니스를 칠한 것처럼 번들거렸다. 하지만 미친 듯이 사육제의 광대 춤을 추는 쿠포는 정작 별로 즐겁지 않다는 것을 금방 알 수 있었다. 그는 오히려 머리가 지끈거리고 팔다리가 쑤셨다.

제르베즈는 옆에서 박자를 맞추며 손가락 끝으로 의자 등받이를 두드리고 있는 인턴에게 다가갔다.

"저, 선생님. 이번엔 심한 거죠?"

인턴은 대답 대신 고개를 끄덕였다.

"아, 선생님. 저 사람 지금 뭐라고 조그맣게 중얼거리고 있지 않은가요? 그렇죠? 들리세요? 뭐라는 거죠?"

"지금 눈에 보이는 걸 얘기하는 겁니다." 인턴이 나지막하게 말했다. "조용히 하세요. 좀 들어 보게요."

쿠포는 짧게 끊어지는 목소리로 지껄여 댔다. 눈에는 알 수 없는 즐거움의 광채가 번득였다. 그는 방바닥을 두리번거리면서 뱅센 숲을 산책하듯 빙빙 돌면서 중얼거렸다.

"아! 괜찮은걸. 정말 좋아. 오두막들도 있고, 장터로군. 그런 대로 멋진 음악도 들리네. 먹을 것도 굉장한걸. 정말 끝내줘! 멋져. 불이 켜졌군. 하늘엔 빨간 풍선이야. 풍선이 하늘로 올라가서 없어지네. 오! 오! 나무 위에 등불이 굉장히 많아! 아주 근사해. 사방에 졸졸 물이 흐르고. 샘, 폭포, 물이 노래를 하네. 합창대 애들 목소리 같아…… 굉장해. 저 폭포 좀 봐!"

쿠포는 감미로운 물의 노래를 가까이서 들으려는 듯이 몸을 일으켰다. 샘에서 튀는 상쾌한 물방울을 마시고 있는지 가슴 가득 공기를 들이켰다. 그러나 얼굴은 괴로운 표정으로 바뀌고 있었다. 그는 몸을 구부린 채 낮은 목소리로 협박투의 말을 중얼거리면서 병실 벽을 따라 빠른 걸음으로 걸었다.

"또 엉망진창이로군. 이럴 줄 알았지. 조용히 해! 불한당 같은 놈들. 그래! 네놈들이 날 얕잡아보는 거지. 지금 날 괴롭히려고 술을 처먹고 그 안에서 갈보 년들하고 악을 써 대는 거잖아! 내가 너희들 오두막에 들어가서 다 부숴 주마. 이런 빌어먹을! 날 좀 그냥 내버려 두지 못해!"

쿠포는 주먹을 불끈 움켜쥐었다. 쉰 목소리로 악을 쓰면서 달려가더니 그대로 나자빠졌다. 그러고는 겁에 질려 이를 갈며 중얼거렸다.

"나더러 죽으라는 거지……. 안 돼! 내가 뛰어들 줄 알지? 저 물 좀 봐! 난 용기가 없어! 안 돼. 뛰어들지 않을 거야!"

폭포는 쿠포가 다가가면 멀어졌고 뒤로 물러서면 다가왔다. 그는 갑자기 멍한 얼굴로 주위를 살피면서 잘 들리지도 않는 소리로 더듬거렸다.

"말도 안 돼. 날 해치려고 의사까지 데려왔군."

"전 갈래요, 선생님. 안녕히 계세요." 제르베즈가 인턴에게 말했다. "너무 힘들어서 도저히 못 있겠어요. 다시 올게요."

제르베즈는 하얗게 질려 있었다. 쿠포는 여전히 창문에서 매트로, 매트에서 창문으로 왔다 갔다 하면서 춤을 추었다. 온통 땀투성이로, 너무나 힘들게, 일정한 박자로 움직였다. 제르베즈는 도망치듯 밖으로 나왔다. 그렇게 정신없이 계단을 내려온 뒤에도 남편이 미친 듯이 춤추는 소리가 들렸다. 아! 세상에! 밖에 나오니 좋네. 이제 좀 숨을 쉴 것 같아.

그날 저녁 구트도르의 아파트 사람들은 모두 쿠포의 괴상한 병 얘기를 했다. 심지어 그동안 제르베즈를 사람 취급도 안 하던 보슈네가 그녀를 불러 카시스 술 한 잔을 내주었다. 어떻게 된 건지 들어보기 위해서였다. 로리외 부인이 왔고, 푸아송 부인도 왔다. 다들 이러쿵저러쿵 할 말이 많아서 얘기가 끝없이 이어졌다. 보슈는 어떤 목수가 생마르탱 거리에서 발가벗고 폴카를 추다가 죽은 얘기를 했다. 압생트 독주 때문이라고 했다. 여자들은 가엾기는 하지만 너무 우습다며 배꼽을 잡고 웃었다. 제르베즈는 사람들이 자기 얘기를 못 알아듣는 것 같자 모두 뒤로 물러서라고 소리를 지르면서 자리를 만들었다. 그리고 방 한가운데서, 사람들 앞에서 쿠포의 흉내를 냈다. 악을 써 대면서 펄쩍펄쩍 뛰고 추하게 얼굴을 찡그렸다. 모두 기절초풍을 했다. 말도 안 돼! 그렇게는 사람이 세 시간도 못 버티지! 정말이에요. 나한테 제일 성스럽고 소중한 것을 걸고 맹세할 수 있어요. 쿠포는 어제부터 벌써 사흘째 이러고 있다니까요. 못 믿겠으면 한번 가 보세요. 그러자 로리의 부인이 단호하게 말했다. 사양하겠어. 생탄 병원은 지긋지긋해. 우리 그이도 절대 발을 들여놓지 못하게 할 거야. 옆에서 요즘 가게형편이 나빠진 탓에 시무룩한 얼굴로 앉아 있던 비르지니가 중얼거리듯 한마디 내뱉었다. 인생이란 게 늘 즐겁기만 한 건아니지. 아! 정말! 제르베즈는 카시스 술을 다 마신 뒤 가겠다며 인사를 했다. 얘기를 마친 그녀의 얼굴은 눈을 부릅뜨고 있고 그야말로 넋이 빠진 것 같았다. 아마도 남편이 춤을 추고 있는 모습이 계속 떠올랐을 것이다. 이튿날 아침 일어나며 제르베즈는 다시는 생탄 병원에 가지 않겠다고 결심했다. 하지만 자기도 모르게 십 분마다 생각이 났고, 사람들이 하는 말대로 얼이 빠져 버린 사람 같았다. 설마 쿠포가 여전히 그러고 있을까? 정오가 되자 제르베즈는 더 이상 참을 수가 없었다. 얼마나 먼 길인지도 머릿속에 없었다. 기다리고 있는 광경을 보고 싶은 욕망과 그에 대한 두려움이 머릿속을 가득 채워 버렸다.

제르베즈는 남편의 상태를 물어볼 필요도 없었다. 계단 앞에 섰을 때 벌써 쿠포의 노랫소리가 들렸다. 여전히 똑같은 곡조로 똑같은 춤을 추고 있는 게 분명했다. 제르베즈는 저 계단을 조금 전에 내려왔다가 다시 올라가는 느낌이었다. 복도에서 전날 본 간호부가 탕약 주전자를 들고 지나가다가 제르베즈를 보고 친절하게 눈짓을 했다.

"그대론가요?" 제르베즈가 물었다.

"네, 똑같아요." 그가 걸음을 멈추지 않고 대답했다.

제르베즈는 병실로 들어갔다. 쿠포 가까운 쪽에는 이미 사람들이 있어서 그녀는 문 옆 구석에 섰다. 얼굴이 볼그스레한 금발의 인턴이 앉아 있던 의자에는 나이 든 남자가 앉아 있었다. 훈장을 달고 대머리에 가늘고 뾰족한 얼굴이 교활해 보였다. 송곳처럼 날카롭고 가는 눈매로 보아 제일 높은 원래 급사(急死)를 다루는 사람들은 저런 눈매를 가졌다.

제르베즈는 의사를 보러 온 게 아니었기에 그냥 뒤에서 발돋움하면서 쿠포를 바라보았다. 쿠포는 완전히 미치광이가 되어 어제보다 더 심하게 악을 쓰며 날뛰었다. 예전에 사순절 목요일 무도회에서 세탁장의 급사들이, 그러니까 원기 왕성한 젊은이들이 밤새워 춤추는 것을 본 적이 있지만, 사람이 저렇게 오랫동안 즐길 수 있으리라고는 단 한 번도 상상해 보지 못했다. 여기서 '즐긴다'라고 말하는 건 말이 그렇다는 것이다. 화약통이라도 삼켜 버린 것처럼 자기 의지와 상관없이 잉어처럼 펄떡거리는 걸 어떻게 즐긴다고 말할 수 있겠는가. 쿠포는 땀에 흠뻑 젖었고, 주위에 김도 더 짙게 서렸다. 악을 써 대느라 입도 더 커 보였다. 오! 임산부들은 절대 보면 안 될 광경이었다. 쿠포가 매트에서 창문까지를 얼마나 왔다 갔다 했는지 마루에 그가 지나다닌 자국이 났을 정도였다. 쿠포의 신발 때문에 짚 더미도 엉망진창으로 파헤쳐졌다.

그랬다. 정말이었다. 정말 추한 광경이었다. 제르베즈는 사시나무처럼 온몸을 떨면서 괜히 또 왔다고 후회했다. 저런! 어제 저녁에 보슈네가 그녀에게 쿠포의 꼴을 부풀려 얘기한다고 뭐라 하지 않았던가! 저것 좀 보라지! 내가 보여 준 건 절반도 안 되네! 그래, 어떻게 하는지 똑똑히 봐야 해. 저렇게 눈을 크게 뜨고 멍하니 있는 모습을 절대 잊으면 안 돼. 그때 의사와 인턴이 주고받는 말이 들렸다. 인턴은 지난밤 어떤 일이 있었는지 자세히 설명했지만 제르베즈는 알아들을 수 없었고, 요지는 결국 쿠포가 밤새 뭔가를 떠들어 대며 빙빙 돌아다녔다는 소리였다. 잠시 후 나이 많은 대머리에 별로 예의도 바르지 않은 의사가 제르베즈를 발견했다. 인턴이 환자의 부인이라고 알려 주자 그는 경찰서장 같은 사나운 얼굴로 질문을 시작했다.

"저분의 아버지가 술을 마셨나요?"

"네, 선생님. 그냥 남들하고 똑같이 조금 마셨어요. 술에 취한 날 지붕에서 떨어져서 죽었고요."

"어머니도 마셨나요?"

"그럼요! 선생님. 그냥 남들하고 똑같죠. 아시잖아요. 여기서 한잔, 또 저기서 한잔, 그렇게요. 아! 가족들은 아무 문제없어요. 형제 중 하나가 어릴 때 경련으로 죽은 게 다예요."

의사는 꿰뚫을 것 같은 시선으로 계속 제르베즈를 바라보다가 단도직입적으로 물었다.

"부인도 마시죠?"

제르베즈는 더듬거리며 변명을 했다. 절대 거짓말이 아니라는 표시로 손을 가슴에 얹고 말했다.

"부인도 마시는군요. 조심하십시오. 술을 마시면 어떻게 되는지 보고 계시잖아요. 언젠가 부인도 죽게 될 겁니다."

그러자 제르베즈는 벽에 몸을 붙였다. 이미 돌아앉은 의사는 프록코트 자락에 먼지가 쓸리는 것도 개의치 않고 몸을 잔뜩 수그리고 있었다. 그는 쿠포가 다가오기를 기다리고 또 그의 움직임을 눈으로 계속 따라가면서, 그렇게 환자가 몸을 떠는 것을 관찰했다. 오늘은 손의 경련이 발까지 내려와서, 계속 발이 떨렸다. 흡사 풀치넬라[62]처럼, 누군가 몸통이 나무토막처럼 뻣뻣한 인형을 팔다리에 끈을 달아 잡아당기며 우스꽝스럽게 움직이는 것 같았다. 쿠포의 병은 조금씩 온몸으로 퍼져 나갔다. 살갗 아래에서 음악이 울려 퍼지는 것 같았다. 삼 초 혹은 사 초 간격으로 시작되어 이내 멎었다가는 다시 시작했다. 마치 겨울날 문간에서 추위에 떨고 있는 길 잃은 개 같았다. 배와 어깨에도 물이 끓기 시작할 때처럼 가벼운 전율이 번져 나갔다.

쿠포는 진정 기이한 모습으로 무너지고 있었다. 어떻게 간지럼 타는 계집애가 몸을 꼬는 것처럼 온몸을 비틀면서 죽어 간단 말인가!

그는 잘 들리지도 않는 작은 소리로 신음했다. 어제보다 훨씬 더 고통스러워하는 것 같았다. 중간중간 끊어졌다 이어지는 신음은 온갖 통증이 몰려오고 있음을 말해 주었다. 수천 개의 바늘이 몸을 찌르고 무거운 것이 살갗을 짓누르고 차갑고 축축한 짐승이 허벅지를 기어올라 살을 깨무는 것 같은 고통이었다. 그러고 나면 또 다른 짐승이 어깨에 달라붙어 발톱으로 등을 후벼 댔다.

---

62) 17세기 이탈리아 희극, 인형극에 등장하는 어릿광대이다.

"목말라! 아! 목말라!" 쿠포가 계속 웅얼거렸다.

인턴이 선반에서 레몬수 병을 꺼내 건네주었다. 쿠포는 물병을 두 손으로 붙잡고 게걸스럽게 들이켰다. 절반은 몸에 그대로 흘렸다. 그나마 마신 것도 바로 뱉어 버렸다. 쿠포는 잔뜩 인상을 쓰고 화를 내면서 소리를 질렀다.

"뭐야! 독주잖아!"

의사가 손짓을 하자 이번에는 인턴이 병은 든 채로 쿠포에게 물을 주었다. 이번에는 삼켰지만, 쿠포는 마치 불덩이를 삼킨 사람처럼 다시 소리를 질렀다.

"이건 독주란 말이야. 빌어먹을! 독주라니까!"

어제부터 쿠포가 마신 것은 모두 독주였다. 그래서 마실수록 더 목이 말랐다. 뭘 마셔도 속이 계속 타들어 갔다. 수프를 가져다줘도 쿠포는 싸구려 독주 냄새가 나는 걸 보니 자기를 죽이려 한다고 우겼다. 빵도 시큼하다고, 상한 게 분명하다고 했다. 그가 보기에는 사방에 독이 가득했다. 쿠포는 병실에서 유황 냄새가 난다고, 사람들이 자기를 중독시키려고 바로 코앞에서 성냥을 긁어 댄다고 우기기까지 했다.

그사이 의사가 일어서서 환자의 말을 듣고 있었다. 쿠포의 눈에는 이제 대낮에도 유령들이 보였다. 벽에 범선의 돛만 한 거미줄이 그물로 변해 마치 신기한 장난감처럼 그물코가 늘어났다 줄어들었다 했다. 그 사이로 왔다 갔다 하는 시커먼 공이 요술쟁이 공처럼 당구공만 했다가 대포알만 해지면서, 그렇게 부풀어 올랐다가 줄어들었다 하면서 쿠포를 골탕 먹였다. 그때 쿠포가 갑자기 소리를 질렀다.

"오! 쥐! 이젠 쥐가 왔군!"

공들이 쥐로 변한 것이다. 더러운 짐승들은 점점 커져서 그물 사이를 지나갔고, 매트 위에서 펄쩍거리다가 수증기처럼 사라졌다. 쿠포는 원숭이가 벽에서 나왔다가 다시 벽으로 들어가 버린다고도 했다. 원숭이가 다가올 때마다 그는 물릴까 두려워서 뒷걸음질 쳤다. 그러다가 갑자기 또 바뀌어서, 벽이 펄쩍거리며 춤추기 시작했다. 쿠포는 겁에 질려 미친 듯이 날뛰고 헐떡거리면서 같은 말을 되풀이했다.

"젠장, 어디 한번 해 봐. 맘대로 날 흔들어 보라고! 내가 끄떡이나 하나 봐! 해 보라니까! 움막! 해 보라고! 무너졌어! 그래, 종을 울려, 까마귀들아! 내가 경비를 부르지 못하게 오르간을 치라고! 더러운 자식들이 벽 뒤에 기계를 가져다 놨군. 아주 잘 들려. 드르렁거리잖아. 우리를 다 날려 버리려는 거야. 불이야! 세상에! 불이라고! 불이 났다니까! 불길이 치솟잖아. 오! 환해지는군! 환해져! 하늘이 전부 불타올라! 시뻘건 불, 녹색불, 노란색! 날 좀…… 살려 줘! 불이야!"

한참 악을 쓰고 나더니 쿠포는 헐떡거렸다. 입에 거품을 물고 턱이 침에 젖은 채로 웅얼거렸다. 의사는 손가락으로 코를 문질렀다. 심각한 증상을 보게 되면 늘 하는 버릇 같았다. 그는 인턴을 돌아보며 나지막하게 물었다.

"열은 계속 40도인가?"

"네, 그렇습니다."

의사는 입술을 오므리고 쿠포를 뚫어져라 응시하며 이 분 정도 그대로 있었다. 그런 다음 어깨를 들썩이며 말했다.

"계속 같은 것을 주게. 수프, 우유, 레몬수, 기나피[63] 추출액 연하게 탄 물약. 꼭 붙어 서서 지켜보도록 해. 필요하면 날 부르고."

의사가 나가자 제르베즈도 따라 나왔다. 가망이 없느냐고 물어보기 위해서였다. 하지만 의사가 워낙 급하게 걸음을 옮겼기 때문에 그녀는 차마 다가갈 엄두를 내지 못했다. 그저 말뚝처럼 서서 다시 들어가 남편을 봐도 될까 망설였다. 하지만 이미 본 것으로 충분했다. 쿠포가 다시 레몬수를 독주라고 우기며 고함 지르는 소리가 들렸다. 세상에! 제르베즈는 넌더리를 내 그대로 도망쳤다. 거리에서 달리는 말발굽 소리와 마차 소리를 들으며 그녀는 꼭 생탄 병원이 자기를 쫓아오는 것만 같았다. 의사가 겁을 주지 않았는가. 그랬다. 제르베즈는 자기도 이미 병에 걸린 것 같았다.

구트도르 거리에선 당연히 보슈네와 다른 사람들이 제르베즈를 기다리고 있었다. 그녀가 문으로 들어서자 보슈가 어서 오라고 불렀다. 그래, 쿠포 영감은 아직도 버티고 있나요? 그러게요. 아직도 그러고 있어요. 보슈는 너무 놀란 듯 멍청한 얼굴이 되었다. 그는 쿠포가 저녁을 못 넘길 거라는 데 술 한 병을 걸었던 것이다. 세상에! 아직도 버티고 있다니! 모여 있던 사람들 모두 허벅지를 치면서 놀라워했다. 오! 정말 오래 버티네. 로리외 부인이 시간을 계산했다. 삼십육 시간에 또 이십사 시간이면, 전부 육십 시간인데. 어떻게 그럴 수가 있지?

---

63) 기나나무에서 얻는 의약품으로 키니네의 원료가 된다.

아무도 지금껏 그렇게 기운 좋은 사람은 본 적이 없었다. 보슈는 술을 잃게 된 것 때문에 억지웃음을 지으며 의혹이 담긴 눈길로 물었다. 어쩌면 당신이 나온 다음에 나자빠져 죽은 게 아닐까요? 오! 아니에요. 얼마나 기운차게 뛰는데요. 전혀 죽을 마음이 없어요. 보슈는 뜻을 굽히지 않고, 제르베즈더러 한번 보게 쿠포가 어떻게 하는지 보여 달라고 했다. 그래, 그래. 조금만 보여 줘요. 다들 원하잖아요. 저기 저 부인 둘은 어제 못 봐서 오늘 일부러 내려온걸요. 좀 보여 줘요. 보슈 부인이 사람들한테 자리를 정리하라고 했다. 모두 호기심에 달아올라 서로 팔꿈치로 밀치면서 방 가운데 자리를 비우고 뒤로 물러났다. 제르베즈는 고개를 숙이고 서 있었다. 그랬다. 그녀는 자기도 병이 들었을까 봐 겁이 났다. 괜히 뻐기는 게 아니라는 걸 보여 주기 위해서 두세 번 살짝 뛰기 시작했지만 돌연 기분이 이상해졌다. 그래서 펄쩍 뒤로 물러서 버렸다. 정말이었다. 도저히 할 수가 없었다. 실망한 사람들이 중얼거렸다. 아쉽네. 정말 똑같이 흉내를 내더니 왜 저래? 어쩌겠어. 못 하겠다는데. 그리고 비르지니가 가게로 돌아가자 사람들은 쿠포는 까맣게 잊어버리고 푸아송 부부에 대해 얘기를 시작했다. 푸아송네가 요즘 풍비박산이라더군요. 어제 집달리들이 왔잖아요. 푸아송은 순경 자리를 잃을 거라던데요. 랑티에는 옆 식당의 아가씨 주위를 맴돌고 있답니다. 아주 멋진 아가씨인데 내장 가게를 하려고 한다네요. 세상에! 아주 재미있잖아. 그 여자가 가게에 들어앉은 모습이 눈에 선하네요. 단 과자는 실컷 먹었으니까 이젠 배를 든든히 채워야지. 그런데도 오쟁이 진 푸아송은 여전히 아무것도 모르는 얼굴이잖아요. 약삭빨라야 하는 직업인데, 어째서 집안일은 그렇게 서툰지, 쯧쯧. 그때였다. 갑자기 모두 조용해졌다. 아무도 거들떠보지 않은 채로 구석에 혼자 있던 제르베즈가 손발을 떨면서 쿠포 흉내를 냈기 때문이다. 좋았어! 저거야. 바로 저거라고. 제르베즈는 꿈에서 깨어난 듯이 멍해 보였다. 그러더니 후다닥 나가 버렸다. 모두 계세요. 전 올라가서 자야겠어요.

다음 날 정오에 제르베즈가 사흘째 병원에 가기 위해 집을 나서는 것을 보면서 보슈 부부는 재미있게 놀다 오라고 했다. 그날 쿠포는 생탄 병원이 떠나가도록 고함을 지르며 이리저리 굴렀다. 제르베즈가 계단을 오르려고 난간을 붙잡고 있을 때 이미 그가 악을 쓰는 소리가 복도에 울려 퍼졌다.

"빈대잖아! 그래. 이리 좀 와 봐. 내가 뼈다귀를 추려 주마. 오! 저 빈대 새끼들이 날 죽이겠다네! 네놈들 다 더해도 내가 더 센걸! 꺼져 버려, 이 새끼들아!"

제르베즈는 잠시 문 앞에서 한숨을 쉬었다. 쿠포는 군대와 맞서 싸우는 중이었다! 제르베즈가 들어갔을 때 싸움은 더 커지고 장렬해졌다. 쿠포는 샤랑통[64]에서 도망 나온 사람처럼 미친 듯이 화가 나 있었다. 병실 한가운데서 이리저리 주먹을 휘둘렀고, 자기 몸을 때렸다가 벽을 쳤다가 바닥을 두드렸다. 그러다 나자빠져서는 허공에 대고 주먹을 휘두르며 미친 듯이 날뛰었다. 창문을 열려 했고, 다시 몸을 숨기면서 방

---

64) 파리 동쪽 근교 샤랑통-생모리스에 있던 정신 병원이다.

어 자세를 취했고, 누군가를 불렀다가 대답을 했다가 그야말로 난리였다. 여러 사람이 한꺼번에 괴롭히는 바람에 화가 났는지 잔뜩 인상 쓴 얼굴로 혼자 법석을 떨었다. 잠시 후 제르베즈는 남편이 지금 지붕 위에서 함석을 깔고 있다는 걸 알 수 있었다. 그는 입으로 풀무질을 하면서 화덕 속에 들어 있는 인두를 이리저리 움직였다. 그런 뒤에는 무릎을 꿇고 앉아서 짚더미 가장자리를 엄지손가락으로 훑었다. 납땜질을 하는 것이다. 그랬다. 마지막으로 숨을 거두는 순간에 옛날의 직업이 되살아났다! 얌전히 일하고 있는데 나쁜 놈들이 와서 방해를 하자 크게 소리를 질러 대고 지붕 위에서 싸움을 하는 게 분명했다. 옆의 다른 지붕들에서 깡패 같은 놈들이 그를 욕하고 있었고, 더구나 놈들의 발에서 쥐들이 쏟아져 나왔다. 아! 쿠포의 눈에는 아직도 그 더러운 짐승들이 보였다. 아무리 온 힘을 다해 짓밟으며 바닥을 비벼도 소용이 없었다. 새로운 무리가 또 몰려와서 지붕을 새카맣게 덮어 버렸다. 거미까지 나왔다! 쿠포는 거칠게 바지를 움켜쥐고 가랑이 틈새로 들어온 커다란 거미들을 뭉개 죽이려 했다. 이런 제길! 이래서야 오늘 일을 끝내겠어? 나더러 망하라는 거야 뭐야? 주인이 날 마자[65]에 보내겠군. 쿠포는 정신없이 서둘렀다. 배 속에 증기 기관이 들어앉은 것처럼, 입을 크게 벌린 채 연기를 내뿜었다. 그의 입에서 나온 연기가 병실을 가득 채우고 창밖으로 흘러나갔다. 쿠

---

[65] 파리 리옹역 근처의 마자 대로(현재의 디드로 대로이다.)에 감옥이 있었다.

포는 여전히 연기를 뿜으면서 창밖으로 고개를 내민 채로 길게 이어진 연기가 하늘로 올라가 해를 가리는 모습을 지켜보았다.

"어? 클리냥쿠르 거리에 곰으로 변장한 사람들이 지나가네? 꽤 볼만한걸!"

창문 앞에 웅크린 쿠포는 지금 자기가 지붕 위에서 거리의 행렬을 구경하고 있다고 믿었다.

"가장행렬이네! 사자도 있고 표범도 있어. 그런데 왜 저렇게 잔뜩 인상을 쓰고 있지? 개하고 고양이 옷을 입은 애들도 있네! 어라? 꺽다리 클레망스가 덥수룩한 머리에 장식 깃털을 잔뜩 달고 있잖아? 아! 빌어먹을! 저 여자 물구나무를 서네. 아예 다 보여 주는군. 이것 봐, 암사슴 아가씨. 우리 같이 도망칠까? 어! 저런 짭새 놈들! 그 여자 좀 그냥 내버려 둬! 쏘지 말라고. 빌어먹을! 쏘지 말라니까."

쿠포는 겁에 질리고 목쉰 소리로 더 크게 소리를 질렀다. 그러더니 몸을 숙이면서 순경들과 군인들이 저 밑에서 총으로 자기를 쏘려 한다고 우겼다. 심지어 벽 속에서도 총이 자기 가슴을 겨누고 있다고, 자기 여자를 빼앗아 가려 한다고 했다.

"쏘지 마. 빌어먹을. 쏘지 말란 말이야!"

이어 집들이 무너졌다. 쿠포는 동네 전체가 무너지는 소리를 흉내 냈다. 전부 다 사라졌다. 다 날아가 버렸다. 하지만 숨 돌릴 틈도 없었다. 정신없이 빠르게 또 다른 광경이 펼쳐졌기 때문이다. 쿠포는 미친 듯이 떠벌렸다. 입속이 말들로 가득 찼다. 그래서 목구멍에서 횡설수설하며 두서없이 떠들어 댔다.

목소리가 계속 커졌다.

"어! 당신 왔네! 안녕! 농담하지 마. 당신 머리칼을 왜 나더러 먹으래."

쿠포는 손을 얼굴 앞에 대고는 머리칼을 입김으로 불어 버리려는 듯이 숨을 내쉬었다. 인턴이 물었다.

"누가 보이죠?"

"그야 내 마누라죠."

쿠포는 제르베즈를 등진 채로 벽을 보고 있었다.

제르베즈는 겁이 났다.

"이봐, 아양 떨지 마. 난 누가 나한테 손대는 거 싫단 말이야. 제길. 당신 오늘 이쁜데? 멋지게 차려입었어. 그런데 이 여편네, 그게 어디서 났지? 길거리에서 남자들을 꼬셨군 그래! 이런 더러운 년! 어디 두고 봐. 내가 한번 손을 봐줄 테니까. 안 그래? 거기 치마 뒤에 놈팡이를 숨기고 있잖아. 그게 누구지? 자! 와서 인사를 좀 하지 그래. 얼굴 좀 보게 말이야. 이런 제길, 또 그놈이로군."

그러더니 쿠포는 무시무시한 기세로 벌떡 일어서서는 벽에다 머리를 박았다. 벽에 푹신한 것을 대 놓았기 때문에 충격이 크지는 않았고, 부딪힌 충격에 짚 매트 위로 나자빠지는 소리만 들렸다.

"누가 보이죠?" 인턴이 다시 물었다.

"모자 장수요. 모자 장수 말이에요." 쿠포가 악을 쓰며 대답했다.

인턴이 그게 누구냐고 물었지만 제르베즈는 우물거리며 대답을 하지 못했다. 눈앞에 벌어진 장면은 그녀의 마음속에 어처구니없이 어리석었던 일들을 모두 들쑤셔 냈다. 쿠포가 두 주먹을 휘둘렀다.

"우리 둘이 붙어 보자. 이 쬐그만 놈. 내가 아예 없애 주마. 네놈이 저 흉악한 년 팔짱을 끼고 나타나서 사람들 앞에서 날 욕보이려는 거지? 좋아! 네놈의 목을 따 주겠어! 그래, 그래, 내가 해 주지. 뭐, 조심할 것도 없어. 네놈이 그렇게 허세 부려 봐야 소용없지! 자, 이것 먹어! 이거! 이거! 이거!"

쿠포는 허공에 대고 주먹을 휘둘렀다. 그러더니 갑자기 격한 분노에 사로잡혔다. 그는 뒷걸음질 치다가 벽에 부딪히자 누가 뒤에서 공격한다고 생각했다. 그래서 획 뒤로 돌아 벽으로 달려들었다. 펄쩍 뛰어올라 이 구석 저 구석으로 뛰어다녔고, 배와 엉덩이, 어깨를 부딪히며 뒹굴다 일어났다 했다. 뼈가 흐느적거렸고, 살에서는 물에 젖은 삼베 부스러기 같은 소리가 났다. 그러는 동안 쿠포는 내내 목을 쥐어짜는 거친 소리로 고함치며 끔찍하게 으르렁댔다. 호흡이 가빠지면서 눈구멍에서 눈이 튀어나온 것을 보니 아마도 싸움이 수세에 몰리는 것 같았다. 그는 점차 어린애처럼 비겁해졌다.

"살인자! 살인자가 나왔다! 둘 다 꺼져 버려. 오! 더러운 것들, 아예 노닥거리고 있잖아. 저 나쁜 년이 허공에 사지를 허우적거리고 있네. 저 꼴이 될 줄 알았지. 보나 마나지 뭐. 아! 저 날강도 같은 놈이 아예 죽여 버리는군. 칼로 다리를 잘라 버렸어. 다른 한쪽 다리는 저기 바닥에 있네. 배도 두 동강이 났고. 온통 피바다야. 아, 이럴 수가. 아, 이럴 수가. 아, 이럴 수가."

쿠포는 온 얼굴이 땀범벅이고 이마 위 머리카락이 곤두선 무시무시한 모습으로 끔찍한 광경을 떨쳐 버리려는 듯 뒷걸음질 쳤다. 그리고 가슴이 찢어질 듯한 신음을 두 번 내지르더니 매트리스에 발이 걸리면서 뒤로 나자빠졌다.

"선생님, 선생님. 죽었나 봐요." 제르베즈가 두 손을 모으며 말했다.

인턴이 앞으로 나가 쿠포를 매트 가운데로 끌어왔다. 아니에요. 안 죽었어요. 구두를 벗겨 놓은 두 다리의 끝에 쿠포의 맨발이 보였다. 그 발이 나란히 저절로 움직이며, 빠르고 규칙적인 춤을 추었다.

바로 그때 의사가 들어왔다. 동료 의사 두 명을 데려왔는데, 하나는 마르고 또 하나는 뚱뚱한 두 의사 역시 훈장을 달고 있었다. 세 명의 의사가 아무 말 없이 몸을 숙이고는 쿠포의 온몸을 살폈다. 그런 다음 나지막한 소리로 재빨리 말을 주고받았다. 허벅지부터 어깨까지 옷을 벗겨 놓았기 때문에 제르베즈가 까치발을 하니 벌거벗은 채로 바닥에 뻗어 있는 쿠포의 상체가 보였다. 아! 정말 끝이 다가왔다. 떨림이 팔에서 내려오고 또 다리에서 올라왔다. 이제 몸통이 신나게 꿈틀댔다. 광대 풀치넬라의 배가 히죽대는 것 같았다. 갈비뼈를 따라 옆구리로 잔웃음이 번졌고, 죽을 듯이 웃어 대느라 배가 헉헉거렸다. 온몸이 각자 맡은 일을 해내고 있었다! 근육들이 서로 자리를 맞바꾸고, 피부는 북처럼 진동하고, 털들은 왈츠를 추듯 움직이며 서로 인사했다. 날이 샐 무렵, 모두 뒤꿈치를 구르며 마지막 춤을 출 때처럼 무도회의 마지막 순간이 다가오고 있었다.

"잠들었군." 의사가 중얼거렸다.

그리고 두 동료에게 환자의 얼굴을 보라고 했다. 눈을 감은 쿠포의 얼굴은 신경성 경련으로 전체가 꿈틀거렸다. 짓눌린 채 턱이 튀어나온, 죽고 나서도 악몽에 시달리는 사람처럼 너무나 끔찍한 얼굴이었다. 하지만 의사들은 그의 발에 관심이 많은지 얼굴을 바짝 가져다 대고 들여다보았다. 오! 발의 주인은 코를 골고 있지만 그건 발들한테는 상관없는 일이었다. 쿠포의 발은 속도를 올리지도 늦추지도 않고 알아서 제 길을 가고 있었다. 두 발이 그야말로 기계적으로 움직였고, 알아서 맘에 내키는 대로 멋대로 즐겼다.

의사들이 남편의 상체에 손을 대는 것을 보며 제르베즈는 자기도 한번 만져 보고 싶었다. 그래서 살며시 다가가 어깨 위에 한 손을 얹고 잠시 그대로 있었다. 세상에! 속에서 무슨 일이 일어나는 거야? 살덩어리 깊숙한 곳에서도 춤을 추고 있었다. 뼈들이 튀어 오를 것만 같았다. 멀리서 전율하는 듯한 떨림과 파도처럼 꿈틀대는 움직임이 느껴졌다. 그런 움직임들이 쿠포의 살갗 아래를 강물처럼 흘렀다. 조금 힘을 주어 눌러 보니 뼈가 고통을 호소하는 소리가 들리는 듯했다. 맨눈으로는 그저 소용돌이의 표면에서처럼 잔물결들이 작은 웅덩이를 파는 것밖에 보이지 않았지만, 깊은 곳에서는 엄청난 파괴가 진행 중이었다. 정말로 끔찍한 작업이 일어나고 있었다! 마치 두더지가 땅을 파는 것 같았다. 저 살갗 아래에서 아소무아르의 독주가 곡괭이질을 하고 있었다! 그렇다, 쿠포의 온몸이 독주에 절어 버렸다! 곡괭이질이 쿠포의 몸뚱이 전부를 쉬지 않고 흔들어 대면서 조각내고 결국 숨을 끊어 놓을 터였다.

의사들이 나갔다. 인턴과 함께 있던 제르베즈가 한 시간 후 나지막하게 물었다.

"선생님, 선생님, 저이 죽었나요?"

하지만 인턴은 발을 쳐다보면서 고개를 저었다. 침대 밖으로 삐져나온 맨발이 여전히 춤을 추고 있었다. 발은 그리 깨끗하지 않고 발톱도 길었다. 그렇게 또 몇 시간이 지났다. 갑자기 쿠포의 발이 뻣뻣해지면서 움직임을 멈추었다. 그러자 인턴이 제르베즈를 돌아보며 말했다.

"끝났습니다."

죽고 나서야 발의 움직임이 멈춘 것이다.

제르베즈가 구트도르 거리로 돌아왔을 때 동네 여자들이 보슈의 방에 모여서 잔뜩 흥분해서 떠들고 있었다. 그녀는 지난번과 마찬가지로 쿠포가 어떻게 됐는지를 알려고 모여 있는 거라고 생각했다.

"죽었어요." 기진맥진하고 넋이 나간 듯한 얼굴로 조용히 문을 열면서 제르베즈가 말했다.

하지만 아무도 그녀의 말을 듣지 않았다. 건물 전체가 발칵 뒤집힌 상태였다. 오! 정말 기가 막힌 얘기였다! 푸아송이 드디어 랑티에와 함께 있는 마누라를 덮친 것이다! 각자 제멋대로 얘기하고 있었기 때문에 정확한 상황은 알 수가 없었다. 어쨌든 두 남녀가 전혀 예기치 못한 순간에 푸아송이 들이닥친 것만은 분명해 보였다. 사람들은 시시콜콜 얘기를 덧붙였고,

여자들은 입을 삐죽거리며 또 그 말을 옮겼다. 그런 광경을 보았으니 당연히 푸아송이 제정신일 수가 없지. 그야말로 호랑이 같았다는군! 원래 별로 말이 없고 엉덩이에 막대기를 찔렸는지 맨날 어기적거리고 걸어 다니는 그가 고함을 치면서 완전 순식간에 달려들었다고 했다. 그런 뒤엔 아무것도 들을 수 없었다. 아마도 랑티에가 비르지니의 남편에게 어떻게든 설명했을 것이다. 더는 알 수 없었다. 옆에서 보슈가 어쨌든 옆 식당의 아가씨가 비르지니의 가게를 넘겨받아 내장 가게를 차릴 거라고 했다. 교활한 랑티에가 내장을 좋아하지 않는가.

제르베즈는 로리외 부인이 르라 부인과 함께 오는 것을 보고 다 죽어 가는 목소리로 다시 한번 말했다.

"죽었어요. 세상에! 나흘 동안 날뛰고 소리를 지르다가요."

쿠포의 두 누이는 손수건을 꺼낼 수밖에 없었다. 남동생이 정말 많은 잘못을 했지만 그래도 한 핏줄이 아닌가. 보슈는 어깨를 들썩이며 전부 들을 수 있게 큰 소리로 말했다.

"뭐, 주정뱅이 하나 줄어들었네!"

그날 이후 제르베즈는 이따금 정신이 이상해졌다. 아파트 사람들은 호기심을 느끼며 그녀가 쿠포 흉내를 내는 것을 구경하러 왔다. 이제 부탁할 필요도 없었다. 알아서 보여 주었기 때문이다. 제르베즈는 손발을 떨었고, 자기도 모르게 외마디 소리를 질렀다. 아마도 생탄에서 남편을 너무 오래 지켜본 탓에 생긴 버릇이다. 하지만 그녀는 남편처럼 운이 좋지는 못했다. 그러니까 죽지는 못했다. 그저 길거리에서 원숭이가 찌푸린 얼굴로 도망가면 꼬마 아이들이 먹고 남은 과일 씨를 던질 때, 그때의 원숭이 얼굴과 비슷했다.

몇 달 동안 그런 상태가 이어졌다. 제르베즈는 더 형편없는 곳으로 굴러떨어져 이제 아무리 심한 모욕에도 반응하지 않았다. 매일 굶주림으로 조금씩 죽어 갔다. 4수짜리 하나만 손에 쥐면 술을 마시고 벽을 두드려 댔다. 동네에서는 아무도 하려 하지 않는 더러운 일을 그녀에게 시켰다. 어느 날 저녁에는 정말로 더러운 걸 먹을 수 있는지 돈을 걸면서 제르베즈에게 그 일을 시켰다. 그녀는 먹어 치웠고 10수를 벌었다. 마레스코 씨는 7층 방에서 제르베즈를 쫓아내기로 했다. 마침 브뤼 영감이 계단 밑 움막 같은 방에서 혼자 죽었고, 집주인은 제르베즈를 그곳에 보내기로 했다. 이제 그녀는 브뤼 영감이 살던 골방으로 왔다. 그곳에서, 그 낡은 짚 더미 위에서, 제르베즈는 배가 텅 비고 뼈가 얼어붙은 채로 굶주렸다. 무덤의 흙도 그녀를 원하지 않는 것 같았다. 백치가 되어 버린 그녀는 7층에서 안마당 포석 위로 뛰어내리면 곧바로 다 끝낼 수 있다는 생각조차 하지 못했다. 죽음은 조금씩 조금씩, 한 조각씩 또 한 조각씩, 그렇게 제르베즈를 차지해 가면서 그녀가 일구어 온 끔찍한 인생을 끌고 갔다. 그녀가 정확히 왜 죽었는지도 알 수 없었다. 사람들은 제멋대로 떠들어 댔다. 하지만 사실 제르베즈는 비참한 가난 때문에, 엉망으로 망쳐 버린 삶의 불결함과 고단함 때문에 죽었다. 로리외 부부의 말을 그대로 쓰자면, 그녀는 힘이 다 빠져서 죽었다. 어느 날 아침 복도에서 악취가 나자 사람들은 이틀 동안 안을 들여다보지 않은 것을 떠올렸다. 골방으로 들어가 보니 제르베즈는 이미 퍼렇게 변해 있었다.

가난뱅이들을 위한 관을 들고 그녀를 싸러 온 것은 당연히 바주즈 영감이었다. 영감은 이번에도 취해 있었지만 여전히 방울새처럼 유쾌하고 명랑했다. 오늘 맡아야 하는 손님이 누구인지 본 영감은 필요한 것을 조금 챙기면서 철학자처럼 근엄하게 말을 늘어놓았다.

"누구나 다 가는 거야. 먼저 가려고 밀치고 싸울 필요도 없지. 누구나 다 갈 수 있게 자리가 넉넉하거든. 먼저 가겠다고 서두르는 건 바보짓이야. 그래 봐야 더 늦어진다니까. 내가 바라는 건 딱 한 가지야. 그냥 즐겁게 하라는 거. 가고 싶어 하는 사람도 있고 그렇지 않은 사람도 있지만, 한번 제대로 생각해 봐. 처음엔 싫다고 했다가 나중엔 가고 싶어 했잖아? 그래도 기다려야 했지. 그래. 이제 됐어. 이제 원하는 대로 됐네. 즐겁게 갑시다!"

바주즈 영감은 시커멓고 커다란 손으로 제르베즈를 붙잡는 순간 불현듯 그녀에게 애정을 느꼈다. 그는 오랫동안 자기를 좋아해 온 여자를 살며시 들어 올렸다. 딸을 돌보는 아버지처럼 조심스럽게 관 속에 눕힌 다음 딸꾹질을 하면서 중얼거렸다.

"알겠지? 내 말 잘 들어. 나야. 부인네들을 위로해 주는 비비라게테[66]지. 이제 행복할 거야. 자, 아름다운 그대, 이제 잘 자."

---

66) '비비라그리야드'에서처럼 '비비'는 사람을 부르는 애칭이며 '게테(gaîté)'는 '즐거움, 기쁨'이라는 뜻이다.

아소무아르,
추락할 수밖에 없는 삶들에 바쳐진 애도의 서사시

에밀 졸라(Emile Zola, 1840~1902)는 프랑스에 귀화한 이탈리아인 토목 기사의 아들로 파리에서 태어났고, 아버지 프랑수아 졸라가 프로방스 지역에서 수도관 건설 일을 맡게 되면서 가족이 엑상프로방스로 이주했다. 아버지가 일찍 사망한 뒤에도 교육열이 높았던 어머니 덕분에 가난을 딛고 학업을 이어 가면서, 훗날 화가가 되는 폴 세잔을 비롯한 친구들과 교류했다. 열아홉 살에 어머니와 함께 파리로 온 졸라는 출판사 근무에 이어 기자 생활을 하면서 글을 쓰기 시작했다. 초기 작품들 중 대표작인 『테레즈 라캥』(1867)은 당시 비평가들로부터 "썩은 문학", "포르노 같은 작품"이라는 비난을 받았지만, 인간의 어두운 내면을 파헤치는 날카로운 시선으로 지금까지도 많은 이들에게 예술적 영감을 주고 있다. 이후 졸라는 『루공가의 행운』(1871)부터 『의사 파스칼』(1893)에 이르기까지 이십여 년에 걸쳐 스무 권의 '루공 마카르 총서'를 세상에 내놓았다. 특히 그중 일곱 번째 책으로 1876년부터 신문에 연재되다 이듬해 책으로 출간된 『아소무아르』(1877)는 큰 논란에도 불구하고 성공을 거두었고(정확히 말하자면, 하층민의 삶에 대한 노골적인 묘사가 불러온 그 논란은 오히려 작품의 성공에 기여했다.), 그 덕분에 졸라가 매입한 파리 근교 메당의 집은 정기적으로 그곳에 모인 작가들의 작품집 『메당의 저녁』(1880)과 함께 자연주의 문학 운동의 구심점이 되었다.

하지만 1893년 루공 마카르 총서를 막 마무리한 오십 대 졸라의 삶은 프랑스 사회를 첨예한 갈등과 대결로 밀어 넣은 드레퓌스 사건(1894~1899)과 함께 큰 전기를 맞는다. 드레퓌스의 무죄를 주장하며 《여명》지에 기고한 「나는 고발한다」(1898)로 인해 졸라는 프랑스 극우파들에게 비난과 협박을 받게 되고, 명예 훼손죄로 고발당해 재판도 받아야 했다. 런던으로 망명했다가 드레퓌스의 무혐의가 확정된 뒤 귀국했지만, 여전히 수그러들지 않는 공격에 시달렸다. 그래서 그가 1902년 파리 아파트에서 벽난로 가스에 중독되어 세상을 떠났을 때 독살설이 제기되기도 했다.(심지어 누군가 자백했다는 이야기도 전해지지만, 정확히 밝혀지지는 않았다.) 드레퓌스 논쟁 이전에도 이미 여러 차례 아카데미 프랑세즈에 입후보했지만 '외설 작가'라는 꼬리표 때문에 번번이 실패한 에밀 졸라의 죽음은 많은 사람을 슬픔에 빠뜨렸고, 그의 장례식에는 광부들이 자신들을 문학의 주인공으로 삼아 준 작품의 제목 "제르미날!"

을 외치며 행진하기도 했다. 몽마르트르 묘지에 묻힌 그의 유해는 1908년 팡테옹으로 이장되었고, 메당의 집은 현재 졸라 박물관으로 쓰인다.

　루공 마카르 총서는 문학사에서 자연주의를 대표하는 작품이다. 제1 제정과 왕정복고 시기의 프랑스 사회를 재현하려한 발자크의 『인간 희극』을 이어받았지만, 이어진 제2 공화국과 제2 제정 시대를 그려 내려 한 졸라의 시도는 이른바 '거울'처럼 있는 그대로의 사회를 재현하기보다는 과학적인 실험작업이고자 했다. '제2 제정하 한 가족의 자연적이고 사회적인 역사'라는 부제가 바로 그러한 목표를 요약해 준다. 여기서말하는 '한 가족'은 프랑스 남부 플라상(졸라가 자라난 엑상프로방스를 모델로 하는 가상의 지명이다.)에 사는 아델라이드 푸크라는 여인을 통해 이어진 오 대에 걸친 루공가와 마카르가의 사람들을 말한다. 열여덟 살 때 부모가 사망하면서 혼자남은 아델라이드 푸크는 정원사이던 루공과 결혼하여 아들피에르 루공을 낳았고, 남편이 사망한 뒤에는 밀렵꾼 마카르와의 사이에서 아들 앙투안 마카르와 딸 위르실 마카르를 낳았다.(삼 대에서 위르실 마카르의 아들 프랑수아 무레가 피에르 루공의 딸 마르트 루공과 결혼한다.)

　『아소무아르』를 중심으로 인물들의 관계를 보자면, 주인공제르베즈는 앙투안 마카르의 딸이고, 제르베즈의 자식들 중큰아들 클로드 랑티에와 그 아들 자크루이 랑티에는 『작품』

(1886), 파리로 데려오지 않은 둘째 아들 자크 랑티에는 『인간 짐승』(1890), 막내 에티엔 랑티에는 『제르미날』(1885), 안나(나나) 쿠포는 『나나』(1880)의 주인공이다.(파리에 산다고 한 번 언급된 제르베즈의 언니는 『파리의 복부』(1873)에 나오는 크뉘의 아내 리자 크뉘 마카르이다.) 루공 마카르 총서는 마지막 스무번 재책인 『의사 파스칼』을 통해, 다시 말해 의사들의 시선을 통해 졸라의 자연주의 문학 이론을 완성한다. 총서의 부제에서 '사회적'과 '자연적'은 혈연으로 연결된 이 인물들이 '환경'과 '유전'으로 인해 어떻게 변화해 가는지 보여 주려는 시도를 가리킨다. 환경은 대표작 『아소무아르』가 잘 보여 주듯 비참한 물질적 조건이 노동자들의 선의마저 어떻게 무너뜨리는지를 통해 드러나고, 유전은 아델라이드의 신경증과 마카르가의 알코올 중독을 통해 드러난다.(심지어 사회주의의 이상을 실현하고자 그토록 노력한 『제르미날』의 에티엔 랑티에도 "살인을 저지르는 데에는 조상들의 먼 옛날 술기운으로 충분"했다고 말한다.)

『아소무아르』의 시대적 배경을 보면, 루이 나폴레옹이 제2 공화국의 정권을 장악하고 사회 통제를 강화하기 시작한 1850년이 소설의 초반부이고, 그가 쿠데타를 통해 황제가 된 뒤 오스만 남작의 지휘로 시작된 대규모 도시 정비 사업이 파리 변두리 지역의 모습을 바꿔 놓던 1868년이 결말 부분이다. 그시기는 프랑스가 국내 정치의 불안에도 불구하고 산업 혁명과 식민지 경영 덕분에 경제적 번영을 누리던 때지만, 『아소무아르』는 그 화려함의 그늘 뒤에서 비참하게 살아간 하층민들의 삶을 그린다. 파리 북쪽 변두리(이후 파리에 편입되어 현재는 18구에 해당한다.)에 살면서 일터인 파리를 오가는 『아소무아르』의 노동자들에게 물질적 풍요는 노동의 착취에 따른 배고픔이라는 괴물을 가리는 가면일 뿐이며, 당대 부르주아들이 갈구하는 자유라는 정치적 이상 역시 배부른 위선일 뿐이다. 산업 자본주의의 힘을 상징하는 기계 역시, 손에 망치를 들고 힘과 기술로 나사를 만들어 내는 대장장이 구제의 임금을 떨어뜨리는 나사 제조기가 말해 주듯, 노동자들의 가장 위험한 적(敵)이다. 하지만 졸라가 이 소설에서 시도한 리얼리즘적 재현을 프롤레타리아 계급을 옹호하는 이념적 입지로 받아들이기는 어렵다. 단적인 예로, 노동자들의 입장을 가장 열렬히 대변하는 것은 가장 위선적인 인물인 랑티에가 아닌가. 훗날 『제르미날』의 광부 파업을 이끌게 될 에티엔 랑티에가 파리를 떠나는 날에 그 아버지가 "제 손으로 물건을 만들어 내는 자는 노예가 아니"라고 역설하는 장면은 오히려 잔혹 희극에 가깝다.

『아소무아르』의 문학적 의의는 무엇보다 졸라가 『실험 소설론』(1880)에서 제시한 문학론, 즉 "유전과 환경이 인간의 지적이고 감정적인 현실에 미치는 영향"을 그려 내야 한다는 소설의 역할에 가장 충실한 작품이라는 데 있다. 졸라의 표현을 그대로 옮기자면 『아소무아르』는 "변두리 지역의 끔찍한 환경 속에서 야기되는 한 노동자 가족의 숙명적인 타락"의 이야기이다. 실제 졸라는 제르베즈와 쿠포가 원래 게으름뱅이, 주정뱅이가 아니라 '그렇게 되었다.'라고 강조하는데, 그 이유는 노동자들의 삶을 짓누르는 사회적 억압과 동시에 피할 수 없는 유전의 힘 때문이다.(제르베즈와 쿠포의 딸 나나의 이야기는 그러한 숙명을 가장 잘 보여 준다.) 이 소설과 함께 파리의 하층민들은 처음으로 문학의 주인공이 되었지만, 그들의 가난과 나태에 대한 적나라한 묘사는 새로운 사회의 도래에 환호하던 독자들뿐 아니라 당사자인 노동 계급으로부터도 비난을 받았다. 『아소무아르』의 '외설'은 또한 파리 변두리 노동자들의 삶을 그리는 과정에서 등장하는 수많은 비속어와 은어들을 포함한다.(그 낯선 어휘들 때문에 여전히 『아소무아르』의 많은 판본에는 어휘 목록이 첨부되어 있다.) 하지만 독자들의 항의로 신문 연재가 중단되는 등 우여곡절을 겪었음에도 결국 19세기 최대의 베스트셀러로 기록된 것에서 알 수 있듯이, 『아소무아르』의 세계는, 낯설고 충격적인 모든 소재가 그렇듯이, 두려움과 동시에 야릇한 매력으로 독자들을 사로잡았다.

이 책의 제목 '아소무아르'는 시문 벽을 따라 난 외곽 대로 중 샤펠 대로와 이어진 로슈슈아르 대로가 푸아소니에 거리와 만나는 모퉁이에 위치한 술집의 이름이다. 원래 '아소무아르(assommoir)'는 '때려눕히다'라는 뜻의 동사 assommer에서 파생된 용어로, 때려서 죽일 수 있는 몽둥이, 혹은 '사람을 때려눕힐 정도로 힘든 일'을 뜻하는 보통 명사로 사용되었다. 19세기 중엽 파리의 벨빌 지역에 가난한 노동자들을 대상으로 '알코올로 사람을 때려눕히는 곳'이라는 뜻의 아소무아르라는 이름의 술집이 처음 생긴 뒤 많은 술집이 같은 이름을 내걸었고, 졸라의 소설이 인기를 끌면서 19세기 말에는 '값싼 술집', '선술집'을 지칭하는 보통 명사로 사용되기 시작했다. 오랫동안 '목로주점'으로 번역되어 온 이 제목은 무엇보다 독주가 휘두르는 몽둥이에 맞아 죽어 가게 될 인물들의 삶을 예고한다.

총 13장으로 이루어진 『아소무아르』의 이야기는 "일할 수 있고, 먹을 것이 있고, 몸 누일 자리"만 있으면 된다는 소박한 꿈을 지닌 제르베즈의 삶의 여정을 따라 진행된다. 7장을 중심으로 전반부는 봉쾨르 여관에서 가난에 시달리다 버림받은 제르베즈가 세탁소의 주인이 되기까지의 상승 과정을, 후반부는 그녀가 가난과 술에 절어 비참한 죽음을 맞기까지의 하강 과정을 그린다. 하지만 소설 앞부분에서 결혼식 날 퍼붓는 소나기, 제르베즈의 길을 막아선 장의사 일꾼 바주즈 영감, 쿠포가 지붕에서 떨어지는 것을 쳐다보던 노파, 그리고 성공의 상징인 세탁소 안에서 제르베즈가 술에 취한 남편과 키스를 하는 "첫 추락"의 장면이 보여 주듯, 상승의 순간들에는 늘 불길한 균열이 있고, 그것은 후반의 하강 과정에서 돌이킬 수 없는 불행으로 채워지게 된다. 이러한 구성은 소설 전체에 불길한 숙명의 그림자를 드리우며, 결국 독자들은 피할 수 없는 것으로 주어진 제르베즈의 추락을 따라가게 된다.

이렇게 자유 의지를 빼앗긴 『아소무아르』의 인물들은 사람이라기보다는 동물에 가깝게 그려진다. 각각 쥐, 물고기, 비둘기, 족제비를 뜻하는 르라, 푸아송, 콜롱브, 퓌투아 등 제르베즈 주위의 인물들 이름이 동물을 환기하는 것은 우연이 아니다. 소설 속에 등장하는 동물의 비유 중에서 그나마 긍정적 함의를 지닌 것은 술을 알기 전의 쿠포, 비참한 현실 속에서 그래도 "착한 아이"처럼 살아가던 쿠포를 묘사한 "강아지"이다. 하지만 그런 쿠포 역시 순간의 욕심에 허우적거리는 노동자를 상징하는 원숭이의 모습 또한 가지고 있다는 묘사는 앞으로 그가 타락할 것임을 암시한다. 이들과 달리 산업 사회가 찬양하는 돈에 대한 욕심으로 다른 모든 욕심을 억제하는 다른 유형의 노동자인 로리외 부부는(그래서 이들의 이름 Lorilleux에는 '금(or)'이 포함되어 있다.) "지겹도록 일만" 하며 살아가는 "비쩍 마른 거미"로 그려진다. 이처럼 원숭이가 환기하는 탐욕스럽고 지저분한 삶과 거미가 환기하는 인색함이 제르베즈를 파멸로 몰고 가는 사회적 환경을 상징한다면, "고양이"와 "사냥개"로 묘사되는 비르지니와 랑티에는 악마적인 힘으로 제르베즈를 가두는 죽음을 상징한다. 소설의 시작 부분인 공동 세탁장 싸움 장면에 주어진, 키가 크고 갈색 머리인 비르지니와 키가 작고 하얀 피부에 금발인 제르베즈의 대립 관계는 상승의 절정이자 몰락의 시작인 7장 잔치 장면에서 분명하게 드러난다. 비르지니는 제르베즈가 내온 거위 고기를 "어찌나 부드럽고 뽀얗던지, 꼭 금발 여자의 피부" 같다고 말하고, 그 말을 들은 남자들은 "음탕한 식욕이 동하는지 입술을 벌름거리며" 달려드는데, 여기서 게걸스러운 식탐과 성욕에 내맡겨진 거위는 바로 "금발 여자" 제르베즈이다. 그 불길한 암시는 연회가 끝난 뒤 "열린 창문으로 이웃 고양이 한 마리가 들어와서는 날카로운 이빨로 밤새 거위의 뼈를 씹어서 흔적 없이 끝내 버렸다."라는 문장으로 이어지면서, '비르지니-랑티에'에게 뼈까지 씹어 먹히게 될 제르베즈의 운명을 예고한다. 하지만 "고양이 같은 눈에서 노란 불꽃이 튀는" 비르지니 또한 최상위 포식자인 랑티에를 끝까지 피해 가지는 못한다. 랑티에는 제르베즈를 고향 플라상에서 데리고 나온 인물이며, 버리고 떠났다가 다시 나타나서 제르베즈를 완전한 전락으로 몰아넣는 인물이다. 그런 뒤에는 비르지니의 가게에서 단것을 온종일 빨아 대고 또 내장 요리를 좋아하는 랑티에, "사냥개처럼 지키고 서서 이미 먹어 치운 쿠포네를 소화시키면서 또 푸아송네를 먹"는 랑티에는 죽음을 완성하고 죽음을 먹고사는 존재이다.

노동자들이 먹잇감으로 그려진 『아소무아르』의 세계에서는 노동자들을 둘러싼 기계들 역시 무서운 동물, 괴물로 그려진다. 예를 들어 세탁장의 기계는 살아 있는 생명체처럼 "규칙적이고 거친 숨결"을 뿜어내고, 술을 만들어 내는 증류기 역시 "음산한 얼굴"을 하고 "숨 쉬는 소리"와 "코를 골듯 땅 밑에서 웅웅거리는 소리"를 낸다. 심지어 10장에서 제르베즈가 처음으로 술을 마실 때 증류기 앞에 선 그녀의 모습은 흡사 강간 장면을 연상시킨다! 산업 사회의 상징인 전능한 기계들은 언제든 인간-동물을 겁탈하고 삼킬 수 있는 괴물과 같은 존재인 것이다. 화려하고 아름다운 도시 파리 역시 마찬가지이다. 첫 장에서 이른 아침 일터로 나가는 노동자들에 대한 묘사가 군중(troupe)이 아니라 짐승 떼(troupeau)로 그려지고, 파리라는 도시는 "입을 벌려 포부르푸아소니에르 거리로 사람들을 하나씩 집어삼키는" 포식자의 이미지로 등장한다. 파리 안과 밖을 연결하는 푸아소니에르 시문이 파리의 입이라면, 포부르푸아소니에르 거리는 바로 파리의 식도인 것이다. 마찬가지로, 2장에서 처음으로 도시 노동자들이 거주하는 거대한 아파트 안마당에 들어선 제르베즈는 살아 있는 "거인"과 마주 선 듯한 두려움을 느끼고, 거인의 내장이라 할 수 있을 계단과 복도를 지나 "창자처럼 생긴" 로리외네 집으로 들어서게 된다.

제르베르를 위협하는 불길한 기운, 그 운명적인 힘은 또한 물의 이미지로 나타난다. 가난 속에서 술과 게으름으로 파멸해 가는 노동자들의 이야기가 구트도르(황금 방울이라는 뜻이고, 원래는 그 지역의 포도밭에서 백포도주를 생산한 데서 나온 이름이다.)라는 의미심장한 이름의 거리를 주무대로 하는 것은 운명의 아이러니를 더욱 강조한다. 노동자들에게 주어진 물은 당연히 깨끗하고 맑은 물이 아니라, 염색장의 물감으로 물들어 있는 도랑처럼 늘 더럽고 불길한 물이다. 제르베즈의 결혼식 날 쏟아지던 소나기가 그렇듯이, 비 역시 하늘에서 내리는 불길한 물이다. 제르베즈가 처음으로 술을 마시게 되는 것도 쿠포 같은 주정뱅이들이 안에서 편안히 술을 마시는 동안 혼자 밖에서 비를 맞고 서 있느라 화가 나서, 빗물이 고인 웅덩이에 넘어진 뒤 더 이상 참지 못하고 술집 안으로 들어섰기 때문이다. 노동자들이 마시는 술은 어떤가. 몸속의 술은 "폭풍우 치는 날 홈통을 타고 흘러내리는 빗물처럼" 흐르고, 증류기가 흘리는 "알코올 땀"은 "술집 전체를 채우고 바깥 큰길로 흘러나가 마침내 파리라는 거대한 구멍을 다 채워 버릴" 것처럼 위협한다.

이러한 물의 세계에서 습기 없는 곳, 청결한 곳은 곧 불이 지배하는 곳이다. 제르베즈가 더러움과 싸우는 장소, 세상의 더러움을 청소하고 습기를 없앨 수 있는 세탁소가 대표적이다. 또한 대장장이 구제의 방, 그리고 그의 일터인 철공소는 청결과 정화의 불을 상징한다. 사실상 구제는 제르베즈를 구원할 수 있는 유일한 가능성으로 주어진다. 신화적 색채를 띠는 철공소 대결 장면에서 구제가 망치 피핀(조제핀의 애칭)을 쥐고 벽살레가 데델(아델의 애칭)을 쥔 것은 우연이 아니다. 데델은 바로 봉쾨르 여관에서 랑티에를 데리고 떠난 아델이며, 구제의 승리는 곧 랑티에-아델에 대한 복수인 것이다. 하지만 제르베즈가 그토록 지키고 싶어 하던 푸른색 세탁소도, 구제의 신화적 힘이 지배하던 철공소도 그녀의 운명에 드리운 죽음의 그림자를 이기지는 못한다. 남편의 성화에 못 이겨 랑티에를 세탁소 안으로 받아들이는 순간 본격적으로 시작된 제르베즈의 전락은 역시 랑티에의 유혹으로 술에 취해 버린 남편이 더럽혀 놓은 침대를 피해 집 안에서 유일하게 "깨끗한 곳"이던 랑티에의 침대를 받아들이는 순간 돌이킬 수 없는 길로 들어서게 된다. 제르베즈는 결국 정화의 불이 아니라, 소설 첫 대목에서 랑티에가 아델을 데리고 들어가던 '그랑발콩'의 환락의 불과 닮은 불빛 속으로 부나비처럼 끌려

들어가고 만다. 그리하여 그녀의 삶은 온 파리를 "잠기게" 할수 있을 술이 흐르는 곳, "미사가 열리는 대성당"처럼 불길이타오르는 곳에서 끝을 맞게 된다. 그곳은 바로 성령의 비둘기를 환기하는 '콜롱브'라는 이름의 영감이 버티고 선 아소무아르이다.

『아소무아르』는 바르게 살려고 몸부림쳤지만 결국 추락하고 마는 여인의 이야기이다. 그리고 소설은 그 추락이 '어쩔수 없는' 것, '피할 수 없는' 것이었다고 말한다. 첫 장에서 '착한 마음'이라는 뜻의 봉쾨르 여관 창가에 서서 자신의 삶이(짐승들이 살육당하는) 도축장과 (인간들이 죽어 나가는) 병원 사이를 벗어나지 못하리라는 막연한 예감에 전율하던 제르베즈는 결국 마지막 장에서 굶주림에 지쳐 거리를 헤매면서 그 도축장과 병원 사이를 "마지막 산책로"로 삼게 된다! 『아소무아르』의 세계는 구원의 성당 대신 아소무아르라는 흑(黑)미사의성당이 버티고 선 세계이며, 구원의 노래 대신 '굶주림의 애가(哀歌)'가 퍼져 나가는 세계이다. 그리고 그 세계를 그려 내는화자의 목소리는 미로처럼 얽힌 자유 간접 화법을 통해 수많은 목소리들 사이에, 운명에 짓눌린 사람들의 신음, 추악한 현실에 순응하며 살아가는 사람들의 웅성거림, 이들을 옭아맨밧줄을 손에 든 힘들의 비웃음 소리 사이에 흩어져 있다. 빠져나오려고 허우적거릴수록 더 깊이 빠져드는 어두운 늪을 그려 내는 『아소무아르』는 독자로 하여금 그 허우적거림을 환한유리창 너머로 지켜보도록 강요하는 잔인한 소설이며, 그렇게

허우적거리다 결국 추락하고 마는 가련한 삶들에 바치는 애
도의 서사시이다.

2024년

윤진

1840년   4월 2일 파리에서 보스 출신의 에밀리 오베르와 베네치
아 출신의 토목 기사 프랑수아 졸라의 아들로 태어났다.

1843년   졸라 가족은 엑상프로방스에 정착. 프랑수아 졸라는 댐,
'졸라 운하' 등을 건설했고 가족은 행복한 생활을 했다.

1847년   아버지 프랑수아 졸라의 죽음. 졸라 가족은 거의 파산
하고 에밀 졸라는 노트르담 기숙 학교의 학생이 되었다.

1850년   의사 프로스페르 뤼카가 『자연적 유전의 철학적 생
리학적 개론(Traité philosophique et physiologique de
l'hérédité naturelle)』을 출간했다.

1851년   12월 2일 루이 나폴레옹 보나파르트가 쿠데타를 일으
켰다.

1852년   엑상프로방스의 부르봉 중학교에 입학. 미래의 광학자

바유와 미래의 화가 세잔과 교우하고 이 시절의 추억을 『니농에게 주는 새로운 이야기(Nouveaux Contes à Ninon)』에 남긴다.

1858년   어머니와 함께 파리로 이주. 생루이 고등학교 2학년에 장학생으로 입학했다.

1859년   생루이 고등학교의 수사 학급(졸업반) 학생으로서 대학 입학 자격 고사에 두 차례 실패, 학업을 포기. 경제적 어려움이 심화되었다.

1861년   12월 프랑스 출생 외국인 자녀 자격으로 프랑스 국적을 취득했다.

1862년   아셰트 출판사에 입사. 발송부에 이어 광고부에서 근무. 이후 1866년 1월까지 재직하며 소설가, 기자들과 친분을 쌓았다.

1864년   에밀 데샤넬의 주선으로 출판사 에첼에라크루아(Hetzel et Lacroix) 관계자들과 만나게 되어 1872년까지 상당수의 저서를 이 출판사에서 출간했다.

첫 작품 『니농에게 주는 이야기(Contes à Ninon)』 출간.

1865년   오랫동안 계속될 기자 생활을 시작. 《작은 신문(Petit Journal)》의 보도 기자와 《리옹의 공공 구제(Salut public de Lyon)》의 문학 비평가로 활동. 후자의 신문에 기고한 기사들을 모아 1866년 『나의 증오(Mes Haines)』로 출간하게 된다.

아내가 될 알렉상드린 멜레와 만났다.

첫 소설 『클로드의 고백(La Confession de Claude)』 출간.

1866년	1월 아셰트 출판사를 떠나 집필로 생활.《사건(L'Evenement)》문화란 기고가가 되었다.
	4, 5월 마네에 관한 찬사로 그의 그림을 옹호. 세잔, 기유메와 함께 벤쿠르에 자주 머물렀다.
	『나의 살롱(Mon Salon)』,『어느 죽은 여인의 소원(Le Voeu d'une morte)』출간.
1867년	《르 피가로(Le Figaro)》,《19세기 잡지(Revue du XIXe siècle)》등 여러 신문과 잡지에 문학 시평들을 기고. 화가들과 자주 만나며 아틀리에를 방문한다.
	『마네(Manet)』, 성공한 첫 소설『테레즈 라캥(Thérèse Raquin)』,『마르세유의 비밀(Les Mystères de Marseille)』출간.
1868년	『루공 마카르 총서(Les Rougon-Macquart)』집필 계획을 세웠다.
	12월 소설『마들렌 페라(Madeleine Férat)』출간.
1869년	문학 시평을 계속 기고하면서 정치적이고 논쟁적인 기사도 많이 게재했다.
	『루공 마카르 총서』의 계획 완성.『루공가의 행운(La Fortune des Rougon)』집필.
1870년	5월 알렉상드린 멜레와 결혼. 7월 19일 프로이센에 대한 프랑스의 전쟁 선포.
	8월『루공가의 행운』이《세기(Le Siècle)》에 연재되다가 중단되었다. 9월 2일 스당에서 프랑스가 패전, 9월 4일 제정이 붕괴하고 공화정이 선포되었다. 이후 졸라 가족

은 마르세유로 떠났다. 졸라는 마리위스 루와 함께 일간지 《라 마르세예즈(La Marseillaise)》를 창간. 12월 졸라 가족은 보르도로 이주. 졸라는 임시 정부 대표부에서 일했다.

1871년   3월 졸라 가족은 파리로 돌아왔다. 3~5월 민중 봉기의 파리 코뮌 시기 동안 졸라 가족은 잠시 머물다 파리를 떠나 벤쿠르에 체재. 총서 1권 『루공가의 행운』 출간. 『루공 마카르 총서』 2권 『쟁탈전(La Curée)』을 《종 (La Cloche)》에 연재하다 검찰의 개입으로 중단.

1872년   《종》, 《마르세유의 신호기(Le Semaphore de Marseille)》, 《해적(Le Corsaire)》에 의회에 관한 정치 기사를 게재. 총서 제2권 『쟁탈전』 출간. 출판인 조르주 샤르팡티에와 친분을 맺게 되어 향후 저서를 샤르팡티에 출판사에서 대부분 출간하게 된다.

1873년   플로베르, 도데, 투르게네프, 말라르메, 모파상과 교제하기 시작. 『테레즈 라캥』을 연극으로 각색해서 상연. 『루공 마카르 총서』 3권 『파리의 복부(Le Ventre de Paris)』 출간.

1874년   인상주의 화가들의 첫 전시회(모네, 드가, 피사로, 베르트 모리조, 시슬레, 세잔 등). 11월 연극 「라부르댕가의 상속자들(Les Héritiers Rabourdin)」 상연. 『루공 마카르 총서』 4권 『플라상의 정복(La Conquête de Plassans)』 출간. 『니농에게 주는 새로운 이야기』 출간.

1875년   상트페테르부르크의 잡지인 《유럽의 메신저(Le

Messager de l'Europe)》에 매월 기고하기 시작. 『루공 마카르 총서』 5권 『무레 신부의 과오(La Faute de l'abbé Mouret)』 출간.

1876년   2회 인상주의 화가전 참관 후 《유럽의 메신저》에 기고. 『루공 마카르 총서』 6권 『외젠 루공 각하(Son Excellence Eugène Rougon)』 출간.

1877년   졸라의 작품들은 많은 독자들을 얻음과 동시에 격렬한 논쟁의 대상이 되었다. 『루공 마카르 총서』 7권 『아소무아르(L'Assommoir)』 출간. 이 소설의 대성공으로 졸라는 자연주의파의 수장으로 간주되었다. 4월 16일 '트라프 만찬(Diner Trapp)'이라고 명명된 트라프 레스토랑에서의 모임에서 '젊은' 자연주의자들인 위스망스, 레옹 에니크, 폴 알렉시스, 모파상 그리고 미르보는 플로베르, 졸라, 공쿠르 세 사람에게 현대 문학의 거장이라고 경의를 표했다. 졸라는 인상주의 화가 친구들의 전시회를 계속해서 호의적으로 참관. 1877년 마지막 전시회에 대한 참관기를 《마르세유의 신호기》에 기고했다.

1878년   졸라 가족은 『아소무아르』의 인세 수입으로 메당에 여름 별장을 사서 가족, 친구, 문인들의 회합 장소로 이용했다. 연극 「장미 단추(Le Bouton de rose)」를 초연. 『루공 마카르 총서』 8권 『사랑의 한 페이지(Une page d'amour)』 출간.

1879년   『아소무아르』를 연극으로 각색하여 상연. 졸라의 적극적인 자연주의 주창과 활동. 기고 모음집인『공화국과 문학(La Republique et la Littérature)』출간. 10월『실험 소설론(Le Roman expérimental)』을《르 볼테르(Le Voltaire)》에 게재.

1880년   『실험 소설론』출간. 알렉시스, 세아르, 에니크, 위스망스, 모파상의 작품을 함께 실은 공동 작품집『메당의 저녁(Les Soirées de Médan)』출간, 자연주의파의 전성기를 구가.『루공 마카르 총서』9권『나나(Nana)』출간. 이 작품은 출간 직후 즉각적인 성공과 함께 커다란 파문을 일으켰다. 졸라는 문학 활동을 본격화하는 가운데 플로베르의 죽음과 어머니의 죽음으로 심리적 타격을 받았다.

1881년   문학 기자 활동을 끝냈다.『실험 소설론』출간 이후 자신에게 쏟아진 아카데미 프랑세즈의 비판에 대해 격렬한 논쟁을 벌였다.『문학 자료집(Documents littéraires)』출간.『자연주의 소설가들(Les Romanciers naturalistes)』출간.『연극에서의 자연주의(Le Naturalisme au théâtre)』출간.

1882년   단편집『뷔를 대위(Le Capitaine Burle)』출간. 기고 모음집『논전(Une Campagne)』출간.『루공 마카르 총서』10권『살림(Pot-Bouille)』출간.

1883년   『루공 마카르 총서』11권『여인들의 행복 백화점(Au Bonheur des Dames)』출간.

1884년   『제르미날(Germinal)』집필을 준비하면서 북부 앙쟁의

파업 중인 탄광들을 방문. 단편집『나이스 미쿨랭(Naïs
Micoulin)』출간.『루공 마카르 총서』12권『삶의 기쁨
(La Joie de vivre)』출간.

1885년 『루공 마카르 총서』13권『제르미날』출간. 이 소설은
대대적인 성공을 거두었으나 검열 위원회는 연극으로
의 각색과 상연을 금지했다.

1886년 『루공 마카르 총서』14권『작품(L'Oeuvre)』출간. 등장
인물 클로드 랑티에 속에 자기 모습이 그려졌다고 느
낀 세잔은 졸라와 절교. 졸라는 다음 소설인『대지(La
Terre)』를 준비하기 위해 어머니의 고향인 보스로 여행
을 갔다.

1887년 『쟁탈전』과『나이스 미쿨랭』에 들어 있는 단편「낭
타스(Nantas)」를 혼합하여 각색한 5막 희곡『르네
(Renée)』를 출간하고 상연했다. 총서의 다른 소설들 및
『마르세유의 비밀』도 연극으로 각색하여 상연. 8월『루
공 마카르 총서』15권『대지』출간. 작품의 노골성으로
격렬한 논란을 불러일으켰다. 젊은 작가들인 본탱, 로스
니, 데카브, 마르그리트, 기슈는《르 피가로》에「5인 선
언서(Le Manifee des Cinq)」를 게재하여 자연주의 미학
에 대한 그들의 적대감을 격렬하게 표명했다.

1888년 연극「제르미날」초연. 검열을 통과하기 위해 원작에서
무수히 삭제하고 재구성한 작품이 되어 분노한 졸라
는 초연에 불참. 하녀인 잔 로즈로와 사랑에 빠져, 이
후 두 아이를 낳고 그녀와 평생 관계를 이어갔다.『루

공 마카르 총서』16권『꿈(Le Rêve)』출간.

1889년   9월 잔 로즈로와의 사이에서 딸 드니즈 출생.

1890년   아카데미 프랑세즈 회원에 입후보했으나 낙선. 이후 낙선이 이어졌다.『루공 마카르 총서』17권『인간 짐승(La Bête humaine)』출간.

1891년   문인협회 회장으로 선출되었다. 1896년까지 역임. 오페라-코미크 극장에서 소설『꿈』을 극화하여 친구 알프레드 브뤼노의 음악으로 공연. 9월 잔 로즈로와의 사이에서 아들 자크 출생.『루공 마카르 총서』18권『돈(L'Argent)』출간.

1892년   『루공 마카르 총서』19권『패주(La Débâcle)』출간. 루르드, 피레네산맥, 프로방스, 이탈리아를 여행했다.

1893년   친하게 지내던 모파상의 죽음으로 깊이 상심했다. 오페라「방앗간의 공격(L'Attaque du moulin)」을 알프레드 브뤼노의 음악으로 파리, 브뤼셀, 함부르크에서 공연.『루공 마카르 총서』의 마지막 작품인 20권『의사 파스칼(Le Docteur Pascal)』출간. 6월『루공 마카르 총서』의 완결을 축하하기 위하여 불로뉴 숲에 200명이 모여 성대한 문학 연회가 개최되었다.

1894년   새로운 연작『세 도시(Les Trois Villes)』의 1권『루르드(Lourdes)』출간. 10~12월 로마 여행. 12월에 유대인인 알프레드 드레퓌스 프랑스 육군 대위가 독일에 군사정보를 팔아넘긴 반역죄로 종신형 선고를 받았다.

1895년   12월부터 다음 해 6월까지《르 피가로》에 다양한 주제를 다루는 시평을 기고. 이 기고문들은 후에 『새로운 논전(Nouvelle Campagne)』으로 출간되었다.

1896년   에스테라지 소령을 진범으로 고발한 피카르 대령 덕택에 드레퓌스 대위의 유죄에 의문이 생겼다.

에드몽 드 공쿠르의 죽음.

『세 도시』의 2권 『로마(Rome)』 출간.

1897년   2월 오페라 「메시도르(Messidor)」를 알프레드 브뤼노의 음악으로 초연. 『새로운 논전』 출간. 12월 드레퓌스 대위의 무죄를 확신한 졸라는 그의 재심을 요구하는 글을 《르 피가로》에 기고했다.

도데의 죽음.

1898년   1월 《여명(L'Aurore)》에 펠릭스 포르 대통령에게 보내는 공개장으로 「나는 고발한다(J'Accuse)」를 게재하여 드레퓌스 대위의 무죄를 옹호했다. 2월 7~23일 프랑스군 장교 명예 훼손죄로 재판을 받고 3000프랑의 무거운 벌금형과 함께 징역 1년형을 선고받았다. 7월, 4월에 파기되었던 판결이 베르사유 법정에 의해 확정되었다. 이에 친구들의 권고로 졸라는 런던으로 망명했다. 8월 드레퓌스를 고발했던 앙리 소령이 자신이 고발한 사실이 허위로 밝혀지자 자살했다. 3월 『세 도시』의 3권 『파리(Paris)』 출간.

1899년   6월 드레퓌스 사건 재심 결정이 내려지자 파리로 귀환. 9월 드레퓌스는 두 번째 재판을 받고 또다시 유죄 판결이 내려지나 곧 사면, 석방되었다. 졸라는 드레퓌스의 복권을 위해 상당수의 글을 기고하나 그의 무죄 선고 및 복권은 졸라의 사후인 1906년에야 이루어졌다. 『4복음서 총서(Les Quatre Evangiles)』의 1권 『풍요(Fécondité)』 출간.

1900년 아버지 프랑수아 졸라에 대한 세 편의 글을 썼다. 파리 만국 박람회에 대한 대대적인 사진 보도. 12월 드레퓌스 사건과 관련된 모든 사실에 대해 사면이 내려졌다.

1901년 엑상프로방스 출신의 친구 폴 알렉시스의 죽음.

6월 졸라의 시를 극화한 오페라 「폭풍(L'Ouragan)」을 알프레드 브뤼노의 음악으로 오페라-코미크 극장에서 공연. 드레퓌스 사건에 관련된 게재문 모음집 『전진하는 진실(La Vérité en marche)』 출간. 『4복음서 총서』의 2권 『노동(Travail)』 출간.

1902년 9월 29일 파리의 브뤼셀가 자택에서 가스 중독으로 생을 마감했다. 우연한 사고사인지 정치적 암살인지는 불분명. 10월 5일 몽마르트르 묘지에서 장례식. 아나톨 프랑스의 조사(弔辭). 수많은 추도 군중 행렬 가운데 광부 대표들은 "제르미날! 제르미날!"을 연호했다.

1903년 『4복음서 총서』의 3권 『진실(Vérité)』이 사후 출간되었다. 4권 『정의(Justice)』는 준비 노트 상태로 남았다.

1908년 6월 4일 졸라의 유해가 위인들을 기리는 팡테옹으로 이장되었다.

루공 마카르 가계도

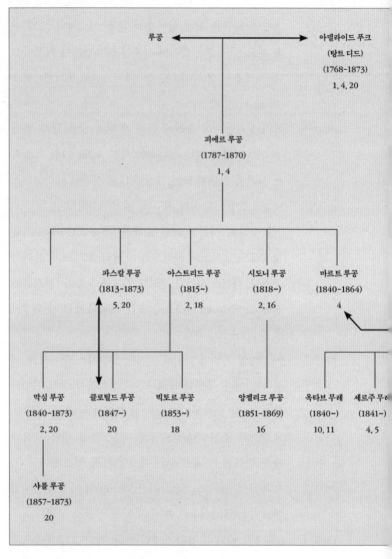

루공 ⟷ 아델라이드 푸크
(탕트 디드)
(1768-1873)
1, 4, 20

피에르 루공
(1787-1870)
1, 4

파스칼 루공
(1813-1873)
5, 20

아스트리드 루공
(1815~)
2, 18

시도니 루공
(1818~)
2, 16

마르트 루공
(1840-1864)
4

막심 루공
(1840-1873)
2, 20

클로틸드 루공
(1847~)
20

빅토르 루공
(1853~)
18

앙젤리크 루공
(1851-1869)
16

옥타브 무레
(1840~)
10, 11

세르주 무레
(1841~)
4, 5

샤를 루공
(1857-1873)
20

루공 마카르 총서

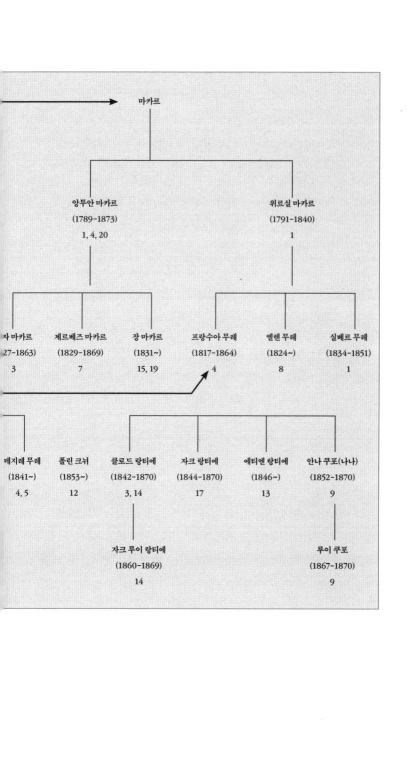

마카르

앙투안 마카르
(1789-1873)
1, 4, 20

위르실 마카르
(1791-1840)
1

자 마카르
27-1863)
3

제르베즈 마카르
(1829-1869)
7

장 마카르
(1831~)
15, 19

프랑수아 무레
(1817-1864)
4

엘렌 무레
(1824~)
8

실베르 무레
(1834-1851)
1

데지레 무레
(1841~)
4, 5

폴린 크뉘
(1853~)
12

클로드 랑티에
(1842-1870)
3, 14

자크 랑티에
(1844-1870)
17

에티엔 랑티에
(1846~)
13

안나 쿠포(나나)
(1852-1870)
9

자크 루이 랑티에
(1860-1869)
14

루이 쿠포
(1867-1870)
9

세계문학전집 442

아소무아르 2

1판 1쇄 찍음 2024년 4월 22일
1판 1쇄 펴냄 2024년 4월 29일

지은이 에밀 졸라
옮긴이 윤진
발행인 박근섭, 박상준
펴낸곳 ㈜민음사

출판등록 1966. 5. 19. (제 16-490호)
서울특별시 강남구 도산대로1길 62(신사동) 강남출판문화센터 5층 (우편번호 06027)
대표전화 02-515-2000 팩시밀리 02-515-2007
www.minumsa.com

ISBN 978-89-374-6442-3 04800
ISBN 978-89-374-6000-5 (세트)

* 잘못 만들어진 책은 구입처에서 교환해 드립니다.

세계문학전집 목록

세계문학전집은 계속 간행됩니다.